CB064696

O tempo e o vento [parte III]

Erico 120 ANOS

ERICO VERISSIMO 1905-2025

Erico Verissimo

O tempo e o vento [parte III]
O arquipélago vol. 1

Ilustrações
Paulo von Poser

Prefácio
Luiz Ruffato

10ª reimpressão

COMPANHIA DAS LETRAS

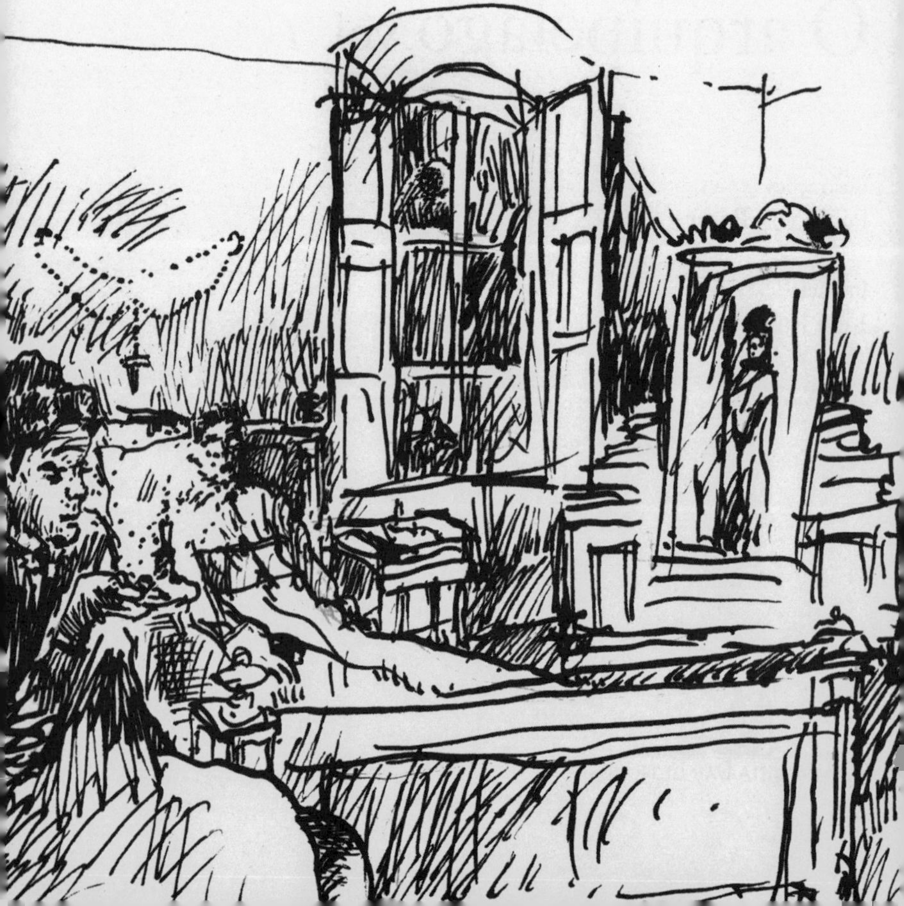

10 Prefácio — O arquipélago Erico Verissimo
 18 Árvore genealógica da família Terra Cambará

 20 Reunião de família I
 85 Caderno de pauta simples
 92 O deputado
235 Reunião de família II
284 Caderno de pauta simples
293 Lenço encarnado

360 Cronologia
374 Crônica biográfica

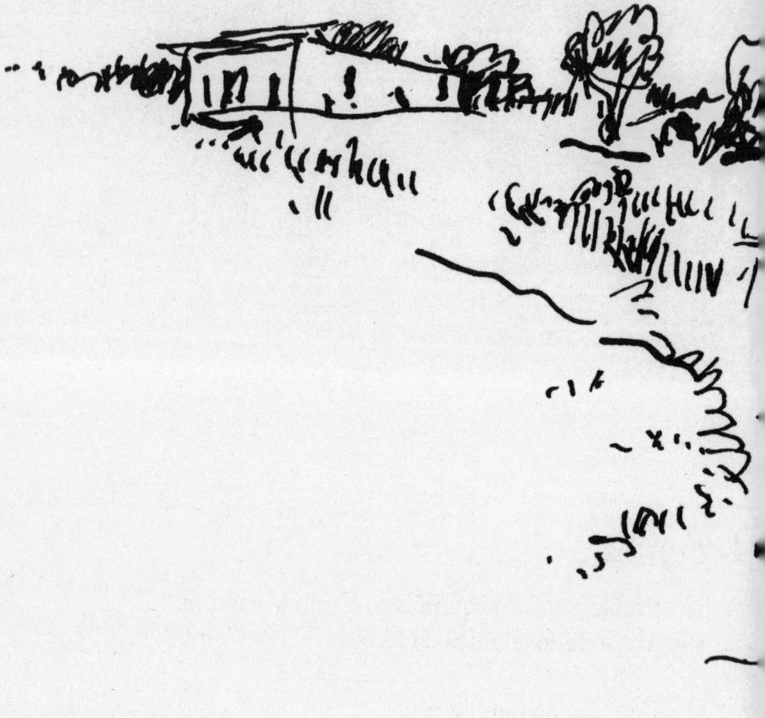

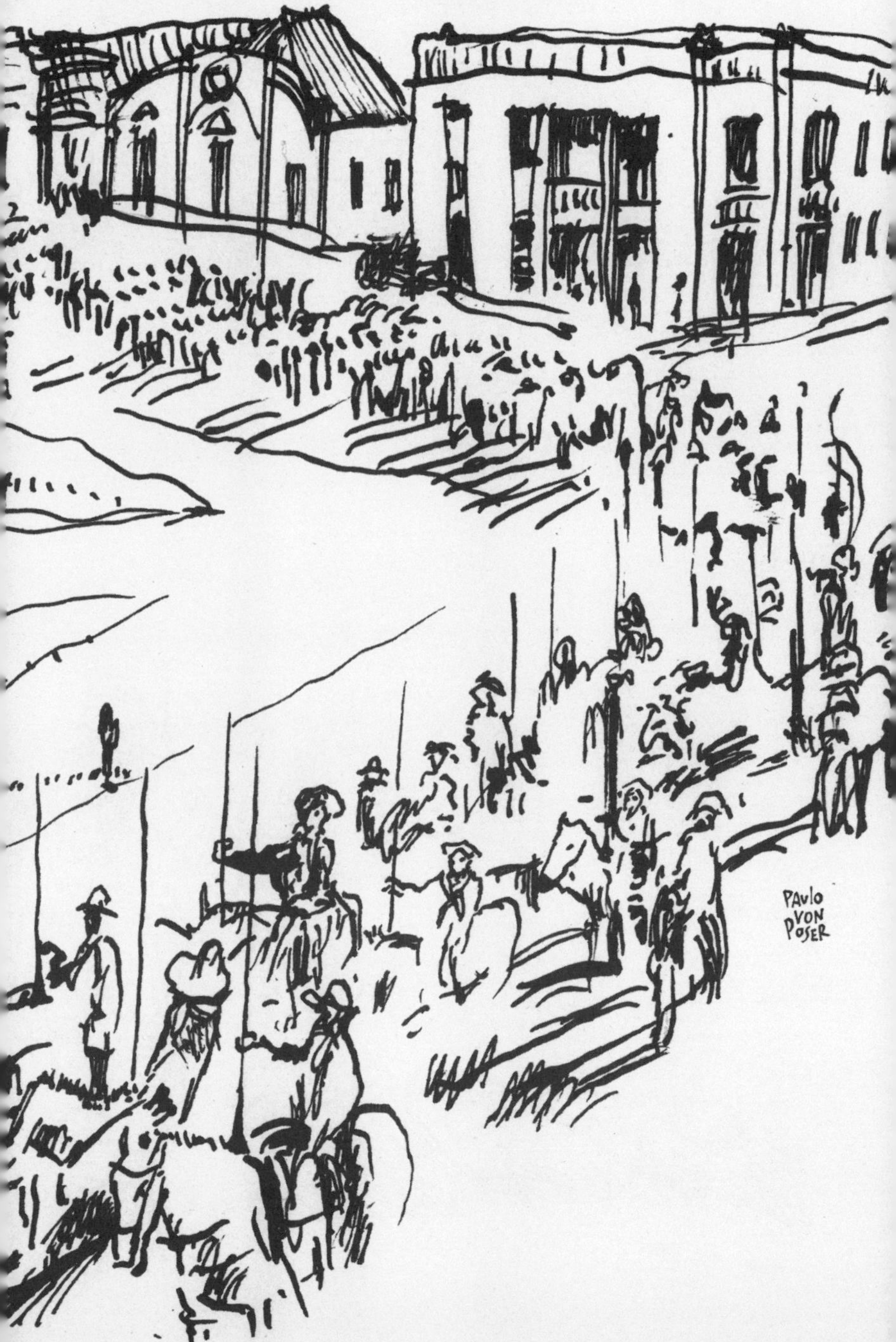
PAULO
VON
POSER

Prefácio

O arquipélago Erico Verissimo

Chovia e fazia frio naquela tarde de 29 de novembro de 1975 em Porto Alegre. O cemitério da Irmandade de São Miguel e Almas recebia o corpo de Erico Verissimo, fulminado por um infarto na noite anterior, a vinte dias de completar 70 anos.

Oitenta anos antes, fim da Revolução Federalista, numa noite fria de inverno, lua cheia, a cidade de Santa Fé, "que de tão quieta e deserta parecia um cemitério abandonado", preparava-se para entrar para a história da literatura brasileira pelas mãos do escritor Floriano Terra Cambará.

O começo e o fim.

O tempo e o vento ocupou 27 anos da vida de Erico Verissimo (a lembrar que o plano da obra nasceu em 1935, segundo o autor em depoimento a Paulo Mendes Campos)[1] e de certa maneira já estava em gestação desde suas primeiras obras. *O arquipélago*, último volume da trilogia, desdobrado em três tomos, talvez tenha sido o que mais solicitou sua atenção. Tanto que, segundo suas palavras, seu primeiro infarto, em 1961, teria tido como causa a excessiva tensão provocada pela redação do livro.[2]

Uma possível explicação para esse "desconforto" podem ser as dúvidas que o assaltavam. "Achava que o livro me estava saindo longo demais. Ao escrever *O Continente*, o que a princípio me parecera um obstáculo, isto é, a falta de documentos e de um maior conhecimento dos primeiros anos da vida do Rio Grande do Sul, tinha na realidade sido uma vantagem. Era como se eu estivesse dentro dum avião que voava a grande altura: podia ter uma visão de conjunto, discernia os contornos do Continente. Viajava num país sem mapas, e outra bússola não possuía além de minha intuição de romancista. E isso fora bom. Ao escrever *O Retrato* já o 'avião' voava tão baixo que comecei a perder de vista a floresta para prestar mais atenção às árvores. E estas eram tão nume-

---

1. "Erico Verissimo em retrato de corpo inteiro", *Manchete*, Rio de Janeiro, 7 de setembro de 1957.
2. "[...] no momento estou escrevendo o capítulo sobre meu infarto, causado por um livro que estava me preocupando muito, *O arquipélago*. Por isso, eu intitulei o capítulo de 'O Arquipélago das Tormentas'." "Erico Verissimo não se considera à altura do Nobel", *O Globo*, Rio de Janeiro, 11 de agosto de 1974.

rosas, que se me tornou difícil distinguir as importantes das supérfluas. E agora, no processo de escrever o terceiro volume, o 'aparelho' voava a pouquíssimos metros do solo. Mais que isso. Tinha aterrado e eu havia já desembarcado, pisava o próprio chão do romance, estava no meio da floresta, de mapa e bússola em punho, mas meio perdido, porque eu também era uma árvore."[3]

O que há por trás dessa metáfora? Romance-rio, que abarca a história política do Rio Grande do Sul (do Brasil, portanto) no intervalo de tempo que vai de 1745 a 1945, *O tempo e o vento* é uma obra rara na língua portuguesa, não só pelo fôlego, mas principalmente por oferecer uma reflexão profunda sobre alguns aspectos que ainda hoje permanecem mal resolvidos, como a formação do país, o conceito de nação, a autoconsciência de um povo, suas responsabilidades, seus deveres etc. E o que dá a dimensão do artista: tudo isso a partir de um olhar que se quer focalizado no "regional".

No já citado depoimento a Paulo Mendes Campos, Erico Verissimo afirmava que começou a escrever a trilogia para se reconciliar intimamente com o Rio Grande do Sul. Em outra entrevista, dizia que, em *O tempo e o vento*, não pretendeu estudar a decadência da família gaúcha, "mas sim contar a história duma família dessa parte do Brasil".[4] Ora, essa "reconciliação íntima" com seu estado natal é também uma tentativa de compreensão de sua própria história, daí a situação-limite a que é arremetido. A última parte da trilogia, esta que leremos a seguir, é aquela em que o cidadão Erico Verissimo, reconhecido como um homem absolutamente arraigado à causa democrática,[5] se vê totalmente mergulhado na história recente do país, que ele conhecia muito bem. Mas, por isso mesmo, artista que era, ele sofria na pele os embates do que queria descrever.

O arquipélago abarca o período que vai do começo de 1920 até o fim do governo Vargas e que marca, também, o declínio da família Terra Cambará. Se por um lado temos um amálgama da história ines-

---

3. *Solo de clarineta*, vol. 2, Porto Alegre, Editora Globo, 1976, p. 15.
4. *Manchete*, Rio de Janeiro, 18 de dezembro de 1971.
5. Em todas as oportunidades, Erico Verissimo fazia questão de deixar clara sua posição política. E o fez ainda em suas memórias, para não haver dúvidas. "Afinal, em que posição política me encontro? Considero-me dentro do campo do humanismo socialista, mas — note-se — voluntariamente e não como prisioneiro." *Solo de clarineta*, vol. 2, *op. cit.*, p. 314.

pecífica da desmistificação da figura do gaúcho tal qual aparece no imaginário brasileiro, por outro temos que essa história é também, e profundamente, a própria história do autor. Erico Verissimo, um estudioso de suas raízes, chegou a mapear a genealogia de sua família até o trisavô, Manoel Verissimo da Fonseca.[6] E, embora negue que a Santa Fé de *O tempo e o vento* seja a Cruz Alta de sua infância, admite que sua cidade natal é presença constante em sua obra: "[...] Cruz Alta e os cruz-altenses estão subjacentes a tudo quanto tenho escrito até hoje".[7] E foi essa vivência, numa região que alimentava o estereótipo do gaúcho, que Erico Verissimo iria depois transpor para as páginas de seus livros. A Paulo Mendes Campos relatou as "noites de horror e de pânico" em Cruz Alta, frequentemente ensanguentadas por sentimentos excessivos de virilidade e valentia.[8]

Justino Martins, um amigo dos tempos de Cruz Alta e seu concunhado, afirma, com conhecimento de causa, que em todos os seus livros Verissimo retratou alguém ou alguma coisa de Cruz Alta. "Mas o melhor e a mais rica fonte de tipos para o futuro romancista ciclópico de *O tempo e o vento* seria a sua própria família."[9] Se Cruz Alta serviu como modelo para a criação de sua galeria de personagens inesquecíveis — aqui, neste *O arquipélago*, reencontramos o dr. Rodrigo Terra Cambará agonizante; Flora, sua esposa, que lhe devota o amor-ódio da mulher traída; seu filho Floriano, o escritor; Maria Valéria, a tia; a nora Sílvia; a filha Bibi e seu marido, Marcos Sandoval... —, o Rio Grande do Sul serviu de cenário da saga de um povo bravo e consciente de suas responsabilidades na defesa e ampliação das fronteiras, e o Brasil — mais especificamente o governo central, sediado no longínquo Rio de Janeiro —, de projeção das idas e vindas do projeto de construção de uma nação.

---

6. *Manchete*, Rio de Janeiro, 7 de setembro de 1957.
7. "Erico Verissimo fala dos trigais ao sol, da coxilha verde. De Cruz Alta, sua cidade." *Jornal da Tarde*, São Paulo, 17 de agosto de 1971.
8. Apenas como exemplo, citaremos uma das histórias relatadas por Erico Verissimo a Paulo Mendes Campos: "Depois do jantar, vestiu-se uma noite com a melhor roupa (palheta, gravata-borboleta e bengala) para ir ver a namorada. Numa esquina, vê um homem a cambalear, caminhando em sua direção. Pensou tratar-se de um bêbado. Quando o homem se aproximou, quase caindo em cima dele, percebeu que o infeliz trazia nas mãos ensanguentadas os próprios intestinos; acabara de ser mortalmente esfaqueado pelo pai da moça que 'desonrara'".
9. "O mundo de Erico Verissimo", *Manchete*, Rio de Janeiro, 9 de fevereiro de 1980.

Erico Verissimo — que aos três anos, sofrendo de uma moléstia grave, foi desenganado pelos médicos — confessa que "mais do que com as outras crianças, comigo o mundo do faz de conta foi um grande refúgio, uma espécie de pátria da imaginação".[10] Desenhista — chegou, na adolescência, a hesitar entre essa profissão e a de escritor —, o autor "incorporava" de tal modo os seus personagens à sua vida que chega a confessar que, quando trabalhando neste volume, "à tardinha, terminada a tarefa do dia, costumava caminhar abaixo e acima, à frente da minha casa, discutindo comigo mesmo, quase sempre em voz mais ou menos alta, problemas e situações do livro, e ensaiando novos diálogos, em que procurava imitar a voz e às vezes até os gestos, os cacoetes e a maneira de caminhar de cada personagem. (Creio que alguns dos meus vizinhos alimentam até hoje sérias desconfianças quanto ao meu equilíbrio mental)".[11]

Sua identificação com os personagens e o livro é tão absoluta que, se no plano global temos a figura do homem público Erico Verissimo erigindo o épico da nacionalidade brasileira, uma obra profundamente vinculada aos destinos do país, no plano pessoal o autor reconcilia-se consigo mesmo e com sua história. O pai, "[...] um homem da cidade, enamorado da Inglaterra e da França. Tinha em casa uma biblioteca de cinco mil volumes em sua maioria franceses. Gostava da boa mesa, caviar e champanha... Gostava de perfumes e de boa roupa. Botou fora uma fortuna em Cruz Alta e se casou com uma moça filha de um riquíssimo fazendeiro... falido",[12] separou-se de sua mãe quando o futuro escritor contava dezessete anos. A procura dessa figura, que a um tempo evocava admiração e mágoa, só vai terminar com um episódio... ficcional: "Concluí que a linha melódica de minha vida tinha sido, fino modo, uma busca da casa e do pai perdidos. Ali estava a casa. Os quadros, os móveis, o aspecto geral, a gente que a visita, os amigos, os visitantes inesperados. E o pai. Também isso, esse problema estava resolvido. Em *O arquipélago* eu tinha feito as pazes no diálogo entre Floriano e Rodrigo Cambará. E agora eu descobria que me havia tornado o pai de mim mesmo".[13]

Além de se pôr na pele do escritor Floriano Terra Cambará, Erico

---

10. *Idem.*
11. *Solo de clarineta*, vol. 2, *op. cit.*, p. 23.
12. *Manchete*, Rio de Janeiro, 7 de setembro de 1957.
13. *Solo de clarineta*, vol. 2, *op. cit.*, p. 323. Ver também p. 16.

Verissimo transferiu para o dr. Rodrigo Terra Cambará suas próprias experiências, até as mais traumáticas cicatrizes físicas. Rodrigo é vítima de sucessivas crises cardíacas (a última o leva à morte), assim como o autor. Em 1958, anota Erico Verissimo, a sua grande preocupação não era consigo próprio, mas com seu personagem. "É que, finalmente, tinha começado a escrever *O arquipélago*. O dr. Rodrigo Cambará sofrera já dois infartos e exigia toda a minha atenção e cuidado."[14] Nessa época, o escritor sofreu seu primeiro infarto e, antes mesmo de poder voltar a andar, já retomava o romance. "Destruí o primeiro capítulo, o em que Rodrigo sofre seu edema pulmonar agudo, e reescrevi-o por inteiro, usando da experiência adquirida durante a minha própria doença."[15]

Poderíamos afirmar que *O tempo e o vento* é o romance da reconciliação, por excelência. Reconciliação com suas raízes gaúchas, com seu país, consigo mesmo e, curiosamente, com a crítica. Isso porque, embora fizesse — como ainda faz — enorme sucesso junto ao público leitor, Erico Verissimo nunca foi unanimidade nos meios acadêmicos, talvez até por isso mesmo. Houve sempre quem o acusasse de escrever romances açucarados e ser ele um escritor menor. *O tempo e o vento*, de certa maneira, foi a sua vingança contra aqueles que menosprezavam a sua produção literária. "Alguns críticos [...] elogiaram o romance com mal disfarçada má vontade", regozijava-se em 1957, antes portanto desse último volume, que o consagrou definitivamente.[16]

E do que trata *O arquipélago*? Essencialmente da descrição da transformação do Brasil, de uma república fundada em velhas oligarquias rurais em um país que busca sua identidade industrial, alicerçada numa burguesia urbana ascendente. Isso, enfocado magistralmente na definitiva ruína da família Terra Cambará, reunida em torno da figura agônica do dr. Rodrigo, que está novamente no Sobrado, vindo às pressas do Rio de Janeiro após a queda de seu amigo íntimo, o presidente Getulio Vargas. Acompanhamos os episódios políticos (desde o último ano do governo Artur Bernardes até o queremismo, passando pela Revolução de 1923, as transformações socioculturais provocadas pela Primeira Guerra Mundial, a Revolução de 1930, a Guerra Civil Espanhola, a instalação do Estado Novo, a Segunda Guerra Mundial),

---

14. *Idem*, p. 9.
15. *Idem*, p. 35.
16. *Manchete*, Rio de Janeiro, 7 de setembro de 1957.

tudo filtrado pelas notícias que chegam à longínqua Santa Fé, isolada e centro do mundo.

"Era uma noite fria de lua cheia. As estrelas cintilavam sobre a cidade de Santa Fé, que de tão quieta e deserta parecia um cemitério abandonado", assim termina *O arquipélago*, assim se inicia *O Continente*, o primeiro da série.

O fim. O começo.

Luiz Ruffato
Escritor

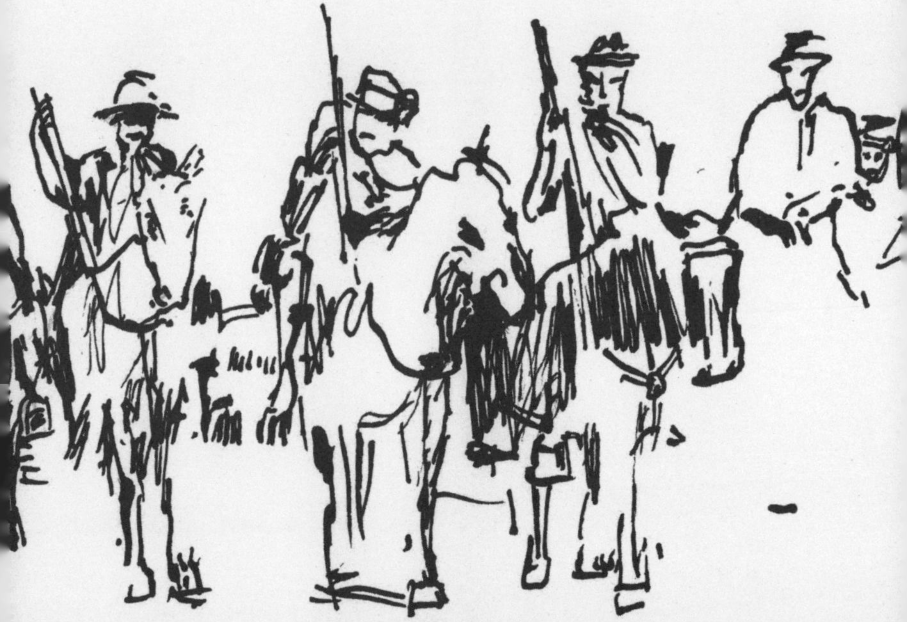

Árvore genealógica da família Terra Cambará

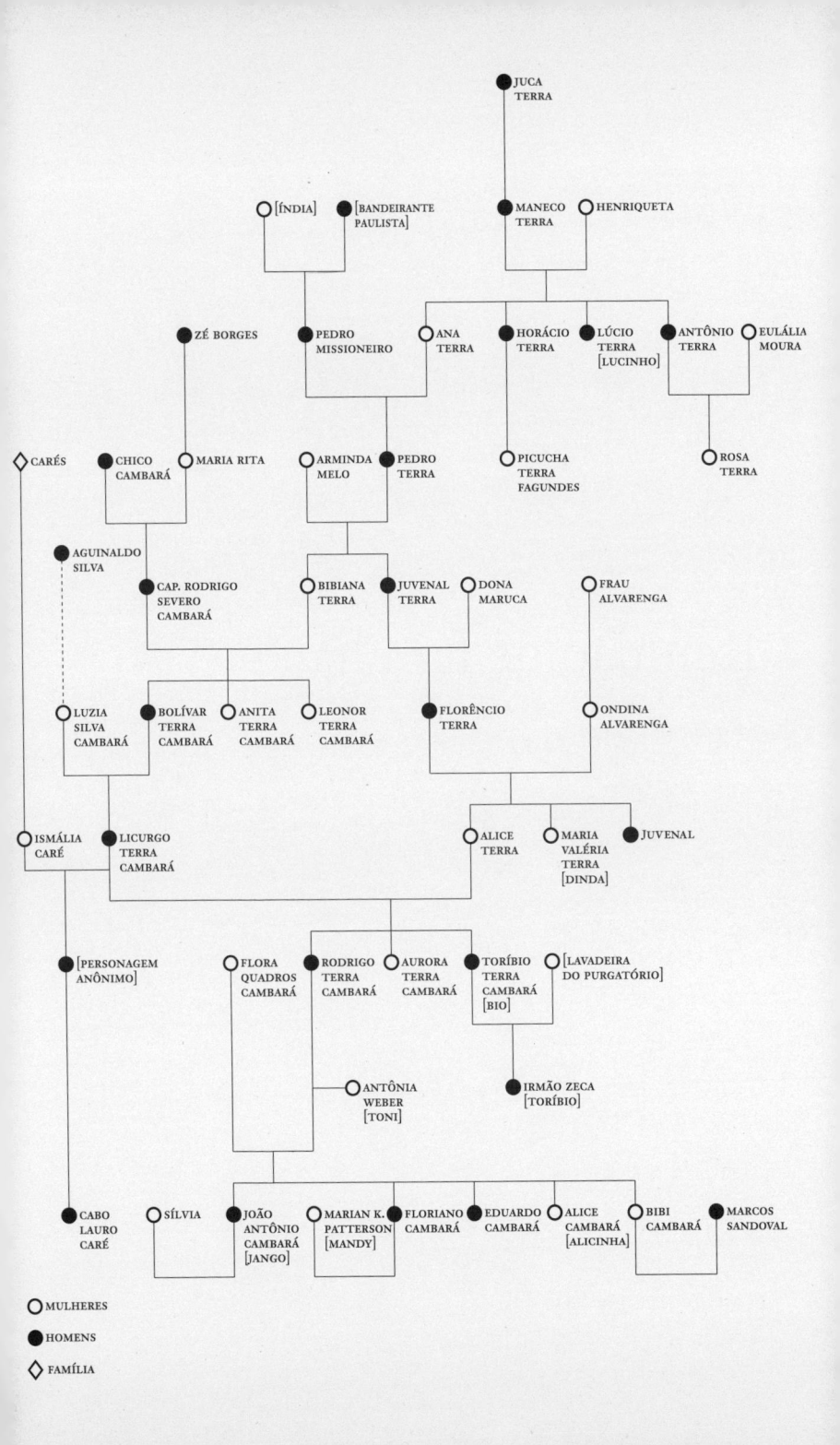

```
                                        ● JUCA
                                          TERRA
                                          │
          ┌───────────────────────────────┤
          │                               │
○ [ÍNDIA] ● [BANDEIRANTE      ● MANECO ─── ○ HENRIQUETA
            PAULISTA]           TERRA
          │                     │
          │      ┌──────────────┼──────────────┬────────────┐
● ZÉ    ● PEDRO       ○ ANA   ● HORÁCIO  ● LÚCIO     ● ANTÔNIO ─── ○ EULÁLIA
  BORGES  MISSIONEIRO   TERRA   TERRA      TERRA        TERRA         MOURA
        │               │       │          [LUCINHO]   │
        │               │       │                      │
◇ CARÉS ● CHICO ─── ○ MARIA   ○ ARMINDA ─── ● PEDRO    ○ PICUCHA        ○ ROSA
          CAMBARÁ     RITA       MELO         TERRA      TERRA            TERRA
                                  │                      FAGUNDES
        ● AGUINALDO               │
          SILVA                   │
                ● CAP. RODRIGO ─── ○ BIBIANA   ● JUVENAL ─── ○ DONA           ○ FRAU
                  SEVERO             TERRA       TERRA         MARUCA          ALVARENGA
                  CAMBARÁ            │                                         │
                                     │                                         │
        ○ LUZIA ─── ● BOLÍVAR   ○ ANITA   ○ LEONOR   ● FLORÊNCIO ─────────── ○ ONDINA
          SILVA      TERRA       TERRA     TERRA      TERRA                    ALVARENGA
          CAMBARÁ    CAMBARÁ     CAMBARÁ   CAMBARÁ    │
          │         │                                 │
○ ISMÁLIA │         │                ○ ALICE ─── ● MARIA        ● JUVENAL
  CARÉ    │         ● LICURGO ────── TERRA       VALÉRIA
          │           TERRA                      TERRA
          │           CAMBARÁ                    [DINDA]
          │           │
● [PERSONAGEM         │
  ANÔNIMO]    ○ FLORA ─── ● RODRIGO   ○ AURORA   ● TORÍBIO ─── ○ [LAVADEIRA
                QUADROS     TERRA       TERRA      TERRA         DO PURGATÓRIO]
                CAMBARÁ     CAMBARÁ     CAMBARÁ    CAMBARÁ
                            │                      [BIO]
                            │         ○ ANTÔNIA   ● IRMÃO ZECA
                            │           WEBER       [TORÍBIO]
                            │           [TONI]
          ┌─────────────────┼──────────────────────────────────────┐
● CABO   ○ SÍLVIA ── ● JOÃO    ○ MARIAN K.   ● FLORIANO  ● EDUARDO  ○ ALICE    ○ BIBI     ● MARCOS
  LAURO               ANTÔNIO    PATTERSON    CAMBARÁ     CAMBARÁ    CAMBARÁ    CAMBARÁ    SANDOVAL
  CARÉ                CAMBARÁ    [MANDY]                             [ALICINHA]
                      [JANGO]
```

○ MULHERES
● HOMENS
◇ FAMÍLIA

Reunião de família 1

25 de novembro de 1945

... onde estou?... alcova-túmulo escuro sem ar... o sapo-boi latejando entre as pernas... fole viscoso esguichando um líquido negro... pregado à cama mortuária... o sangue se esvaindo pelos poros do animal... incha e desincha... incha e desincha... a coisa lhe sobe sufocante no peito... a menininha saiote de bailarina flor vermelha no sexo manipula o brinquedo de mola... ele quer gritar que não!... mas a voz não sai... o sapo-fole atravessado na garganta... a menininha acaricia o monstro... não sabe que ele esguicha veneno... minha filha vá buscar socorro... que venham acalmar o animal... mas cuidado não me machuquem o peito... a menininha não sabe... aperta com os dedos o brinquedo proibido... não vê que assim vai matar o Sumo Pontífice?... o remédio é cuspir fora o sapo... tossir fora o bicho-fole-músculo... tossir fora...

Poucos minutos depois das duas da madrugada, Rodrigo Cambará desperta de repente, soergue-se na cama, arquejante, e através da névoa e do confuso horror do pesadelo, sente na penumbra do quarto uma presença inimiga... Quem é? — exclama mentalmente, pensando em pegar o revólver, que está na gaveta da mesinha de cabeceira. Quem é? Silêncio e sombra. Uma cócega aflitiva na garganta provoca-lhe um acesso de tosse curta e espasmódica... E ele toma então consciência do peso no peito, da falta de ar... Ergue a mão para desabotoar o casaco do pijama e leva alguns segundos para perceber que está de torso nu. Um suor viscoso e frio umedece-lhe a pele. Vem-lhe de súbito o pavor de um novo ataque... Espalma ambas as mãos sobre o peito e, agora sentado na cama, meio encurvado, fica imóvel esperando a dor da angina. Santo Deus! Decerto é o fim... Em cima da mesinha, a ampola de nitrito... Na gaveta, o revólver... Quebrar a ampola e levá-la às narinas... Encostar o cano da arma ao ouvido, puxar o gatilho, estourar os miolos, terminar a agonia... Talvez uma morte rápida seja preferível à dor brutal que mais de uma vez lhe lancetou o peito... Mas ele quer viver... Viver! Se ao menos pudesse cessar de tossir, ficar imóvel como uma estátua... Sente o surdo pulsar do coração, a respiração estertorosa... Mas a dor lancinante não vem, louvado seja Deus! Só continua a opressão no peito, esta dificuldade no respirar...

Com o espírito ainda embaciado pelo sono, pensa: "Estou me afogando". E num relâmpago lhe passa pela mente uma cena da infância: perdeu o pé no poço da cascata, afundou, a água entrou-lhe pela boca e pelas ventas, sufocando-o... Agora compreende: está morrendo afogado! Toríbio! — quer gritar. Mas em vez do nome do irmão morto, o que lhe sai da boca é um líquido... baba? espuma? sangue?

A sensação de asfixia é agora tão intensa, que ele se ergue da cama, caminha estonteado até a janela, numa busca de ar, de alívio. Apoia as mãos no peitoril e ali fica a ofegar, de boca aberta, olhando, embora sem ver, a praça deserta e a noite, mas consciente duma fria sensação de abandono e solidão. Por que não me socorrem? Onde está a gente da casa? O enfermeiro? Vão me deixar morrer sozinho? Faz meia-volta e, sempre tossindo e expectorando, dá alguns passos cegos, derruba a cadeira que lhe barra o caminho, busca a porta, em pânico... "Dinda!", consegue gritar. A porta se abre, enquadrando um vulto: Maria Valéria, com uma vela acesa na mão. Rodrigo aproxima-se da velha, segura-lhe ambos os braços, mas recua soltando um ai, pois a chama da vela lhe chamusca os cabelos do peito.

— Estou morrendo, Dinda! Chamem o Dante!

A velha, os olhos velados pela catarata, sai pelo corredor como um sino de alarma a despertar a gente do Sobrado. — Floriano! — o castiçal treme-lhe na mão. — Sílvia! — as pupilas esbranquiçadas continuam imóveis, fitas em parte nenhuma. — Eduardo! — e sua voz seca e áspera raspa o silêncio do casarão.

Floriano precipita-se escada abaixo, na direção da porta da rua. Felizmente — pensa — o Dante Camerino mora do outro lado da praça, que ele atravessa a correr. O médico não tarda em atender às suas batidas frenéticas na porta. E quando ele assoma à janela, Floriano grita:

— Depressa! O Velho teve outro ataque.

Um minuto depois ambos se encaminham para o Sobrado em marcha acelerada. O dr. Camerino vestiu um roupão de banho por cima do pijama e leva na mão uma maleta de emergência.

Um cachorro uiva em uma rua distante. Vaga-lumes pingam a noite com sua luz verde.

— Aos quarenta e cinco anos a gente fica meio pesadote — diz o médico, já ofegante. — Tu enfim és um jogador de tênis...

— Era.

— Seja como for, tens onze anos menos que eu...

Noite morna de ar parado. O galo do cata-vento, no alto da torre da Matriz, de tão negro e nítido parece desenhado no céu, a nanquim.

Floriano finalmente faz a pergunta que vem reprimindo desde que viu o amigo:

— Será um novo infarto?

— Pode ser...

Da Padaria Estrela-d'Alva vem um cheiro de pão recém-saído do forno. A figueira grande da praça parece um paquiderme adormecido.

— Que providência tomou o enfermeiro?

— Que enfermeiro? O Velho despediu-o ontem ao anoitecer.

— Esse teu pai é um homem impossível!

— Ontem à noite fez uma das suas. Saiu às oito com o Neco Rosa e só voltou lá pelas onze...

— Madona! Sabes aonde ele foi?

— Desconfio...

— Desconfias coisa nenhuma! Está claro como água. Foi dormir com a amante.

Toda Santa Fé sabe que Sônia Fraga, a "amiguinha" de Rodrigo Cambará, chegou há dois dias do Rio e está hospedada no Hotel da Serra.

Muitas das janelas do Sobrado estão agora iluminadas. Dante Camerino segura com força o braço de Floriano.

— O doutor Rodrigo merecia ser capado... — diz, com a voz entrecortada pelo cansaço. E, numa irritação mesclada de ternura, acrescenta:

— E capado de volta!

Entram ambos no casarão. Camerino sobe imediatamente ao quarto do doente. Floriano, entretanto, permanece no vestíbulo, hesitante. Sempre detestou as situações dramáticas e mórbidas da vida real, embora sinta por elas um estranho fascínio, quando projetadas no plano da arte. Sabe que seu dever é subir para ajudar o médico a socorrer o Velho, mas o corpo inteiro lhe grita que fique, que fuja... Uma leve sensação de náusea começa a esfriar-lhe o estômago.

A mulata Laurinda assoma a uma das portas do vestíbulo, e, em seus olhos gelatinosos de peixe, Floriano lê uma interrogação assustada.

— Não é nada — diz ele. — Vá aquentar a água para um cafezinho.

A velha faz meia-volta e afasta-se rumo da cozinha, com seus passos arrastados de reumática.

Floriano está já com o pé no primeiro degrau quando lhe chega às narinas um aroma inconfundível. Bond Street. Volta a cabeça e vê o "marido" de Bibi. Marcos Sandoval está metido no seu *robe de chambre* de seda cor de vinho, presente — assim ele não perde ocasião de proclamar — de seu amigo o príncipe d. João de Orléans e Bragança.

— Posso ajudar em alguma coisa, meu velho? — pergunta ele com sua voz bem modulada e cheia dum envolvente encanto ao qual Floriano procura sempre opor suas resistências de Terra, pois seu lado Cambará tende a simpatizar com o patife.

Sente gana de gritar-lhe: "Volte para o quarto! Não se meta onde não é chamado. Não compreende que isto é um assunto de família?".

Mas domina-se e, sem olhar para o outro, murmura apenas: "Não. Obrigado".

Bibi aparece no alto da escada. Floriano ergue a cabeça. A perna da mulher de Sandoval, com um palmo de coxa nua, escapa-se pela abertura do quimono vermelho. Mau grado seu, Floriano identifica a irmã com a amante do pai, e isso o deixa de tal modo constrangido, que ele não tem coragem de encará-la, como se a rapariga tivesse realmente acabado de cometer um incesto.

Bibi desce apressada e, ao passar entre o irmão e o marido, murmura: "Vou buscar um prato fundo para a sangria".

A palavra *sangria* golpeia Floriano em pleno peito. Mas ele sobe a escada às pressas, fugindo paradoxalmente na direção da coisa que o atemoriza.

Lá em cima no corredor sombrio encontra Sílvia. Por alguns segundos ficam parados um à frente do outro, em silêncio. Floriano sente-se tomado de um trêmulo, terno desejo de estreitar a cunhada contra o peito, beijar-lhe as faces, os olhos, os cabelos, e sussurrar-lhe ao ouvido palavras de amor. Estonteia-o a confusa impressão de que não só o Velho, mas ele também, está em perigo de vida, e talvez esta seja a última oportunidade para a grande e temida confissão... Mas censura-se e despreza-se por causa destes sentimentos. Sílvia é a mulher legítima de seu irmão... E a poucos passos dali seu pai talvez esteja em agonia...

Sem dizer palavra, precipita-se para o quarto do doente.

Rodrigo está sentado na cama, a face de uma lividez cianótica, o peito arfante, a boca semiaberta numa ansiada busca de ar — o rosto, os braços, o torso reluzentes de suor... Pelas comissuras dos lábios arroxeados escorre-lhe uma secreção rosada. Inclinada sobre o marido, Flora de quando em quando limpa-lhe a boca e o queixo com um lenço.

Bibi — que o irmão percebe obliquamente apenas como uma mancha vermelha — entra agora, trazendo um prato fundo, que depõe em cima da mesinha de cabeceira.

Floriano aproxima-se do leito. Rodrigo fita nele o olhar amortecido e dirige-lhe um pálido sorriso, como o de um menino que procura provar que não está amedrontado. Floriano passa timidamente a mão pelos cabelos do pai, numa carícia desajeitada, e nesse momento seu eu se divide em dois: o que faz a carícia e o Outro, que o observa de longe, com olho crítico, achando o gesto feminino, além de melodramático. Ele odeia então o seu *Doppelgänger*, e esse ódio acaba caindo inteiro sobre si mesmo. Inibido, interrompe a carícia, deixa o braço tombar ao longo do corpo.

O silêncio do quarto é arranhado apenas pelo som estertoroso da respiração de Rodrigo. Floriano contempla o rosto do pai e se vê nele como num espelho. A parecença física entre ambos, segundo a opinião geral e a sua própria, é extraordinária. Por um instante, sua identificação com o enfermo é tão aguda, que Floriano chega a sentir também uma angústia de afogado, e olha automaticamente para as janelas, numa esperança de mais ar...

Postada aos pés da cama, ereta, Maria Valéria conserva ainda na mão a vela acesa: seus olhos vazios parecem focados no crucifixo negro que pende da parede fronteira.

Com o estetoscópio ajustado aos ouvidos, o dr. Camerino por alguns segundos detém-se a auscultar o coração e os pulmões do paciente. Trabalha num silêncio concentrado, o cenho franzido, evitando o olhar das pessoas que o cercam, como se temesse qualquer interpelação. Terminada a auscultação, volta as costas ao doente e por espaço de um minuto fica a preparar a seringa que esteve a ferver no estojo, sobre a chama de álcool. Depois torna a acercar-se de Rodrigo, dizendo:

— Vou lhe dar uma morfina. Tenha paciência, o alívio não tarda.

Floriano desvia o olhar do braço do pai que o médico vai picar. Um cheiro ativo de éter espalha-se no ar, misturando-se com a desmaiada fragrância das madressilvas, que entra no quarto com o hálito morno da noite.

Bibi aproxima-se de Maria Valéria e, inclinando-se sobre o castiçal, apaga a vela com um sopro.

Desde que entrou, Floriano tem evitado encarar Flora, mas há um momento em que os olhos de ambos se encontram por um rápido instante. "Ela sabe de tudo", conclui ele.

Rodrigo ergue o braço, sua mão procura a da esposa. Floriano teme que a mãe *não queira* compreender o gesto. Flora, porém, segura a mão do marido, que volta para ela um olhar no qual o filho julga ver um mudo, patético pedido de perdão. A cena deixa-o tão embaraçado, que ele volta a cabeça e só então dá pela presença de Sílvia, a um canto do quarto, as mãos espalmadas sobre o rosto, os ombros sacudidos por soluços mal contidos.

No momento em que o dr. Camerino mede a pressão arterial do doente, Floriano olha para o manômetro e, alarmado, vê o ponteiro oscilar sobre o número 240.

— Quanto? — balbucia Rodrigo.

O médico não responde. Agora seus movimentos se fazem mais rápidos e decididos.

— Vou lhe fazer uma sangria. Isso lhe dará um alívio completo.

Ao ouvirem a palavra *sangria*, Flora, Bibi e Sílvia, uma após outra, retiram-se do quarto na ponta dos pés. Maria Valéria, porém, continua imóvel.

O dr. Camerino garroteia o braço de Rodrigo, coloca o prato na posição conveniente, tira da maleta um bisturi e flamba-o.

— Segura o braço do teu pai.

Floriano obedece. O médico passa um chumaço de algodão embebido em éter sobre a prega do cotovelo do paciente.

— Agora fique quieto...

Rodrigo cerra os olhos. O dr. Camerino faz uma incisão na veia mais saliente. Um sangue escuro começa a manar do talho, escorrendo para dentro do prato.

Floriano tem consciência duma perturbadora mescla de cheiros — o suor do pai, Tabac Blond, éter e sangue. A imagem de seu tio Toríbio se lhe desenha na mente, de mistura com a melodia obsessiva duma marcha de Carnaval. Por um instante assombra-lhe a memória todo o confuso horror daquela remota e trágica noite de Ano-Bom... Um suor álgido começa a umedecer-lhe o rosto e os membros, ao mesmo tempo que uma sensação de enfraquecimento lhe quebranta o corpo, como se ele também estivesse sendo sangrado.

Seu olhar segue agora, vago, o voo dum vaga-lume que entra lucilando no quarto, pousa por uma fração de segundo no espelho do guarda-roupa e depois se escapa por uma das janelas.

— Então, como se sente? — pergunta Camerino. — Diminuiu a dispneia?

Rodrigo abre os olhos e sorri. Sua respiração agora está mais lenta e regular. A transpiração diminui. A cor natural começa a voltar-lhe ao rosto.

O médico trata de verificar-lhe o pulso, ao mesmo tempo que lhe conta os movimentos respiratórios.

— Pronto! — exclama, ao cabo de algum tempo, com um sorriso um pouco forçado. — Dona Maria Valéria, o nosso homem está novo!

Tampona com um chumaço de gaze a veia aberta e pouco depois fecha-a com um agrafo.

Floriano apanha o prato cheio de sangue e, no momento em que o coloca em cima da mesinha de cabeceira, sente uma súbita ânsia de vômito. Precipita-se para o quarto de banho, inclina-se sobre o vaso sanitário e ali despeja espasmodicamente a sua angústia. Aliviado, mas ainda amolentado e trêmulo, mira-se no espelho e fica meio alarmado ante a própria lividez. Abre a torneira, junta água no côncavo da mão, sorve-a, enxágua a boca, gargareja — repete a operação muitas vezes, até fazer desaparecer o amargor da bílis. Depois lava o rosto e as mãos com sabonete, enxuga-se lento, sem a menor pressa de tornar ao quarto, vagamente envergonhado de sua fraqueza. Quando volta, minutos depois, encontra o pai semideitado na cama, apoiado em travesseiros altos. O dr. Camerino acabou de injetar-lhe um cardiotônico na veia e agora está de novo a auscultá-lo.

Sentindo a presença de Floriano a seu lado, Maria Valéria lhe diz:

— Vá tomar um chá de erva-doce, menino. É bom para o estômago.

Rodrigo esforça-se ainda por manter os olhos abertos.

— Não lute mais — murmura o médico. — A morfina é mais forte que o senhor. Entregue-se. Está tudo bem.

Sua grande mão cabeluda toca o ombro do paciente, que diz qualquer coisa em voz tão baixa, que nenhum dos outros dois homens consegue entender. O dr. Camerino inclina-se sobre a cama e pergunta:

— Que foi?

Rodrigo balbucia:

— Que merda!

E cai no sono. Maria Valéria sorri. Floriano enlaça-lhe a cintura:

— Vamos, Dinda, o seu mimoso está dormindo.

— Quem é que vai passar o resto da noite com ele? — pergunta a velha.

— Decidiremos isso lá embaixo — responde o médico.

Apaga a luz do lustre, deixando acesa apenas a lâmpada de abajur verde, ao pé da cama.

Fora do quarto, no corredor, Maria Valéria para e fica um instante a escutar, como para se certificar de que ninguém mais a pode ouvir, além dos dois homens que a acompanham. Depois, em voz baixa, diz:
— Vacês pensam que não sei de tudo?
Camerino acende um cigarro, solta uma baforada de fumaça e sorri:
— Que é que a senhora sabe?
— O que vacê também sabe.
— E que é que eu sei?
— Ora, não se faça de tolo!
O médico pisca um olho para Floriano:
— Sua tia está atirando verdes para colher maduros...
A velha põe-se a quebrar com a unha a cera que incrusta a base do castiçal. Após uma breve pausa, cicia:
— A amásia do Rodrigo está na terra. Esta noite, lá pelas oito, ele saiu com aquele alcaguete sem-vergonha do Neco, e só voltaram depois dumas três horas. Não é preciso ser muito ladino para adivinhar aonde foram...
Floriano e Camerino entreolham-se.
— Dona Flora sabe? — pergunta o médico.
— Se sabe — responde a velha —, não fui eu quem contou.
Floriano toma-lhe o braço:
— Agora a senhora vá direitinho para a cama.
— Não estou com sono.
— Mas vá assim mesmo.
— Não me amole, menino!
Floriano conduz a velha até a porta do quarto dela.
— Vamos, Dinda, entre. Se houver alguma novidade nós lhe avisaremos...

Os dois amigos descem para o andar inferior e encontram as outras pessoas da casa reunidas na sala de visitas. "Cena final do segundo ato duma comédia dramática", pensa Floriano, censurando-se a si mesmo por não ter podido (ou querido?) evitar a comparação. O pano de boca acaba de erguer-se — continua a refletir, desgostoso consigo mesmo...

ou com os outros?... ou com os acontecimentos? As personagens encontram-se nos seus devidos lugares. O cenário está de acordo com as determinações do autor. *Sala de visitas no velho sobrado duma família abastada numa cidade do interior do Rio Grande do Sul. Móveis antigos, escuros e pesados. Um tapete persa em tons avermelhados (imitação, indústria paulista) cobre parte do soalho. Um pomposo lustre de vidrilhos, de lâmpadas acesas, pende do teto, refletindo-se festivamente no grande espelho avoengo de moldura dourada que adorna uma das paredes, pouco acima dum consolo sobre o qual repousa um vaso azul com algumas rosas amarelas meio murchas. A um dos cantos da sala, num cavalete, vê-se uma grande tela: o retrato a óleo, de corpo inteiro, dum homem de seus vinte e cinco anos, vestido de acordo com a moda do princípio do século.*

Flora está sentada numa cadeira de jacarandá lavrado, de respaldo alto. Tem as mãos pousadas no regaço, e em seus olhos tresnoitados Floriano julga ler uma expressão de ânsia mesclada de constrangimento. De pé ao lado da cadeira, Sílvia fita nos recém-chegados um olhar tímido e assustado que parece gritar: "Por amor de Deus, não me digam que ele está desenganado!". Junto a uma das janelas que se abrem para a praça, Bibi, os olhos meio exorbitados, fuma nervosamente, agitando os braços em movimentos bruscos (Bette Davis interpretando o papel de uma jovem neurótica). De costas para o espelho, perfilado e correto, colorido como um modelo de moda masculina da *Esquire* — revista que ele assina só para ver as figuras, pois não sabe inglês —, Marcos Sandoval fuma placidamente, aromatizando o ar com a fragrância de guaco da fumaça de seu cachimbo. Só lhe falta ter na mão um copo para ser a imitação perfeita do *man of distinction* dos anúncios do uísque Schenley.

Todas essas reflexões passam pelo espírito de Floriano nos curtos segundos de silêncio decorridos entre sua entrada na sala e o momento em que Flora, dirigindo-se ao médico, pergunta:

— Como está ele?

Ocorre agora a Floriano que nestes últimos anos nunca ouviu a mãe pronunciar uma vez sequer o nome do marido. Quando fala com qualquer dos filhos, refere-se a ele como "teu pai". Para os criados Rodrigo é sempre "o doutor".

— O acidente foi superado — responde Camerino. — Com a morfina, o nosso homem vai dormir toda a noite. Deixem que amanhã ele acorde espontaneamente. Ah! É indispensável que permaneça na cama, no mais absoluto repouso. E nada de visitas, por enquanto.

— E a alimentação? — indaga Sílvia.

— Se ao despertar ele tiver fome, deem-lhe um chá com torradas e um copo de caldo de frutas. Durante as próximas quarenta e oito horas terá de fazer uma dieta rigorosa.

Passa as mãos pelos cabelos revoltos, ao mesmo tempo que abafa um bocejo. Depois pergunta:

— Quem é que vai passar a noite com ele?

— Eu — Sílvia apressa-se a dizer.

— Está bem. Se houver alguma novidade, mandem me chamar. Mas acho que não vai haver nenhuma. De qualquer modo, voltarei amanhã, lá pelas oito...

— Foi um novo infarto, doutor? — pergunta Sandoval.

O marido de Bibi — reflete Floriano — não tem nenhuma estima real pelo sogro... Consciente ou inconscientemente deve estar interessado numa solução rápida da crise. Morto Rodrigo, faz-se o inventário e a partilha de seus bens; Bibi exigirá sua parte em dinheiro e ambos poderão voltar para o Rio, para o tipo de vida que tanto amam... Mas ao pensar estas coisas Floriano sente, perturbado, que não está agredindo apenas a Sandoval, mas também a si mesmo.

— Não — esclarece o médico —, desta vez foi um edema agudo de pulmão...

E cala-se, sem coragem — imagina Floriano — para explicar a gravidade do acidente. Há então um silêncio embaraçoso de expectativa, e a pergunta que ninguém faz fica pesando no ar. O dr. Camerino depõe a maleta em cima de uma cadeira, apaga o cigarro contra o fundo de um cinzeiro, desata e torna a atar os cordões do roupão ao redor da cintura, e a seguir olha para Floriano como a perguntar-lhe: "Devo falar franco? Valerá a pena alarmar esta gente?".

Laurinda alivia a tensão do ambiente ao entrar trazendo seis xícaras de café numa bandeja. Todos se servem, com exceção de Flora e Sílvia. Camerino lança um olhar afetuoso para o retrato de Rodrigo, pintado em 1910 por Don José García, um artista boêmio natural da Espanha.

— No tempo em que Don Pepe pintou esse quadro — diz o médico, dirigindo-se a Sandoval — eu devia ter uns dez anos. Dona Flora decerto se lembra... Meu pai era dono da Funilaria Vesúvio, onde eu tinha a minha "banca de engraxate". O doutor Rodrigo era um dos meus melhores fregueses. Sentava-se na cadeira e ia logo dizendo: "Dante, quero que meus sapatos fiquem como espelhos".

Faz uma pausa para tomar um gole de café, e depois continua:

— Conversava muito comigo. "Que é que tu vais ser quando ficares grande?" Eu respondia, mais que depressa: "Doutor de curar gente". O doutor Rodrigo soltava a sua bela risada, passava a mão pela minha cabeça e cantarolava: "*Dante Camerino, bello bambino, bravo piccolino, futuro dottorino*".

Todos agora miram o Retrato, menos Flora, que tem os olhos baixos, e Floriano, que observa as reações dos outros às palavras do médico. Julga perceber uma expressão de ironia na face de Sandoval; uma impaciente indiferença na de Bibi; um misto de simpatia e piedade na de Sílvia. Quanto à mãe, Floriano nota que ela mal consegue disfarçar seu mal-estar.

O médico depõe sua xícara sobre o consolo e, pondo na voz uma doçura de cançoneta napolitana, prossegue:

— Pois agora aqui está o doutor Camerino, trinta e cinco anos depois. — Segura o ventre com ambas as mãos e sorri tristemente para Sandoval. — Não mais *bambino* nem *piccolino*, nem *bello* nem *bravo*. E se consegui ficar *dottorino* foi graças ao doutor Rodrigo, que custeou todo o meu curso, do ginásio à faculdade de medicina. — Solta um suspiro, torna a olhar para o Retrato e conclui: — Por mais que eu faça por esse homem, jamais conseguirei pagar a minha dívida.

Faz-se um silêncio difícil. O canastrão terminou o seu monólogo, a sua *pièce de résistance*, mas ninguém o aplaudiu. Por que tudo isto continua a me parecer teatro? — pensa Floriano, irritado consigo mesmo e ansioso por tirar Camerino da sala, antes que o sentimentalão desate o pranto. Ali está ele com um surrado roupão de banho por cima do pijama zebrado, os pés nus metidos em chinelos. Com seus cabelos encaracolados, o rosto redondo, róseo e fornido (sombreado agora pela barba de um dia), a boca pequena mas polpuda e vermelha, os olhos escuros e inocentes — o filho do funileiro calabrês mais que nunca lembra a Floriano um querubim de Botticelli que tivesse crescido e atingido a meia-idade.

— Vamos, Dante — convida Floriano, puxando o outro pelo braço. — Eu te acompanho até tua casa. Estou sem sono.

Camerino apanha a maleta, despede-se e sai com o amigo.

Atravessam lentamente a rua. A boca ainda amarga, as mãos um pouco trêmulas, Floriano caminha com a sensação de que seu corpo flutua no ar, sem peso, como em certos sonhos da infância.

Fazem uma pausa na calçada da praça. Dante aponta para uma casa acachapada fronteira ao Sobrado, e em cuja fachada branca, pouco abaixo da platibanda, se destacam letras negras e graúdas, num arremedo de gótico: *Armadora Pitombo. Pompas Fúnebres.*

— Estás vendo? — observa Camerino. — Luz no quarto de Pitombo.

Floriano sorri:

— O nosso defunteiro nestas últimas semanas tem estado em "prontidão" rigorosa, esperando a qualquer momento a morte do Velho. Decerto viu as luzes acesas lá em casa e ficou alerta...

Camerino acende outro cigarro e, puxando o amigo pelo braço, diz-lhe:

— Sabes o que se murmura na cidade? Que o Zé Pitombo tem já pronto um caixão finíssimo nas dimensões de teu pai. Cachorro!

Dão alguns passos em silêncio. Na praça deserta os vaga-lumes continuam o seu bailado.

— Dante — murmura Floriano —, aqui para nós... qual é mesmo a situação do Velho? Essa coisa que ele teve é muito séria, não?

Camerino passa a mão pelos cabelos, num gesto meio perdido.

— Um edema agudo de pulmão por si só é algo de gravíssimo. Quando sobrevém depois de três infartos, então o negócio fica ainda mais preto. É melhor vocês não alimentarem nenhuma ilusão.

Floriano, que temia e de certo modo esperava estas palavras, sente agravar-se subitamente a sua sensação de fraqueza e o estranho frio que quase lhe anestesia os membros, apesar da tepidez da noite. E vem-lhe agora a impressão de que nada lhe confortaria melhor o estômago vazio que comer um pão quente recém-saído do forno da Estrela-d'Alva.

Passam em silêncio ao longo dum canteiro de relva, no centro do qual se empina um pequeno obelisco de granito rosado. Quando menino, Floriano costumava repetir de cor e com orgulho os dizeres gravados na placa de bronze, na base do monumento:

> Durante o terrível surto de influenza espanhola que em 1918 vitimou tantos santa-fezenses, um cidadão houve que, embora atacado do mal e ardendo em febre, manteve-se de pé para cumprir sua missão de médico, atendendo a ricos e pobres com o mesmo carinho e dedicação: o Dr. Rodrigo Terra Cambará. Que o bronze diga aos pósteros desse heroico e nobre feito.

Camerino pousa o braço sobre os ombros de Floriano e murmura:
— Eu me sinto responsável pelo que aconteceu ao teu pai.
— Ora... por quê?
— Ele estava tão bem, que lhe dei licença para sair da cama. E ontem nem fui vê-lo. Se tivesse ido, talvez essa coisa toda...
— Qual! — interrompe-o Floriano. — Tu conheces bem o Velho. Quando ele desembesta não há ninguém que consiga agarrá-lo...
Camerino ergue a cabeça e por um instante fica a mirar as estrelas. Como passam agora debaixo dum combustor, Floriano vislumbra um brilho de lágrimas nos olhos do amigo.
— E se a gente fosse sentar um pouco debaixo da figueira?
Camerino funga, passa nos olhos a manga do roupão e murmura:
— Boa ideia.

Sentam-se à sombra da grande árvore. Camerino inclina o busto, apoia os cotovelos nos joelhos e fica a olhar fixamente para o chão.
— Como é essa mulher? — pergunta, depois dum silêncio.
— Uns vinte e três ou vinte e quatro anos, morena, benfeita de corpo, bonita de cara...
— Que tipo de mentalidade?
— Não tenho a menor ideia.
O médico endireita o busto e volta-se para o amigo:
— A simples presença dessa menina na cidade é um perigo danado. Precisamos evitar que o Velho torne a encontrar-se com ela. A coisa é muito séria, Floriano. Perdoa a franqueza, mas o doutor Rodrigo pode morrer na cama com a rapariga... e isso seria um horror. Pensa no escândalo, na tua mãe..
— Mas ele pode morrer em casa, na própria cama... e sozinho, não pode?
O médico sacode a cabeça numa lenta, relutante afirmativa.
— A triste verdade — murmura — é que teu pai está condenado... — Sua voz se quebra de repente, como que prestes a transformar-se num soluço. — O futuro do Velho é sombrio, por melhor que seu estado de saúde possa *parecer* nos próximos dias ou semanas... Ele pode marchar para uma insuficiência cardíaca, de duração mais ou menos longa... tudo dependendo da maneira como seu organismo reagir à medicação... Sim, e também do seu comportamento como paciente...

— *Paciente* é uma palavra que jamais se poderá aplicar com propriedade a um homem como meu pai...

— É o diabo — suspira Camerino. — Se ele não evitar emoções, se cometer mais alguma loucura, algum excesso, só poderá apressar o fim...

Floriano não tem coragem de dar voz à pergunta que se lhe forma na mente. Mas o médico como que lhe adivinha o pensamento:

— Há outra hipótese... Ele pode morrer de repente.

Essas, palavras produzem em Floriano uma instantânea sensação de medrosa, agourenta expectativa, uma espécie de *mancha* no peito semelhante à que ele costumava sentir quando menino, na véspera e na hora dos exames escolares. Com os olhos enevoados fica a contemplar o Sobrado.

— Portanto — conclui o outro — vocês devem estar preparados...

A triste e fria verdade — pensa Floriano — é que todos nós, em maior ou menor grau, estamos sempre preparados para aceitar a morte dos outros.

Camerino levanta-se e, num gesto frenético, desamarra e torna a amarrar os cordões do roupão.

— E havia de me acontecer essa! — exclama, sacudindo os braços. — O meu protetor, o meu segundo pai, o meu melhor amigo... vir morrer nas minhas mãos!

Põe-se a andar dum lado para outro na frente de Floriano, o cigarro preso e meio esquecido entre os lábios, as mãos trançadas às costas. Ao cabo de alguns instantes, aparentemente mais calmo, torna a sentar-se.

— Tu sabes, Floriano, não gosto de me meter na vida de ninguém. Mas que diabo! Me considero um pouco da tua família. Acho que tenho o direito de fazer certas perguntas...

— Claro, homem. De que se trata?

— Há uma coisa que ainda não entendi nem tive coragem de pedir ao doutor Rodrigo que me explicasse...

Pousa a mão no ombro de Floriano e pergunta:

— Por que foi que, logo depois da queda do Getulio, teu pai se precipitou para cá com toda a família, assim como quem está fugindo de alguma coisa? Me explica. Eu sei que o doutor Rodrigo era, como se diz, homem "de copa e cozinha" do Ditador, figura de influência no governo... Está bem. Mas por que essa pressa em vir para cá, essa corrida dramática? Até agora, que eu saiba, não houve nenhuma represália contra os getulistas, nenhuma prisão...

— Bom — diz Floriano, cruzando as pernas e recostando-se no respaldo do banco. — A minha interpretação é a seguinte: durante esses quinze anos de residência no Rio, papai continuou sendo um homem do Rio Grande, apesar de todas as aparências em contrário. Não havia ano em que não viesse a Santa Fé, pelo menos uma vez, nas férias de verão. Esta é a sua cidadela, a sua base, o seu chão... Para ele a querência é por assim dizer uma espécie de regaço materno, um lugar de refúgio, de reconforto, de proteção... Não é natural que num momento de decepção, de perigo real ou imaginado, de aflição, de dúvida ou de insegurança ele corra de volta para os braços da mãe?

Camerino faz uma careta de incredulidade.

— A tua explicação, perdoa que te diga, é um tanto rebuscada. Não me convence.

— Está bem. Vou te dar então as razões de superfície, se preferes. De todos os amigos do Getulio, papai foi o que menos se conformou com a situação. Queria barulho. Achava que deviam reunir e armar as forças do queremismo e reagir.

— Mas reagir como?

Floriano encolhe os ombros.

— Sabes o que ele fez quando teve notícia de que os generais haviam obrigado o Getulio a renunciar? Correu para a casa do general Rubim, que ele conheceu como tenente aqui em Santa Fé, e disse-lhe horrores. "Seu canalha, seu crápula! Você jantou anteontem comigo, sabia já de toda essa conspiração indecente e não me contou nada!" O Góes Monteiro, que estava presente, quis intervir. Papai se voltou para ele e gritou: "E você, seu sargentão borracho? Você que deve ao presidente tudo que é, você...". Enfim, disse-lhe o diabo. O Góis ergueu a bengala e o Velho já estava com a mão no revólver quando amigos civis e militares intervieram e carregaram o nosso caudilho para fora... Depois dessa cena, algumas pessoas chegadas acharam que papai devia vir para cá o quanto antes, para evitar conflitos mais sérios.

Camerino sacode a cabeça lentamente.

— Bom, essa explicação acho boa. A coisa agora me parece mais clara.

— O doutor Rodrigo aceitou a ideia e, como bom patriarca, insistiu em trazer toda a família, inclusive a preciosidade do "genro". E este seu filho, que não tem nada com o peixe.

Ocorre-lhe que essa é uma boa autodefinição: "O que não tem

nada com o peixe". Sente, então, mais que nunca, o que há de falso, vazio e absurdo na sua posição.

— É por isso que aqui estamos todos — conclui —, para alegria dos mexeriqueiros municipais.

O outro cruza os braços e por alguns instantes fica a assobiar por entre os dentes, repetindo, distraído e desafinado, as seis primeiras notas de "La donna è mobile". Floriano tem a impressão de que quem está a seu lado é um gurizão que gazeou a aula e, com medo de voltar para casa, veio refugiar-se debaixo da figueira.

— Não vi o Eduardo — diz Camerino. — Onde se meteu ele?
— Foi dirigir um comício em Garibaldina.
— Será que os comunistas esperam eleger seu ridículo candidato de última hora?
— O candidato do PSD não é lá muito sublime...
— Tu sabes que eu vou votar no brigadeiro.
— Não contes isso ao Velho.
— Ora, não creio que um homem como o doutor Rodrigo possa ter qualquer entusiasmo pelo general Dutra...
— Está claro que não tem. Diz para quem quiser ouvir que o ex--ministro da Guerra não passa dum respeitável sargentão. Mas acontece que o doutor Getulio vai dar o seu apoio ao general.
— Ao homem que ajudou a depô-lo? O diabo queira entender o Baixinho!
— O João Neves é um homem muito inteligente e persuasivo...

Camerino olha para o Sobrado, cujas janelas se vão aos poucos apagando. Depois de alguns segundos de silêncio, pergunta:

— E tu, como te sentes nessa engrenagem toda?
— Como uma peça solta.
— Se permites que mais uma vez eu meta o bedelho na vida da tua família, te direi que na minha opinião o Sobrado não é mais o que era no tempo do velho Licurgo.

Uma vaca entra num canteiro de relva, a poucos metros da figueira, e põe-se a pastar. Um vaga-lume pousa-lhe no lombo negro e ali fica a cintilar como uma joia.

De súbito Floriano sente-se tentado a fazer confidências. Gosta de Camerino e há nas relações entre ambos uma circunstância que o diverte e até certo ponto enternece. Quando ele, Floriano, foi batizado, seu pai convidou Dante, que tinha então onze anos, para ser o "padrinho de apresentação".

Lembrando-se agora disso, sorri, toca no braço do amigo e diz:

— Meu padrinho, prepare-se, pois estou em veia confidencial.

Camerino encara-o, surpreendido.

— Não acredito...

— Tens que acreditar. Estás assistindo a um fenômeno portentoso. O caramujo procura deixar sua concha. Não ria da nudez do bicho...

Cala-se. Sabe que a sombra da figueira lhe propicia esta disposição de espírito. No fundo o que vai fazer é pensar, como de costume, em voz alta, só que desta vez na presença de outra pessoa.

— Desde que cheguei tenho me analisado a mim mesmo e à gente do Sobrado.

Ergue-se, enfia as mãos nos bolsos. Camerino acende outro cigarro.

— Não é nenhum segredo — prossegue Floriano — que papai e mamãe há muito estão separados, embora vivam na mesma casa e mantenham as aparências. Devo dizer que a conduta da Velha tem sido irrepreensível. Nada fez que pudesse prejudicar, de leve que fosse, a carreira do marido. Quando foram para o Rio, a coisa já não andava muito boa. Lá em cima tudo piorou. Tu sabes, mamãe não perdoa ao Velho por suas infidelidades. E não vejo por que deva perdoar, uma vez que foi educada dentro dos princípios rígidos dos Quadros. E o mais extraordinário é que ela nunca permitiu, nem aos parentes mais chegados, que criticassem o marido na sua presença. Mais que isso, nunca consentiu que o problema do casal fosse discutido ou sequer mencionado. E agora que papai está doente e politicamente derrotado, agora que podia haver uma esperança, por mais remota que fosse, de reconciliação, o doutor Rodrigo teve a infeliz ideia de mandar buscar essa rapariga...

Camerino escuta-o em silêncio, sacudindo lentamente a cabeça.

— Mamãe não se abre com ninguém. Posso bem imaginar seu sofrimento. Desde que percebeu que havia perdido o marido, tenho a impressão de que se voltou para os filhos em busca duma compensação... Agora vamos examinar esses filhos. Tomemos primeiro o Eduardo. Na sua fúria de "cristão-novo" o rapaz, que vê tudo e todos pelo prisma marxista, está procurando mostrar a seus companheiros de partido que não é por ser filho dum latifundiário e figurão do Estado Novo que ele vai deixar de ser um bom comunista. E qual é a melhor maneira de provar isso senão renegando em público, e com violência, esse pai "comprometedor"?

— No fundo deve adorar o Velho.

— Pode ser. Mas vamos ao Jango. É um Quadros, um Terra, um homem do campo, digamos: um gaúcho ortodoxo. Se o Eduardo deseja com uma paixão de templário a reforma agrária, Jango com a mesma paixão quer não só conservar o Angico como também aumentar a estância, adquirindo mais campo, mais gado...

— Já assisti a uma discussão do Jango com o Eduardo. Saiu faísca. Pensei que iam se atracar a bofetadas.

— O curioso é que o Jango no fundo não leva o irmão muito a sério. E o Eduardo classifica o Jango como um primário, um reacionário e encerra o assunto. Já observei também que o nosso marxista acha que, embora errado, Jango *é* alguma coisa, tem uma tábua de valores fixa, acredita em princípios que defenderá com unhas e dentes, enquanto eu, para o nosso "comissário", não passo dum indeciso, dum comodista, dum intelectual pequeno-burguês. É por isso que ele tem menos paciência comigo do que com o Jango.

— Não vais negar que o Jango é teu amigo.

— Talvez, mas me olha com uma mistura de incompreensão e desprezo.

— Por que desprezo?

— Porque não gosto da vida campeira, nunca usei bombacha e não sei andar a cavalo. Para um gaúcho da têmpera de Jango, não saber andar a cavalo é defeito quase tão grave como ser pederasta.

— Estás exagerando.

— Mas vamos adiante. O Eduardo ataca o pai nos seus discursos em praça pública. Mas o Jango, esse jamais critica o Velho, nem mesmo na intimidade. Apesar de libertador e antigetulista, nunca ousou exprimir suas ideias políticas na presença do pai.

— Ó Floriano! Quem te ouve dizer isso pode pensar que o doutor Rodrigo é um monstro de intolerância...

Sem tomar conhecimento da interrupção, Floriano continua:

— Agora, a nossa irmã. Às vezes me divirto a fazer uma "autópsia" surrealista da Bibi. E sabes o que encontro dentro daquele cérebro? Um pouco da areia de Copacabana, letras de samba, umas fichas de roleta, uma garrafa de uísque Old Parr e um vidro de Chanel nº 5.

Floriano sente que Camerino não compreendeu sua fantasia. Mas prossegue:

38

— Se eu te disser que nestes últimos dez anos nunca, mas nunca mesmo, cheguei a conversar com a minha irmã durante mais de dez minutos a fio, tu não vais acreditar.

— De quem foi a culpa?

— De ninguém. Temos dez anos de diferença de idade, e interesses quase opostos. Nesses quinze anos que passamos no Rio, apenas nos avistávamos. Quase nunca nos encontrávamos às horas das refeições. A família raramente se reunia inteira ao redor da mesma mesa. O Velho em geral almoçava no Jockey Club com algum amigo, e frequentemente tinha convites para jantar fora com diplomatas, capitães de indústria, políticos... Bibi vivia nas suas festas e não concebia sequer a ideia de passar uma noite sem ir a um cassino dançar e jogar. Tu sabes, teve um casamento que não deu certo e acabou em desquite. Por fim pescou esse Sandoval, que ninguém lá em casa conhecia. Só se sabia que o homem era simpático, trajava bem, frequentava o Cassino da Urca, costumava jogar na terceira dúzia e gabava-se de tutear o Bejo Vargas...

Camerino solta uma risada. Não parece o mesmo homem que há pouco tinha lágrimas nos olhos.

— Quanto a mim, tenho sido apenas um turista dentro da família, a qual por sua vez me considera uma espécie de bicho raro. Um homem que escreve livros...

— Não podes negar que teu pai tem orgulho de ti, de teus escritos...

— Olha, não sei... Ele nunca me perdoou por eu não me haver formado em alguma coisa. Nunca compreendeu que eu não me interessasse por uma carreira política, profissional ou diplomática.

— Ah! Mas se vê que ele tem um fraco por ti.

— Narcisismo. Ele ama em mim o seu próprio físico.

— Tu complicas demais as coisas.

— Já sei o que queres dizer: vejo tudo como um intelectual, não é? Mas, voltando ao Edu... Quem herdou o temperamento esquentado do Velho foi ele. Parece uma contradição, mas esse citador de Marx, Lênin e Stálin, esse campeão do proletariado e da Nova Humanidade, no fundo é um caudilhote.

Camerino sorri, sacudindo afirmativamente a cabeça.

— Acho que nesse ponto tens razão.

— Como Pinheiro Machado, o Eduardo anda com um punhal na cava do colete... (A única diferença é que o nosso comunista não usa colete.) Tu sabes, é aquele velho punhal com cabo de prata que pertenceu ao nosso bisavô Florêncio e que depois passou para o tio Toríbio... Dizem que está na família há quase dois séculos.

Floriano torna a sentar-se, estendendo as pernas e atirando a cabeça para trás. A sensação de fraqueza continua, mas o amargor desapareceu-lhe da boca. Uma frase se lhe forma espontânea na mente: *De súbito a noite se tornou íntima.*

— Mas continuemos com a nossa análise — prossegue. — Lá está o Velho agora, seriamente doente, reduzido a uma imobilidade, a uma invalidez que é a maior desgraça que podia acontecer a um homem de seu temperamento. O presidente Vargas caiu e o doutor Rodrigo Cambará está sem saber que rumo tomar. Seu mundo de facilidades, prazeres, honrarias e prestígio de repente se desfez em pedaços. É possível que o Velho esteja agora examinando os cacos, tentando reuni-los... Mas tu sabes, um Cambará não é homem de juntar cacos. Para ele é mais fácil reduzir pessoas e coisas a cacos. Reunir cacos é trabalho de mulher. A Dinda nestas últimas semanas não tem feito outra coisa senão tentar juntar os cacos da nossa família...

— Outro exagero — murmurou Camerino —, mas continua...

— Esse descanso vai dar ao meu pai tempo para pensar em muita coisa, e não creio que todas as suas lembranças sejam agradáveis. Ele pode continuar dizendo da boca para fora que o Estado Novo beneficiou o país, que o Getulio é o maior estadista que o Brasil já produziu, o Pai dos Pobres, et cetera, et cetera. Mas se for sincero consigo mesmo terá agora uma consciência aguda dos aspectos negativos da Revolução de 30: a corrida para os empregos, as negociatas indecentes, a ditadura, a censura da imprensa, as crueldades da polícia carioca, a desagregação moral dos nossos homens de governo.

Camerino coçou a cabeça, num gesto de indecisão.

— Um udenista como eu será a última pessoa do mundo a fazer a defesa do Estado Novo. Mas acho que é uma injustiça atirar para cima dos ombros do doutor Rodrigo qualquer parcela de culpa...

— Mas não! — interrompe-o Floriano. — Não estou acusando nem julgando o Velho. Quem sou eu? Estou tentando me meter na pele dele, imaginar com simpatia humana o que ele está pensando, sentindo, sofrendo... É impossível que ele não veja que esses anos de Rio de Janeiro desagregaram nossa família. Mamãe sempre criticava a vida que Bibi levava, e isso acabou indispondo uma com a outra, a ponto de passarem dias sem se falarem. Até hoje há entre ambas uma animosidade surda. Os três filhos homens têm conflitos de temperamento, de interesses, de opiniões. É possível que o Velho tenha engolido o "genro" novo que Bibi lhe arranjou: engoliu, mas estou certo de que não digeriu. Põe em cima de tudo isso a presença da outra mulher em Santa Fé e terás um quadro quase completo desta "reunião de família".

Faz uma pausa e depois exclama, desta vez sorridente:

— Ah! Esqueci uma grande figura... a velha Maria Valéria. Essa é a vestal do Sobrado, que mantém acesa a chama sagrada de sua vela... É uma espécie de farol em cima dum rochedo, batido pelo vento e pelo tempo... Uma espécie de consciência viva de todos nós...

Começa a assobiar, sem sentir, a melodia da canção que Dinda cantava para fazê-lo adormecer, quando ele era criança.

— Deixaste uma personagem fora do quadro — murmura Camerino ao cabo de uma pausa.

Floriano tem uma súbita sensação de mal-estar.

— Qual? — pergunta automaticamente, embora sabendo a quem o outro se refere.

— A Sílvia.

— Ah! Mas é que não a conheço tão bem quanto aos outros... — começa, sentindo a falsidade das próprias palavras.

Camerino traça riscos no chão com a ponta do chinelo.

— Deves ter notado pelo menos que ela e o marido não são felizes...

Floriano por alguns segundos permanece calado. Deve admitir ou negar que sabe do estado das relações entre Jango e Sílvia?

— Não notei nada — mente.

— Esse casamento foi a maior surpresa da minha vida. Que o rapaz andava louco pela menina, todo o mundo via. Mas Sílvia fugia dele, e levou um tempão para se decidir.

Floriano está ansioso por mudar o rumo da conversa. Conclui que sua melhor defesa será o silêncio. Não. Talvez o silêncio também possa incriminá-lo...

— Esse assunto é delicado demais — balbucia, arrependendo-se de ter dito essas palavras, pois percebe imediatamente que elas criam uma contradição.

— Não é mais delicado que o das relações entre o teu pai e a tua mãe...

Floriano toma outro rumo:

— Está bem. Eu explico o casamento assim. Sílvia podia não estar apaixonada pelo Jango, mas uma coisa era certa: a sua fascinação pelo

Sobrado, desde menininha. O Jango fazia a sua carga cerrada, tia Maria Valéria o protegia, queria vê-los casados. Papai chegou a escrever uma carta à Sílvia, dizendo claramente que ficaria muito feliz se ela, além de sua afilhada, viesse a ser também sua nora. Ante todas essas pressões, a Sílvia acabou cedendo...

Camerino sacode a cabeça.

— Sim, mas te asseguro que a coisa não deu certo. Tu sabes, diferenças de temperamento. Dum lado uma moça sensível, com a sua ilustraçãozinha, os seus sonhos, e do outro (perdoa a minha franqueza) um homem bom, decente mas um pouco rude, um casca-grossa, como se costuma dizer. — Faz uma pausa, hesitante, como que temendo entrar em maiores intimidades. — Há outra dificuldade ainda, além da incompatibilidade de gênios. Como sabes, o sonho dourado do Jango é ter um filho. Há uns cinco anos a Sílvia engravidou, mas perdeu a criança no terceiro mês... Teu irmão ficou inconsolável. Dois anos depois a Sílvia tornou a apresentar sinais de gravidez. Novas esperanças... Mas tudo não passou dum rebate falso. E por mais absurdo que pareça, o Jango procede como se a mulher fosse culpada de todos esses insucessos...

— O que ele quer é um filho macho para levar o nome de Cambará e tomar conta do Angico — diz Floriano com um surdo rancor pelo irmão. — Mesmo que isso custe a vida da mulher.

— Tenho muita pena dessa menina. É uma flor... mas é a companheira errada para o teu irmão. O que ele precisava era uma fêmea forte como uma égua normanda, boa parideira... e que soubesse tirar leite, fazer queijo, cozinhar... tomar conta da criadagem. A Sílvia não nasceu para mulher de estancieiro. Depois, não morre de amores pelo Angico. E o Jango, coitado!, não se conforma com a situação.

Floriano ergue-se com uma impaciência que não consegue reprimir, e pergunta:

— Mas que é que eu posso fazer?

Não ouve o que o outro diz, pois está escutando apenas a resposta que ele mesmo se dá mentalmente: "Levá-la daqui comigo, o quanto antes... não importa como nem para onde!". Pensa isso sem verdadeira convicção, já com um antecipado sentimento de culpa.

Camerino risca um fósforo e alumia o mostrador do seu relógio-pulseira.

— Opa! — exclama, pondo-se de pé. — Cinco para as quatro. Quero ver se posso dormir pelo menos umas três horas. Amanhã tenho de estar no hospital às sete e meia...

Põe a mão no ombro do amigo.

— Bueno, Floriano, se houver alguma novidade, gritem por mim. Boa noite.

Pega na maleta e se vai. Floriano permanece por alguns minutos à sombra da figueira, com um vago medo de voltar para casa.

Entra no Sobrado e vai direito ao quarto do pai. Abre a porta devagarinho. A lâmpada de luz verde está apagada, e na penumbra brilha agora a chama duma lamparina, sobre a mesinha de cabeceira. Maria Valéria está sentada ao pé do leito, na cadeira de balanço que pertenceu à velha Bibiana.

Floriano aproxima-se dela e sussurra-lhe ao ouvido:

— Como vai ele?

— Dormindo como um anjo.

— E a Sílvia, por que não ficou aqui como estava combinado?

— Mandei ela dormir. Gente moça carece de sono. Velho não.

Por alguns instantes Floriano queda-se a observar o pai, cuja respiração lhe parece normal. Os cabelos de Rodrigo Cambará, ainda fartos e negros, estriados aqui e ali de fios prateados, estão em desordem, como que agitados pelo mesmo vento imaginário que Don Pepe García tentou sugerir no retrato que pintou do senhor do Sobrado. Há neste rosto agora em repouso uma surpreendente expressão de mocidade e vigor. Um estranho que o observasse aqui nesta meia-luz dificilmente acreditaria que, entre o dia em que o artista terminou o quadro e este momento, se passaram quase trinta e cinco anos.

— Se precisar de alguma coisa, me chame, Dinda.

Maria Valéria limita-se a fazer um sinal afirmativo com a cabeça. Floriano sai do quarto na ponta dos pés.

De tão cansado, nem teve ânimo para despir-se e enfiar o pijama. Tirou apenas os sapatos. ("Tire os coturnos, relaxado!", gritou-lhe a Dinda do fundo do poço da infância.) De calças e em mangas de camisa como estava, apagou a luz e estendeu-se na cama, na esperança de afundar no sono imediatamente. Mas qual! Aqui está agora a revolver-se de um lado para outro. Sente o corpo meio anestesiado, mas o cérebro — frenético moto-contínuo — trabalha implacavelmente. E a imaginação, como uma aranha industriosa e maligna, tece fantasias em torno das duas figuras obsessivas que não se lhe apagam da mente, por mais que ele procure não pensar nelas: o pai, que pode morrer duma hora para outra, e Sílvia, que ele ama e deseja... e que neste momento está dormindo *sozinha* no seu quarto, ali no fundo do corredor.

Põe-se de bruços, apertando a parte superior do peito contra o travesseiro. *Um dia estou sentado na cama do Velho e de repente ele começa a afogar-se em sangue, a cara lívida, a respiração um ronco medonho... Seus olhos me suplicam que faça alguma coisa... Quero sair correndo em busca de socorro, mas ele me agarra pelos ombros com força e acaba morrendo nos meus braços.*

Floriano pensa vagamente em tomar um comprimido de Seconal. Basta virar-se, estender o braço para a mesinha de cabeceira e apanhar o frasco... Mas o temor de habituar-se ao uso de barbitúricos (não fosse ele um Quadros e um Terra) lhe tranca o gesto.

Por um instante fica a escutar — com uma sombra do medo que o perturbava quando fazia isso em menino — as batidas do próprio coração. Se esta *coisa* para de repente? E o coração do velho Rodrigo... estará ainda batendo? É curioso — reflete —, de dia sou um homem lúcido que sorri para os seus fantasmas. A noite é que me traz estes pensamentos mórbidos. Por que não imaginar coisas mais alegres?

Sílvia agora lhe aparece tal como a viu ontem, à tardinha, a regar com a água duma mangueira as plantas do quintal. Seu vestido é da cor das flores das alamandas. Sua sombra projeta-se azulada no chão de terra batida. Os pessegueiros estão pesados de frutos. *E então eu desço, aproximo-me dela por trás, enlaço-lhe a cintura, puxo-a contra meu corpo, beijo-lhe o lóbulo da orelha, minhas mãos sobem e cobrem-lhe os seios... e ela se encolhe arrepiada e se volta, e sua boca entreaberta procura a minha...* Mas não! Sílvia é a mulher de Jango. Está tudo errado. O melhor é dormir.

Revira-se, fica em decúbito dorsal, as pernas abertas, o corpo agora desperto e aquecido de desejo. Para fugir de Sílvia, pensa no pai.

Rodrigo Cambará morreu. Seu esquife entre quatro círios acesos reflete-se no espelho grande da sala. Um lenço cobre o rosto do morto, seus dedos trançados sobre o ventre têm quase a cor das mãos de cera que o Pitombo expõe na sua vitrina... Meus pêsames! Murmúrios. Choro abafado. Condolências! Abraços. Caras compungidas. Ah! o adocicado e nauseante cheiro dos velórios! E ele, Floriano, prisioneiro da câmara mortuária, sentindo uma vergonha de homem e, ao mesmo tempo, um terror de menino diante de todo aquele cerimonial... Roque Bandeira sopra-lhe ao ouvido: "Morrer é a coisa mais vulgar deste mundo. Qualquer cretino pode dum minuto para outro virar defunto. Um homem como teu pai devia evaporar-se no ar, para seu corpo não ficar sujeito a toda esta comédia macabra".

Floriano soergue-se na cama, despe a camisa num gesto brusco e atira-a para cima duma cadeira. Deita-se de novo e, de olhos fechados, fica a passar a mão pelo tórax úmido de suor. Vem-lhe um desejo repentino de fugir de tudo isto, do que já é e principalmente do que poderá vir a ser. Mas não! Basta de fugas.

Quanto a meu pai — pensa — não há nada que *eu* possa fazer. No caso de Sílvia, tudo vai depender de mim, exclusivamente de mim. Sinto, sei, tenho a certeza de que ela jamais tomará qualquer iniciativa... "É uma questão de tempo", disse-lhe há pouco Camerino, referindo-se à morte do Velho. Sim, tudo na vida — a própria vida, e as nossas angústias —, tudo é uma questão de tempo. E o tempo me ajudará a esquecer Sílvia... O diabo é que agora se trata duma questão de espaço. Faz um cálculo: quatro passos daqui à porta... mais seis até o quarto dela... Ah! Se tudo fosse apenas um problema de geometria!

Ponho a mão na maçaneta... O coração bate acelerado... expectativa e medo. Boca seca. Um aperto na garganta. Abro a porta devagarinho como um ladrão (ou um assassino?). A penumbra do quarto. Com o corpo numa tremedeira, fico a olhar para a cama onde Sílvia está deitada. Depois me aproximo... E se ela me repelir? Se ela gritar? Mas não. Sinto que está acordada, que me espera... Rolamos abraçados sobre os lençóis, ofegantes... A porta do quarto se abre, a Dinda aparece com uma vela acesa na mão e grita: Porcos!

Num pincho, como que impelido pela voz da velha, Floriano atira as pernas para fora da cama e põe-se de pé. Aproxima-se da pia, abre a torneira e começa a molhar o rosto, os braços, o pescoço, a cabeça, como se quisesse lavar-se das ideias lúbricas. Depois, ainda gotejante, acerca-se da janela e fica a olhar para o quintal, mas sem prestar atenção no que vê.

Como posso pensar coisas assim? Quando amanhecer o bom senso me voltará, serei o sujeito policiado que sempre fui e acharei absurdas e até ridículas estas fantasias noturnas de adolescente. Sílvia é tabu. Está liquidado o assunto.

Olha para o vidro de Seconal. Não. Prefiro atravessar a noite em claro com todos os meus espectros. Sorri para si mesmo. Nada disto é grave. Nada... a não ser a situação do Velho.

Pega uma toalha, enxuga-se com gestos distraídos. Torna a deitar-se e começa a assobiar baixinho uma frase do *Quinteto para clarineta e cordas* de Brahms. Sente-se imediatamente transportado para aquela noite, na Ópera de San Francisco da Califórnia... Escutava o quinteto procurando fazer a abstração do ambiente (o cavalheiro calvo que mascava chicle à sua frente, a dama gorda a seu lado, recendente a Old Spice), queria apreciar a música na sua pureza essencial, sem verbalizações. Fechou os olhos. E teve a impressão de que a melodia, como uma lanterna mágica, lhe projetava contra o fundo escuro das pálpebras a imagem de Sílvia. Foi nesse instante que teve a doce e pungente certeza de que ainda a amava.

Uma tábua do soalho estala. Floriano, que estava prestes a adormecer, soergue-se num sobressalto e fica à escuta. Passos no corredor. Seu coração dispara, como que compreendendo primeiro que o cérebro o perigo que se aproxima. Perigo? Sim, pode ser Sílvia... A possibilidade o alarma e excita. Acredita e deseja com o corpo inteiro que seja Sílvia, enquanto sua cabeça tenta repelir a ideia.

Mesmo que seja Sílvia — raciocina —, isso não quer dizer que venha bater à minha porta. Mas por que não? Ela ainda me ama. Eu sei, eu sinto. O silêncio da noite quente, a solidão, a ideia de que a morte ronda o casarão — tudo isso pode tê-la impelido para mim... Sim, é Sílvia.

Continua a escutar, tenso. O corpo inteiro lhe dói de desejo e medo. O ruído de passos cessa... Decerto Sílvia está parada à frente da porta... Terá coragem de entrar?

Duas batidas leves. Floriano põe-se de pé.

A porta abre-se devagarinho e Flora Cambará entra. Decepcionado e ao mesmo tempo aliviado, Floriano solta um suspiro, agarra a toalha num gesto automático e põe-se a enxugar o torso, por onde o suor escorre em bagas.

Flora acende a luz e o filho tem uma súbita e constrangedora sensação de desmascaramento e nudez, como se todos os desejos e maus pensamentos da noite lhe estivessem visíveis na face. Apanha a camisa e veste-a.

Percebe agora que a mãe tem numa das mãos um prato com um copo de leite e um pedaço de bolo. "Vem me amamentar", pensa, com uma mescla de impaciência e ternura.

— Faz muito tempo que chegaste, meu filho?
— Uns trinta ou trinta e cinco minutos...
— Não te vi entrar. Estava já preocupada.
— Ora, não havia motivo.

— Por que demoraste tanto?
— Fiquei conversando com o Dante, debaixo da figueira.
Ela lhe entrega o prato.
— Vamos, toma o leite. Está morninho. Vai te ajudar a dormir.
— Está bem. Mas não quero o bolo.
Segura o copo e começa a beber, sem o menor entusiasmo, com o olhar fito na mãe. A serena tristeza destes olhos escuros e limpos sempre o enterneceu. Há no entanto uma coisa com que ainda não conseguiu habituar-se: a mocidade da mãe. Aos cinquenta e cinco anos, aparenta pouco mais de quarenta. Nenhum fio de cabelo branco na cabeça bem cuidada. No rosto ovalado, dum tom mate e cetinoso, nenhuma ruga. Tem ainda algo de adolescente no porte frágil, na cintura fina, nos seios miúdos. Maria Valéria costuma dizer que é difícil acreditar que três "marmanjos" e mais a Bibi tenham saído de dentro deste corpo de menina.
— E o teu irmão, por que ainda não voltou?
— Acho que o comício acabou muito tarde e ele resolveu passar a noite em Garibaldina.
Ela franze a testa, deixa escapar um suspiro.
— O Eduardo me preocupa... — murmura. — Falar contra o próprio pai em praça pública não é coisa que se faça.
Floriano depõe o prato em cima da cômoda, segura Flora afetuosamente pelos ombros, beija-lhe de leve a testa e depois estreita-a contra o peito. Mas arrepende-se imediatamente do gesto, pois ela desata a chorar de mansinho. Ele não sabe que dizer, murmura apenas — ora... ora... —, passa a mão pelos cabelos da mãe. Jamais a viu chorar, sempre admirou seu autodomínio, a coragem com que enfrenta todos os problemas — os domésticos e os outros —, a discrição com que se comportou sempre, e que tornou tudo tão mais fácil para todos. Chorará agora por causa da doença do marido? Ou por causa da desagregação da família? Ou estará apenas — como disse há pouco — preocupada com o Eduardo? Floriano acha conveniente fingir que aceita a última hipótese. Não quer tocar nem de leve na ferida maior.
— Não pense nisso, mamãe. O Edu é um impulsivo, faz as coisas sem pensar e depois se arrepende. No fundo tem paixão pelo Velho.
Flora aparta-se do filho e começa a enxugar os olhos.
— Que bobagem a minha, chorar deste jeito como uma criança! Afinal, já devia estar acostumada com todas essas coisas...

A que coisas se refere ela? Às aventuras amorosas do marido? Aos pronunciamentos agressivos de Eduardo? Quando dá acordo de si, Floriano está metido no assunto mesmo que tanto queria evitar:

— Afinal de contas o papai e o Eduardo se parecem muito de gênio. Nenhum deles tem papas na língua. Não pensam nunca em quem podem ferir quando dizem ou fazem as coisas... São donos do mundo.

— Seja como for, *ele* é pai de vocês. Um filho não deve nunca criticar o pai.

Bonito! Aqui está um artigo do código dos Quadros, que é idêntico ao dos Cambarás. Certo ou errado, bom ou mau, pai é pai. O filho deve sempre baixar a cabeça diante do chefe do clã.

— Termine o leite.

— Ora, mamãe.

Floriano sente que voltou aos cinco anos na maneira com que quase choramingou estas últimas palavras. Sorri e devolve a Flora o prato com o copo e o bolo.

— Por amor de Deus, não me obrigue a tomar o resto.

— Está bem. Agora durma.

Beija o filho na testa e se vai.

Pela manhã, ao voltar ao Sobrado, o dr. Camerino encontra Rodrigo acordado e Maria Valéria ainda de guarda ao pé do leito.

— Bom dia! — exclama, procurando dar à voz um tom jovial. — Como vai o nosso doente?

Sentado na cama, recostado em travesseiros, Rodrigo responde com voz débil:

— Estou como aquele velho gaúcho de Uruguaiana, "peleando em retirada e com pouca munição".

— Qual nada! — replica o médico. — Munição é o que não lhe falta.

— O que ele não tem é vergonha — diz a velha.

Rodrigo sorri e pisca um olho para Camerino, que acaba de sentar-se na cama.

— E a respiração?

— Regular pra campanha.

— Alguma dor ou opressão?

Rodrigo faz um sinal negativo.

— Estou é meio bombardeado, a cabeça pesada, o estômago embrulhado.

— É da morfina.

Camerino segura o pulso do amigo e durante meio minuto fica a olhar para o mostrador do relógio.

— Pulso bom.

A seguir mede-lhe a pressão arterial.

— Quanto?

— Está bem.

— Mas *quanto*?

— Só lhe digo que está melhor que ontem.

Põe-se agora a auscultá-lo e leva nisso algum tempo.

— Quantos dias de vida me dás?

O médico ergue-se, repõe o estetoscópio dentro da maleta e, como se não tivesse ouvido a pergunta, diz:

— Vou lhe mandar uma cama de hospital. É mais cômodo. E precisamos arranjar o quanto antes outro enfermeiro. O senhor não devia ter despachado o rapaz... Viu a falta que ele fez?

— Mas vocês me mandaram um fresco! Eu já nem podia mais olhar para ele, me dava vontade de pular da cama e encher-lhe a cara de tapas. Por que não trazem logo uma mulher?

— Essa é que não! — reage Maria Valéria, rápida.

— Por falar em mulher... — sorri o doente. — Preciso fazer a barba. Mande chamar o Neco Rosa, titia.

Maria Valéria inteiriça o busto, como se lhe tivessem dado uma agulhada.

— Se esse alcaguete ordinário tivesse vergonha na cara, não entrava mais no Sobrado. Não pense que eu não sei aonde ele levou vacê ontem.

Rodrigo volta-se para a tia, agressivo:

— Enquanto eu estiver vivo ninguém me *leva* a parte alguma. Quando vou aos lugares é de livre e espontânea vontade. Não culpe o homem.

— Sua mulher sabe — replica a velha. — Todo mundo sabe.

— Pois se sabem, que façam bom proveito.

Maria Valéria levanta-se.

— Maroto!

Retira-se do quarto. Apesar da cegueira da catarata, caminha sem hesitações, conhece o Sobrado palmo a palmo. Seus passos soam duros no corredor.

Rodrigo sorri.

— Ela volta, Dante. Tem uma paixa danada por mim, uma paixa antiga. E sabes aonde ela foi? Foi mandar chamar o Neco. Aposto!

Camerino acende um cigarro, no qual os olhos de Rodrigo se fixam com intenso interesse.
— Eu não podia fumar um cigarrinho? Só a metade...
— Hoje não.
— Pois então apaga esse pito, a não ser que tenhas a intenção de me torturar. Sabes quantos cigarros costumo fumar por dia? Mais de quarenta. Sem contar os charutos...
Camerino aproxima-se da janela, dá três tragadas rápidas e joga fora o cigarro.
— Preciso urgentemente dum banho.
— Hoje não.
— Mas suei como um animal a noite passada, não aguento o meu próprio fedor.
— Mude o pijama. Quando o enfermeiro vier, mande o homem lhe passar uma água-de-colônia no corpo. Banho não. O senhor tem que ficar quietinho na cama.
Rodrigo faz um gesto de irritação. Camerino torna a sentar-se ao lado do paciente.
— Olhe, doutor Rodrigo, precisamos ter uma conversa muito séria...
— Sei o que vais me dizer, Dante. Quero te poupar o sermão. Não devo repetir o que fiz ontem no Hotel da Serra senão morro, não é isso?
— Isso e mais alguma coisa...
— Tu conheces o ditado que corre na família: "Cambará macho não morre na cama". — Rodrigo segura com força o pulso do amigo. — E se eu morrer numa cama, mas em cima duma fêmea, doutor Camerino, não se poderá considerar isso "morrer em ação"? *Eh, dottore, eh?*
Dante sorri amarelo. Este homem, que ele estima e admira, sempre o desconcerta com seus sarcasmos.
— Doutor Rodrigo, estou falando sério.
— Eu também. Nunca falei tão sério em toda a minha vida.
Uma súbita canseira estampa-se no rosto do doente, que se cala, ofegante, cerrando os olhos e atirando a cabeça para trás.
— Viu? — diz o médico. — Excitou-se e o resultado aí está...

Tira do bolso um vidro de digital:

— O senhor sabe tão bem quanto eu que, se tomar regularmente este remédio...

Rodrigo interrompe-o com um gesto de enfado.

— Perdes o teu tempo. Não esqueci tanto a medicina que não saiba que estou liquidado. Primeiro os infartos... e agora esta porcaria do edema. É o fim do último ato.

Camerino abre o vidro, tira dele um comprimido e, entregando-o ao paciente com um copo d'água, murmura:

— Tome um agora. E depois, cada vinte e quatro horas.

Rodrigo obedece.

— Tu me conheces, Dante. Um homem de meu temperamento, fechado num quarto, deitado numa cama, como uma velha achacada... É pior que a morte. Às vezes chego a pensar se não seria melhor meter uma bala nos miolos e acabar com tudo de uma vez...

Camerino lança um olhar enviesado para a mesinha de cabeceira em cuja gaveta ele sabe que Rodrigo guarda o revólver.

— Para que vou me privar das coisas que me dão prazer? Para viver mais seis meses, um ano que seja, nesta vida de inválido? Não, Dante, tu sabes que eu não sou homem para aceitar as coisas pela metade. Comigo é tudo ou nada.

Camerino escuta-o em silêncio. Sabe que as palavras do amigo têm uma sinceridade apenas de superfície.

Neste instante abre-se a porta, Eduardo entra e aproxima-se do leito.

— Só agora fiquei sabendo... — murmura, sem poder disfarçar o embaraço que esta situação lhe causa. — Acabo de chegar de Garibaldina.

Rodrigo mira-o de alto a baixo, com um olhar quase terno. É a cara da mãe — pensa.

Camerino está um pouco inquieto, pois há poucos dias pai e filho tiveram uma altercação feia por causa de política.

— Como foi o comício? — pergunta Rodrigo.

— Fraco.

— Era o que eu esperava. A colônia vota sempre com o governo. Dos três candidatos, o que mais cheira (ou fede) a oficial é o Dutra. Os colonos vão votar no general.

Eduardo sacode a cabeça lentamente. Tem as faces sombreadas por uma barba de dois dias, traja uma roupa de linho claro, muito amarrotada, e está sem gravata.

Rodrigo sorri com paternal ironia:
— No comício de ontem tornaste a atacar este teu pai latifundiário, flor do reacionarismo, lacaio do capital colonizador?
Eduardo continua sério.
— Não atacamos pessoas — diz. — Discutimos princípios, combatemos erros.
— É o que afirmam também os católicos. Atacar as ideias mas respeitar as pessoas. No entanto, vocês, diferentes dos católicos, de vez em quando acham que o meio mais simples de combater uma ideia é liquidar fisicamente o seu portador.
— Era isso que fazia a polícia do "seu" Estado Novo!
As narinas de Rodrigo palpitam.
— Se a nossa polícia era tão criminosa como vocês comunistas propalam, como explicas que teu patrão, o Prestes, a primeira coisa que fez ao sair da cadeia foi prestigiar o doutor Getulio?
— Não vim aqui para discutir política, e sim para saber como está o senhor.
— Estou bem, muito obrigado. E tu?
Desta vez quem sorri é o rapaz. Volta a cabeça para Camerino e diz:
— Estás vendo? Ele quer discussão, mas a esta hora da manhã não topo provocações. — E, tornando a olhar para o pai, acrescenta: — Ando tresnoitado.
— Então vai dormir. Precisas refazer as forças. Porque vai ser muito custoso vocês convencerem o eleitorado, até mesmo o comunista, a votar nesse raquítico candidato feito nas coxas.
Sem dizer palavra, Eduardo volta as costas para o pai e encaminha-se para a porta.
— Faz essa barba! — grita-lhe Rodrigo. — Muda essa roupa! Não precisas levar tão a sério o teu papel de representante das massas oprimidas...
Depois que o rapaz sai, Rodrigo olha para Camerino:
— E essa? Eu com um filho comunista!
— Doutor, o senhor está conversando demais.
— Como se explica saírem do mesmo pai, da mesma mãe três filhos machos tão diferentes um do outro?
Muda de tom:
— Mandaram chamar o Jango?
— Não achei necessário.

— E Floriano, por que não me apareceu?

— Deve estar ainda na cama. Dona Flora me disse que ele só dormiu ao clarear do dia.

Rodrigo parece hesitar antes de fazer a próxima pergunta.

— Ele sabe... dessa minha história?

Quem hesita agora — mas apenas por um segundo — é Camerino.

— Sabe. Tivemos uma longa conversa ontem à noite, debaixo da figueira.

— Naturalmente está contra mim.

— Quem foi que lhe disse?

— Imagino. Apesar de se parecer fisicamente comigo o Floriano em matéria de temperamento é mais Quadros que Cambará...

— Pois está enganado. O Floriano não o censura. Compreende a situação.

Entra agora uma das crias da casa, uma caboclinha de quinze anos, de pernas finas, seios pontudos e olhos xucros. Traz uma bandeja, que Camerino manda pôr em cima da mesinha, ao lado do paciente.

— Está bem, Jacira — diz o médico. — Podes ir.

A rapariga hesita.

— Como vai o doutor? — pergunta, sem olhar para o doente.

— Agora vai melhor.

Rodrigo detém a rapariga com um *psit* que a faz estremecer.

— Diga à Laurinda que ainda estou vivo. E que ela me prepare uma feijoada completa, com caldo bem grosso, bastante toucinho, linguiça, repolho e batata-doce. Ah! E um assado de costela bem gordo!

Depois que a criada se vai, Camerino volta-se para o amigo.

— Um pouco de fantasia nunca fez mal a doente nenhum. Pense nos quitutes que quiser, nas comidas mais gostosas, fortes e indigestas. Mas coma apenas em pensamento.

Rodrigo olha com repugnância para o conteúdo da bandeja: uma xícara de chá com torradas e um copo com suco de ameixas.

— Só isso?

— Depois de quarenta e oito horas vou lhe dar licença de comer quase tudo... menos gorduras e condimentos fortes, está claro.

Rodrigo apanha o copo e com uma careta de repugnância bebe alguns goles de caldo de ameixa.

— Muito bem. Agora tome o chá e coma as torradas.

— Por que não um cafezinho?

— Hoje não. Amanhã.

— Amanhã! Sempre amanhã! E quem me garante que para mim vai haver um amanhã?

O médico apanha a maleta.

— Preciso ir ao hospital ver um doente que o Carbone operou e que está com uma febre muito suspeita. Bem. Pouco antes do meio-dia venho ver como vão as coisas por aqui.

Rodrigo segura-lhe o braço.

— Escuta, Dante, não sei se vais acreditar. Mas quero te dizer que não fui eu quem mandou buscar essa menina, palavra de honra. Ela veio de livre e espontânea vontade.

Camerino sacode a cabeça afirmativamente.

— Vejo que não estás acreditando...

— Estou, sim senhor.

— Não sou tão irresponsável que, no meu estado de saúde, e morando num burgo como este, eu mandasse buscar a minha amante para a instalar logo naquela espelunca...

— Eu sei.

— Mentira. Tu, o Floriano, todos os outros acham que deixei tudo combinado com ela antes de sair do Rio. Confessa!

— O senhor está enganado. Não pensei nada disso. Mas tome o chá.

A bandeja oscila num equilíbrio instável sobre os joelhos do paciente.

— Pois é. Ela veio porque quis, porque estava preocupada com a minha saúde... porque sentia falta de mim.

Trinca uma torrada e começa a mastigá-la com uma fúria miudinha e gulosa de roedor.

— A menina me quer bem, Dante, e é isso que tem tornado essa coisa toda tão difícil. Se fosse uma dessas putinhas que andam atrás de dinheiro, o problema não seria tão complicado. Não nego que tenho um rabicho por ela. Tenho, e forte. A Sônia é diferente, uma moça de boa família... Era datilógrafa numa dessas autarquias...

— O senhor não me deve nenhuma explicação.

— Não devo mas quero dar. Além de meu médico és meu amigo.

Rodrigo toma um gole de chá e apanha outra torrada.

— Esta droga tem gosto de papelão!

— Até logo — diz Camerino alguns segundos depois.

— Espera, homem. Vem cá. Me olha bem nos olhos... Estou liquidado, não estou?

— Ora, doutor, não diga isso.
— Não sabes mentir.
— Dou-lhe a minha palavra de honra...
— Pois, como diz Don Pepe, me cago na tua palavra de honra. Podes ir!

Encalistrado, Dante Camerino faz meia-volta e se vai.

26 de novembro de 1945

Neco Rosa, proprietário da Barbearia Elite, ensaboa o rosto de seu velho amigo Rodrigo Cambará.

— Eu te disse, aquele negócio não ia acabar bem...
— Cala a boca, Neco, o que passou, passou.
— Mas é que tua tia me botou a boca quando entrei. Me conheceu pelos passos ou pelo cheiro, não sei...
— No fundo ela te quer bem. Eu disse à velha que a culpa não foi tua.
— Não tive nem coragem de olhar dona Flora de frente.
— E tu pensas que eu tenho? — Rodrigo suspira. — Se eu pudesse passar minha vida a limpo, Neco, palavra de honra...

Fica a olhar para o teto, com um ar de devaneio. No fundo não está muito convencido de que poderia levar uma vida diferente, se lhe fosse dado recomeçar. Ah! mas o que daria agora para poder recuperar a estima e o respeito da mulher!

Neco tira uma navalha de dentro de sua velha bolsa ensebada, e fica a passar a lâmina num assentador.

— Me dá um cigarro — pede Rodrigo.

O barbeiro leva a mão ao bolso, num gesto automático, mas, de repente, lembrando-se, exclama:

— Ah, essa é que não! O doutor proibiu...
— Me dá um cigarro, animal! — insiste Rodrigo, tentando enfiar os dedos no bolso do barbeiro.

Neco recua com a navalha numa das mãos e o assentador na outra, como para repelir uma agressão física.

— Não quero ser responsável pela tua morte. Sou teu amigo.
— Pois então me dá uma prova dessa amizade. Me degola, corno, me liquida duma vez. Acaba com este suplício. Mas afia bem essa na-

valha. Para um bandido como tu, a coisa mais fácil do mundo é matar um homem. Me passa esse cigarro duma vez!

Neco hesita, olhando inquieto para os lados.

— Bom, vou te dar um cigarro, mas tens de me prometer que fumas só a metade. Feito?

— Passa a chave na porta.

Neco obedece. Depois, aproximando-se de novo da cama, mete um cigarro entre os lábios do amigo e acende-o.

— És um sujeito custoso — murmura, sacudindo a cabeça. E continua a passar a navalha no assentador.

Com a cabeça atirada para trás, contra um dos travesseiros, Rodrigo sopra a fumaça para o ar, com delícia.

— Vamos duma vez com essa barba!

Neco faz a navalha cantar sua musiquinha familiar na face do amigo.

— Podem até me fechar pra sempre as portas do Sobrado... — queixa-se ele. — Vão acabar me culpando da tua morte.

Rodrigo fuma e sorri, os olhos cerrados.

— Onde se meteu o Chiru? — pergunta.

— Ele queria vir te ver hoje, mas o médico proibiu. Diz que só podes começar a receber visitas de amanhã em diante, e assim mesmo poucas e curtas.

— O Dante é um exagerado.

Por alguns instantes só se ouve no quarto o rascar da navalha no rosto de Rodrigo e a respiração forte e sibilante do barbeiro.

— Neco, vou te pedir um grande favor...

O outro põe-se na defensiva.

— Se é alguma coisa que vai te prejudicar...

— Escuta. Quero que procures a Sônia *hoje*, logo que saíres daqui...

— Sim...

— ... e contes a ela o que me aconteceu. Diz que estou bem agora, que não se aflija. E que mando perguntar se está precisando de alguma coisa. E que tenha o maior cuidado, não se exponha muito.

— Está bem — murmura o Neco com gravidade.

— Naturalmente ela deve ir a um cineminha de vez em quando, mas que não puxe conversa com ninguém, porque todo o mundo sabe quem ela é e o que veio fazer. Pode haver explorações. Tu sabes, tenho inimigos... Hoje mais que nunca.

Neco torna a ensaboar a cara do amigo.

— Queres que eu te escanhoe?
— Claro, homem. Mas ouviste o que te pedi?
— Ouvi. E se ela perguntar quando é que vai te ver outra vez, que é que eu digo?

Rodrigo solta um suspiro de impaciência, que lhe sai com uma baforada de fumaça.

— Aí é que está o problema. Se essa menina tivesse ficado no Rio, eu estava aqui com saudade dela, mas sabia que não havia outro remédio senão aguentar. Mas pensar que ela está em Santa Fé, a sete quadras do Sobrado, e não poder nem sequer ver a carinha dela... é duro.

— Agora cala a boca que eu quero te raspar o bigode.

Agora cala a boca. É o cúmulo! Ele, Rodrigo Cambará, o homem a quem senadores e ministros pediam favores, o amigo de Getulio Vargas, aqui está ouvindo este "agora cala a boca", pronunciado com a maior naturalidade por Neco Rosa, barbeiro, seresteiro, chineiro e desordeiro. O mundo está mesmo de patas para o ar.

Terminado o serviço, Neco repõe os petrechos na bolsa, fecha-a e senta-se ao lado da cama. Rodrigo passa a mão pelas faces e pelo queixo.

— O mesmo Neco de sempre. O pior barbeiro do mundo.
— A verdade é que vais, vens e acabas nas minhas garras. Mas me dá esse toco de cigarro, que eu vou esconder.

Tira a bagana da boca do amigo, apaga-a com as pontas dos dedos amarelados de nicotina e mete-a no bolso.

— Vou te fazer outro pedido — diz Rodrigo em voz baixa —, desses que um homem só faz a um amigo de confiança.

Neco vai acender outro cigarro, mas contém-se para não agoniar o enfermo.

— Que é?

Por um instante Rodrigo fica como quem não sabe por onde começar.

— Tu sabes como é este nosso pessoal... Veem uma menina bonita sozinha num hotel e já imaginam que é mulher da vida, e toca a dar em cima dela. Existem aqui uns rapazes impossíveis como o Macedinho, o Teixeirinha e outros. Não podem enxergar mulher...

Neco sacode a cabeça, compreendendo aonde o outro quer chegar.

— O que vou te pedir não é fácil, eu sei. Mas faze o que puderes. Me dá uma olhadinha na Sônia de vez em quando. És a única pessoa a quem posso fazer este pedido com o espírito tranquilo. Sei que não vais faltar com o respeito à menina.

— Não sou santo, mas mulher de amigo pra mim é homem.
— Acho que a solução é mandar a Sônia embora.
— Também acho.
— Se ao menos eu estivesse em condições de sair deste quarto...
— Não contes comigo para outra visita como aquela. Deus me livre!
— Não te preocupes. Na próxima vez vou sozinho... se é que vai haver uma próxima vez.

Neco ergue-se.
— Bom, vou cantar noutra freguesia.
— Quanto te devo?
— Ora, vai amolar o boi!

No momento em que o amigo lhe estende a grande mão ossuda, riscada de veias salientes dum azul esverdeado, ocorre a Rodrigo uma ideia.

— Espera, acho melhor escrever um bilhetinho à Sônia. Neco velho, tem paciência, me traz ali da cômoda papel e caneta...

O barbeiro faz o que o amigo lhe pede. E resmunga:
— Era só o que me faltava! Virar alcoviteiro depois de velho...
E fica esperando que Rodrigo escreva o bilhete.

À tardinha, ao sair para um passeio ocioso pela cidade, Floriano encontra Pepe García na sala de visitas do Sobrado, sentado diante do Retrato.

Trata de pisar com cautela para não produzir o menor ruído, pois sabe o que terá de aguentar se o pintor lhe deitar as garras.

É uma história a um tempo comovente e grotesca. O artista aparece periodicamente no Sobrado e fica a contemplar durante horas a fio este quadro que todos, e ele também, consideram a obra máxima de sua vida. O retrato de corpo inteiro de Rodrigo Cambará não só revela o artista no auge de seu poder criador como também em plena posse de sua maturidade e de seu vigor físico.

O degrau range. Pepe volta a cabeça e, avistando Floriano, grita:
— Vem cá, chico!

Floriano não tem outro remédio senão aproximar-se. Pousa o braço sobre os ombros do espanhol, que continua sentado, e ficam ambos a mirar a tela.

— Agora me diga se esse que aí vês na força da juventude, da saúde e da beleza é o mesmo que está lá em cima...

— Ora Pepe! — sorri Floriano. — Não sejas exagerado. Meu pai está conservadíssimo para um quase sessentão...

O pintor sacode a cabeça numa negativa.

— Não, não e não! — Ergue os olhos para o amigo, bafeja-lhe o rosto com seu hálito de cachaça. — Don Pepe sabe o que diz. *Esse* Rodrigo do Retrato não existe mais!

Depois de trinta e cinco anos no Brasil, fala português com fluência, mas com um sotaque que por assim dizer lhe embacia as palavras.

— Por que não sobes para conversar com o Velho?

— Jamais!

— Faz quase um mês que ele chegou e ainda não o visitaste.

— Eu sei.

— Não és mais amigo dele?

— Amigo? Eu adoro teu pai. É exatamente por essa razão que não vou. Quero guardar dentro de mim a lembrança do Outro. Desse que ali está na tela, por obra de meu gênio, *coño*!

Aos setenta e um anos Pepe García parece um Quixote de capítulo final. Tem um rosto longo e emaciado, um par de olhos escuros e ardentes, no fundo de órbitas ossudas; os bigodes de guias longas caem-lhe pelos cantos da boca, e a agudez do queixo acentua-se na pera grisalha e malcuidada. Veste uma velha roupa de sarja cor de chumbo, de gola ensebada; manchas de sopa e molhos de almoços e jantares imemoriais deixaram-lhe nas lapelas desenhos indecifráveis. Seus pés longos e magros estão metidos em alpargatas de pano pardo.

— Bom, Pepe velho, tenho que sair...

Como se não o tivesse ouvido, o outro murmura:

— Eu devia amar-te também, porque te pareces com teu papai. Mas qual! Não passas duma imitação barata do Rodrigo autêntico que conheci...

Floriano sai, com a impressão — que ao mesmo tempo o diverte e enfada — de que o castelhano acaba de dizer uma verdade.

Atravessa a praça diagonalmente, em passadas lentas. Seis da tarde. A luz do sol tem uma tonalidade de âmbar. O galo do cata-vento da Matriz está imóvel na quietude morna do ar. No coreto, perto da pista circular de patinação, crianças brincam em algazarra. Mocinhas que dão a impressão de que acabam de sair do banho passeiam em bandos pelas calçadas, algumas acompanhadas de rapazes. Em muitas das casas que dão para a praça, senhoras gordas de ar plácido, debruçadas nas suas janelas, contemplam a tarde e a parada dos namorados. Tudo seria duma doçura quase bucólica não fossem os alto-falantes da Rádio Anunciadora, que despejam por suas gorjas de metal músicas estrídulas, entremeadas de propaganda comercial e política. Quando a música cessa, a voz do locutor, cheia de erres vibrantes, proclama alternadamente a qualidade e os preços dos artigos da Casa Sol, os milagres dum sabonete desodorante e a necessidade da volta de Getulio Vargas.

Aos sons de um frevo frenético, Floriano encaminha-se para a rua principal. Sabe o que o espera neste passeio. Terá de parar mil vezes para abraçar conhecidos e — o que é pior — pessoas que não conseguirá reconhecer. Sempre teve uma consciência muito viva de sua timidez e de sua preguiça de responder às perguntas que lhe fazem, de mostrar-se simpático, atencioso, bom moço. Lembra-se de Ravengar, um herói de sua meninice, personagem de um romance-folhetim e de um filme seriado, inventor de um manto que tinha a virtude de torná-lo invisível. Floriano lamenta não estar agora envolto na capa de Ravengar. Mas não! Está decidido a queimar, destruir para sempre esse manto mágico, pois quer fazer-se visível como nunca, estar presente, participar... Vai ser duro, ah!, isso vai, mas está resolvido a levar a experiência até o fim.

Avista Cuca Lopes e imediatamente seu espírito se transforma em teatro duma luta. Uma parte do seu eu lhe grita em pânico que se esconda. A outra quer arrastá-lo na direção do mexeriqueiro municipal. E como esta última sente que vai perder a partida, lança mão dum recurso desesperado, criando o "caso consumado".

— Cuca! Como vai essa vida, homem?

O oficial de justiça precipita-se a seu encontro, de braços abertos.

— Menino, eu estava com uma vontade louca de te ver. Onde tens te metido?

Abraçam-se. Cuca tresanda a suor novo e antigo de mistura com o sarro das baganas que costuma guardar nos bolsos. É pequeno, roliço, rodopiante como uma piorra. Gordurinhas meio indecentes acumulam-se-lhe no ventre e nas nádegas.

— Como vai o teu pai?

— Melhor, obrigado.

— Tu não imaginas — diz Cuca, cheirando a ponta dos dedos —

como todo o mundo está pesaroso. Que perda, se o doutor Rodrigo morresse! É o que digo sempre. Um amigaço e tanto, o pai da pobreza, todo o mundo gosta dele. Eu que diga!

Floriano tenta despedir-se, seguir seu caminho, mas o outro o detém, segurando-o pela manga do casaco.

— Escuta aqui, Floriano, me disseram que teu pai trasantontem foi visto de noite no Hotel da Serra com o Neco Rosa. É verdade?

— Não sei, não ando espiando o meu pai.

— Ah! Logo vi que era mentira. Pois se o Rodrigo estava de resguardo por causa do incardo do mio... infarto do miocárdio, digo, como é que ia já andar caminhando? E logo no Hotel da Serra, de noite... Só se foi algum amigo que chegou do Rio, digo...

— Sinto muito, Cuca, mas não posso te esclarecer o assunto. Até logo.

Faz meia-volta e continua a andar.

O frevo terminou. O locutor dá os característicos da estação. Ouve-se um rascar de agulha em disco, e a seguir uma voz bem empostada e solene: "Brasileiros! Patriotas de Santa Fé! *Ele* voltará! Venham todos ao comício queremista desta noite na praça Ipiranga. Falarão vários oradores". Uma pausa dramática, e depois: "*Ele* voltará!".

A rua do Comércio! Floriano lembra-se dos tempos da adolescência e do titilante prazer com que, depois do banho da tarde, todo enfatiotado e recendente a sabonete, descia aquela rua, rumo da outra praça, alvorotado à ideia de que em algum lugar ia encontrar a namorada (amores de estudante em férias), ansioso pelo momento de passar por ela e, a garganta apertada, as orelhas em fogo, lançar-lhe um olhar comprido... Marina, Isaura, Rosália, Dalva... por onde andais?

Floriano lança olhares dissimulados para as fachadas de certas casas, como se temesse ser interpelado por elas. A arquitetura de sua terra natal sempre o deixou intrigado. Não é nada, não significa nada. Certo, existem em Santa Fé algumas casas como o Sobrado e mais três ou quatro outras que conservam algo do casarão senhoril português. Sim, e ele sente uma simpatia especial — que nada tem a ver com arquitetura ou estética — por essas meias-águas pobres de fachadas caiadas, cobertas de telha-vã, com janelas de caixilhos tortos, roídos pela intempérie e pelo cupim. Não tolera, porém, os chamados palacetes com compoteiras sobre as platibandas, esculturas em alto-relevo nas fachadas. Nestes últimos dez anos surgiu na cidade a voga das casas cor de chumbo, cintilantes de mica. É um pretenso moderno, paródia ridícula das inovações arquitetônicas de Le Corbusier, e que Roque Bandeira classifica como "estilo de mictório".

O fato de o chão de Santa Fé ser de terra vermelha explica o ar rosado e encardido das paredes, muros e até de certas pessoas. Floriano lembra-se de sua irritação de adolescente nos dias em que soprava o vento norte, com seu bafo quente, arrepiando-lhe a epiderme, sacudindo as árvores, erguendo a poeira do chão, e dando ao ar uma qualidade áspera de lixa.

Avista agora a Casa Sol, toda pintada dum azul de anil, com suas numerosas portas e vitrinas. À sua frente acha-se reunido, como sempre a esta hora, um grupo de pessoas que ali ficam a trocar mexericos ou a discutir política e futebol. A Casa Sol é conhecida como um foco antigetulista. Ao passar por ela, na calçada oposta, Floriano não pode deixar de envolver-se psicologicamente no manto de Ravengar. (Se eles me avistam e me chamam, estou frito...) Passa de rosto voltado, e tem a sorte de não ser visto.

Ali está agora a matriz da firma de José Kern. Esse teuto-brasileiro começou sua carreira no interior do estado, como mascate: teve depois em Nova Pomerânia um pequeno negócio que, com o passar do tempo, cresceu de tal maneira, que o homem acabou transferindo suas atividades comerciais para a sede do município. Este casarão — observa Floriano — tem uma pesada arrogância germânica, temperada aqui e ali por ingenuidades nova-pomeranianas. Sempre que se refere a Kern, *A Voz da Serra* lhe chama "o nosso magnata", pois é ele proprietário de várias fábricas — conservas, sabão, malas, artefatos de couro — e nestes últimos cinco anos tem andado metido em grandes negócios de loteamento de terrenos e na construção de prédios de apartamentos. José Kern sempre teve ambições políticas; entre 1934 e 1940, foi ardoroso partidário da suástica e do sigma. Agora, candidato a deputado pelo Partido de Representação Popular, mandou colar nas paredes e muros da cidade centenas de cartazes com seu retrato e suas promessas eleitoreiras.

Floriano continua a caminhar. Duas quadras adiante lê numa placa oval de latão: *Escritórios Centrais da Empresa Madeireira de Spielvogel & Filhos*. Ao velho Spielvogel o diário local chama "o rei da madeira". Os Kern e os Spielvogel, bem como os Kunz, os Schultz e muitas outras famílias de origem alemã, hoje em muito sólida situação econômica e financeira, começaram paupérrimos a vida no Rio Grande abrindo picadas no mato, há mais de cem anos. Seus antepassados vieram do *Vaterland* entre 1833 e 1848, estabelecendo-se no interior do município.

Um auto estaca junto do meio-fio da calçada, e de dentro dele salta um homem alto e corpulento, que envolve Floriano num abraço sufocante.

— Santo Cristo! Quase não te conheci!

É Marco Lunardi, contemporâneo de Rodrigo, um ítalo-brasileiro de cara aberta e aliciante, pele cor de tijolo, olhos dum verde-cinza. Suas manoplas seguram os ombros de Floriano, sacudindo-os.

— E teu pai? Melhorou? Graças a Deus! Ainda não apareci lá porque o doutor Camerino me disse que o doutor Rodrigo não pode ainda receber visitas. Mas penso nele o dia inteiro. Quando ele sarar, vou mandar rezar uma missa em ação de graças. Sabes duma coisa? Fiz uma promessa a Nossa Senhora da Conceição. Se teu pai ficar bom, vou distribuir mantimentos para a pobreza de Santa Fé e dar dez mil cruzeiros para a igreja. Já avisei o padre Josué.

Lunardi mira afetuosamente o filho do amigo.

— Estás cada vez mais parecido com o teu pai — diz com sua voz apertada de vêneto, com esses levemente chiados. — Tudo que sou devo ao doutor Rodrigo. Se não fosse ele, nem sei o que ia ser de mim. Os homens como teu pai estão acabando, hoje tudo é interesse, só se pensa em ganhar dinheiro, futricar o próximo, uma porca miséria!

Floriano escuta-o, sorrindo, em silêncio.

— Precisas ir ver a minha firma. Tenho uma fábrica de massas alimentícias, padaria, moinho de trigo, confeitaria... Quero que conheças a patroa, os filhos e os bacuris. Tenho cinco netinhos.

Tira do bolso uma coleção de instantâneos de crianças e mostra-os.

— Vê só quanto gringuinho...

Floriano faz um esforço e diz:

— Muito lindos. Parabéns!

Quando Lunardi o deixa, depois de outro abraço apertado, ele fica a pensar nas histórias que ouviu a respeito de famílias tradicionais de Santa Fé que, abastadas e influentes há vinte ou trinta anos, foram decaindo, ao passo que imigrantes italianos, alemães, sírios e judeus prosperavam. Os Teixeiras perderam quase toda a fortuna. Dos vastos campos dos Amarais, pouca coisa hoje resta em poder da família...

E ali naquela janela — pensa Floriano, de novo quase em pânico — está um símbolo vivo da decadência da nossa aristocracia rural. É Mariquinhas Matos, filha de estancieiro, que foi já "moça prendada" e considerada um dos melhores partidos da cidade. Hoje, cinquentona e solteira, vive solitária nesta casa quase em ruínas, em meio de retratos de antepassados, tendo guardada numa arca a rica baixela de prata que nunca usa e, em velhos escrínios, joias de família que recusa vender, apesar de sofrer aperturas financeiras.

Floriano pensa em mudar de calçada para evitar o encontro. Tarde demais! A mulher, que o avistou, prepara para ele o famoso sorriso que lhe valeu na mocidade o cognome de Mona Lisa, e já está com o braço estendido para fora da janela. Floriano apressa o passo e aperta a mão magra, de pele preguegada e sarapintada de manchas pardas.

— Bem-vindo! — exclama ela. — Bem-vindo seja o filho pródigo à casa paterna!

É ledora de novelas românticas, toca piano e adora Chopin. Um pescoço longo sustenta o crânio miúdo. Seu perfil adunco de ave de rapina foi descrito em 1920 como *grego*, por um cronista local. Está como sempre exageradamente pintada, as pálpebras lambuzadas de bistre, uma rosa de ruge em cada face. Com os cotovelos fincados numa almofada e ambas as mãos erguidas, prende a gola da blusa para esconder a pelanca frouxa do pescoço e ao mesmo tempo firmar a da papada.

— Como vai o papai?
— Melhor, muito obrigado.

Dois gatos — dos sete que o folclore local atribui à casa de Mariquinhas Matos — saltam quase ao mesmo tempo para o peitoril da janela, um negro e o outro fulvo, e ficam ambos a ronronar e a esfregar-se nos braços da dona, com uma sensualidade fria e asmática. O bafio de mofo que vem de dentro da casa, misturado com um cheiro de excremento de gato, chega às narinas de Floriano tamisado pela fragrância de Tricófero de Barry que se evola dos cabelos da Gioconda.

— Que é que tem achado de nossa cidade? — pergunta ela com sua voz abemolada.

Certas pessoas — reflete Floriano —, para mostrarem que são educadas, erguem o dedo mínimo quando seguram as asas das xícaras de chá. Há um tom de voz que corresponde exatamente a esse erguer do dedinho social. E foi com essa voz que Mariquinhas fez a pergunta.

— Parece que tem progredido muito — responde ele, achando o diálogo ridículo, pois o Outro não participa dele, está afastado à beira da calçada, a observar a cena com olhos críticos e antipáticos como os dos gatos. Floriano vislumbra nas paredes da sala velhos retratos avoengos, nas suas molduras douradas: a um canto um piano de cauda sobre cuja tampa se adivinham bibelôs, guardanapos de crochê e búzios. De vez em quando atravessam a penumbra desse interior vultos esquivos de outros gatos, os olhos a fuzilarem... A isto está reduzida a única descendente viva do barão de São Martinho! Contam-se dela as histórias mais doidas. Dizem que, em certos dias da semana, Mariquinhas Matos, vestida de branco da cabeça aos pés, frequenta o único terreiro da Linha Branca de Umbanda que existe em Santa Fé e que, não raro, durante a sessão, baixa sobre ela o espírito dum "caboclo" e — o rosto contorcido, o corpo convulsionado — ela começa a balbuciar palavras da língua guarani, pede um copo de cachaça e um charuto, e se põe a beber e a fumar como uma desesperada.

— Então — pergunta a Mona Lisa com um trejeito faceiro de boca. — Quem é a felizarda?

Floriano sabe o que ela quer dizer, mas pergunta:

— Quem?

— Ora, a namorada...

— Ah, não sei...

— Aposto como as meninas da terra estão alvorotadas com a sua chegada.

— Não creio.

Floriano não resiste por mais tempo o olhar dos bichos, que o miram com uma fixidez desconcertante, como que compreendendo o grotesco da situação. Os olhos de Mariquinhas também não o deixam. O cheiro da casa começa a provocar-lhe náuseas.

— Bom, com licença.

Ela lhe aperta longamente a mão.

— Foi um prazer imenso revê-lo! Recomendações à família!

Floriano retoma a marcha. Pobre Mona Lisa! A fachada de sua casa está fendida de alto a baixo. Crescem ervas no telhado. E aquela solidão... e os gatos, os fantasmas... e as possíveis ressacas depois das noitadas de charuto e cachaça!

Não chega a dar dez passos quando uma figura lhe barra o caminho.

— Alto lá!

Para. Quem será? Tem diante de si um velho franzino e encurvado, de cara murcha, os olhos lacrimejantes, os dentes enegrecidos. A fisionomia do homem lhe é vagamente familiar.

— Não estás me conhecendo, alarife!
— Claro que estou — mente Floriano.
— Não estás!
— Quem foi que lhe disse?

Como último recurso avança para o homem e aperta-o contra o peito, com uma cordialidade exagerada.

— Logo vi que ias me conhecer! Pois eu te peguei no colo quando eras pequeno, safardana! Mas como vai a vida? E o Velho? Então teve uma recaída, hein? Mas Cambará é bicho duro. Não há de ser nada. E como vai a mamãe? E a velha Valéria? — Não dá ao outro tempo para responder. — Gente boa, aquela do Sobrado! Gente antiga, dessas que não vêm mais. Tu sabias que a pobre da Lilica morreu?

Floriano tenta uma paródia de surpresa e pena: franze a testa, sacode lentamente a cabeça.

— Não diga!

Mas não tem a menor ideia de quem seja ou tenha sido a Lilica.

O desconhecido prende-o ainda por alguns minutos para falar de política (é federalista dos quatro costados), do tempo (este novembro trouxe uma seca braba) e do prefeito (é burro e ainda por cima ladrão).

Floriano atravessa a rua para não passar muito perto da Farmácia Humanidade, onde há quase sempre uma roda de chimarrão a esta hora. E nos próximos minutos cruzam por ele várias pessoas que o miram com curiosidade. Alguns o cumprimentam hesitantes, outros erguem o braço e gritam: "Então como vai a coisa?". Ele sacode a cabeça afirmativamente, sorri, gesticula, dando a entender que a coisa vai muito bem.

De súbito ouve um grasnar de pato. Quac! Quac! Quac! É o alemão Júlio Schnitzler, que sai de dentro da sua confeitaria e, no meio da calçada, agacha-se, grasna outra vez e finge tirar de baixo do traseiro o ovo de gesso que tinha escondido na mão. Põe-se por fim de pé, abraça Floriano e pergunta:

— Te lembras? Tu eras pequeno e gostavas de ver o Júlio fazer esta brincadeira da pata...

— Continuas então a botar ovo?

— *Ach!* A pata agora está muito velha. Mas dês que chegaste ando com este "ovo" no bolso para te fazer a brincadeira uma vez.

Puxa o amigo para dentro da confeitaria. Floriano sente-se envolvido por uma atmosfera nostálgica. Estes cheiros alemães de molho de manteiga, café com leite e *Apfelstrudel* fazem parte das melhores recordações de sua infância. Quando menino ele os associava aos contos de fadas em que havia aldeias bávaras, com gordos e joviais burgomestres, limpadores de chaminés e invernos com neve e trenós...

— Como está o papai? — pergunta Schnitzler.
— Fora de perigo... por enquanto.
— *Ach!* Graças a Deus. Que homem bom!

Frau Schnitzler aparece, enxugando as mãos no avental, e beija o filho de Rodrigo Cambará em ambas as faces. Floriano lembra-se dos saborosos sanduíches que ela fazia: entre duas grossas fatias de pão de centeio generosamente barradas com manteiga de nata doce, apertavam-se tiras de presunto cru e rodelas de salame, mortadela e pepino... E a sua cuca de mel? E o seu bolo inglês bem tostado, polvilhado de açúcar? (Um dia de inverno nos arredores de Baltimore, olhando para um barranco de terra parda coroado de neve, Floriano se surpreendeu a evocar e a desejar comer os bolos de *Frau* Schnitzler.)

Agora do fundo da confeitaria surge uma mulher monstruosamente gorda, com uma cara lunar entumescida a ponto de não ter mais feições. Seus braços são grossos como coxas. Os seios caem abundantes e disformes sobre a primeira das inúmeras pregas do estômago e do ventre. A cada passo que dá penosamente com as pernas de paquiderme, as adiposidades da barriga e das nádegas dançam pesadas, puxando o resto do corpo ora para um lado, ora para outro, o que lhe dificulta ainda mais a marcha. O boneco de propaganda dos pneumáticos Michelin! — exclama Floriano interiormente. Franze a testa, procurando reconhecer essa criatura que se aproxima dele com os braços abertos.

— Não se lembra mais da Marta? — pergunta ela, abraçando-o e beijando-o também nas faces.

Agora a Marta dos vinte anos volta à mente de Floriano — fresca, bonita, com suas pernas apetitosas que ele tanto gostava de namorar. Santo Deus! Como uma criatura pode mudar!

Só agora Floriano presta atenção em Júlio Schnitzler. A lembrança que guardava dele era a de um homem atlético, de porte marcial — um dos melhores ginastas do *Turnverein* local, onde era campeão de halteres. Neste velho que está agora na sua frente — calvo, emurchecido e meio encurvado — pouco resta do antigo Júlio. Só se salvaram os olhos, que guardam a límpida inocência de antigamente.

— Toma alguma coisa? — convida o confeiteiro.

Floriano agradece. Não quer nada, está próxima a hora do jantar. Tem de ir andando... Sai. As mulheres tornam a beijá-lo. A "pata" torna a grasnar, mas desta vez de mansinho, já num tom nostálgico de despedida.

A rua está cheia dos sons embaladores duma valsa.

Esmeralda Pinto, dona da língua mais temida da cidade, encontra-se como sempre à sua janela, a pescar passeantes para prosear. Floriano cai-lhe inadvertidamente na rede.

— Então, não conhece mais os amigos?
— Dona Esmeralda!

Aperta-lhe a mão. Ela se inclina, dando-lhe uma batidinha no ombro. Está pintada com o mesmo exagero da Mona Lisa.

— Eu queria muito falar contigo.

Nem sequer pede notícias da gente do Sobrado.

— Escuta, menino, e essa história da amante do teu pai, hein?

Floriano conhece a força da interlocutora, mas não esperava que ela entrasse tão sofregamente no assunto.

— Que história? — desconversa.

Esmeralda leva o indicador ao olho direito para dar a entender que não dorme, que enxerga as coisas.

— Olha, esta aqui ninguém engana, ouviste? Podem dizer tudo de mim, que sou faladeira, et cetera, mas duma coisa ninguém me chama. É de hipócrita. Porque não sou.

— Claro que não.
— Pois então desembucha. Queres entrar?
— Não, obrigado.
— Sei que o nome dela é Sônia, tem vinte e poucos anos e trasantontem teu pai visitou ela no hotel... por sinal foi lá com aquele cafajeste do Neco Rosa, e ficou no quarto da rapariga umas duas ou três horas. Foi por isso que ele teve o novo ataque, não foi?

— A senhora está muito bem informada.
— Pois é. Aqui desta janela controlo toda a cidade. Comigo ninguém banca o santinho. Sei os podres de todo o mundo.

Floriano sorri amarelo.

— Conta alguma coisa, rapaz!
— Que é que vou contar?

— Tua mãe sabe da história?
— Não perguntei.
— Pois se não sabe é de boba. Em Santa Fé não se fala noutra coisa. Até as pedras da rua sabem.
— Que é que a senhora quer que eu faça?
Esmeralda lança-lhe um olhar enviesado.
— Floriano, tu tens outro por dentro. Te conheço muito bem. Queres fingir que não sabes de nada, não? — Mostra-lhe o dedo mínimo: — Morde aqui...
— Bom, com licença...
Esmeralda sorri, os dentes postiços aparecem, sua face se pregueia.
— Vais ver a rapariga?
— Que rapariga?
— A amásia de teu pai, ué!
Ele se põe em movimento, sem responder.
— Aproveita, bobo! O Velho está pagando!

Ao ler numa fachada um letreiro evocativo — A LANTERNA DE DIÓGENES —, Floriano atravessa a rua. Era nesta livraria que, quando menino, uma vez por semana ele vinha alvoroçado buscar o seu número de assinatura d'*O Tico-Tico*, ansioso por saber das novas aventuras de Chiquinho e Jagunço e da família de Zé Macaco e Faustina. Foi também nesta pequena casa de duas portas e uma vitrina que ele comprou as novelas que lhe encantaram a meninice e a adolescência.

Entra. Olha em torno. Pouca coisa aqui mudou nestes últimos vinte e cinco anos. O mesmo balcão lustroso, as mesmas prateleiras sem vidros, cheias de livros, em sua maioria brochuras. O mesmo cheiro seco de papel de jornal e de madeira de lápis recém-apontado. A máquina registradora National (*o freguês verá no mostrador a importância de sua compra*) parece também ser a mesma. Ao lado dela, sobre o balcão, algumas dezenas de folhas de papel de seda de várias cores. (Por que céus andarão as pandorgas da infância?)

Só falta aqui o velho Gonzaga, o antigo proprietário, que passava os dias com o chapéu na cabeça, atrás do balcão, decifrando charadas ou escrevendo quadrinhas, com um cigarro num canto da boca e um pau de fósforo no outro. Morreu há uns dez anos, deixando a livraria para um filho que, em vez de cuidar do negócio, passa as tardes no clube, jogando pife-pafe.

Floriano lembra-se de um dia assinalado de sua vida. Tinha nove anos e a professora d. Revocata Assunção lhe dissera em plena aula: "Seu Floriano, agora que o senhor sabe escrever, pode comprar um caderno de pauta simples". Finalmente! Aquele era um de seus grandes sonhos: escrever sobre linhas simples, como a professora, como papai, como os grandes! Munido de dinheiro, encaminhou-se para A Lanterna de Diógenes, pisando duro, sentindo-se homem, orgulhoso de fazer aquela compra sozinho. Tudo na pequena livraria o encantava, a principiar pelo dono, que costumava brincar com ele, propondo-lhe charadas e adivinhações. "Deves ser um menino inteligente. Filho de tigre sai pintado." Ele gostava de ouvir aquilo. Era filho de tigre. Os Cambarás eram tigres. O nome da livraria também lhe estimulava a fantasia. Papai lhe explicara um dia que Diógenes tinha sido um filósofo da Grécia antiga que andava pelas ruas de Atenas com uma lanterna acesa, e quando lhe perguntavam: "Que buscas?" ele respondia: "Um homem". Para o menino Floriano, porém, a palavra *lanterna* evocava a fantasmagoria da lanterna mágica com seus filmes coloridos como a *Dança dos sete véus* e a *Viagem à Lua*... Diógenes, portanto, era antes de tudo um mágico.

Floriano olha agora, distraído, para as velhas prateleiras, quando ouve uma voz:

— Que é que o senhor deseja?

Quem lhe faz a pergunta é uma mulherzinha pálida que acaba de sair de trás duma cortina de pano verde. Responde automaticamente:

— Um caderno de pauta simples.

— Cinquenta ou cem páginas?

— Cem.

A empregada embrulha o caderno. Floriano paga, apanha o pacote e sai, sorrindo. A cena lhe parece tão extraordinária que ele não quer comentá-la nem consigo mesmo.

Volta para o Sobrado por uma rua menos movimentada.

Caminha alguns passos, de olhos baixos, absorto em seus pensamentos. Quando ergue a cabeça, vê a pequena distância um homem em mangas de camisa, a tomar chimarrão sentado numa cadeira na calçada, à frente de sua casa. O Roque Bandeira! É uma das poucas pessoas de Santa Fé cuja companhia Floriano realmente preza. A opinião popular a respeito dele na cidade é unânime: um boêmio, um excêntrico, um doido. Três coisas o tornam notável aos olhos da população: sua fealdade, sua grande erudição e seu completo desprezo pela opinião pública. Floriano, que o conhece desde menino, considera-o um homem inteligente e muito bem informado. Suas opiniões cínicas sobre a vida e os homens o divertem. Seu humor sarcástico o fascina e ao mesmo tempo alarma.

Floriano acelera o passo.

— Bandido! — exclama. — Que é feito de ti? Há quase uma semana que não apareces lá em casa!

Com sua pachorra habitual, Bandeira ergue-se e estende a mão para o amigo, como se o tivesse visto na véspera.

— Pois aqui estou... — diz.

É um homem de meia-idade, baixo e malproporcionado. Sua cabeçorra, que tanto lembra um capacete de escafandro, parece não pertencer a este corpo de ombros estreitos e pernas finas. Toda a gordura se lhe acumulou na cara e no ventre. Seus olhos cor de malva brilham, pícaros e meio exorbitados, protegidos por pálpebras arroxeadas, e permanentemente empapuçados. Floriano sempre se impressionou com a espessura do pescoço do Bandeira ou, melhor, com a ausência de pescoço no amigo, já que a papada lhe cai sobre os ombros e o peito. O homem a qualquer momento pode estourar ou morrer asfixiado.

Roque Bandeira não ignora que na cidade é conhecido como o Batráquio, o Cabeçudo, o Sapo-Boi... De todas as alcunhas que lhe puseram, uma há que lhe é grata ao coração, e que ele aceita como uma espécie de título honorífico. Floriano tinha nove anos e testemunhou a cena em que o cognome nasceu. Foi em 1920, quando Bandeira começava a frequentar o Sobrado. Numa noite de inverno, à hora em que as crianças diziam boa-noite às visitas, antes de subirem para os seus quartos, Bandeira estendeu os braços para Jango e convidou: "Venha com o titio". Sem pestanejar Maria Valéria exclamou: "Vá com o Tio Bicho!". A frase pareceu escapar-lhe espontânea da boca, como se a velha tivesse pensado em voz alta. Fez-se um silêncio de constrangimento. Rodrigo fechou a cara e lançou um olhar de censura para a tia. Roque Bandeira, porém, desatou a rir: "Mas é um grande achado!", disse. "Faço questão de que daqui por diante estes meninos me chamem Tio Bicho!"

— Que tens feito? — pergunta Floriano.

— Nada, como sempre.

Deve ser mentira. Tio Bicho passa o dia lendo, estudando e escrevendo coisas que jamais mostra aos outros. Poliglota, está ao corrente do que se publica de importante no mundo, em alemão, francês, italiano, espanhol e inglês. Gasta quase tudo que ganha — produto do arrendamento de um campo herdado do pai — com livros, revistas de cultura e peixes vivos. Sua paixão é a oceanografia: tudo quanto diga respeito à fauna, à flora, à vida e à história marítimas lhe desperta o maior interesse. Costuma explicar que seu fascínio pelos peixes não é apenas científico, mas também poético. E diverte-o lembrar aos outros que ele talvez seja o único oceanógrafo do mundo que não conhece nenhum oceano. De fato, nunca viu o mar. Por quê? Ora, comodista, homem de hábitos fixos, detesta viajar, e mesmo nunca lhe sobra dinheiro para isso. Quanto à oceanografia, contenta-se com o riacho do Bugre Morto e seus lambaris.

— Como vai a tua antologia? — pergunta Floriano.
— Marchando devagarinho.

Há anos que Bandeira vem preparando uma antologia de versos sobre peixes, em cinco línguas.

— Ainda ontem — contou — descobri um haicai japonês que conta a história dum peixe prateado que se apaixonou pela lua. Não preciso te dizer que é um caso de amor mal correspondido. Mas... queres entrar? Não repares, que a minha casa está uma anarquia dos diabos. Tomas um mate? Ah! Não me lembrava que não és homem de chimarrão.

Floriano tem uma ideia:
— Vamos até o Sobrado olhar o pôr do sol da janela da água-furtada!

Tio Bicho hesita por um momento.
— Bom, espera um minuto. Vou enfiar o paletó.

Entra. Vive sozinho nesta casa branca que mandou construir inspirado na fotografia duma residência árabe de Oran, que encontrou num magazine francês. A singeleza da fachada — costuma dizer — representa seu protesto mudo mas sólido contra o que ele chama de "barroco santa-fezense", de que são exemplos berrantes o edifício da Prefeitura Municipal e o palacete dos Prates.

Quando Bandeira torna a aparecer, de casaco e chapéu, Floriano não consegue reprimir um sorriso.

— És o único habitante de Santa Fé que ainda usa palheta... ou "picareta", como se diz no Rio Grande.

Tio Bicho dá de ombros.

— Sou conservador.

Outra inverdade. Está sempre aberto às ideias novas, sempre disposto a reexaminar as antigas. Sua "especialidade" no momento são uns filósofos alemães modernos de que ninguém ainda ouviu falar em Santa Fé, talvez nem mesmo o dr. Terêncio Prates, outro bibliomaníaco.

— Como vai o morgado? — indaga Bandeira, quando ambos sobem a rua lado a lado.

— Não sabes da última? Teve ontem um edema agudo de pulmão.

— Esse edema só podia ser agudo. Teu pai é o homem dos extremos.

Bandeira caminha devagar, com cautela, como se tivesse de equilibrar a pesada cabeça sobre os ombros. Floriano lança-lhe olhares de soslaio. O amigo tem na maneira de andar algo que lembra a imagem dum santo quando carregada em procissão. Tio Bicho é atacado dum acesso de tosse bronquítica, que o põe vermelho e com lágrimas nos olhos.

— Eu devia deixar o cigarro. É o que o Camerino vive me dizendo.

No momento exato em que chegam à porta do Sobrado, um automóvel empoeirado para junto da calçada e Jango salta de dentro dele. Está em mangas de camisa, veste bombachas de riscado com botas de fole, e traz na cabeça um chapéu de abas largas, com barbicacho. Uma barba de dois dias escurece-lhe o rosto longo e moreno. A primeira coisa que pergunta, depois de abraçar o irmão e o amigo, é:

— E o Velho como vai?

Tem uma voz grave e meio pastosa, de tom autoritário.

— Não soubeste? Teve ontem uma crise muito séria — informa-lhe Floriano. — Agora está melhor.

Jango franze o cenho, entrecerra os olhos.

— Andou comendo alguma coisa que não devia?

— Andou — responde Floriano, sorrindo. Tio Bicho põe-se a rir, a papada treme-lhe como gelatina. Jango olha de um para outro, sério e intrigado.

— Por que não mandaram me chamar? — pergunta, olhando para o irmão, que se limita a encolher os ombros.

Jango entra em casa e galga as escadas, rumo do quarto do pai. Tio Bicho resolve fazer uma pausa e senta-se, antes de enfrentar os trinta degraus que levam à água-furtada. O dr. Camerino vem descendo agora, terminada a sua visita da tardinha ao enfermo.

— Vocês perderam um grande espetáculo — diz ele aos amigos. — O encontro de Don Pepe com o doutor Rodrigo...

Tio Bicho passa o lenço pela carantonha suada. O médico, baixando a voz, conta:

— Encontrei o pintor aqui embaixo, contemplando sua obra-prima. Quando me viu, perguntou se podia visitar o amigo... Respondi que, se ele prometesse portar-se bem e não fazer drama, eu não me oporia à visita. Subimos juntos. Imaginem a cena. O doutor Rodrigo na cama, exclamando "Pepe velho de guerra! Entra, homem. Então abandonaste o teu amigo dos bons tempos?"... e o espanhol, trágico, parado à porta, com a mão no trinco, assim como quem não sabe se deve ou não entrar... De repente os beiços de Don Pepe começam a tremer, seus olhos se enchem de lágrimas e ele se precipita para a cama, ajoelha-se, abraça o amigo, planta-se a beijar-lhe a testa e acaba desatando numa choradeira danada, com soluços e tudo. Eu nessa altura já estava arrependido de ter consentido na visita, porque o doutor Rodrigo não deve se emocionar...

Tio Bicho volta-se para Floriano:

— Aí tens uma cena de romance.

Camerino acende um cigarro e continua:

— Por fim o castelhano se acalmou e os dois ficaram recordando coisas... Te lembras disto? Te lembras daquilo? E o nosso jornal político? E aquela serenata em tal e tal noite? Que fim levou Fulano? E Fulana? E que é que estás fazendo agora, Pepito? Foi a conta. O espanhol fechou a cara e respondeu: "Pinto cartazes para o cinema desse *hijodeputa* do Calgembrino, que me paga uma miséria". E caiu em nova crise de pranto, "porque sou um miserável, traí a minha arte, não sou mais digno da obra que está lá embaixo...". Para encurtar o caso: o doutor Rodrigo pegou uma pelega de quinhentos cruzeiros e quis metê-la no bolso do Pepe. Pois olhem! O castelhano virou bicho. Ergueu-se com dignidade e disse: "Me insultas, Rodrigo!". Não houve jeito de aceitar o dinheiro. Virou as costas e caminhou para a porta. O doutor Rodrigo gritou: "Vem cá, homem, não sejas teimoso! Por mais dinheiro que eu te dê, jamais chegarei a pagar aquele retrato!". Ele não tinha terminado a frase e Don Pepe já estava na escada...

— Mas não aceitou mesmo o dinheiro? — pergunta Floriano. — É incrível. O pobre homem vive na miséria.

Os olhos do Roque Bandeira fixam-se no amigo.

— Toma nota, romancista. As pessoas não são assim tão simples como a gente imagina... ou deseja.

Camerino despede-se e sai. Floriano e Roque sobem para a água-furtada.

Quando pequeno, Floriano costumava designar a água-furtada pelo nome que seu pai e seu tio Toríbio lhe davam quando também meninos: o Castelo. Mas, adolescente, num período em que andava a ler enlevado novelas românticas que se passavam na Paris do século XIX, decidiu chamar a esta parte do Sobrado "a Mansarda". Estão aqui reunidos, como num congresso de aposentados, um velho divã, uma prateleira com brochuras desbeiçadas, um velho gramofone de campânula, com uma coleção de discos antigos, uma pequena mesa de vime e algumas cadeiras — coisas estas retiradas do serviço ativo da casa, nos andares inferiores.

Roque Bandeira está ofegante da subida e só agora, arrependido, Floriano compreende que não devia ter convidado o amigo para vir até aqui.

— Esqueces que sou mais velho que o século — diz Tio Bicho — e que subir uma escada a pique como esta não é brincadeira. Da minha casa eu podia ver o mesmo espetáculo... de graça.

Floriano sorri, desembrulhando o caderno que comprou há pouco, e atirando-o em cima da mesinha.

— Pois este cubículo, Roque, foi sempre uma espécie de céu para mim... um refúgio, como havia sido antes para meu pai e tio Toríbio, quando rapazes.

Tio Bicho senta-se no divã e começa a abanar-se com a palheta — pois esta é a peça mais quente da casa — e a passar o lenço pelo rosto lavado de suor.

— Não — diz —, há uma grande diferença entre o menino Floriano e os meninos Toríbio e Rodrigo. Uma diferença abismal, com o perdão da má palavra. Teu pai e teu tio sempre foram homens de ação. Para eles o verdadeiro céu era o mundo real, palpável, que eles gozavam com os cinco sentidos, voluptuosamente. Talvez viessem até aqui para lerem às escondidas novelas pornográficas ou para fazerem bandalheiras com alguma criadinha. Mas tu, tu te fechavas aqui para sonhar. Este era o teu mundo do faz de conta. Certo ou errado?

— Certíssimo. Este quartinho para mim já foi tudo... O *Nautilus* do capitão Nemo... a mansarda dum pintor tísico em Paris... a barraca dum chefe pele-vermelha, a mansão dos Baskerville onde muitas vezes esperei, apavorado, o aparecimento do mastim fantasma...

— Aposto como estás esquecendo uma das funções mais importantes deste sótão.

Os olhos do Batráquio fitam o interlocutor com uma expressão pícara. Floriano hesita por alguns segundos, mas acaba capitulando:

— Tens razão. Era também o meu harém, o meu bordel imaginário. Aqui eu recebia a visita das mais belas estrelas de cinema da época... Pearl White era a minha favorita.

Roque solta o seu lento riso gutural.

— Eu sou do tempo da Francesca Bertini. Foi o meu maior amor. Tua geração não a conheceu, nem à Bela Hespéria ou à Pina Menichelli. Creio que, quando começaste a ir a cinema, as fitas italianas já haviam desaparecido do mercado...

— Mas eu me lembro do Maciste!

— A tua geração perdeu grandes filmes como *Cabiria* e *Quo vadis*. Tu, miserável, pertences à era ianque do cinema.

— Te lembras das fotografias de artistas de cinema de coxas à mostra que as revistas como o *Eu Sei Tudo* e a *Cena Muda* publicavam? Marie Prevost... Renée Adorée... Clara Bow... as banhistas de Mack Sennett... Amei todas elas nesse divã.

— Pois nessa época eu já tinha mulheres de verdade...

Ergue-se, segura com força as lapelas do casaco do amigo, e, cara a cara, pergunta, com uma seriedade cômica:

— Agora confessa: alguma mulher de carne e osso, sangue e nervos te deu um prazer físico mais intenso que o que te proporcionaram essas figurinhas de revista? Fala com sinceridade.

— Ora, Roque, estás insinuando um absurdo.

— Pois eu te juro que o artigo autêntico foi para mim uma decepção!

Torna a sentar-se.

— Bom, contigo deve ter sido diferente... — continua. — Tens bom físico, encontraste fêmeas de verdade que te amaram ou pelo menos se entregaram a ti por desejo... Mas olha para esta cara, para este corpo... Achas que alguma mulher de bom gosto pode ir para a cama comigo por desejo? Não precisas responder. Tens receio de ferir as pessoas. És uma verdadeira irmã Paula. Mas não fiques aí com essa cara. Esta feiura me tem trazido também algumas vantagens. Por exemplo: impediu que alguma mulher quisesse casar comigo. Assim, pude conservar a minha liberdade.

Floriano não ignora que Roque Bandeira costuma fazer comentários humorísticos sobre o próprio físico, e isso sem que se lhe note na voz o menor tom de ressentimento ou de autocomiseração.

— Mas e esse famoso pôr do sol? — reclama Tio Bicho.

O outro aproxima-se da janela e olha para o poente.

— Podes vir. O "astro rei", como diz o Pitombo, entrou em agonia.

Bandeira dá alguns passos e posta-se atrás de Floriano, que diz:

— Parece que não vai ser dos melhores. Poucas nuvens.

— Não sou exigente, compadre.

O disco esbraseado do sol desce por trás de nuvens rosadas, na forma de esguios zepelins de comprimento vário, com contornos luminosos. A barra carmesim que começa no ponto em que céu e terra se encontram, degrada-se em rosa, ouro e malva para se transformar num gelo esverdeado, que acaba por fundir-se na abóbada de água-marinha que é o resto do céu.

— Olha só aquele verde... — murmura Floriano. — Não encontrei esse tom em nenhum dos céus estrangeiros que vi nas minhas viagens. Me lembro dum pôr do sol fantástico no Jardim dos Deuses, no Colorado: os penhascos rosados, o vermelhão do horizonte, a relva amarela... tudo assim com um vago ar de incêndio... Um azul inesquecível é o do céu dos Andes. De vez em quando me voltam à lembrança os horizontes de Quito, ou aquele céu pálido e luminoso que cobre a meseta central do México. Queres um céu para a noite? O das Antilhas. Mas céu como este do Rio Grande, palavra, não vi outro. Repara bem naquela zona verde... Parece um desses lagos vulcânicos, frio, transparente, insondável...

Em presença de que outra pessoa — pensa Floriano — poderia ele entregar-se despreocupado a estes devaneios em voz alta? Tio Bicho sempre teve sobre ele uma influência catártica...

— Olha só a estrelinha no fundo do lago — murmura Bandeira.

— Como um peixe...

— Por que não? É quase um haicai. Te lembras do verso do Eugênio de Castro em que os peixes na piscina "têm relâmpagos de joia"? Hoje em dia é de mau gosto citar Engênio de Castro. Retiro a citação.

A última luz do sol aprofunda-se no verde das coxilhas que cercam a cidade, e seus capões são agora manchas dum negro arroxeado.

Com o olhar ainda no horizonte, Floriano pensa em Sílvia. Jango chegou. Mais uma presença perturbadora no Sobrado... Esta noite marido e mulher dormirão na mesma cama. Jango tomará Sílvia nos braços, à sua maneira brusca e patronal, sem sequer tratar de saber das disposições dela. Crescerá sobre a criaturinha como um garanhão sobre uma égua. Deve amar a esposa, sem dúvida alguma, mas por outro lado parece considerá-la como um objeto de uso pessoal. Talvez se deite sem barbear-se nem tomar banho. Levará para a cama o cheiro do próprio suor misturado com o do último cavalo que montou... É possível que seus toscos dedos que vão acariciar o corpo de Sílvia recendam ainda à creolina com que curaram a última bicheira. É também provável que esta noite ele possua a esposa com a esperança de deixar-lhe no útero o germe dum machinho. Por todas essas coisas Floriano sente uma fria e repentina malquerença pelo irmão, mas censura-se por se ter deixado arrastar nessa corrente de pensamentos mesquinhos. Terá ele coragem de confessar sentimentos como esse, se um dia vier a escrever algo de autobiográfico? E agora, como lhe vem à mente uma das personagens de seu último romance, pergunta:

— Roque, te lembras da carta que me escreveste a respeito de meu último livro?

— Claro.

— Disseste que era "um romance aguado".

— Isso faz uns três anos. Não esqueceste, hein?

— Confesso que a coisa me irritou, embora eu estivesse e ainda esteja certo da validade de tua crítica...

— Espera lá! Estás fazendo uma injustiça a mim e a ti mesmo. Eu reconheci qualidades no livro. Escrevi que ele tinha uma grande força poética, e se não me falha a memória, disse também que o leitor que começasse a ler a tua história iria até o fim...

Sempre com os olhos no horizonte, Floriano completa a frase da carta:

— "... apesar de convencido da sua falta de autenticidade", não foi isso?

Tio Bicho limita-se a soltar um grunhido. Floriano aponta para o caderno de capa azul, sobre a mesa, e conta o que se passou n'A Lanterna de Diógenes.

— Parece que estou ouvindo minha professora dizer com sua voz de homem: "Seu Floriano, agora que o senhor sabe escrever, pode comprar um caderno de pauta simples". Pois, Roque, vinte e cinco anos depois dessa frase histórica, em que pese ao ofício que escolhi, ainda não aprendi a escrever.

— Mas quem é que sabe mesmo escrever nesta época apressada e neste país imaturo?

— Tu compreendes o que quero dizer.

Bandeira continua também com os olhos postos no sol, que começa a desaparecer na linha do horizonte.

— Queres que te fale com franqueza? O que me desagrada nos teus romances é... vamos dizer... a posição de turista que assumes. Entendes? O homem que ao visitar um país se interessa apenas pelos pontos pitorescos, evitando tudo quanto possa significar dificuldade... Não metes a mão no barro da vida.

Floriano tem a quase dolorosa consciência de que o amigo está com a razão. Ele próprio já chegou à conclusão de que deve tornar-se "residente" no mundo ou pelo menos na sua terra, entre sua gente: erguer uma casa em solo nativo. Mas replica:

— Não estarás simplificando o problema por amor a uma metáfora?

— Talvez. Mas espera. Entras na história como um leão, prometes grandes coisas, o leitor mentalmente esfrega as mãos numa antecipação feliz... Mas lá pela metade do livro o leão vira cordeiro, a promessa não se cumpre, tudo se dilui numa vaga atmosfera poética, nesse espírito que em inglês (perdoa a erudição e a má pronúncia) se chama *wishful thinking*...

— Desgraçadamente estou inclinado a concordar contigo.

— Não concordes demais, senão será impossível continuarmos a discutir. Ninguém gosta de bater num homem deitado.

Floriano escuta. Tudo isto lhe é desagradável mas necessário. Tio Bicho acende um cigarro, dá uma tragada e expele a fumaça pelo nariz, como costumava fazer há vinte anos nos serões do Sobrado, para divertir os meninos.

— Em suma — diz Floriano —, meus romances são ainda masturbatórios.

Deseja que o outro não concorde. Bandeira solta um suspiro:

— Até certo ponto são mesmo.

Novas cores surgem no céu: pinceladas de roxo, cinza, pardo, vermelho-queimado... O lago verde agora adquire um tom de turquesa. As nuvens se dissiparam. Ao cabo de um curto silêncio, pondo a mão pequena e gorda no ombro do amigo, Tio Bicho torna a falar.

— Presta bem atenção. Suponhamos que a vida é um touro que todos temos de enfrentar. Como procederia, por exemplo, o teu avô Licurgo Cambará, homem prático e despido de fantasia? Montaria a ca-

valo e, com auxílio de um peão, simplesmente trataria de laçar o animal. Agora, qual é a atitude de seu neto Floriano Cambará? Tu saltas para a frente do touro com uma capa vermelha e começas a provocá-lo. De vez em quando fincas no lombo do bicho umas farpas coloridas... Mas quando o touro investe, tu te atemorizas, foges, trepas na cerca e de lá continuas a manejar a capa, para dar aos outros e a ti mesmo a impressão de ainda estar na luta... É uma atitude um tanto esquizofrênica, com grande conteúdo de fantasia. Certo? Bom. Toma agora o teu tio Toríbio... Qual seria a atitude dele?
— Pegaria o touro à unha.
— Exatamente. Levaria a loucura e a fantasia até suas últimas consequências!
— Aonde queres chegar com tua parábola?
— O que quero dizer é o seguinte. Se num romancista predomina a atitude do velho Licurgo, isto é, o senso comum, corremos o risco de ter histórias chatas como a de certos autores ingleses cujas personagens passam o tempo tomando chá, jogando críquete ou falando no tempo. Queres um exemplo? Galsworthy. Ora, tu sabes que eu seria o último homem no mundo a negar a importância e a beleza do teu bailado de toureiro para qualquer tipo de arte... Há até uma certa literatura que não passa duma série de jogos de capa e bandarilhas. Mas o que dá a um romance a sua grandeza não é nem o seu conteúdo de verdade cotidiana nem o seu tempero de fantasia, mas o momento supremo em que o autor agarra o touro pelas aspas e derruba o bicho. Se queres um exemplo de romancista que primeiro faz verônicas audaciosas e depois agarra o animal à unha, eu te citarei Dostoiévski. E se me vieres com a alegação de que o homem era um psicopata, eu te darei então Tolstói. E se ainda achares que o velho também não era lá muito bom da bola, te direi que um homem realmente são de espírito não tem necessidade de escrever romances. E se depois desta conversa me quiseres mandar *àquele* lugar, estás no teu direito. Mas mantenho a minha opinião. O que te falta como romancista, e também como homem, é agarrar o touro à unha...
Como se tivesse sentido de repente que havia levado longe demais a franqueza, Tio Bicho toca o amigo no braço, faz com a cabeçorra um sinal na direção do horizonte e, mudando de tom, diz:
— Olha só o velho sol... Não parece ensanguentado e ferido de morte, prestes a tombar na arena?
— Franqueza dói, Roque, mas estou precisando mais que nunca dum tratamento de choque... Continua.

— Acho que agora quem deve falar és tu. O simples fato de teres puxado o assunto indica que o problema te preocupa e que andas em busca duma solução.
— Isso! No fundo não foi por outra razão que aceitei a ideia de acompanhar a família nesta viagem. Cheguei à conclusão de que não podia continuar onde estava... ou onde estou. — Sorri. — Nem sei se devo dizer *estava* ou *estou*.
— Isso é lá contigo...
— Deves ter compreendido que pouco ou nada tenho a ver com a minha gente e a minha terra. E essa situação, que antes me parecia tão sem importância, nestes últimos cinco anos me tem preocupado. E...
Mordendo o cigarro, a voz apertada, o Batráquio interrompe-o:
— Puseste o dedo no ponto nevrálgico da questão. És um homem sem raízes. Repara na pobreza da obra dos escritores exilados. Não creio que um romancista como tu assim desligado da sua querência e de seu povo possa fazer obra de substância. Tuas histórias se passam num vácuo. Tuas personagens psicologicamente não têm passaporte. É muito bonito dizer que tal ou tal tipo não tem pátria porque é universal. Mas nenhuma personagem da literatura se torna universal sem primeiro ter pertencido especificamente a alguma terra, a alguma cultura.
Cala-se. Ambos olham para o poente, de onde o sol acaba de desaparecer.
— Perdoa, Floriano, se às vezes fico um pouco solene ou dogmático. Não é do meu feitio. Mas o assunto leva a gente para esse lado. Acho que deves dar o teu primeiro passo na direção do "touro" reconciliando-te com o Rio Grande, com os Terras, os Quadros, os Cambarás. Bem ou mal, foi aqui que nasceste, aqui estão as tuas vivências...
— É curioso, mas estás repetindo exatamente o que tenho dito a mim mesmo nestes últimos anos, principalmente nos que passei no estrangeiro...
Tio Bicho atira o toco de cigarro em cima do telhado.
— Maeterlinck escreveu muita besteira, mas aquela história do pássaro azul, digam o que disserem, é um belo símbolo apesar do que possa ter de elementar. É uma idiotice a gente sair pelo mundo em busca do pássaro azul quando ele está mesmo no nosso quintal.
Floriano volta-se para o amigo.
— Mas o curioso, Roque, é que quando estamos em casa vemos nosso pássaro azul apenas como uma pobre galinha magra e arrepiada.
O Batráquio sorri.

— Aí é que está a coisa — diz, metendo a mão por dentro das calças e pondo-se a coçar distraidamente o ventre. — É também possível escrever grandes páginas sobre galinhas magras, arrepiadas e cinzentas. O importante é que os bichos sejam autênticos.

Desata o seu lento riso gutural. Depois ajunta:

— Talvez o princípio da tua salvação (se me permites usar esta palavra) esteja nas galinhas do Sobrado ou do Angico.

Agora é noite nos campos, na cidade e na mansarda.

— E se descêssemos? — pergunta Bandeira.

Floriano não responde nem se move. Quer continuar a conversa aqui na penumbra. Teme que não se apresente outra oportunidade para discutir o problema.

— Preciso também fazer as pazes com meu pai. Tu compreendes o que quero dizer... Chegar a um ajuste de contas, nos termos mais francos e leais... E principalmente cordiais.

— Acho que tens razão.

— Sempre julguei o Velho pela tábua de valores morais dos Quadros, o que é um absurdo, pois intelectualmente não aceito essa tábua. Mas tu sabes, na casa dos vinte a gente ainda acredita um pouco no mundo de homens perfeitos que nos prometia na escola a *Seleta em prosa e verso*.

Após uma pausa, Floriano prossegue:

— Agora me ocorre uma coisa curiosa. Sempre que estou escrevendo uma cena de romance, imagino a contragosto que minha mãe está a meu lado, lendo o que escrevo por cima do meu ombro... lendo e reprovando, escandalizada.

— E te repreendendo! Essa censura interna, compadre, é pior que a do falecido DIP, talvez pior que a da Gestapo. Uma censura que vem de fora pode ser iludida, há meios... Mas a outra...

— E é em parte por causa dessa censura que sempre escrevo cheio de temores, de inibições... Porque fica feio... ou porque "não se deve"... porque vou ferir tal pessoa... ou tal instituição. Como resultado de tudo isto, fiquei na superfície das criaturas e dos fatos, sem jamais tocar no nervo da vida. Sempre me movimentei num mundo de meias verdades. Espero que não imagines que eu tinha consciência clara dessas coisas, que eu *sabia* que estavam acontecendo. Estou fazendo uma crítica *post-mortem*. Uma necropsia. O termo é exato, porque considero defuntos todos os livros que escrevi até agora.

— O essencial, rapaz, é que tu estás vivo. Mas se aguentas mais uma impertinência deste teu velho amigo, te direi, já que trouxeste tua mãe para a conversa, que em teus romances noto, digamos, uma "atmosfera placentária".

— É extraordinário que digas isso, pois desde que cheguei tenho estado a me convencer a mim mesmo que se voltei a Santa Fé foi para "acabar de nascer". Se me perguntares como é que se consegue tal coisa, te direi que estou aprendendo aos poucos...

— Acabarás fazendo isso por instinto, espontaneamente, como um pinto que quebra com o bico a casca do ovo que o contém. O essencial é sentir necessidade de nascer. — Bandeira faz uma pausa, inclina a cabeça para um lado, e depois diz: — Mas existem milhões de criaturas que morrem na casca... ou que continuam a viver na casca, o que me parece pior...

Passos na escada. A porta se abre e um vulto aparece. É Jacira. Vem anunciar que o jantar está servido.

— Jantas conosco, Roque?

— Não, obrigado. Preciso voltar para a toca.

— Para dar comida aos peixinhos?

— Seja! É uma razão tão boa como qualquer outra.

Descem lentamente a escada mal alumiada por uma lâmpada elétrica nua. Roque Bandeira, agarrado ao corrimão, sopra forte e geme, a palheta debaixo do braço, o suor a escorrer-lhe pelo rosto.

— Diz a teu pai que, quando o Dante me der a luz verde, eu vou prosear com ele.

Floriano pensa, apreensivo, no que o espera à mesa do jantar. Terá de enfrentar a família inteira. Vão ser momentos de constrangimento, de conversa difícil. Talvez salve a situação o "traquejo social", a loquacidade de Marcos Sandoval, que estará no lugar de costume, penteado, perfumado e metido numa roupa branca imaculada.

Que show estará agora no Cassino da Urca? E a Fulana? Terá já subido para Petrópolis? E o Sicrano? Terá voltado para Nova York? Bibi, que detesta Santa Fé, não fará o menor esforço para esconder a sua revolta ante o fato de ter sido obrigada a acompanhar a família nesta viagem precipitada e estúpida. Jango, homem de poucas palavras, não abrirá a boca senão para comer: não ocultará sua antipatia pelo pelintra que está sentado à sua frente, e não lhe dirigirá sequer o mais rápido olhar. O lugar de Eduardo, como de costume, estará vazio. Sílvia evitará os olhos dele, Floriano, que por sua vez tudo fará para não se perder na contemplação da cunhada. Flora estará sentada a uma das extremidades da mesa, e seu rosto terá uma expressão de resignada e meio constrangida melancolia. Maria Valéria, à outra cabeceira, dará ordens às criadas, os olhos parados e vazios de expressão; e, apesar da catarata, enxergará certas coisas melhor que os outros.

E durante todo o jantar talvez ninguém se atreva a pronunciar o nome de Rodrigo.

Caderno de pauta simples

Quem guiou meus passos para dentro da Lanterna de Diógenes foi o Menino que ainda habita em mim.
A Força por trás do homem.
A Eminência Azul.
Foi ele quem pela minha boca pediu este caderno. Começo a compreender a insinuação do sutil ditador.

/

O universo do Menino era uma pirâmide de absolutos:
DEUS
no Céu
O dr. Borges
no governo do estado
No Sobrado Papai, Mamãe, Vovô e a Dinda
D. Revocata na Escola. — Laurinda na cozinha
Eddie Polo na nossa defesa contra os índios e os mexicanos
E o brioso Exército Nacional em caso de guerra com a Argentina

A sociologia do menino era cristalina:
    Os ricos moravam nas ruas e praças principais
    Os remediados nas ruas transversais
    Os pobres no Barro Preto, na Sibéria e no Purgatório
    Os negros conheciam seu lugar.
    As coisas tinham sido, eram e sempre seriam assim
    Porque essa era a vontade de Deus.
                             Amém!

Ó manhãs da infância!
Café com leite
pão
mel
mistério.

A escola recendia a giz, verniz e alunos sem banho. Guris viciados escondiam baganas nos bolsos. No inverno as menininhas ficavam de pernas roxas.
E a presença da Professora, no seu trono em cima do estrado, aumentava o frio das manhãs.

Às vezes a Mestra lia em voz alta seus versos favoritos:

>Contínuos exercícios e o descanso
>   Sobre grosseira cama,
>A refeição frugal, concisa a frase,
>   Assim se comportavam
>Os meninos de Esparta: pois Licurgo,
>   O legislador prudente,
>Viu que a fama do país estava
>   Na militar grandeza:
>E, querendo guerreiros, fez soldados
>   Os filhos da República.

/

Pedro Álvares Cabral tinha descoberto o Brasil por puro acaso. Mas agora estava tudo bem, e os livros ensinavam o orgulho de ser brasileiro.

>Nosso era o caudaloso Amazonas
>o fenômeno das pororocas
>a ilha de Marajó
>a cachoeira de Paulo Afonso
>a baía de Guanabara
>o couraçado Minas Gerais
>a inteligência de Rui Barbosa
>e as riquezas naturais.
>Bartolomeu de Gusmão inventou o balão
>(Rimava e era verdade)
>Santos Dumont o aeroplano.
>E a Europa mais uma vez
>se curvou ante o Brasil.
>E como se tudo isso não bastasse
>nossos bosques tinham mais vida
>e nossa vida em teu seio mais amores
>Ó Pátria amada, idolatrada, salve! salve!

Nosso era também o mais belo Hino do mundo. E o auriverde pendão. Que outra história haveria mais sublime que a do Brasil?

*Estácio de Sá morto por uma frecha envenenada
defendendo o Rio de Janeiro
o Zumbi dos Palmares preferindo a morte à escravidão
Tiradentes na forca, impávido e de camisolão
E mais o grito do Ipiranga
a Guerra do Paraguai
et cetera e tal.*

As folhas ásperas do livro davam arrepios no Menino. Mas ele gostava de encher com lápis de cor os retratos lineares de condes, viscondes, duques, barões, ministros, generais, reis e vice-reis. Pintou de vermelho a cara de Filipe Camarão. Pôs uns bigodes de mandarim no Patriarca da nossa Independência.

*Os heróis eram homens diferentes
do comum dos mortais.
Não comiam nem bebiam
não riam nem dormiam
não tinham sexo nem tripas.
Sustentavam-se de glórias
medalhas e clarinadas
tinham nascido pra bustos
estátuas equestres em bronze
patronos de centros cívicos
citações em discursos
e assuntos de cantoria.*

Por mais esforço que fizesse (e esforço mesmo não fazia), o Menino não conseguia acreditar na improvável realidade daquelas figuras de papel, tinta e palavras.

Para ele mais vida tinham

*o Negrinho do Pastoreio
o barão de Münchhausen
o Herói de Quinze Anos
Don Quixote de la Mancha
Os Três Mosqueteiros
e Malasartes, o empulhador.*

/

 O Menino debatia-se em dúvida entre as muitas ciências de seu mundo.
 O Vigário afirmava a existência de Deus num universo arrumadinho, com Céu, Purgatório e Inferno, prêmios e castigos, e uma contabilidade celestial: cada alma com sua conta-corrente — Deve e Haver, *boas e más ações* — *tudo sempre em dia, à espera do Balanço Final.*
 D. Revocata jurava (em nome de quem?) que Deus não existia. E desafiava o raio nos dias de tempestade.
 O cel. Borralho — *corneteiro dos Voluntários da Pátria* — *certa vez lhe falou no Supremo Arquiteto do Universo.*
 Consultado sobre o assunto, Tio Bicho disse sorrindo:
 Deus pode existir. Deus pode não existir. Quem vai decidir a questão é você mesmo, quando crescer.

/

 Mas para o Menino toda a sabedoria da vida concentrava-se em duas mulheres: a Dinda e a Laurinda. Tinham a última palavra em matéria de teologia, cosmogonia, meteorologia, astronomia e outros "ias" e enigmas.
 D. Revocata fazia doutos discursos para descrever o Céu, com o Sol, a Lua e as estrelas. A Dinda resumia o mapa celestial numa quadrinha.

> *Campo grande*
> *Gado miúdo*
> *Moça formosa*
> *Homem carrancudo.*

 Remédio para azia? Papai receitava bicarbonato. Mas Laurinda mandava o paciente repetir três vezes:

> *Santa Sofia*
> *tinha três fia*
> *uma cosia*
> *outra bordava*
> *e a outra curava*
> *mal de azia.*

Porque a Dinda e a Laurinda eram mais sábias que o Califa de Bagdá, da Seleta em prosa e verso. Mais astuciosas que o dervixe que inventou o xadrez. Suas máximas continham mais verdades que as do marquês do Maricá.

Dizia a Laurinda:

> Não presta matar gato: atrasa a vida
> Nem sapo: traz chuva
> Quem cospe no fogo fica tísico
> Borboleta preta dentro de casa: morte na família.

E a Dinda:

> Boa casa, boa brasa
> Quem tem rabo não se senta
> Menino que brinca com fogo mija na cama
> Criança que ri dormindo está conversando com os anjos.

Sentada ao pé do fogão, pitando um crioulo e comendo pinhão, Laurinda propunha adivinhações às crianças da casa.

Pergunta: Que é que antes de ser já era?
Resposta: Deus.

> São duas moças faceiras
> que nunca saem das janelas
> reparam em todo o mundo
> e o mundo não fala delas.

Resposta: As meninas dos olhos.

> Diga, diga se é capaz:
> o Luís tem na frente
> mas a Raquel tem atrás
> as solteiras têm no meio
> e as viúvas não têm mais.

Laurinda ria e dizia:
Não é o que tu está pensando, bandalho. É a letra L.

/

Mas entre todos os ditados da Dinda, um havia que deixava o Menino pensativo.
Cada qual enterra seu pai como pode.

Ó noites da infância!
quarto escuro
fantasmas
sonhos
mistério.

O deputado

I

Em fins de outubro de 1922, ao voltar com Flora do Rio de Janeiro, aonde tinham ido ver a Exposição Nacional do Centenário, Rodrigo Cambará encontrou o pai num estado de espírito que oscilava entre a irascibilidade e a depressão. O velho Licurgo estava apaixonadamente ferido, como um homem que tivesse sido enganado pela mulher amada, com a qual vivera boa parte de sua vida, e na qual depositava a mais serena das confianças. Havia pouco o dr. Borges de Medeiros pronunciara-se definitivamente sobre a antiga questão que dividia em dois grupos os republicanos de Santa Fé, dando seu apoio irrestrito ao cel. Ciríaco Madruga, intendente municipal e inimigo pessoal de Licurgo Cambará.

Já na estação Rodrigo notara que algo havia de anormal. O pai abraçara-o com ar meio distraído, o cigarro apagado entre os dentes. Pigarreava com uma frequência nervosa e a pálpebra de um dos olhos de quando em quando tremia. Ao chegarem ao Sobrado, mal deu a Rodrigo tempo de abraçar a tia e beijar os filhos: levou-o para o escritório, fechou a porta e, com voz apertada, contou-lhe toda a história.

— É o preço que estou pagando — concluiu — por ser um homem independente. O doutor Borges ainda não aprendeu a diferençar um amigo de verdade dum capacho.

— Eu não lhe disse? O presidente não é mais o mesmo homem. Ninguém pode ficar anos e anos fechado num palácio, como um faraó no seu túmulo, sem perder contato com a sua terra e o seu povo. O homem vive cercado de aduladores que lhe escondem a realidade...

Licurgo olhava fixamente para a escarradeira esmaltada, ao pé da escrivaninha.

— Já que as coisas tomaram esse rumo, papai, vou lhe falar com toda a franqueza. Nunca morri de amores pelo doutor Borges... Não nego que seja um homem direito, de mãos limpas. Mas é autoritário, egocêntrico e opiniático. Imagine o senhor, no dia em que a Assembleia iniciou seus trabalhos, nós, os da bancada republicana, fomos incorporados visitar o homem no Palácio. Recebeu-nos como um rei num trono, imperturbável, a cabeça erguida, o olhar frio. Deu-nos a pontinha dos dedos, disse o que esperava de nós e dez minutos depois ficou assim com o ar de quem queria dizer: "Bom, que é que estão esperando? A audiência está terminada". Ora, vamos e venhamos, isso não é maneira de receber correligionários. Um deputado não é um criado nem um moço de recados.

Licurgo cuspiu o cigarro na escarradeira, tirou do bolso e mostrou ao filho a cópia do telegrama que passara ao dr. Borges de Medeiros, comunicando-lhe que não só se considerava afastado do Partido como também iria votar no dr. Assis Brasil e trabalhar pela sua candidatura no município de Santa Fé.

— Parece mentira — murmurou — mas vamos ter de votar outra vez com os maragatos.

— Não há de ser nada. Digam o que disserem, nosso candidato é um republicano histórico.

— Sim, mas desse jeito o Partido vai se esfacelar, e quem lucra são os federalistas.

Tirou duma gaveta da escrivaninha um cigarro de palha já feito e acendeu-o. Aos sessenta e sete anos era um homem ainda desempenado, de constituição robusta. Tinha a cabeleira abundante com raros fios brancos, mas o bigode grisalho e os fundos sulcos no rosto tostado revelavam-lhe a idade. Nos olhos indiáticos havia uma permanente expressão de preguiçosa melancolia, algo de morno e fosco. A voz, pobre de inflexões — pois Licurgo detestava tudo quanto pudesse sugerir, ainda que de leve, artificialidade teatral —, tinha um tom que lembrava batidas de martelo em madeira.

— É uma pena que o senhor tenha demorado tanto no Rio de Janeiro — disse ele, olhando obliquamente para o filho. — Estamos nas portas das eleições, temos pouco mais dum mês e ainda não fizemos quase nada. O Madruga já se movimentou, anda ameaçando Deus e todo o mundo com seus capangas. É... o senhor demorou demais.

— Eu sei, eu sei — replicou Rodrigo, contendo a impaciência. — Mas um mês basta pra gente agitar o município. A causa é boa.

— Se o senhor tivesse voltado umas duas semanas mais cedo — insistiu Licurgo — teria podido falar com o doutor Assis Brasil. Ele veio me visitar aqui no Sobrado.

— Sinto muito, mas não há de faltar ocasião para conhecer o homem pessoalmente.

Segurou afetuosamente o braço do pai e disse-lhe que as crianças estavam aflitas por verem os presentes que ele lhes trouxera do Rio.

— Se o senhor me dá licença...

Licurgo sacudiu a cabeça numa lenta afirmativa e Rodrigo retirou-se. Antes, porém, de fechar a porta notou que faltava alguma coisa no escritório. Era o retrato do dr. Borges de Medeiros que por muitos anos ali estivera ao lado da imagem do Patriarca. No seu lugar via-se apenas um quadrilátero duma cor mais clara que a do resto da parede.

2

Os filhos o esperavam na sala de jantar. Maria Valéria tinha nos braços Bibi, a mais moça de todos. O rostinho redondo, o nariz curto e meio arrebitado, dois dentinhos miúdos e salientes, os olhinhos enviesados e ariscos — tudo isso dava à criança um ar de cãozinho pequinês. Junto da velha, agarrando-lhe as saias, Eduardo lançava para o pai olhares furtivos, as faces e as orelhas afogueadas; e, para disfarçar o embaraço, batia com o calcanhar no soalho, como um potrilho a escarvar o chão. Tinha quatro anos, era rijo e fornido de carnes, e desde que seu tio Toríbio o convencera de que ele era um touro, punha em constante perigo as compoteiras, vasos, vidros e louças da casa, com suas corridas impetuosas: as mãos nas fontes, os indicadores enristados à guisa de aspas. Sempre que via Toríbio, fosse onde fosse, investia contra ele, mugindo e soprando, e dava-lhe tremendas cabeçadas. Toríbio nunca se negava a seguir as regras do jogo: caía de costas, ficava estendido no soalho, de braços abertos, enquanto o tourinho tripudiava sobre seu corpo, fazendo de conta que o furava a guampaços.

Ao lado de Eduardo, Jango, magro e esgalgado, estava a cavoucar o nariz com o indicador, numa fúria distraída. Sempre que lhe perguntavam que queria ser quando ficasse grande, respondia: "Tropeiro, como o vô Babalo".

Referindo-se ao aspecto físico dos filhos, Rodrigo costumava dizer que — se Jango, o de rosto oblongo, lembrava uma figura de El Greco, e Bibi, Eduardo e Floriano pareciam infantes saídos duma tela de Velásquez — Alicinha só podia ter sido pintada por Fra Angelico.

A menina que ali estava, calada e séria ao lado da mãe, era mesmo duma beleza de anjo florentino. Seu rosto oval, de feições delicadas — os olhos um pouco tristes, como os dos Terras —, chegava a ter às vezes, sob certas luzes, uma translucidez de porcelana. Aos dez anos parecia uma moça em miniatura, tanto no físico como nos gestos e na maneira de falar. "É uma princesa!", dizia o pai. Flora, se não o acompanhava nesses exageros, também não o contrariava. Maria Valéria, entretanto, não perdia a oportunidade de criticá-los: "Vacês dão tanto mimo pra essa menina, que ela vai acabar pensando mesmo que é filha do imperador".

Floriano, o mais velho dos irmãos, não se encontrava, como os outros, ao lado do pai. Deixara-se ficar a um canto da sala, como se não fizesse parte da família. Era um menino calado, tímido, arredio. Quando não estava na escola, passava a maior parte das horas fechado na água-furtada, com seus livros e revistas. De todos os Cambarás era o único que não gostava do Angico. Enquanto Jango procurava gozar a estância como podia — banhos na sanga, leite morno, bebido na mangueira ao pé da vaca, excursões aos capões para apanhar sete-capotes, passeios a cavalo pelas invernadas —, Floriano ficava em casa e (dizia Flora) era de cortar o coração vê-lo sentado na soleira da porta a olhar tristonho o pôr do sol. Certas noites, principalmente quando ventava, acordava alarmado e saía a caminhar pelo corredor como um sonâmbulo, "com uma coisa no peito" — murmurava, depois de muito insistirem para que contasse o que sentia. "Vai ser poeta", dizia Rodrigo, com uma mistura de orgulho e piedade. Mas Toríbio, sacudindo a cabeça, aconselhava: "Se esse molenga fosse meu filho eu botava ele no lombo dum cavalo, soltava ele no campo. Vocês estão mas é criando um sombra. Afinal, o Floriano já está com onze anos, não é nenhum nenê...".

Rodrigo contemplava a prole com um orgulho de patriarca. Houve um momento em que seus olhos se voltaram para Flora e mais uma vez ele teve a voluptuosa certeza de que a companheira havia atingido a sua plenitude. Aqueles trinta e dois anos sentavam-lhe muito bem. Perdera o ar de menina para se fazer mulher por completo. Até havia pouco, era uma fruta quase madura, mas com partes ainda verdes e ácidas, dessas que nos fazem apertar os olhos quando as trincamos. Sim, Flora era uma nêspera que chegara à mais completa maturação. A hora de saboreá-la é agora — pensou ele, sorrindo. Comê-la com casca e tudo. Deu alguns passos na direção da esposa, abraçou-a e beijou-a na boca.

— Rodrigo! — repreendeu ela. E, num murmúrio: — Olha as crianças...

— A esta altura dos acontecimentos acho que eles já descobriram que somos casados — replicou ele em voz alta.

Floriano recebeu essas palavras como uma bofetada. Desviou o olhar das figuras do pai e da mãe e, perturbado, ficou a acompanhar os movimentos do pêndulo do relógio grande. Jango sorriu. Alicinha, de olhos baixos, brincava com a fímbria da saia. Edu pôs-se a bufar, a escarvar o chão e de súbito rompeu numa corrida e cravou as "aspas" nas pernas do pai, que o ergueu nos braços, rindo e exclamando: "Meu tourito! Meu tourito brabo!".

— Que venham esses presentes duma vez! — exigiu Maria Valéria. — As crianças estão aqui para isso e não para verem essa fita de cinema.

— Traga os presentes, Laurinda — ordenou Rodrigo, pondo Eduardo no chão.

A mulata entrou com uma braçada de pacotes, que depositou sobre a mesa. Flora abriu a menor das caixas.

— O presentinho da Bibi!

Entregou à filha um palhaço de macacão bicolor, com um prato de folha em cada mão. Quando lhe apertavam a barriga, o boneco soltava um guincho, seus braços se uniam e os pratos se chocavam e tiniam.

Depois de alguma relutância, Bibi agarrou o presente. Rodrigo desembrulhou outro pacote.

— Este é para o nosso capataz...

Era um cinturão com um par de pistolas de estanho, com cabos de madeira. Jango arrebatou o presente das mãos do pai, cingiu o cinturão e, de pistolas em punho, pôs-se a andar ao redor da mesa, ao trote dum cavalo imaginário, dando tiros de espoleta.

Floriano pegou os presentes que a mãe lhe entregou. Dois livros: *A ilha do tesouro* e *Cinco semanas em um balão* em edições ilustradas.

— Agora — disse Rodrigo — nosso tourito xucro vai ganhar... adivinhem quê?

— Um facão! — gritou Edu.

Era um tambor. O menino mostrou sua decepção fechando a carranca, baixando a cabeça e olhando enviesado para o pai. Rodrigo rufava no tambor, cantarolando: "Marcha, soldado, cabeça de papel! Marcha, soldado, direito pro quartel!".

— Mas eu não sou soldado — protestou o menino.

— Que é que o filhinho é? — perguntou Flora, ajoelhando-se ao pé da criança e tomando-a nos braços.

— Um petiço zaino.

Flora pendurou o tambor ao pescoço de Edu, pelo cordão auriverde, e entregou-lhe as baquetas.

— Toque.

Ele fazia que não, sacudindo obstinadamente a cabeça. Maria Valéria olhava a cena com olhos críticos.

— Deixe o menino em paz — aconselhou. — Se vacê não le der atenção ele acaba gostando do presente.

Rodrigo começou a desfazer o maior dos embrulhos.

— Agora, respeitável público — disse —, chegamos à parte mais importante de nosso programa: a entrega do presente da senhorita Alice Quadros Cambará, a menina mais linda de Santa Fé!

Alicinha esperava, as mãos trançadas contra o peito, os olhos parados e ansiosos. E quando o pai tirou o presente da caixa, ouviu-se um ah! geral de surpresa e admiração. Era uma boneca que tinha exatamente a altura de Eduardo: cara redonda, com faces como maçãs maduras, olhos muito azuis parecidos com bolinhas de gude. Estava vestida de tarlatana cor-de-rosa, com um chapéu verde na cabeça de cabelos cor de ruibarbo.

Alice parecia paralisada. Rodrigo teve a impressão de que a filha empalidecera. Lágrimas brotaram-lhe nos olhos, escorrendo-lhe pelas faces. Edu atirou o tambor e as baquetas no chão. Jango meteu as pistolas no coldre e ambos se aproximaram da boneca. Eduardo mirava-a com um ar entre desconfiado e hostil. Jango acocorou-se ao pé dela, cheio de admiração, apertou-lhe primeiro os tornozelos, os braços, depois passou-lhe um dedo cauteloso e terno pelas faces e cabelos.

— Parece gente — murmurou.

— E fala — acrescentou Rodrigo, sem tirar os olhos da filha. — Diz *mamãe*. Vejam.

Fez uma pressão nas costas da boneca, que soltou um vagido. Eduardo fechou os olhos, apertando as pálpebras. Jango sorriu, mostrando todos os dentes. Floriano lutava com uma confusão de sentimentos: admirava a boneca, armava já fantasias em torno dela, mas achava que um rapaz da sua idade não podia mostrar interesse por um brinquedo de menina sem correr o risco de parecer um maricas. Por outro lado estava ferido de ciúme e despeito. Claro, gostara dos livros, mas por que o presente melhor e mais bonito era sempre para Alicinha? Por que papai preferia Alicinha aos outros filhos? Pensando e sentindo essas coisas, o rapaz mantinha-se distante do grupo, esforçando-se por parecer indiferente. Por fim, aproveitando um momento em que quase todos estavam de costas voltadas para ele, esgueirou-se para fora da sala e subiu para a água-furtada.

— Vamos, Alicinha — disse Flora —, o brinquedo é teu.

Alicinha abraçou a boneca e desatou num choro convulsivo, enquanto o pai, comovido, passava-lhe a mão pelos cabelos, cobria-lhe o rosto de beijos, murmurando palavras de carinho e consolo. Eduardo agora batia desesperadamente no tambor. Jango saíra em novos galopes pela casa, alvejando inimigos invisíveis. Bibi olhava muito intrigada para seu palhaço de macacão azul e vermelho e cada vez que lhe apertava a barriga os pratos tiniam e ela fechava os olhos, assustada.

— Que nome vais botar na boneca? — perguntou Rodrigo à filha.
— Aurora — respondeu Alicinha sem hesitar.

Marido e mulher se entreolharam, alarmados, como se ambos de repente tivessem sido bafejados pelo sobrenatural. Porque Aurora era o nome que ia receber a irmã de Rodrigo que nascera morta no inverno de 1895, em plena guerra civil, quando o Sobrado estava sitiado pelos maragatos.

3

Aquela manhã Rodrigo e Toríbio saíram juntos de casa logo após o café. O sueste de primavera soprava rijo sob um céu limpo e rútilo, produzindo nas folhas das árvores da praça um movimento de onda e um som de mar.

De longe os irmãos saudaram com um aceno de mão o José Pitombo, que lá estava na sua casa de pompas fúnebres, atrás dum balcão envidraçado, contra um fundo agourento de negros ataúdes com enfeites cor de ouro e prata.

— Não deixa de ser "animador" — sorriu Rodrigo — ter assim tão perto de casa esse tipo de comércio...

— E a cara do Pitombo — ajuntou Toríbio —, mais fúnebre que o resto.

— Se houvesse um jeito eu tirava o defunteiro daí. Não preciso ter todos os dias nas ventas esse lembrete da morte.

Ao passarem pela Padaria Estrela-d'Alva entraram para cumprimentar o Chico Pão, que, como de costume, se queixou duma "pontada nas costas que responde no peito". — Será alguma umidade que peguei, doutor? — Não é nada, Chico, essas coisas assim como aparecem, desaparecem... Decerto são gases.

Rodrigo ainda não conseguira descobrir se os cabelos do padeiro, cortados à escovinha, estavam brancos de idade ou de farinha de trigo. Seus olhos, permanentemente injetados de sangue, enchiam-se de lágrimas toda a vez que sua casa recebia a visita dos "guris do Sobrado". Explicava que Rodrigo e Toríbio lhe davam saudade dos bons tempos em que, meninos, todas as noites às dez horas, fizesse bom ou mau tempo, pulavam a cerca que separava o casarão da padaria e vinham buscar pão quente para comerem com rapadura.

Estava o padeiro de tal maneira excitado pela visita, que não cessava de fazer perguntas. Como iam todos em casa? Rodrigo e Flora tinham andado no bondinho do Pão de Açúcar? Era verdade que o Exército Nacional não ia deixar o dr. Artur Bernardes tomar posse? Que cara tinha o presidente de Portugal?

Rodrigo ia começar a contar o que vira e fizera no Rio de Janeiro quando Toríbio, puxando-o pelo braço, arrastou-o para fora da padaria. Chico Pão acompanhou-os até a porta, fazendo seus habituais protestos de amizade e gratidão para com toda a família Cambará.

— Agora, safardana — disse Bio, enquanto caminhavam na direção da farmácia de Rodrigo —, quero que me contes a parte secreta da tua viagem.

O outro fez alto.

— Que parte secreta?
— Ora, não te faças de bobo. Quantas?
— Quantas quê?
— Hipócrita. Tu sabes o que eu quero dizer. Quantas mulheres comeste no Rio?

Rodrigo deu um piparote na palheta, que lhe caiu sobre a nuca. Coçou a testa, sorriu e disse:

— Olha, menino, foi um negócio muito sério. Tu sabes, com a Flora sempre a meu lado, não foi fácil...
— Quantas?
— Te preocupa a quantidade ou a qualidade?
— As duas coisas.
— Bagualão!

Retomaram a marcha. Rodrigo contou que namorara uma morena no hotel em que se hospedara, e que um dia, pretextando uma visita ao Senado, deixara Flora com um casal amigo e fora a um encontro marcado com a *morocha* no Alvear.

— A bruaquinha estava com fitas... — disse. — No princípio quis dar a entender que nunca tinha feito aquilo. Pois sim. Conheço bem a minha freguesia. Tu sabes, no Rio de Janeiro a coisa é um pouco diferente. A gente tem de mandar flores, presentinhos, marcar encontros, dizer galanteios, fazer um cerco em regra. Ah! Mas não tive dúvida: agarrei a bichinha à unha.

— Onde? Como? Conta logo.

— O primeiro encontro não rendeu nada, ela disse que era casada e o marido estava em Minas Gerais. Mas o namoro continuou...

— Então ela era mesmo família?

— Espera. Uma noite nos recolhemos cedo ao hotel, Flora se preparou para dormir, mas eu não me despi. Fiquei por ali, embromando, e quando ela se deitou eu disse: "Meu bem, vou comprar uns cigarros e dar uma voltinha. Estou sem sono". Saí e fui direito ao quarto da morena, que ficava no andar logo abaixo do nosso. Bati. Quem é? Sou eu. Eu quem? Disse o nome. Ela entreabriu a porta, espiou... Fui entrando sem pedir licença. A diabinha começou a protestar, mas tapei-lhe a boca com um beijo e, sem dizer mais nada, fui empurrando a bicha pra cama.

— E depois?

— Na cama ela tirou a máscara. Fez o diabo, revelou-se uma verdadeira profissional.

— Valeu a pena?

— Ah! Valeu.

— Voltaste?

— Umas quatro ou cinco vezes.

— Pagaste muito?

Rodrigo pareceu hesitar.

— Dei-lhe um colar de presente... e paguei-lhe a conta do hotel.

— Burro velho!

— A história do marido naturalmente era inventada. Ela estava "fazendo a praça" no Rio de Janeiro. Mas tinha classe, isso tinha...

Entraram na farmácia. Gabriel, o prático, veio ao encontro de Rodrigo e abraçou-o timidamente. Era um moço simplório, de origem italiana, e adorava o patrão. Agora mesmo lançava-lhe olhares cheios de afetuosa admiração, examinando-o de alto a baixo.

— Alguma novidade, Gabriel?

— Nenhuma, doutor. Tudo bem.

Tinha uma voz fluida como pomada, e olhos caninos que refletiam uma bondade ingênua.

— E a Casa de Saúde?

— De vento em popa. Enquanto o senhor esteve fora, tivemos duas hérnias, uma cesariana e uma operação de rins. Tudo uma beleza!

— O "açougue" está rendendo — murmurou Toríbio, folheando distraído um número do *Almanaque de Ayer* que encontrara em cima do balcão.

— O doutor Carbone tem mão de ouro. É capaz de operar até no escuro.

Rodrigo levou o irmão para o consultório, fechou a porta, pendurou o chapéu no cabide e sentou-se atrás da escrivaninha.

— Amigo Bio, estou numa encruzilhada, não sei que rumo tomar...

Olhou em torno. Viu os instrumentos cirúrgicos, duros, polidos e frios dentro do armário de vidro: o divã coberto de oleado negro; o revérbero sobre cuja chama costumava ferver não só agulhas e seringas como também água para o cafezinho da tarde. O único quadro que pendia daquelas paredes caiadas, além duma oleogravura convencional, era o clássico desenho em que um médico, vestido de branco como um cirurgião, ampara em seus braços uma mulher nua, que a Morte, representada por um esqueleto ajoelhado, lhe quer arrebatar.

A nobre profissão! Quantas mulheres nuas tive eu em cima daquele divã? E quantas a Morte me levou?

— Para te falar a verdade — disse em voz alta — estou começando a enjoar da clínica. Até o cheiro deste consultório me dá náusea...

— Quem sabe estás grávido?

— Espera, homem, estou falando sério.

Toríbio tinha uma palha de milho entre os dentes e com uma faca picava fumo, parecendo mais interessado no preparo do cigarro do que nos problemas do irmão.

— Erraste a profissão — murmurou, sem descerrar os dentes.

— Sem a menor dúvida. O que me tem aliviado o tédio é essa deputação, os meses que todos os anos tenho de passar em Porto Alegre... Nossa capital é ainda uma aldeia grande, mas lá já se vive. Precisavas conhecer o Clube dos Caçadores.

Olhou para Toríbio, que ali estava na sua frente, em mangas de camisa, bombachas de riscado, os pés nus metidos em chinelos, o chapéu de abas largas ainda na cabeça. Um homem sem problemas! Passava a maior parte do tempo no Angico, campereando, feliz. Tinha suas chinas nas invernadas, de quando em quando ia à colônia alemã ou à italiana "pra variar de tipo", e quando a coisa se tornava um pouco monótona na estância, em assunto de mulher, vinha para a cidade, metia-se em pensões e entregava-se a orgias homéricas que às vezes duravam dias. Nessas ocasiões, Rodrigo tinha de fazer o impossível para evitar que as histórias das farras de Bio chegassem aos ouvidos do velho Licurgo.

— E que vais fazer agora? — perguntou Toríbio, despejando no côncavo da palha as esquírolas de fumo que acabara de amaciar.

Rodrigo ergueu-se, acendeu um cigarro e pôs-se a andar dum lado para outro.

— Não sei. Essa viagem ao Rio de Janeiro me descentrou um pouco, me convenceu de que isto não é vida.

— Te candidata então a deputado federal.

Rodrigo sacudiu a cabeça com veemência.

— Acho que a minha carreira política está encerrada... O rompimento do papai com o doutor Borges me obriga a renunciar à deputação.

— E se o doutor Assis Brasil for eleito?

— Não te iludas. A corrida nas urnas está perdida para nós.

Toríbio bateu a pedra do isqueiro, prendeu fogo no pavio, aproximou a chama da ponta do cigarro.

— Mas podemos tirar o Borjoca do governo a grito e a pelego — disse, soltando fumaça de mistura com as palavras.

— Falas em revolução como duma brincadeira de crianças.

— Afinal de contas... que é que queres?

— Quero viajar, homem! Desde que cheguei formado nesta terra, lá vão doze anos, ando sonhando com uma viagem a Paris. Mas sempre acontece alguma coisa e a viagem não sai. Tu sabes, o Velho foi sempre contra a ideia. Para ele, como para a Dinda, ir ao estrangeiro é uma coisa vagamente indecente, além de inútil. Quando consegui convencer o papai de que uma viagem à Europa ia me fazer um grande bem, veio essa história da deputação, a campanha, a eleição, a novidade do cargo, tu sabes, e eu fui ficando...

Toríbio saboreava com delícia o seu cigarro.

— E que é que te ataca agora, rapaz? Vai a Paris e mata esse desejo.

— É fácil dizer "vai a Paris". Se o Velho me repreendeu por eu ter demorado demais no Rio, como é que posso pensar numa viagem longa? E com a situação da pecuária, essa maldita crise que aí está... e mais o que teremos de gastar para fazer oposição ao Chimango, quem é que pode pensar em viagens?

Toríbio coçava agora distraído o dedão do pé.

— E depois — ajuntou Rodrigo — está tudo numa confusão dos diabos. A situação do país é crítica. Fala-se abertamente em revolução. Ninguém faz negócio esperando "os acontecimentos". E essa coisa vai longe. Primeiro vão esperar para ver se o Bernardes toma ou não toma posse. Depois querem ver os resultados das eleições estaduais e a posse do candidato eleito. E nessa dança vamos passar todo o ano que vem.

— Pois acho que já está na hora de rebentar uma boa revolução — murmurou Toríbio — pra sacudir este país de merda. Não se deve passar tanto tempo sem pelear. Não brigamos desde 93.

Ergueu-se.

— Já pensaste que nós, tu, eu, os da nossa geração, ainda estamos virgens de guerra? — perguntou. — Não tivemos ainda o batismo de fogo. Se a situação continua, vamos acabar uns calças-frouxas sem serventia. Palavra de honra, acho que está na hora da gente ir para a coxilha.

— Pode ser que tenhas razão. Mas eu preferia que a ordem não fosse perturbada.

— Mas se for?

— Se for, não há outro remédio senão brigar.

— Pois então vai azeitando a pistola e limpando a espada. Porque a revolução vem agora, antes da posse do Bernardes, ou depois das nossas eleições. Não há por onde escapar.

Fez-se uma pausa em que ambos ficaram fumando e ouvindo os ruídos da farmácia e da rua: vozes, tinidos de vidros, o som de água jorrando duma torneira, um pregão — "Olha a lenha boa!" — o ploc--ploc das ferraduras dum cavalo nas pedras do calçamento da rua.

— Falaste com o doutor Assis Brasil? — perguntou Rodrigo.

— Falei.

— Qual foi a tua impressão?

Toríbio fez uma careta de dúvida:

— Pois olha... O homem é simpático, limpinho, bem-educado, instruído e parece que bem-intencionado. Mas, pra te falar com franqueza, tem umas coisas que não me agradam...

— Por exemplo...

— Uns fumos de aristocrata. E me parece um pouco vaidoso, desses que não perdem ocasião de mostrar o que sabem. Ficou no Sobrado menos de uma hora e teve tempo de falar em política, de criticar o nosso sistema de criação e plantação no Angico e de nos dar lições de agricultura e pecuária... Enfim, fez um sermão que ninguém encomendou. Viu o Floriano apontando um lápis, tirou o canivete e o lápis das mãos do menino e disse, como um mestre-escola: "Não é assim que se aponta um lápis. Preste atenção no que vou fazer". Contou depois que tinha inventado uma porteira especial, muito prática, que todo o estancieiro devia usar. Não me lembro por quê, falei em cachorro e o homem me corrigiu, dizendo que eu devia dizer *cão*, pois *cachorro* é qualquer cria de leão ou onça, quando pequena. Imagina, eu dizendo cão!

Rodrigo sorriu.

— Estás exagerando. O homem é progressista, inteligente e culto. Não negarás que nossa agricultura muito deve aos seus ensinamentos. E depois, Bio, compara esse estadista que correu praticamente o mundo inteiro, esse homem fino e civilizado, com aquela múmia que está no Palácio do Governo em Porto Alegre, empapado de positivismo.

— Mas já viste um gaúcho legítimo morar em castelo de pedra, como esses de romance, e falar inglês com a família na hora da comida?

Rodrigo encarou o irmão em silêncio e, ao cabo de alguns segundos, exclamou:

— Ora, vai te lixar!

4

Naquele sábado Rodrigo voltou do consultório às cinco da tarde e comunicou a Flora que havia convidado um grupo de amigos a vir à noite ao Sobrado para comer, beber e prosear. Flora levou as mãos à cabeça. Maria Valéria, que entreouvira as palavras do sobrinho, perguntou:

— Comer o quê?

— Ora, titia, uns croquetes, uns pastéis.

— Mas que croquetes? Que pastéis? Você sempre nos avisa à última hora.

— Não temos bebidas em casa — alegou Flora.

— São cinco horas. Mandem buscar no armazém o que falta.

Subiu assobiando para o quarto e de lá para o banho da tarde. As mulheres puseram-se imediatamente em atividade, resmungando contra a mania de Rodrigo (aquela não era a primeira vez nem seria a última) de fazer convites para reuniões no Sobrado sem antes consultá-las.

E quando ele já estava no quarto de banho, cantarolando árias de ópera dentro do banheiro cheio de água tépida, esfregando os braços e os ombros com vaidosa volúpia, a tia bateu à porta e gritou:

— Quer ao menos me dizer quantas pessoas convidou?

— Uns seis ou sete amigos, nada mais.

— Pois então vou preparar comida pra vinte.

Sabia que esses seis ou sete à última hora "davam cria", multiplicando-se por três.

O velho Licurgo não gostou da ideia:

— Não estamos em tempo de festa — resmungou. — A situação do país está cada vez mais preta.

Fresco do banho, recendendo a água-de-colônia, Rodrigo reagiu:

— Não vejo motivo para a gente assumir uma atitude fúnebre... E, depois, convidei o Juquinha Macedo e o coronel Cacique. Podemos aproveitar a ocasião para discutir o plano da nossa campanha eleitoral.

Licurgo cuspiu na escarradeira. Rodrigo jamais se habituara à presença daquelas "coisas" de louça, espalhadas pela casa. Achava bárbaro e repugnante aquele ostensivo clarear de peito e aquele contínuo cuspir que para muitos gaúchos era uma prova de hombridade.

— Discutir a campanha? — repetiu Licurgo. — Isso não é coisa que se faça em festa.

— Mas não se trata de festa. É uma pequena reunião de amigos, quase todos gente de casa.

Durante a hora de jantar Licurgo manteve-se calado a maior parte do tempo, prestando uma atenção precária ao que Flora e Rodrigo contavam da viagem ao Rio. Terminada a refeição, o Velho subiu para o quarto, onde permaneceu por alguns minutos. Depois desceu e, como era seu costume havia muitos anos, resmoneou: "Vou dar uma volta". E saiu.

De uma das janelas do casarão, Rodrigo e Toríbio acompanharam o pai com o olhar e viram-no dobrar a esquina da rua dos Farrapos e entrar na dos Voluntários da Pátria. Entreolharam-se e sorriram. Aquilo acontecia todas as noites, desde que eles eram meninos. Licurgo Cambará ia visitar a amante, continuando fielmente uma ligação que começara antes de seu casamento com Alice Terra. A mulher chamava-se Ismália Caré e nos tempos de moça fora uma cabocla bonita, morena, de grandes olhos esverdeados. Mesmo agora, já na casa dos cinquenta, conservava um corpo esbelto, uma face quase sem rugas e aquela tez cor de canela com açúcar. Licurgo tivera com ela um único filho, que hoje estava casado e já também pai de família.

— Rabicho como esse — murmurou Rodrigo — não conheço outro.

— Pobre do Velho... — cochichou Toríbio. — Na idade dele o mais que pode fazer é prosear com a amásia...

— Olha, a gente nunca sabe. Tu conheces a força dos Cambarás em matéria de virilidade.

Como se portaria o pai na casa da amante? Menos calado e casmurro do que no Sobrado? Sorriria alguma vez? Teria para com o filho e os netos bastardos ternuras que não demonstrara nunca para com os legítimos? Eram perguntas que Rodrigo mais de uma vez fizera a si mesmo, mas sem muita curiosidade, sem genuíno interesse.

Toríbio enfiou o casaco. Só então é que Rodrigo percebeu que o irmão trajava a sua roupa domingueira de casimira azul-marinho e — milagre! — estava de gravata.

— Aonde vais nessa estica, homem?

— A um baile de mulatas no Purgatório.

— Estás falando sério?

— Ué?

— Queres botar um pouco de extrato no lenço?

— Não sejas besta.

— Pois então, bom proveito — Rodrigo estava curioso. — Que tipo de baile é esse?

— Aniversário da Sociedade Filhos da Aurora, de "morenos". Sou amigo íntimo do presidente.

Rodrigo segurou o irmão pelas lapelas do casaco.

— Cuidado, Bio, são mulatinhas de família.

— Eu também sou de família.

— Havia de ter graça que te metessem uma bala no corpo e morresses ridiculamente numa baiuca do Purgatório.

— Ainda não fabricaram essa bala.

5

O primeiro a chegar ao Sobrado aquela noite foi o promotor público, dr. Miguel Ruas, natural do Distrito Federal. Muitas coisas o tornavam especialmente notado em Santa Fé. Aos trinta e seis anos era ainda solteiro — apesar de viver em bailarecos e festas familiares sempre às voltas com as mais belas moças do lugar. Tocava piano muito bem, manicurava as unhas e era o único homem na cidade que trajava rigorosamente de acordo com a moda.

Vestia naquela noite uma roupa cor de chumbo com listas claras. O casaco, exageradamente cinturado, de um botão só, era tão comprido que lhe ia até o meio das coxas apertadas em calças que desciam, afuniladas, até os tornozelos e que, de tão justas às pernas, chegavam a parecer perneiras. Os sapatos bicolores de bicos agudos tinham solas de borracha Neolin — o que dava ao promotor um caminhar leve de bailarino. Alto e magro, o dr. Ruas — como observara Rodrigo — parecia um ponto de admiração que frequentemente se transformava em ponto de interrogação, quando o promotor se dobrava em curvaturas diante das damas, cujas mãos beijava ou, melhor, esfrolava com os lábios. Tinha o rosto fino e longo, duma palidez que o pó de arroz acentuava. Sua voz, no entanto, era grave e máscula, coisa inesperada naquele ser de gestos e aspecto tão efeminados.

Ao recebê-lo no alto da escadinha do vestíbulo, Rodrigo não resistiu à tentação de perguntar:

— Como vai o nosso almofadinha?

O outro, um pouco desconcertado, murmurou:

— Ora, não diga isso, doutor Cambará.

Na sala inclinou-se diante de Flora — "Meus respeitos, madame!" — e beijou-lhe respeitoso as pontas dos dedos. Quis fazer o mesmo com Maria Valéria, mas a velha retirou bruscamente a mão que o promotor tentava erguer aos lábios, rosnou um boa-noite seco e ficou a olhar intrigada para a cara do recém-chegado, exclamando mentalmente: "Credo!".

Os sogros de Rodrigo entraram pouco depois. Aderbal Quadros, com o cigarrão de palha entre os dentes, na sua marcha de boi lerdo, seguido da mulher, d. Laurentina, de olhos indiáticos e cara angulosa. Flora levou-os até o andar superior, onde as crianças se preparavam para dormir.

Chiru Mena não tardou a chegar, todo de preto, com muita brilhantina na juba loura, assim com o ar dum "cônsul alemão natural duma cidade hanseática", como lhe disse Rodrigo, ao abraçá-lo.

— Ainda bem — folgou Chiru. — Às vezes me chamas de *maître d'hôtel*... ou de porteiro de cabaré.

— Por que não trouxeste tua mulher, cretino?

— Ora, tu sabes, a Norata sempre com suas enxaquecas... e os...

Não terminou a frase: foi direito ao prato de pastéis que avistou em cima da mesa da sala de jantar.

Roque Bandeira e Arão Stein chegaram juntos. Estava o primeiro no princípio da casa dos trinta e o segundo no meio da dos vinte. Viviam ambos às voltas com livros, jornais e revistas, preocupados com saber o que se fazia, pensava e escrevia no resto do país e do mundo. Roque Bandeira era filho dum antigo tropeiro, agora proprietário de uma fazendola de gado no terceiro distrito de Santa Fé. Detestava, entretanto, a vida do campo. Fizera os preparatórios com certo brilho em Porto Alegre, e cursava já o segundo ano de engenharia quando, sentindo um súbito enfaramento de tudo aquilo — da capital, da escola, da matemática, dos colegas —, decidira voltar para a querência e levar a vida com que sempre sonhara: livre de estudos formais, de obrigações a horas certas, dono, em suma, de seu tempo. O pai dava-lhe uma mesada. Bandeira não precisava de muito dinheiro para viver. Rodrigo franqueara-lhe a sua biblioteca. Que mais podia desejar? Na cidade era considerado "um filósofo", porque não se preocupava com roupas nem com dinheiro: passava horas nos cafés discutindo política e literatura: era sempre visto com livros debaixo do braço. Por todas essas razões as melhores famílias do lugar o miravam com uma desconfiança quase irritada. Pareciam sentir a liberdade e o ócio do rapaz como um insulto.

Arão Stein era filho dum imigrante judeu russo que chegara a Santa Fé em princípio do século, estabelecendo-se na rua do Império com um ferro-velho. Era Abraão Stein um homem corpulento, ruivo e melancólico, de fala engrolada e choro fácil. Costumava contar tétricas histórias dos *pogroms* que presenciara na Rússia e durante os quais vira parentes e amigos estripados pelas lanças e sabres dos cossacos. Sofria de reumatismo e Rodrigo, que se apiedara do homem, tratara dele sem lhe cobrar vintém, fornecendo-lhe também gratuitamente todos os remédios necessários. Quando fazia suas visitas de médico à casa do judeu — que gemia em cima de uma cama de ferro, em meio de molambos, enquanto a esposa, d. Sara, alva e gorda, fazia perguntas aflitas ao "dotôr" —, Rodrigo gostava de conversar com o filho único do casal, o Arão, que andava sempre com o nariz metido em livros. Era um menino inteligente e sério, que tinha a paixão do saber. Terrível perguntador, suas curiosidades no mais das vezes deixavam Rodrigo desnorteado. Por que o mar é salgado? A Revolução Francesa foi um bem ou um mal para a humanidade? Deus tem a forma humana? "Claro", respondeu Rodrigo dessa vez, "o homem foi feito à imagem de seu Criador..." "Mas então, doutor, Deus tem fígado, próstata, tripas? Deus come e urina?" Rodrigo não teve outro remédio senão sorrir, procurando demonstrar uma superioridade que na realidade não sentia. E um dia, num assomo de entusiasmada generosidade, disse: "Seu Stein, fique tranquilo. Quem vai educar esse menino sou eu. De hoje em diante dou-lhe tudo: livros, cadernos, lápis, roupas... o que for preciso. Quando ele terminar o primário, vai fazer os preparatórios em Porto Alegre por minha conta". Os olhos de Arão brilharam. Os do pai encheram-se de lágrimas. D. Sara beijou com lábios trêmulos as mãos do doutor, e se foi a choramingar para o fundo da casa, arrastando as pernas deformadas pela elefantíase. (Maria Valéria costumava dizer que o casal Stein "sofria dos cascos".) Rodrigo cumpriu a promessa até o fim. Durante quatro anos escolares, enquanto Arão em Porto Alegre atormentava os padres do Ginásio Anchieta com perguntas que se faziam cada vez mais complexas e tomavam uma coloração cada vez mais materialista, Rodrigo tivera de aguentar a choradeira do casal, que não se conformava com a ausência do filho. E quando, em 1918, a gripe espanhola levou o velho Stein "para o seio de Abraão" — conforme a expressão usada pelo redator de *A Voz da Serra* encarregado da seção intitulada "Vida Necrológica" —, Arão, que ia cursar o primeiro ano de medicina, abandonou os estudos, sob os protestos indignados de seu protetor, e voltou para Santa Fé, a fim de tomar conta da mãe e do ferro-velho.

— Foi uma burrada, rapaz — repreendeu-o Rodrigo. — Podias ter levado tua mãe contigo para Porto Alegre e continuado os estudos. Eu te garantia todas as despesas, até o dia da formatura.

Arão sacudiu a cabeça.

— Não, doutor, isso seria demais. Eu nunca lhe poderia pagar...

— Mas quem é que falou em *pagar*? Quando eu disse ao teu pai que me encarregaria da tua educação, não estava fazendo nenhuma transação comercial. Todo mundo sabe que não sou homem de negócios. Poderias ter terminado o curso com o Dante Camerino, cujos estudos também estou custeando, como sabes.

Arão Stein mantinha os olhos baixos, como um réu. Tinha na mão uma brochura: *Crime e castigo*.

— E agora, que pretendes fazer? — perguntou Rodrigo, esforçando-se por falar sem rispidez. — Vais passar o resto da vida atrás dum balcão de ferro-velho?

— Talvez seja esse o meu destino — murmurou o rapaz, com uma dignidade triste.

Era a imagem viva da desgraça. Rodrigo compreendeu que Stein não podia passar sem a sua dose de drama, tão essencial à sua vida espiritual quanto o alimento ao corpo. Talvez tivesse prazer em imaginar-se personagem de Dostoiévski — o jovem estudante pobre que abandona seus ideais de cultura porque precisa ganhar o pão de cada dia em uma sórdida loja de objetos usados.

— Pois fica sabendo — sentenciou Rodrigo — que nós é que fazemos o nosso destino.

Ele próprio não sabia se estava ou não de acordo com o que acabara de dizer. A coisa lhe viera assim de repente, e a ideia lhe parecia boa. Pôs a mão no ombro do rapaz.

— Tu sabes, em caso de aperto, conta comigo, em qualquer tempo. A minha biblioteca está à tua disposição. Podes entrar no Sobrado à hora que entenderes e levar para a tua casa os livros que quiseres.

Arão ficou por um momento calado. Depois murmurou:

— Mas nós pertencemos a classes diferentes, doutor Rodrigo.

— Deixa-te de bobagens! Classes, ora essa! Minha bisavó era índia e foi agarrada a boleadeiras, no campo — inventou ele, deliciando-se com a improvisação.

Passaram-se os anos e Arão Stein — a princípio com alguma relutância e sempre com acanhamento — passou a viver na órbita do Sobrado. Como d. Sara tomasse conta da loja, revelando-se uma comerciante mais realista que ele, o rapaz tinha vagares para seus estudos e leituras. E agora sonhava com um projeto: comprar uma caixa de tipos e uma pequena máquina impressora, e estabelecer-se com uma tipografia. (Sabia que Rodrigo tinha ambas essas coisas atiradas e esquecidas no porão do Sobrado... mas não tivera ainda coragem de fazer-lhe nenhuma proposta.) Pretendia manter a oficina imprimindo convites para enterro, cartões de visita e programas de cinema. Mas seu verdadeiro objetivo era publicar um semanário de ideias e, de quando em quando, um panfleto. Começaria com o *Manifesto comunista*. Venderia o folheto clandestinamente por um preço ínfimo, correspondente apenas ao custo do papel. O importante era pôr ao alcance do povo esse grande documento social. Para conseguir essa finalidade, economizava o que podia. E era por causa dessa economia que andava tão malvestido, quase sempre com o cabelo crescido e a barba por fazer.

* * *

Quando aquela noite entrou no Sobrado e foi direito a Maria Valéria, esta o recebeu muito séria, com as palavras de costume: "Aí vem o João Felpudo".

As "felpas" de Stein eram da cor da barba de milho. Sua pele, de poros muito abertos e duma brancura de requeijão, esticava-se sobre a face ossuda, de malares salientes e feições nítidas. A testa era alta e os olhos dum cinzento esverdeado. ("Se esse menino se cuidasse", dissera uma vez Maria Valéria, "podia até fazer figura bonita com as moças.")

Agora quem apertava a mão da velha era Roque Bandeira.

— Vacê está gordo que nem porco — disse ela.

Tio Bicho limitou-se a sorrir.

Flora mandou servir cerveja. O dr. Ruas recusou com um gesto polido. Preferia gasosa. Abstêmio? Não, explicou, sua moral era apenas hepática.

6

O próximo convidado a chegar foi o cel. Melquíades Barbalho, comandante da guarnição federal de Santa Fé. Era um homem alto e grisalho, fortemente moreno, de lábios arroxeados, olhos um tanto exorbitados e porte desempenado de ginasta. Falava com uma abundância de esses chiados e uma entonação carioca com a qual Maria Valéria e Licurgo tinham muito pouca ou nenhuma paciência.

Rodrigo apertou efusivamente a mão do recém-chegado.

— Por que não trouxe a senhora?

— Ora, meu caro, a Margarida é escrava dos filhos. Eles não dormem sem que primeiro a mãe lhes cante a *berceuse* de Jocelyn.

— Ah! Mas ela precisa vir cantar aqui para nós umas árias de ópera, coronel.

A sra. Barbalho era soprano dramático e, não fazia muitos anos, cantara a *Norma* no Teatro Municipal do Rio de Janeiro, num espetáculo de caridade.

— Não faltará ocasião — murmurou o militar, sorridente. E afastou-se para beijar a mão das damas.

A negrinha Leocádia, de avental branco e sapatos de tênis, circulava em passo de bailado entre os convidados, conduzindo uma bandeja com pratos de pastéis e croquetes. Aderbal Quadros soltava na cara do dr. Ruas a fumaça do seu cigarrão de cheiro ativo, que se misturava com a aura de Narcise Noir que envolvia o promotor. O sogro de Rodrigo examinava o "almofadinha" com uma insistência desconcertante.

— Mas como é — perguntou — como é que o senhor consegue enfiar essas calças?...

— Ora, coronel, é muito simples. Calço os sapatos *depois*...

— E, ainda que mal pergunte, esse colarinho não le afoga?

A camisa de tricoline tricolor do carioca tinha um colarinho tão alto que lhe dificultava os movimentos de cabeça.

— O senhor está mangando comigo, senhor Aderbal.

A face do velho tropeiro estava impassível, mas seus olhinhos sorriam. E alguém mais naquele instante observava Miguel Ruas com algum interesse. Era Arão Stein, que mastigava um croquete. Tocou com o cotovelo Roque Bandeira, que a seu lado empinava o segundo copo de cerveja.

— Que me dizes daquele tipo?

O outro passou o lenço pelos lábios e olhou.

— O promotor? Um bom sujeito. A gente primeiro precisa se acostumar com as roupas e o pó de arroz... No fim acaba gostando dele. Não é tolo, tem boas leituras...

— O que eu quero saber é se é *homem* mesmo.

Roque Bandeira tornou a encher o copo.

— Aí está uma pergunta gaúcha que eu jamais esperava ouvir da boca dum marxista.

Arão Stein encolheu os ombros.

— Pra mim o tipo não passa dum produto sórdido do sistema capitalista. Um parasita.

— Questão de ponto de vista... e de nomenclatura.

Naquele instante entrou no Sobrado Juquinha Macedo. Depois da morte do cel. Macedo, Juquinha, como filho mais velho, se tornara chefe da numerosa família. Tinham os Macedos muitas léguas de bom campo bem povoadas, além de casas na cidade e apólices do Banco Pelotense. Eram todos federalistas e famosos pelo espírito de clã. Corria um dito segundo o qual "onde tem Macedo não morre Macedo".

Era Juquinha um quarentão alto e corpulento, de rica cabeleira negra, sempre bem penteada e reluzente, que a Rodrigo lembrava a de certos cantores de tango da Boca, que vira em sua última viagem a Buenos Aires. Tinha o rosto graúdo e redondo, curtido de sol e vento, uns bons dentes de comedor de carne e uma voz ressonante de tom entre brincalhão e autoritário. Justificava em gestos, palavras e ações a reputação, de que gozava entre amigos, de ser um "gaúcho buenacho".

Tirou do bolso o lenço vermelho de maragato, agitou-o no ar e exclamou:

— Viva o doutor Assis Brasil! E se tem algum chimango por aí, que puxe a adaga, porque vamos brigar. — Voltou-se para o comandante da praça e, no mesmo tom, disse: — Desculpe a brincadeira, coronel!

Apertaram-se as mãos. Alguém naquele momento pediu ao promotor que tocasse alguma coisa. O dr. Ruas imediatamente encaminhou-se para o piano que Rodrigo comprara para as lições da Alicinha. De todos os lados vieram pedidos. Toque um samba! Um chorinho! Não, um foxtrote! O promotor ergueu a tampa do piano, estendeu sobre o teclado as mãos pálidas, em um de cujos dedos faiscava um rubi, e, com certa solenidade de virtuoso, tirou alguns acordes. Rompeu depois a tocar "O pé de anjo" com a bravura com que os concertistas geralmente tocam a "Polonaise militar" de Chopin. Passou da marcha para um choro e do choro para um foxtrote. Maria Valéria, sentada a um canto da sala de jantar, murmurou ao ouvido de d. Laurentina: "Depois que esse moço começa a tocar, nem Deus Padre faz ele parar...".

Arão Stein que, contra seu costume, havia bebido já dois copos de cerveja, olhava para o pianista com hostilidade. Com aquele pelintra tocando de maneira tão desesperada, era impossível conversar em paz.

Foi ao som do "Smiling Through" que o cel. Cacique Fagundes fez sua entrada no Sobrado, acompanhado de Quinota, a única de suas cinco filhas que ainda permanecia solteira. Subiu lenta e penosamente os degraus que levavam do portal até o vestíbulo, não tanto por causa da idade, pois não passara ainda dos sessenta, mas sim por causa do peso do corpo. Era gordo, baixo, ventrudo, de pernas curtas e arqueadas. O rosto tostado e largo era ampliado caricaturalmente por uma papada flácida que lhe triplicava o queixo e lhe dava o ar lustroso e sonolento de um Buda.

Roque Bandeira, curioso em assuntos de antropologia, costumava dizer que o cel. Cacique era a prova viva do parentesco entre os índios brasileiros e as tribos asiáticas.

Quinota segurava o braço do pai. Era morena, retaca, peituda, e um buço cerrado sombreava-lhe o lábio superior.

— Ora viva! — exclamou Rodrigo. — Pensei que não viessem mais.

Cacique Fagundes tirou o chapéu, fez um sinal na direção da filha:

— A culpa é dessa bruaquinha que demorou pra se vestir. Só botando pó de arroz na cara levou um tempão.

— Ora, papai!

Rodrigo abraçou a rapariga com ar paternal, mas aproveitou a oportunidade para roçar-lhe o seio com a ponta dos dedos. E quando Flora levou Quinota para a sala, ele ficou um instante com o pai da moça, que lhe cochichou:

— Preciso me aliviar dum peso.

Desafivelou o cinturão no qual trazia o revólver e entregou-o a Rodrigo.

— Acho que daqui por diante — murmurou — não se pode mais andar desarmado na rua. — Segurou a ponta do lenço que lhe envolvia o pescoço. — Chimango é como touro: não pode enxergar pano encarnado...

Soltou sua risada de garganta, um hê-hê-hê convulsivo e rachado que mais parecia uma tosse bronquítica. E enquanto Rodrigo guardava o revólver no armário debaixo da escada grande, o cel. Fagundes acendeu um crioulo.

— Que é que o promotor está tocando? — perguntou ele.

— Uma música moderna, o foxtrote. Em inglês quer dizer "trote de raposa". É a última moda em assunto de dança. Vem da América do Norte.

Cacique focou os olhinhos pícaros nas costas do pianista, que se requebrava ao ritmo da melodia, e disse:

— Esse moço se remexe mais que biscoito em boca de velho.

E saiu rindo, com o cigarro entre os dentes, na direção do sogro de Rodrigo. Abraçaram-se e ficaram a conversar sobre o touro *Polled angus* que Cacique acabara de receber da Escócia e que ele insistia em chamar de Polango.

Maria Valéria puxou a saia de Leocádia, que passava, e gritou:

— Para de te requebrar, rapariga!

O promotor ergueu-se do piano. Ouviram-se algumas palmas. Miguel Ruas passou o lenço pelo rosto e apanhou um copo de limonada da bandeja que naquele instante a negrinha lhe apresentava.

7

O cel. Barbalho conversava a um canto com Stein e Bandeira. Tinham naquele último quarto de hora — gritando para se fazerem ouvidos — discutido a Liga das Nações e os Princípios de Wilson. Roque Bandeira conseguira trazer a conversa para seu terreno. Andava fascinado por assuntos de oceanografia, a mais recente de suas paixões do espírito. Vocês já pensaram no que o mar representa para a vida da Terra? Sabem que no dia em que se esgotarem os alimentos na superfície do globo os oceanos poderão nos fornecer toda a comida de que necessitamos?

— Imaginem esta cena — disse, mastigando um pastel. — A coisa aconteceu há alguns milhões, talvez bilhões de anos... O primeiro ser vivo sai do mar, aventura-se na terra. Tem a forma dum peixe. Depois as barbatanas através dos séculos se transformam em pernas, as guelras em pulmões. É o primeiro anfíbio. O primeiro passo rumo ao *Homo sapiens*... É por isso que sempre olho para os peixes com um encanto misturado de veneração...

Arão Stein, que escutava o amigo com visível impaciência, tomando largos goles de cerveja, disse:

— Está bem, está bem. Tudo isso já foi estudado. Saber essas coisas é muito bom e bonito. Mas sejamos lógicos. A evolução já se processou e nada podemos fazer agora para modificar esse processo. Aqui estamos como um resultado disso, nós, os macacos superiores, e o que importa agora, na minha opinião, é modificar, melhorar as condições do mundo em que vivemos.

O coronel sorriu:

— Que é que o meu amigo quer dizer com isso?

— Quero dizer que chegou a hora de destruir o sistema social vigente, responsável pelas guerras e pelas desigualdades e injustiças da sociedade humana e substituí-lo por outro que seja capaz de eliminar as classes e promover o bem-estar geral.

— O senhor se refere ao maximalismo? — perguntou o militar.

— Exatamente... se prefere usar esse termo.

O comandante da praça sorriu com superioridade.

— O senhor é muito moço. Não se iluda com novidades. Esse novo regime russo não pode durar... Dou-lhe mais um ano, quando muito.

Stein recuou um passo, como se o outro tivesse tentado esbofeteá-lo.

— As forças mercenárias que a burguesia atirou contra a pátria do socialismo nada puderam, foram derrotadas! Os dados estão lançados e a derrocada do sistema capitalista já começou.

O cel. Barbalho delicadamente insinuou que era impossível compreender a história e a vida sem uma sólida base filosófica, e que para adquirir essa base um homem precisava de pelo menos trinta anos de estudos. Que idade tinha o jovem amigo?

Os olhos de Stein relampaguearam.

— Saiba o senhor que um dos objetivos do marxismo é acabar com a atitude filosófica desinteressada, porque ela nada significa para a existência humana. Até agora os filósofos nada mais fizeram que interpretar o mundo. O que o marxismo pretende é transformá-lo!

No meio do salão Chiru Mena bateu palmas e bradou:

— Atenção, damas e cavalheiros!

Fez-se o silêncio pedido e ele continuou:

— Agora o nosso amigo doutor Ruas vai fazer com a Quinota Fagundes uma demonstração dessa dança moderna, o tal de *fóquestrote*. Rodrigo, onde está aquele disco novo que trouxeste do Rio de Janeiro?

O anfitrião abriu uma das gavetas do armário em forma de pirâmide sobre o qual estava o fonógrafo e tirou de dentro dela um disco, que colocou no prato. Enquanto dava manivela no aparelho, explicou:

— Este foxtrote é o último grito na América do Norte. Chama-se "Smiles".

— Que quer dizer isso em língua de cristão? — perguntou Cacique Fagundes.

— *Sorrisos.*

Na cara do caboclo havia uma expressão de perplexidade.

— Ah!

Laurentina e Maria Valéria entreolharam-se. Para ambas estrangeiro era "bicho louco".

Ouviu-se primeiro um chiado forte, depois a música começou: uma melodia sincopada, que à maioria dos convivas pareceu dissonante. O dr. Ruas enlaçou a cintura de Quinota, tomou-lhe da mão e saiu a dançar.

— Mas isso é passo de urubu malandro! — exclamou o velho Babalo, soltando a sua clara risada em *a*.

Quinota, embaraçada, olhava para o teto, procurando seguir os passos do promotor. Este pisava com a ponta dos pés, requebrando os quadris e os ombros. Tentou uma nova figura: dois passinhos para a esquerda, depois mais dois para a direita. Ouviram-se risos e aplausos.

Arão Stein murmurou ao ouvido de Roque Bandeira:

— Foi pra acabar nisso que aquele bichinho arriscou-se a sair do mar?

Agora do gramofone vinha uma voz grave e melodiosa, cantando um estribilho.

— Eta língua braba! — exclamou Juquinha Macedo.

Acendendo um novo crioulo, Aderbal Quadros sacudiu a cabeça e murmurou:

— A humanidade está mesmo perdida.

Depois daquela guerra bárbara que incendiara quase o mundo inteiro, só se podia esperar aquela música, aquela dança, aquelas roupas amaricadas do promotor público!

Cessou a música. O dr. Ruas fez alto e curvou-se diante do par. Novos aplausos.

8

Rodrigo levou para o escritório o comandante da praça, o sogro, o cel. Cacique e Juquinha Macedo. Fechou a porta e disse:

— Sentem-se, fiquem à vontade. Acho que chega de música moderna e de loucuras norte-americanas. Vocês sabem que sou da França e da valsa.

Cacique repoltreou-se numa poltrona de couro, soltando um suspiro de alívio. Desabotoou o colete, tirou as botinas de elástico, murmurando:

— Não reparem, estou com os cascos meio carunchados.

O velho Babalo olhava com olho malicioso para o quadrado esbranquiçado, na parede.

— Está muito bom aquele retrato do Borjoca... — ironizou.

Rodrigo explicou aos outros:

— O papai retirou da parede a fotografia do seu ex-chefe.

Juquinha Macedo fanfarroneou:

— E nós vamos retirar o homem do Palácio do Governo.

— Não conte muito com o resultado da eleição — disse Aderbal, céptico. — Eles vão ganhar como sempre no bico da pena.

— Pois se ganharem a eleição na fraude — replicou Macedo — decidimos a coisa na coxilha à bala, com licença aqui do coronel.

O comandante da praça esboçou um sorriso de neutralidade benevolente.

Rodrigo serviu conhaque. Babalo e Cacique recusaram, declarando que eram do leite.

Rodrigo tirou da gaveta da escrivaninha uma fotografia e, antes de mostrá-la aos amigos, disse:

— Tenho aqui uma preciosidade. É um instantâneo que ficará na nossa História. Algumas revistas e jornais já o reproduziram, mas esta é uma cópia do original. Me custou um dinheirão. Vou mandar emoldurar e pendurar na parede. Merece. Vejam...

Fez a fotografia andar a roda. Era o famoso flagrante dos dezoito heróis do Forte de Copacabana, na sua marcha para a morte.

A porta abriu-se e a cabeçorra de Chiru apontou.

— É segredo?

— Não — respondeu Rodrigo. — Entra, homem, mas fecha essa porta.

Chiru Mena entrou e, vendo a fotografia, exclamou:

— Coisas como essa fazem a gente acreditar que nem tudo está perdido neste país.

Chamou Rodrigo a um canto do escritório e cochichou:

— Tenho uma ideia pra gente ganhar muito dinheiro.

— Não me digas que ainda estás pensando no tesouro dos jesuítas...

— Qual nada! O negócio é outro, e muito mais certo. Vamos comprar marcos alemães. Compramos na baixa, vendemos na alta e ganhamos uma fortuna.

— Quem é que te meteu essa ideia na cabeça?

— Li nos jornais.

— Pois no Rio de Janeiro já andam vendendo marcos em plena rua. Não acredito nisso.

Chiru descansou ambas as manoplas nos ombros do amigo.

— Tu entras com uma parte do capital e eu com a outra, e me encarrego da compra. Que dizes?

— Não contes comigo. Tu sabes, os negócios de gado andam malparados. O preço do boi baixou. O dinheiro anda curto.

— Mas, Rodrigo, é coisa certa: tiro e queda. Tu conheces a força dos alemães. Digam o que disserem, são o povo mais inteligente e trabalhador do mundo. A Alemanha vai se reerguer e dentro de muito pouco tempo o marco estará mais cotado que a libra e o dólar.

Rodrigo sacudia a cabeça negativamente. Chiru recuou um passo, olhou-o bem nos olhos e disse:

— Vais te arrepender.

Com o cálice de conhaque na mão, o cel. Barbalho examinava os livros de Rodrigo, que se enfileiravam nas prateleiras de dois grandes armários com portas envidraçadas. De quando em quando soltava uma exclamação em surdina. A obra completa de Eça de Queirós... Balzac, sim senhor. Taine! Renan! Nietzsche! Upa! Que biblioteca!

Rodrigo aproximou-se dele, segurou-lhe o braço.

— Sirva-se, é sua.

No meio da sala Chiru agora exaltava os revolucionários de 5 de julho e atacava Epitácio Pessoa. Rodrigo voltou-se para o amigo e exclamou:

— Espera, Chiru! Tu sabes que simpatizei com o movimento revolucionário e que votei no Nilo Peçanha. Não sou nenhum epitacista, mas, vamos e venhamos, temos de reconhecer que esse paraibano tem caracu. Sem querer ofender aqui o nosso amigo, o coronel Barbalho, o doutor Epitácio manteve no Brasil o prestígio do poder civil.

— Mas não é só com caracu que se governa — interveio Juquinha Macedo, metendo os grossos dedos entre as melenas. — Faça um balanço na administração desse nortista e me diga o que foi que ele fez.

Rodrigo deu dois passos à frente.

— E as obras contra as secas do Nordeste?

— Bolas! — bradou Chiru, tirando do bolso o lenço vermelho e passando-o pela cara. — Governar não é fazer açudes. E depois, Rodrigo, o país gasta demais com essas secas. Que é que o Norte produz? Quase nada. É um peso morto. Devíamos cortar o Brasil do Rio de Janeiro pra cima e entregar o Norte para os cabeças-chatas. Que se arranjem! Mas o melhor mesmo era fazer do nosso Rio Grande um país à parte, porque...

— Cala a boca, idiota! — interrompeu-o Rodrigo. — Estás dizendo uma heresia. Só unido é que o Brasil pode ser forte, grande e glorioso. Que conheces tu do Norte para falares dessa maneira?

Por alguns instantes Chiru ficou a justificar seu ideal separatista. Rodrigo, porém, discordava com veemência. Contou o que vira na Exposição do Centenário. Não compreendia o cretino do Chiru que o Brasil estava às portas da industrialização, e que uma vez industrializado precisaria antes de tudo de mercados internos, dum número cada vez maior de consumidores? Cortar as amarras que nos prendiam tão fraternal e historicamente ao Norte seria jogar fora futuros mercados, isso para mencionar uma razão utilitária, pois as ideológicas eram muitas e óbvias. Quanto pensava ele que o Brasil havia exportado no ano que se seguira ao do fim da Guerra? Cento e trinta milhões de esterlinos, cavalo!

— E pensas que todos os produtos exportados saíram do Rio Grande do Sul? Sabes o que representa hoje São Paulo na vida econômica do país? E Minas Gerais? Ora, vai primeiro estudar os problemas para depois falares com alguma autoridade.

Chiru, porém, não queria entregar-se. Voltou à carga.

— Sabes muito bem que o resto do Brasil não gosta de nós.

O cel. Barbalho interveio:

— Intrigas, senhor Mena, intrigas...

— Quantos anos tem esta república de borra? — perguntou Chiru, abrindo os braços. — Trinta e três. Quantos presidentes gaúchos tivemos até hoje? Nenhum. A vida política do país é dominada pela camorra de São Paulo e Minas Gerais. Agora preferiram esse mineiro safado ao nosso grande Nilo Peçanha. É o fim do mundo. Mas um consolo eu tenho: o Bernardes não toma posse.

Cacique Fagundes soltou a sua risadinha estertorosa.

— Toma — disse. — Toma e governa até o fim.

— Pois se tomar — replicou Chiru, dramático — a honra do Exército Nacional está comprometida. Apelo aqui para o coronel Barbalho...

O comandante da praça aproximou-se dele.

— Não apele. Não sou político, mas militar, e como militar cumpro ordens superiores.

Chiru fez um gesto de desalento.

— Mas o senhor acredita ou não acredita na autenticidade das cartas do Bernardes? — perguntou Juquinha Macedo.

O militar encolheu os ombros.

— Confesso que não tenho opinião no assunto.

— Pois eu — interveio Rodrigo — não acredito.

— Baseado em quê? — quis saber Chiru.

— Muito simples. Bernardes é mineiro, e como tal cauteloso e cheio de manhas. Um mineiro jamais escreveria coisas assim tão comprometedoras, principalmente em tempo de campanha eleitoral.

— E que foi que ouviste falar no Rio?

Rodrigo confirmou a notícia que corria no país, de que o presidente Epitácio Pessoa reunira no Catete o ministro da Guerra e o da Marinha, o vice-presidente do Senado e alguns políticos de Minas Gerais e São Paulo, para lhes manifestar sua apreensão quanto à gravidade da crise política nacional.

— Posso garantir a vocês que o doutor Epitácio chegou a sugerir até a renúncia do Bernardes e a escolha dum terceiro nome, para evitar a guerra civil.

— Um absurdo — disse o comandante da praça. — Não acredito que o doutor Bernardes aceite...

— Também sei que o presidente disse ao Raul Soares, líder da política mineira, estas palavras textuais: "Estou convencido de que o doutor Artur Bernardes não se aguentará vinte e quatro horas no Catete".

— Aguenta... — rosnou Cacique Fagundes, bocejando.

— A morte do senador Pinheiro — disse Rodrigo — sob certos aspectos foi desastrosa para o país. A política nacional ficou sem um chefe, sem a sua figura central...

Juquinha Macedo interrompeu-o:

— Qual! A morte do Pinheiro foi a melhor coisa que podia ter acontecido a este Brasil desgraçado. A época do caciquismo político tem de acabar. Que é que estamos fazendo aqui no Rio Grande senão tentando acabar com o nosso cacique guasca?

— Respeitem ao menos o meu nome! — exclamou o cel. Fagundes.

Da sala de visitas vinham os sons do gramofone, de mistura com exclamações e risadas.

9

Sempre enlaçando Quinota pela cintura, o promotor agora parecia deslizar pela sala como se patinasse sobre gelo. Fazia uma demonstração de *one-step*. A uma rabanada dos dançarinos, a saia da Quinota esvoaçou e seus joelhos apareceram. Maria Valéria inclinou-se sobre Laurentina e murmurou:

— A senhora não acha que este mundo velho está mesmo ficando louco?

A outra sacudiu lentamente a cabeça, concordando.

Sentados a um canto da sala, Stein e Bandeira bebiam e continuavam uma discussão crônica. Quando o primeiro terminou de encher o copo de cerveja, o segundo observou:

— Devagar com o andor, Arão. Estás ficando bêbedo.

— Tu também estás bebendo demais. Pensas que sou cego?

— É diferente. Estou acostumado. Sou duro pra bebida. Posso enxugar dez garrafas e sair caminhando firme. Mas tu...

O outro fez uma careta e retomou o fio da discussão:

— Está bem, tu dizes que Lênin não é eterno. Concordo. Todos os homens são mortais; Lênin é homem, logo: Lênin é mortal.

— Estou dizendo que estás bêbedo.

O judeu ergueu a mão:

— Espera. Lênin morre, mas a revolução proletária continua. Na Rússia soviética não há mais personalismos.

— Mas alguém tem de substituir Lênin.

— Trótski, sem a menor dúvida! É a maior cabeça da Revolução, depois do Velho, naturalmente. E cá pra nós, que ninguém nos ouça, em muitas coisas acho Trótski superior a Lênin.

Tio Bicho bebia, imperturbável. Tornou a encher o copo, com pachorra, com um cuidado tal, que parecia um químico no seu laboratório a lidar com substâncias explosivas.

Fez-se um silêncio, ao cabo do qual Bandeira perguntou:

— Tens lido alguma coisa sobre essa Semana de Arte Moderna em São Paulo?

— Naturalmente. Como pode um cidadão responsável deixar de se interessar pelo que se passa na sua terra e no resto do mundo?

— Não achas tudo isso uma baboseira inconsequente? — Arão Stein sacudiu a cabeça com veemência.

— Não acho.

Rodrigo, que se aproximara deles naquele momento exato, pousou uma mão paternal no ombro de Stein e quis saber:

— Que é que não achas?

Bandeira lhe disse de que se tratava.

— Uma grandessíssima bobagem! — exclamou Rodrigo. — Coisa de meninos irresponsáveis.

Arão continuava a sacudir a cabeça numa negativa obstinada. A música havia cessado. No meio da peça, o dr. Ruas sorria à frente de Quinota, enxugava o rosto suado, enquanto Chiru, que voltara à sala e procurava um novo disco, anunciava, como um imponente mestre de cerimônias:

— Agora quem vai dançar com a Quinota sou eu. Mas uma valsa. Onde se viu um bagual dançar essas danças modernas?

Pôs o gramofone de novo a funcionar, e a melodia do "Pavilhão das rosas" encheu a sala. Uma flauta chorava contra um fundo de violões gemebundos.

— Que é que querem esses "modernistas"? — perguntou Rodrigo. — Chamar a atenção sobre si mesmos, atirando pedras nas figuras mais respeitáveis da nossa literatura. Dizem-se nacionalistas, mas estão encharcados de influências estrangeiras. Nenhum desses meninos insubordinados vale o dedo minguinho de homens como Coelho Neto, que eles pretendem destruir.

Arão Stein tomou um largo sorvo de cerveja, ergueu-se, pegou com grande intimidade na lapela do casaco de Rodrigo, ante a divertida surpresa deste — que o sabia tímido e respeitoso —, e com voz arrastada disse:

— Um momento, doutor, um momento. Essa revolução artística e literária não é apenas artística e literária, não senhor.

Rodrigo escutava, sorrindo com benevolência. Nunca vira seu protegido assim tão desembaraçado e eloquente. Parecia um deputado da oposição.

— O movimento é, no fundo, político.

— Ora!

— *Attendez, mon cher docteur!* O movimento modernista de São Paulo é o protesto brasileiro contra o sistema capitalista, é mais um ataque contra a burguesia, desta vez pelo flanco da arte e da literatura.

Voltou a cabeça para Bandeira e apontou para ele um dedo acusador:

— Esse anarquista é burro, não compreende, mas o senhor, doutor Rodrigo, vai me entender, apesar de ser um esteio da aristocracia rural latifundiária com fortes cara... cara... — hesitou um instante, mas finalmente conseguiu pronunciar a palavra — *características* feudais...

Com o indicador enristado bateu no peito de Rodrigo.

— Seu coração generoso, no fundo, bate pelo proletariado, pela fraternidade universal, mas o senhor está preso pelo hábito, pela educação e por laços econômicos profundos ao patriciado rural...

— Estás desviando o rumo da discussão, Stein — observou Bandeira. — Prova a tua tese, volta ao movimento modernista.

— Cala a boca, dinamitador, cala a boca. Já me explico. Quem é Coelho Neto? Um escritor da burguesia. Seus valores intelectuais, morais e econômicos são os da classe dominante. Escreve sobre burgueses e para burgueses, jamais fez uma história sobre proletários, fez? Pois é. Não fez. Sua mentalidade é burguesa, seu estilo cheio de flores de retórica, de joias, de ouro, é cara... *ca-ra-que-te-ris-ti-ca-men-te* burguês.

— Para mim — sentenciou Rodrigo — tudo isso é brincadeira. E se fosse coisa séria, eu a classificaria de paranoia.

Arão Stein pôs-se a recitar um poema de Mário de Andrade:

> *Eu insulto o burguês! O burguês-níquel*
> *O burguês-burguês!*
> *A digestão bem-feita de São Paulo!*
> *O homem-curva! o homem-nádegas!*
> *O homem que sendo francês, brasileiro, italiano*
> *é sempre um cauteloso pouco a pouco.*

Rodrigo interrompeu-o:
— Vocês querem que um leitor de Victor Hugo e Olavo Bilac como eu leve a sério essas maluquices?

Sem dar-lhe ouvidos, Stein continuou:

> *Ai, filha, que te darei pelos teus anos?*
> *— Um colar... — Conto e quinhentos!!!*
> *Mas nós morremos de fome.*

Rodrigo olhou para Chiru, que valsava com Quinota, sorriu e deu dois passos na direção dele. Stein, porém, segurou-lhe a manga do casaco.

— *Un moment, docteur...* Meu pai era um homem rude mas tinha a sabedoria do sofrimento. Ele costumava dizer: "Arão, meu filho, nunca deixes nenhum trabalho pela metade". Eu quero terminar a minha tese.

Rodrigo sentou-se, lançando um olhar significativo para Bandeira. Stein fez um sinal na direção da sala:

— Aproxime-se, *mon colonel!*

O comandante da praça franziu o sobrolho, como se não tivesse a certeza de que era a ele que o rapaz se dirigia. Rodrigo acenou-lhe com a cabeça:

— Venha ouvir uma pregação revolucionária.

O cel. Barbalho aproximou-se e ficou de pé, muito perfilado, olhando com estranheza para o judeu. Rodrigo pô-lo ao corrente do que discutiam. O militar nem sequer tinha ouvido falar na Semana de Arte Moderna.

— Sem a guerra europeia — prosseguiu Stein, com um fogo frio nas pupilas — não teria sido possível o nascimento duma indústria no Brasil nem esse movimento renovador da nossa literatura.

— O senhor, então — interrompeu-o o militar —, é mesmo materialista, não?

— Sou. E o senhor?

— Eu reconheço antes de tudo os valores espirituais.

— Pois se reconhece, errou a profissão. O Exército não passa dum instrumento de opressão que o capitalismo usa contra as massas!

O cel. Barbalho ficou subitamente purpúreo. Olhou para Rodrigo como a perguntar se devia esbofetear o menino insolente ou apenas virar-lhe as costas.

— Que é isso, Arão? — repreendeu Rodrigo. — Não sabes expor tuas ideias sem ofender as pessoas que não participam delas? Pede desculpas imediatamente ao coronel. Não admito que um convidado meu seja desrespeitado na minha casa.

Arão Stein espalmou a mão sobre o peito e fez uma curvatura, numa paródia de retratação, murmurando:

— *Excusez-moi, mon colonel.* Não leve a mal o que lhe disse. Não tome a coisa pelo lado pessoal. Detesto o personalismo burguês. Acredito nas soluções coletivas.

Tio Bicho, que até então nada mais fizera senão soltar seu risinho de garganta, observou:

— O que o nosso marxista quer dizer, coronel, é que não quis insultar o senhor, que é uma pessoa, e sim o Exército, que é uma coletividade.

Rodrigo lançou para Bandeira um olhar duro de reprovação.

— Vamos deixar esses "gênios" sozinhos, coronel — convidou ele.

Mas o militar sacudiu negativamente a cabeça, declarando que queria ficar e ouvir o que o moço tinha a dizer. Rodrigo ciciou-lhe ao ouvido:

— Não faça caso. O rapaz está meio tonto.

O cel. Barbalho sentou-se, cruzou as pernas e esperou. Arão Stein sorriu e, dessa vez sem ironia, estendeu a mão, que o militar apertou.

— Agora, senhores, escutem. Estou bêbedo, mas não tão bêbedo que não saiba que estou bêbedo, compreendem? Peço desculpas generalizadas. Mas o caso é líquido como água. O Estado é uma máquina montada para manter o domínio duma classe sobre as outras. Quem disse isso foi um tal Vladmir Ulianov, mais conhecido como Lênin.

— ... da Silva — terminou Bandeira, cerrando os olhos com fingida solenidade.

— No princípio não havia governo — continuou Stein —, o homem primitivo levava uma vida rude e elementar, e para sobreviver portava-se de maneira não muito diferente da dos animais de presa. Com a divisão da sociedade em classes, nasceu o Estado escravagista que mais tarde, com o desenvolvimento das formas de exploração, se transformou em Estado feudal, o que já foi um "progresso", pois o escravo, que não tinha nenhum direito e nem mesmo chegava a ser considerado uma pessoa humana, agora no feudalismo trabalhava a terra alheia, vivia de seus frutos, embora a parte do leão ficasse sempre com o senhor feudal... A exploração do homem pelo homem não só continuava como também se aperfeiçoava. Os servos não tinham nenhum direito político...

Rodrigo e o coronel entreolhavam-se. O dono da casa estava inquieto. O promotor tinha voltado ao piano e tocava agora um *ragtime*, enquanto Chiru ensaiava passos, desajeitado. Flora andava dum lado para outro, servindo comidas e bebidas. Havia poucos minutos, lançara um olhar intrigado na direção de Stein. Sumira-se por alguns instantes e voltava agora trazendo numa bandeja quatro xícaras pequenas com café preto. Aproximou-se do grupo. Grande mulher! — refletiu Rodrigo. Compreendera o estado em que se encontrava Stein e vinha socorrê-lo. Teve a habilidade de primeiro dirigir-se ao militar.

— Um cafezinho, coronel. Recém-passado.

Barbalho serviu-se. Rodrigo e Bandeira fizeram o mesmo.

— E tu, Arão? — perguntou ela com ar casual.

Stein ergueu-se, curvou-se, murmurou *madame*, e pegou a última xícara. Quando quis servir-se de açúcar, Flora voltou o rosto com o ar mais natural deste mundo, e afastou-se. Stein tomou todo o café dum sorvo só e depois perguntou:

— Onde é que eu estava mesmo? — perguntou.

— No feudalismo — esclareceu Bandeira.

— Ah! O comércio se desenvolveu, e com ele o sistema de troca de mercadorias. E qual foi o resultado desse progresso? O nascimento da classe capitalista. Isso aconteceu lá pelo fim da Idade Média. Sua Majestade o Ouro e Sua Majestade a Prata passaram então a governar o mundo.

Fez uma pausa curta, enfiou as mãos nos bolsos, e depois prosseguiu:
— E nasceu com o capitalismo a ideia da igualdade. Não havia mais escravos e senhores, nem servos e barões. Agora todos eram iguais perante a lei, tinham os mesmos direitos políticos, a mesma liberdade. Aha! Direitos? Liberdade? Lorotas! Potocas! Continuava a nítida divisão de classes, e as leis eram feitas pelos representantes da burguesia de acordo com os interesses da classe dominante. Sua finalidade principal era evitar que as massas tivessem acesso ao poder e aos meios de produção.

O coronel tinha ainda na mão a sua xícara. Olhou firme para Stein e disse:
— O senhor deu pulos enormes por cima de épocas históricas inteiras.

Sem dar atenção ao que o militar dissera, Stein continuou:
— Foi então que Karl Marx entrou em cena com o seu *Das Kapital*.
— O livro mais citado e menos lido do mundo — atalhou Bandeira.
— Cala a boca! Marx descobriu as contradições que solapavam a sociedade capitalista e concluiu que elas só podiam ser resolvidas pela socialização dos meios de produção.

Rodrigo ergueu-se, impaciente:
— Mas que é que a Semana de Arte Moderna tem a ver com tudo isso?

Arão Stein ficou por alguns segundos como que perdido e estonteado, num vácuo. Por fim fez um largo gesto, soltou um aah! sonoro e contente de quem finalmente acha o que procurava:
— Nós no Brasil repetimos todo esse processo histórico que acabo de resumir. No princípio era a lei da selva, o mais forte oprimia o mais fraco e o dilema era comer ou ser comido. Vejam o caso do bispo Sardinha... Com a vinda dos primeiros povoadores tivemos o regime escravagista. O índio e mais tarde o negro suaram e sofreram nas plantações de cana-de-açúcar e nos engenhos do Norte. O ouro que se extraiu das Minas Gerais no século XVIII serviu de base para a criação da lavoura cafeeira de São Paulo. Evoluímos do Estado escravagista para o feudal, embora a escravidão propriamente dita só tivesse sido abolida em 1888. Criou-se e fortaleceu-se a nossa aristocracia rural. Quem eram os pró-homens do Império senão os representantes dos fazendeiros? As leis que votavam tinham por fim primordial defender os interesses da classe que eles representavam. O Império amparou o café. A República continuou a proteção, mas começou a dar atenção

ao comércio, à burguesia nacional, que aos poucos se formava. Só agora, nestes últimos anos, é que, sem esquecer Sua Majestade o Café, nossos governos começam a interessar-se pela indústria. A Guerra Europeia abriu as portas duma nova era para nós: a industrial. Essa revolta de 5 de julho e mais a Semana de Arte Moderna são sintomas dessa mudança. Aqui é que eu queria chegar. Outras revoluções virão, está claro, mas dentro ainda do espírito burguês: quarteladas, assaltos ao poder. Mas toda essa gente está sendo instrumento da História. Nosso destino está traçado. A industrialização criará um proletariado e esse proletariado nos levará à revolução social.

— Graças à estupidez da burguesia — acrescentou Tio Bicho.

Stein sentou-se, pegou a garrafa e tornou a encher o copo. O coronel remexeu-se na cadeira.

— Sua interpretação — disse ele — é demasiadamente simplista. O senhor esquece os imponderáveis da História.

— Que é que o senhor chama de "imponderáveis"? As verdadeiras causas dessa guerra mundial monstruosa provocada pelos interesses dos donos do petróleo, do ferro e do aço, pelos fabricantes de armas e munições e pelos banqueiros internacionais?

— Já estás com as tuas novelas — interrompeu Rodrigo.

— Novelas? Novelesca, romântica é a sua interpretação da guerra, doutor Rodrigo: o heroísmo dos aliados dum lado e a barbárie alemã do outro... a resistência de Verdun, *ils ne passeront pas*, a "Marselhesa" e não sei mais quê. Eu encaro a guerra por outro lado: penso nos mortos, nos mutilados, nas cidades destruídas, na peste, na fome, na loucura, na flor da mocidade que foi sacrificada para que os trustes e monopólios tivessem mais lucros. Faz quatro anos que a Guerra acabou e já se pode ver com clareza o seu resultado. Dum lado, milhões de cruzes a mais nos cemitérios e nas valas comuns, milhares de homens com os pulmões roídos pelos gases asfixiantes, outros milhares de loucos nos hospícios... e mulheres prostituídas, e órfãos, e viúvas... Do outro, os banqueiros que engordaram com essa sangueira... os novos-ricos, os especuladores, os industriais que ganharam dinheiro vendendo canhões e munições tanto para os alemães como para os Aliados, porque o capitalista na verdade não tem pátria. Acende uma vela a Deus e outra ao diabo.

Stein tinha erguido a voz e agora gritava, enquanto o promotor batia no piano com toda a força. Era de novo "O pé de anjo". Chiru rodopiava na sala, enlaçando a filha de Cacique Fagundes.

Rodrigo deteve a mão de Stein que ia agarrar outra vez a garrafa de cerveja.
— Bom, Arão, agora chega. Já bebeste demais. Sossega.
— *Pardon, monsieur*. Ainda não terminei.
— Está bem, está bem. Depois conversaremos.
— Eu não estou bêbedo, doutor. Sei o que estou dizendo, e o que estou dizendo está certo.
— Muito bem, mas não vais beber mais porque eu não quero, estás ouvindo?
O cel. retirou-se discretamente e foi conversar com Flora. Naquele instante Aderbal Quadros e a esposa fizeram suas despedidas e retiraram-se.

10

Roque Bandeira ergueu-se. Rodrigo voltou-se para ele e pediu:
— Leva o Arão direitinho pra casa. Como estão tuas pernas?
— Firmes.
— E a cabeça?
— Lúcida.
Stein, que agora tinha caído em profunda depressão, murmurou:
— Lúcida nada! Vocês todos têm uma cerração nos miolos. Não veem a verdade. Pensam que vão resolver o problema da humanidade votando no Assis Brasil. A coisa é mais séria. Muito mais séria... Juro que é! Juro!
— Por são Lênin? — perguntou Roque Bandeira.
— Não sejas besta.
Roque tomou fraternalmente do braço do amigo e empurrou-o na direção da porta da rua, murmurando: "Que porre, mãe, Santo Deus!".
Rodrigo aproximou-se do comandante da praça.
— Coronel, apresento-lhe as minhas desculpas. Não quero que faça mau juízo do Stein. É um excelente menino, estudioso e sério.
— *In vino veritas*.
— A verdade é que não disse nenhuma asneira. Dentro de suas convicções raciocinou com clareza. Repetiu tudo quanto costuma dizer quando está sóbrio. A bebida só lhe deu mais ímpeto e eloquência.

— Diga-me uma coisa, confidencialmente, doutor Rodrigo. Esse moço será mesmo comunista militante?

— Não creio. Por quê?

— Se é, arrisca-se muito falando dessa maneira. Ele não deve ignorar que temos em pleno vigor desde o ano passado uma lei federal que proíbe a propaganda comunista em território nacional...

— E o senhor sabe melhor que eu como são essas leis de repressão. Não conseguem reprimir nada, e sim dar uma aura romântica de coisa proibida às ideias que querem combater.

— Pode ser. Mas tome nota do que lhe digo. Esse moço ainda vai se incomodar...

— Qual! Ninguém leva esse "revolucionário de café" a sério. Comunismo no Brasil? Nem daqui a cem anos. Não creio em contos da carochinha.

Pouco depois que o cel. Barbalho se retirou, Licurgo chegou de volta ao Sobrado. Foi direito ao escritório, onde Rodrigo discutia com o cel. Cacique e o Juquinha Macedo um plano de campanha eleitoral para ser levado a cabo durante os próximos trinta dias. Pretendia mandar imprimir e distribuir em todo o município boletins de propaganda do candidato da Aliança Libertadora. Sairia com caravanas pelos distritos e colônias, a fazer discursos onde quer que houvesse mais de dois eleitores para ouvi-lo. Pensava também em publicar um jornal de emergência — quatro páginas apenas — para esclarecer a opinião pública e desfazer as mentiras e calúnias d'*A Voz da Serra*.

Licurgo pitava em silêncio, os olhos no chão. Quando o filho terminou sua exposição e Juquinha Macedo pediu a opinião do senhor do Sobrado, este disse:

— Temos que fazer tudo isso, mas acho que vai ser um desperdício de tempo e de dinheiro. Estou convencido que ninguém pode com a máquina do governo.

— Mas, papai — avançou Rodrigo —, temos a obrigação cívica de acreditar no sistema democrático. É o mínimo que podemos fazer. E se os recursos legais nos falharem, só nos restará a solução que o senhor sabe...

— Por mim, eu começava a preparar a revolução desde hoje... — disse Juquinha Macedo. — Teu irmão Toríbio é da mesma opinião.

— Qual nada! — exclamou o cel. Cacique. — Estou muito velho e escangalhado. Só brigo se tiver muita necessidade.

Rodrigo sentou-se na mesa e ficou olhando para os amigos. Houve um curto silêncio.

— Quando vais reassumir teu cargo? — perguntou Macedo.

— Aí está outro problema. Qual é a sua opinião neste assunto, papai?

Licurgo não hesitou:

— A minha eu já lhe dei. O senhor tem que renunciar o quanto antes. Como é que um deputado republicano vai fazer propaganda política contra o candidato de seu partido? Não é direito. Passe amanhã mesmo um telegrama ao doutor Borges, pondo seu cargo nas mãos dele.

Na sala de visitas agora cantavam em coro. Era uma canção antibernardista que tivera grande voga no último Carnaval. E as vozes, entre as quais predominava a do Chiru, retumbante e desafinada, chegavam até o escritório:

> *Ai, seu Mé! Ai, Mé, Mé!*
> *Lá no Palácio das Águias, olé!*
> *Não hás de pôr o pé!*

Rodrigo ficou por alguns instantes a escutar a marchinha. De súbito saltou para o chão e disse:

— Sim, tenho de renunciar, mas vou fazer isso duma maneira que sirva a nossa causa.

Fez uma pausa dramática para dar a algum dos amigos a oportunidade de perguntar: "Como?". Três pares de olhos estavam postos nele, mas nenhum dos homens falou.

— Vou a Porto Alegre, reassumo o posto, inscrevo-me para falar, ataco o velho Borges e o borgismo num discurso arrasador, e, perante meus pares e a opinião pública, renuncio ao meu mandato de deputado e declaro que vou lutar pela Aliança Libertadora.

— A la fresca! — exclamou Cacique, remexendo as nádegas na poltrona.

— Isso! — aprovou Juquinha Macedo. — Isso mesmo!

O rosto de Licurgo permanecia impassível. E como os outros o interrogassem com o olhar, ele disse:

— Por mim a coisa se fazia por telegrama, e já.

Rodrigo entesou o busto e, com a voz um tanto alterada, disse:

— Sinto muito, papai, mas discordo do senhor. Vou fazer exatamente o que acabo de dizer.

Licurgo soltou uma baforada de fumaça e murmurou, triste:

— Faça o que entender. O senhor é dono do seu nariz.

11

Rodrigo Cambará provou que era mesmo dono de seu nariz. Embarcou dois dias depois para Porto Alegre, reassumiu seu mandato na Assembleia e fez o discurso mais sensacional e acidentado de sua vida de homem público. Como quisesse dar à sua oração não só a força destruidora como também esse elemento de *surpresa chocante* da bomba que explode, teve o cuidado de não contar antes a ninguém, nem mesmo aos colegas da oposição, o que pretendia fazer. Descobrira também uma maneira insuspeita de fazer que estivessem presentes no grande momento alguns jornalistas seus amigos do *Correio do Povo* e da *Última Hora*, e que ele sabia capazes de tirar o máximo proveito publicitário do escândalo.

Sua voz vibrante, a que a comoção dos primeiros momentos dava um tom seco e fosco, encheu a sala do plenário do velho edifício da Assembleia dos Representantes. Começou o discurso fazendo um breve histórico do Partido Republicano para exaltar a personalidade do dr. Júlio de Castilhos e ter a oportunidade de referir-se a ele como a "esse varão de Plutarco, esse estadista sem-par, cuja estatura intelectual e moral cresce à medida que o tempo passa e muitos de seus correligionários e discípulos se apequenam e amesquinham". No fim da frase fez uma pausa e sentiu que a atmosfera aos poucos se carregava de eletricidade. Alguns dos colegas que pareciam escutá-lo com indiferença, mexeram-se nos seus lugares e o encararam com intensidade. Chico Flores — a quem Gaspar Saldanha, deputado da oposição, chamara com rara felicidade "leão de tapete" — sacudiu inquieto a juba. O próprio presidente da Casa, o gen. Barreto Vianna, fitou no orador um olhar quase alarmado. Naquela pausa de menos de meio minuto Rodrigo pôde sentir que seu discurso começava a produzir os efeitos que desejava.

Continuou a oração — a voz agora com a tonalidade natural — enumerando os serviços prestados por seu pai "desde a primeira hora" ao partido de Júlio de Castilhos. Reportando-se aos dias sombrios de 93, descreveu em cores dramáticas o cerco do Sobrado pelos federalistas.

— Tinha eu, senhor presidente e meus colegas, tinha eu nessa época apenas nove anos de idade e, no meu espanto de criança, não podia compreender por que razão aqueles compatriotas diferentes de nós apenas na cor do lenço, cercavam nossa casa e atiravam contra nós. Mais tarde, homem-feito, compreendi que não se tratava duma luta de ódios pessoais, mas dum embate de ideias e ideais. Criado e educado que fui dentro dos princípios republicanos, sabia então como sei agora que, embora em campos opostos e rivais, politicamente falando, republicanos e maragatos tinham um sentimento em comum: o amor ao Rio Grande e ao Brasil, e o culto da democracia!

Neste ponto um deputado da oposição soltou um "Apoiado!". Rodrigo prosseguiu:

— Fosse qual fosse a cor do lenço, éramos todos democratas! E nessa confortadora certeza viveram os homens da minha geração que se haviam alimentado no leite generoso das ideias de Igualdade, Liberdade e Humanidade! Em nome desses ideais maravilhosos, milhares de gaúchos valorosos, através dos tempos, sacrificaram seu bem-estar e o de suas famílias, perderam seus bens e até suas vidas, lutando, matando e morrendo em guerras muitas vezes fratricidas!

Nova pausa. Os olhos de Rodrigo dirigiram-se para Getulio Vargas. O deputado por São Borja lá estava no seu lugar, como sempre vestido com apuro, as faces escanhoadas, o bigode negro com as pontas retorcidas para cima. Sua expressão era de impassibilidade. Parecia pouco interessado no que o orador dizia.

— Mas qual foi — continuou Rodrigo — o resultado de tantos sacrifícios e renúncias, de tanto sangue generoso derramado, de tantas belas promessas e palavras?

Neste ponto inclinou o busto, fez avançar a cabeça, cerrou os punhos e, escandindo bem as sílabas para que não ficasse dúvida quanto ao que dizia, respondeu à própria pergunta:

— O resultado, senhores, foi esse espetáculo degradante que estamos hoje presenciando de um homem que se apega ao poder e quer fazer-se reeleger, custe o que custar, doa a quem doer!

Da bancada oposicionista partiram gritos: "Apoiado!", "Muito bem!". João Neves da Fontoura, deputado situacionista, ergueu-se e bradou:

— Vossa Excelência está traindo seu mandato, seu partido e seus correligionários!

Começou o tumulto. Cruzaram-se apartes violentos. Das galerias agitadas vieram aplausos. O presidente batia repetidamente no tímpano e pedia ordem, ordem! — e ameaçava mandar evacuar as galerias.

Rodrigo, perfilado, fazendo o possível para manter-se calmo, passava o lenço pelo rosto, sorrindo. E quando finalmente a ordem foi restabelecida, continuou:

— O homem que nos governa há tantos anos vive fechado no seu palácio, cercado de áulicos, cada vez mais distanciado do povo do Rio Grande e dos princípios do seu partido. Egocêntrico, vaidoso e prepotente, não suporta a franqueza e a crítica, e está sempre disposto a relegar ao ostracismo os seus amigos mais leais em favor daqueles que estiverem dispostos a servir-lhe de capacho, a obedecer-lhe as ordens sem discuti-las.

Com voz engasgada Chico Flores gritou:
— Senhor presidente, isso é uma infâmia!

Rodrigo aproveitou a deixa:
— Estou de acordo com o meu nobre colega. Essa situação é realmente uma infâmia, e é contra essa infâmia que o Rio Grande agora se levanta! Que espécie de governante é esse que, para justificar seus ridículos pendores ditatoriais, invoca uma filosofia estranha à nossa gente e às nossas tradições?

Com seu sorriso malicioso, Vasconcelos Pinto aparteou:
— Vossa Excelência não pensava assim quando aceitou sua indicação para a cadeira que agora ocupa e deslustra!

Sem dar atenção ao aparte, Rodrigo prosseguiu:
— Essa filosofia diz basear-se na Ordem e ter por fim o Progresso. No entanto ela gera a desordem e o desmando e faz que o nosso estado se arraste com passos de tartaruga na senda do progresso. Essa filosofia vive a proclamar seus fins humanitários, mas o que tem feito entre nós é acobertar o banditismo, encorajar a arbitrariedade e premiar a fraude! No Rio Grande do Sul espanca-se, mata-se e degola-se em nome de Augusto Comte!

Risadas nas galerias. Protestos apaixonados de vários deputados governistas. O presidente chamou a atenção do orador para a sua linguagem virulenta e ameaçou cassar-lhe a palavra.

— Cassar-me a palavra, senhor presidente? Em nome de quem? De Augusto Comte ou de Clotilde de Vaux?

Novas risadas e aplausos. Novo tumulto. A polícia interveio nas galerias e um jovem que trazia no bolso superior do casaco um lenço vermelho, foi levado para fora do edifício, aos trancos.

Rodrigo apontou para o alto com um dedo acusador e exclamou:

— Os beleguins do ditador não perdem tempo. Apressam-se a provar com atos o que estou afirmando nesta tribuna com palavras!

Quando por fim a calma voltou ao plenário, Rodrigo analisou a máquina eleitoral governista e declarou que ela precisava ser desmantelada, destruída, a fim de que voltasse a reinar no Rio Grande a moral democrática e as eleições pudessem ser na realidade a expressão da vontade popular.

Lindolfo Collor aparteou, calmo:

— Vossa Excelência serviu essa máquina até o presente momento.

Rodrigo mediu o auditório com o olhar e perorou:

— É por tudo isso, senhor presidente e meus colegas, que venho hoje aqui renunciar publicamente ao meu mandato de deputado pelo Partido Republicano Rio-Grandense e dizer, alto e bom som, que vou sair por aquela porta, de viseira erguida, exonerado de qualquer compromisso para com essa agremiação política, sair como um homem livre, senhor de seu corpo e de seu destino. E quero também declarar perante a opinião pública de meu estado que vou colocar-me por inteiro, inteligência, fortuna, experiência, entusiasmo, a serviço da causa democrática, neste momento tão gloriosamente encarnada na figura egrégia desse republicano histórico que é o doutor Joaquim Francisco de Assis Brasil! Tenho dito.

Sentou-se, alagado de suor. Saldanha da Gama deixou seu banco e veio abraçá-lo, comovido. Das galerias partiram gritos e aplausos misturados com um princípio de vaia. A polícia teve de intervir novamente. O presidente levou algum tempo para restabelecer o silêncio, para que o próximo orador inscrito pudesse começar seu discurso.

Rodrigo saiu do plenário cercado de jornalistas. Ao aproximar-se da escada pareceu-lhe ouvir alguém murmurar: "... vira-casaca". Parou, vermelho, olhou em torno e rosnou:

— Quem foi o canalha?

Os amigos, porém, o arrastaram para a sala do café. Disse um deles:

— Não faça caso, doutor. É algum despeitado.

Rodrigo deu, então, uma entrevista coletiva à imprensa. Terminada esta, bebia ele seu cafezinho, quando Roque Callage, um jornalista combativo da oposição e que vivia martelando o governo com seus artigos, aproximou-se dele e, com o cigarrinho de palha apertado nos dentes, murmurou-lhe manso ao ouvido:

— Sabe duma coisa engraçada? Durante todo o seu discurso o senhor não pronunciou uma vez sequer o nome do doutor Borges de Medeiros.

Rodrigo voltou para ele o olhar perplexo.

— Foi mesmo? — E soltou uma risada.

12

De volta a seu quarto no Grande Hotel, meteu-se num banho morno. Ensaboando distraidamente o peito e os braços, ficou a completar em voz alta o discurso da manhã, enamorado da própria voz, que a boa acústica do quarto de banho arredondava e amplificava. Dizia agora o que não havia dito na Assembleia por causa do decoro do mandato. Ao referir-se à gente que cercava Borges de Medeiros devia ter dito, além de áulicos, *eunucos*. "Eunucos", berrou, "eunucos com suas vozes moralmente efeminadas a dizerem amém a todas as palavras e ordens de seu senhor e mestre! Outra coisa não quer o soba positivista senão a submissão absoluta! Não tem amigos, mas escravos! Não quer conselheiros, mas capangas!" Repetiu muitas vezes a palavra *capangas* em vários tons de voz e de repente rompeu a cantar em falsete uma ária de soprano da *Tosca*.

Saiu do quarto de banho enrolado numa toalha felpuda e pôs-se a caminhar no quarto, dum lado para outro, empenhado num diálogo imaginário com Getulio Vargas. De todos os companheiros de bancada, era o que ele menos compreendia... Um enigma.

O Chico Flores era um caudilho de fronteira, como seu pitoresco irmão José Antônio, intendente de Uruguaiana. O Lindolfo Collor, um intelectual com algo do dr. Topsius da *Relíquia*... mas não podia deixar de reconhecer que o "alemãozinho de São Leopoldo" tinha talento, sabia coisas e usava-as com propriedade e bom português. O João Neves (cuja eloquência Rodrigo invejava cordialmente) era um intelectual capaz de vibração humana. Mas Getulio intrigava-o e às vezes chegava a irritá-lo. Baixote, sempre sereno, as faces barbeadas, o bigodinho muito bem cuidado, as roupas limpas e bem passadas — tinha um ar asséptico e neutro. Quanto a ideias e opiniões, era escorregadio como uma enguia. Quando todos os outros se agitavam e comoviam, ele permanecia imperturbável. Na hora em que muitos de seus companheiros gritavam apaixonados, ele se conservava calado, com aquele diabo de sorriso que não deixava de ter sua simpatia. Quando intervinha nos debates, fazia-o de maneira inteligente, corajosa e com tanta habilidade que a oposição raramente o aparteava. E a verdade era que ia fazendo sua carreira. Agora fora indicado pelo Partido para deputado federal na vaga que se abrira na Câmara com a morte de Rafael Cabeda.

Rodrigo tinha resolvido procurar João Neves para explicar a atitude que tomara. Estava certo de que o companheiro ia compreender-lhe as razões. Mas era com Getulio que ele agora mantinha uma discussão imaginária. Estavam ambos na sala do café da Assembleia, e Rodrigo contava ao colega quem era Laco Madruga. "Um bandido, um analfabeto, um primário." Na sua mente o deputado de São Borja sorria, silencioso. "Tu vês, Getulio, quando o Chefe não sabe distinguir entre um correligionário leal e desinteressado como o meu pai, e um sacripanta bandido e ladrão, o partido vai à gaita." Getulio torcia as pontas dos bigodes: sua cara não exprimia emoção alguma. "Outra coisa, essa história de resolver pendengas municipais impondo candidatos alheios à vida do município é outro erro trágico." Mas qual! O homenzinho não se comprometia com uma opinião. Pois que fosse para o diabo! Ele e os outros.

Estendeu-se na cama, acendeu um charuto e ficou atirando baforadas de fumaça para o ar. Àquela hora o telégrafo decerto já havia espalhado por todo o estado, por todo o país a notícia de seu discurso. Sorriu. Possivelmente pouco depois que ele terminara de falar, um dos inúmeros sicofantas do Chimango fora levar a notícia ao sátrapa, que com toda a certeza a escutara impassível, de olhos frios, mal mexendo o gogó que se lhe escapava pela abertura do colarinho de pontas viradas.

Rodrigo olhava para as tábuas do teto, mas o que realmente tinha no espírito eram cenas de sua vida naqueles últimos seis anos. Terminava agora uma fase importante de sua vida, que tivera momentos alternados de exaltação, desânimo, alegria, tristeza, impaciência, serenidade... Para principiar, nunca se sentira muito bem como deputado republicano. O governista é sempre o *hombre malo* da história, o vilão, ou, para usar a nomenclatura cinematográfica, o bandido da fita, ao passo que o herói, o "mocinho", é sempre o deputado da oposição. Estava claro que ele, Rodrigo Cambará, havia nascido para lutar na barricada oposicionista, e talvez viesse daí a naturalidade ou, melhor, a alegria com que rompera com o partido, passando para os arraiais da minoria. Não sentira nunca o menor prazer em servir Borges de Medeiros, criatura incapaz duma palavra de estímulo, dum gesto de gratidão ou de simpatia humana. O homem portava-se como se já fosse a própria estátua, e por sinal uma estátua de mármore frio e magro, sem nenhum estremecimento épico.

Rodrigo desvencilhou-se da toalha, jogou-a ao chão e, completamente nu, remexeu-se na cama, com o charuto preso aos dentes. A imagem de Getulio Vargas surgiu-lhe de novo nos pensamentos. Quis espantá-la. Não pôde. Recomeçou a discussão procurando arrancar do homenzinho uma palavra de compreensão. Inútil! Lá estava ele, sorridente e vago, cofiando o bigode. Que teria o monstro nas veias? Sangue ou água? "Olha, Getulio, tens muitas qualidades que admiro, mas uma coisa te digo: água e azeite não se misturam nunca, e por isso jamais poderemos ser amigos. Não tenho sangue de barata, e para mim existem na vida coisas mais importantes que uma carreira política."

Outro motivo de exasperação para Rodrigo era o fato de jamais ter encontrado Getulio Vargas no Clube dos Caçadores. Essa austeridade num homem tão moço não lhe parecia normal nem mesmo saudável.

A cinza do charuto caiu-lhe no peito, que ele limpou com a palma da mão. Mundo velho sem porteira! — como dizia o Liroca. Hoje é um grande dia. Adeus, senhor deputado! Pensou naqueles anos de vida parlamentar. Lembrava-se com particular encanto da campanha da Reação Republicana, de seus discursos contra Artur Bernardes e a camorra paulista-mineira. Lembrava-se de seu amargo desapontamento quando a nação inteira esperava a palavra de Borges de Medeiros, capaz de lançar as forças democráticas do país numa revolução regeneradora, e o Papa Verde soltara através dum editorial d'*A Federação* o seu gélido "Pela Ordem".

Ah! Mas fosse como fosse Rodrigo Cambará ia deixar sua marca na vida social de Porto Alegre. Isso ia, sem a menor dúvida! Os jornalistas o adoravam. Ele era um *assunto*. Homem franco, detestava as meias palavras. Vinha disso o caráter sensacional de quase todas as suas entrevistas. Tinha também amigos e admiradores entre os turfistas. Não faltava às corridas da Protetora do Turf aos domingos, e seu cavalo Minuano, cria do Angico, ganhara uma vez um páreo importante, chegando na frente de animais de raça, estrangeiros. O cronista social da *Máscara* escolhera-o como "o deputado mais bem vestido". Aonde quer que fosse, tinha amigos ou conhecidos: na galeria do Café Colombo, onde tomava o chá das cinco e flertava com belas fêmeas, principiando ou continuando muita aventura que terminava na cama; na Alfaiataria de Germano Petersen, onde se reuniam políticos e homens de negócio; à porta da Livraria do Globo, onde intelectuais discreteavam, olhando a parada das belas mulheres que ao entardecer faziam o *footing*.

Rodrigo ergueu-se e começou a vestir-se com um vagar feminino. Tinha prometido almoçar com dois deputados da oposição para "acertarem os relógios" quanto à propaganda da candidatura de Assis Brasil. Curioso! Duma hora para outra *estava na oposição*, amigo dos maragatos. Isso lhe dava uma sensação que era metade orgulho de estar contra o governo, metade a vaga impressão de ter feito uma travessura pela qual ia ser repreendido pelo pai. Era estranho: nos últimos tempos não podia pensar no dr. Borges de Medeiros sem associar sua imagem à do velho Licurgo, como se ambos fossem irmãos de sangue ou muito parecidos de físico e temperamento. Se o Velho soubesse, ficaria furioso.

13

Aquela noite, depois do jantar, decidiu ir ao Clube dos Caçadores para uma despedida. Havia passado naquele cabaré momentos inesquecíveis. Como de costume, apertou a mão do porteiro.

— Boa noite, doutor Cambará. Parabéns pelo discurso.

Rodrigo sorriu, entregando ao homem o chapéu e uma gorda gorjeta. O cabra decerto havia lido sua oração nos jornais da tarde. A *Última Hora* a reproduzira na integra, sob cabeçalhos escandalosos.

Subiu a escada lentamente, com a reconfortadora sensação de que "estava em casa". Aspirou com delícia o perfume de loção de violetas que vinha da barbearia do clube, na qual penetrou, passando a mão pelas faces e dizendo:

— Boa noite, Lelé, me dá uma passada rápida.

Sentou-se na cadeira com um suspiro feliz de quem antecipa momentos de abandono hedonista. Por alguns segundos ficou a namorar-se no espelho, enquanto o barbeiro o felicitava pelo discurso da manhã.

— Não se fala noutra coisa na cidade. Para dizer a verdade, não li o jornal. Mas me contaram.

Rodrigo sorriu, cerrando os olhos. No salão de danças, de onde vinha um rumor de passos ritmados e vozes, a orquestra tocava a *Tehuana*. Era agradável sentir no rosto a espuma cremosa e fresca, com uma fragrância de limão. Pensou na clara de ovo batida que a Dinda punha em seus doces, e teve um súbito, absurdo desejo de comer montanha-russa. O barbeiro falava torrencialmente. Contava mais uma vez que em futebol era do Sport Clube Internacional e em política do Partido Federalista.

— Comigo é só no colorado. E por falar em colorado, o senhor não vai fazer uma fezinha na roleta hoje? Jogue no treze, doutor. A noite passada sonhei com esse número. Jogue, que é tiro e queda.

O barbeiro calou-se, mas ficou resmungando a melodia mexicana. Rodrigo passava mentalmente em revista as mulheres do cabaré com quem poderia dormir naquela sua derradeira noite em Porto Alegre. A primeira que lhe veio à mente foi Gina Carotenuto, a cançonetista italiana. Mas não! Era demasiadamente exuberante, e seu humorismo andava sempre beirando o sarcasmo. Que se podia esperar duma mulher que, ao entrar no palco para cantar seus números, olhava em torno da sala e gritava: "*Buona sera, gonococchi!*"? Concluiu que poderia ser uma fêmea ótima para seu irmão Toríbio, mas não para ele. E a argelina de olhos de ágata que contava histórias sórdidas e sombrias de Casbah, onde fora violada por um árabe de pele oleosa, com olhos de assassino? Era excessivamente ossuda e destituída de seios, isso para não falar na voz lamurienta e na mania que tinha de fazer o amor com o quarto completamente às escuras. Havia ainda Ninette, esbelta e loura, com seu ar de princesa nórdica, o seu perfil de medalha antiga. Qual! Quem é que quer levar para a cama um camafeu ou uma estátua? Não. Por mais que procurasse — e havia tantas! —, sua escolha sempre caía em Zita, a jovem húngara que agora andava com um estancieiro de Alegrete. O "coronel" estava ausente da cidade — por esse lado não haveria problema, mas a menina tinha um "amiguinho" que era nada mais, nada menos que um dos melhores companheiros com que ele, Rodrigo, contava ali no clube...

O barbeiro continuava a falar. Narrava histórias de fregueses seus. Por aquela cadeira passava gente de toda a espécie. Aprendera a conhecer a procedência da clientela pela roupa, pela maneira de falar, pelo tipo de corte de cabelo...

— Quando o bicho usa costeletas e está com uma boa camisa de seda, só pode ser da fronteira, de Livramento ou Uruguaiana.

— Mas eu uso costeletas e camisa de seda e sou de Santa Fé.

— Ah, mas o senhor vê, doutor, não hai regra sem exceção, como diz o outro.

— Como é que você sabe que o freguês é serrano?

— Bom, por uma certa poeirinha avermelhada que fica nos sapatos... e às vezes até na pele...

— E o pessoal da zona colonial?

O barbeiro recuou um passo e, erguendo a navalha como se fosse degolar Rodrigo, exclamou:

— Esses conheço pelo suor! Gringo tem um cheiro especial.

— Pois erraste a profissão, Lelé. Devias ser investigador da polícia.

— Deus me livre e guarde!

O barbeiro penteou o cliente, aparou-lhe as sobrancelhas e os cabelinhos das ventas, mas quando apanhou a pluma para empoar-lhe o rosto, Rodrigo deteve-o com um gesto:

— Não. Guarda isso para os teus frescos.

O outro desatou a rir. Rodrigo pôs-lhe na mão uma cédula de vinte mil-réis, deu-lhe uma batida no braço e saiu da barbearia na direção da sala de jogo, onde entrou.

Àquela hora havia pouca gente ao redor das mesas de roleta e bacará. O jogo forte começava em geral cerca das duas da madrugada. Curiosos caminhavam dum lado para outro, num ambiente de grande familiaridade, mas numa espécie de surdina de velório ou igreja. Falavam aos cochichos e a única voz alta que se ouvia era a dos crupiês. "Façam jogo!" Um cheiro de café recém-passado temperava agradavelmente o ar morno, que a fumaça dos cigarros e charutos azulava. "Feito!" O matraquear da roleta produzia uma espécie de cócega no peito de Rodrigo: era um som alegre, esportivo, carregado de emoções e expectativas. "Vinte e quatro. Preto!" Rodrigo comprou fichas, aproximou-se da mesa, e pô-las todas sobre o número treze. "Façam jogo!" O crupiê — um castelhano magro e pálido, de barba cerrada — saudou Rodrigo com um sorriso. "Feito!" A roleta movimentou-se, a bola foi lançada. Tudo parecia um brinquedo de criança. Passou rápida pela cabeça de Rodrigo a ideia de levar uma roleta em miniatura para os filhos... Não. Seria um mau exemplo. Seus olhos seguiam a bola. Ele não via mas "sentia" as caras tensas ao redor da mesa. Sempre tivera um certo medo de apaixonar-se pelo jogo. Era por isso que em geral evitava as oportunidades de jogar. Mas que diabo! Aquela era uma noite especial...

A bola aninhou-se sob um número. Treze! Preto! — gritou o crupiê. O palpite do barbeiro dera certo. Rodrigo apanhou as fichas que a pá empurrava na sua direção e pôs uma delas dentro da caixa dos empregados. O crupiê agradeceu-lhe com um sorriso. Rodrigo afastou-se da roleta. Pensou em bancar o bacará. Ou seria melhor ir sentar-se no salão de danças e beber alguma coisa?

Alguém tocou-lhe o braço. Voltou-se. Era o dr. Antônio Alfaro, médico muito respeitado na cidade pela sua probidade profissional e pelo seu famoso olho clínico. Outra particularidade o tornava notório: sua tremenda paixão pelo jogo. Havia noites em que perdia ali na roleta e no bacará verdadeiras fortunas. Jogava em silêncio, não se lhe movia um músculo de cara; passava o tempo fumando cigarro sobre cigarro. Contava-se a história duma famosa noite em que o dr. Alfaro ficara a jogar obstinadamente sem arredar o pé da mesa de bacará. À meia-noite pediu um bife à cavalo e comeu-o ali mesmo, perto do pano verde, sem tirar os olhos das cartas. Alta madrugada, mandara chamar um barbeiro, que viera sonolento escanhoar-lhe o rosto. E o jogo continuou sem interrupção até o clarear do dia. Às oito o dr. Alfaro pediu um café com leite e torradas. Às nove ergueu-se, enfiou o chapéu na cabeça e, já com sol alto, saiu dos Caçadores diretamente para o consultório.

Cinquentão, alto e descarnado, os cabelos negros riscados de prata aqui e ali — tinha um rosto ossudo e longo, dum moreno terroso, e uma voz que lembrava o som do fagote.

— Homem! — exclamou Rodrigo. — Há quanto tempo!

O dr. Alfaro meteu um cigarro na piteira de âmbar e acendeu-o.

— Pois aqui estou, meu caro, assinando o ponto, como sempre. Ah! Parabéns pelo discurso. Não sou político, você sabe, mas sempre me faz bem ao coração e ao fígado ler que alguém deu uma bordoada no Papa Verde.

Fez uma pausa, expeliu fumaça pelo nariz, olhou Rodrigo de alto a baixo e depois perguntou:

— E agora, quais são os planos?

— Ora, volto amanhã para Santa Fé, pelo noturno, e vou começar em seguida a campanha eleitoral em todo o município.

O dr. Alfaro sacudiu lentamente a cabeça. Mas seus olhos estavam voltados para a mesa de bacará. Parecia perturbado.

— Não vai jogar? — perguntou Rodrigo.
— Não sabia que abandonei definitivamente o jogo?
— Não diga!
— Pois é. Faz três meses que tomei essa resolução e não pretendo voltar atrás.
— Mas por quê? Como foi o milagre?
— Você não pode calcular o quanto isso me custa...

O médico ergueu as mãos, com as palmas voltadas para cima. Estavam trêmulas e úmidas de suor. Rodrigo mirava-o, curioso, esperando a explicação.

— Quer saber por que deixei de jogar?

Tomou do braço do outro e levou-o para um canto deserto da sala.

— A história é simples e ao mesmo tempo terrível na sua simplicidade. Como todo o mundo sabe, tenho perdido horrores nesta casa. Uma noite deixei aqui, entre a roleta e o bacará, mais de vinte contos. Sim senhor, vinte contos de réis! Saí alcatruzado, desmoralizado, com vergonha até de levantar os olhos para o céu. O dia tinha clareado. E quando cheguei em casa vi uma cena que me deixou abalado. Minha mulher de *robe de chambre* discutia na calçada com o verdureiro por causa de um tostão de diferença no preço da couve. Um tostão! E eu tinha acabado de perder vinte contos! Não posso descrever o que senti. Foi como se minha alma tivesse caído numa latrina, como disse a personagem do Eça. A coisa foi tão forte, que naquele instante prometi a mim mesmo não jogar nunca mais. E cumpri a promessa.

— Mas por que continua vindo aqui?

O dr. Alfaro encolheu os ombros.

— Não sei. Talvez a força do hábito. Ou então é o bêbedo regenerado que ainda gosta de sentir o cheirinho da cachaça. Pode ser também que eu queira valorizar o meu gesto, tornando a coisa mais difícil. Uma espécie de bravata, compreende?

Rodrigo sacudiu lentamente a cabeça.

— Por que não vem comigo até o salão para tomar alguma coisa?

O dr. Alfaro sacudiu negativamente a cabeça.

— Não, obrigado. Nunca entrei naquele salão. Fui jogador, isso sim, mas femeeiro nunca. Estou um pouco velho para começar. Mas vá, e que lhe faça bom proveito.

Apertaram-se as mãos. Os olhos do dr. Alfaro se voltaram para a mesa de bacará.

14

Como de costume, Rodrigo sentou-se à mesa que ficava perto do palco triangular, a um canto do salão. Pediu uma garrafa de champanha e ficou a beber, a fumar e a olhar os pares que dançavam. A orquestra tocava um tango argentino, que espalhava no ar uma melancolia *arrabalera*, permitindo àqueles homens — estudantes de cursos superiores, empregados do comércio, caixeiros-viajantes, gigolôs profissionais, visitantes do interior — exibirem suas habilidades coreográficas. Muito agarrados aos pares — mulheres que traziam de fora ou que ali eram postas pela gerência da casa, como engodo para a freguesia —, eles se arrastavam ao ritmo da música, em passos lânguidos, tudo isso num contraste com o jeito safado e vagamente negroide que tomavam quando dançavam maxixes.

Rodrigo ficava às vezes absorto a observar os membros da orquestra. Eram homens de ar aborrecido ou neutro, que de dia tocavam em confeitarias peças semissérias e insípidas ou esfregavam burocraticamente os fundilhos das calças em alguma cadeira de repartição pública.

As mesas se achavam colocadas à frente de bancos com assentos de couro que corriam ao longo das paredes, onde pequenos espelhos multiplicavam as luzes e os vultos da sala. Rodrigo via ali alguns dos frequentadores habituais do cabaré. Lá estava o "Conde" (ninguém lhe sabia o nome verdadeiro), sessentão e calvo, todo vestido de negro, o monóculo especado no olho esquerdo, o colarinho engomado e alto, uma pérola no pregador da gravata, sempre perfumado de Fleur d'Amour, fumando cigarros turcos na ponta duma longa piteira, as mãos muito bem manicuradas, a cara esguia, as feições um tanto imprecisas, como que esculpidas em sabonete. Havia nele um ar mórbido de fim de noite, fim de século, fim de raça, fim de tudo. Mas que tinha um aspecto digno, ninguém negava. Era fleumático como um inglês de novela. Passava quase toda a noite em silêncio, bebendo seu champanha gelado, mordiscando torradinhas barradas de caviar, tendo sempre à sua mesa uma mulher bela e jovem — nunca a mesma! — que ele tratava com uma polidez distante, mirando-a de quando em quando com seus olhos vítreos. Alta madrugada, saía com a companheira para — murmurava-se — inconfessáveis orgias sexuais.

Numa outra mesa um conhecido estancieiro de Dom Pedrito cocava com seus olhinhos lúbricos a branca polaca que sorria a seu lado, enquanto um rapaz escabelado e esguio, de gestos irrequietos, lhe dizia algo ao ouvido. O olhar de Rodrigo deteve-se no jovem. Era um dos tipos mais populares ali nos Caçadores. Rodrigo achava-o repulsivo e exatamente por isso não podia tirar os olhos de sua figura. A pele do rosto magro e escrofuloso tinha essa palidez lustrosa e transparente do rato recém-nascido. Coroava-lhe a testa olímpica, pintalgada de espinhas inflamadas, uma mecha de cabelos dum negro fosco. Todos o conheciam pela sugestiva alcunha de Treponema Pálido. Costumava andar de mesa em mesa, à procura de quem lhe pagasse um bife com ovos e uma cerveja. Não tinha emprego certo e dizia-se que era traficante de cocaína. Interesseiro e servil, adulava os estancieiros que frequentavam o cabaré, servindo-os como menino de recados. E as mulheres, embora se valessem às vezes de seus serviços de cáften e lhe dessem gratificações em dinheiro, repeliam-no como macho.

A orquestra deixou morrer o tango num gemido sincopado de acordeão, atacando em seguida um *one-step*. O clima da sala mudou de repente.

Sentada à mesa dum homem taciturno e demasiadamente cônscio do colarinho alto que lhe dificultava os movimentos de cabeça, Rodrigo avistou a "Oriental", uma uruguaia da província de Canelones. Gorda e terna, quando ia para a cama com um "freguês" tinha o hábito de recitar-lhe poemas inteiros em espanhol. Gabava-se de saber de cor todo "El cántaro fresco", de Juana de Ibarbourou.

Um garçom abriu com estrondo uma garrafa de champanha junto da mesa dum velhote risonho e de cabelos pintados, que acariciava a mão duma mulher de aspecto soberbo, sentada a seu lado. Era a Bela Zoraida — pois assim ela própria se intitulava —, famosa pelas joias caras, que lhe adornavam o colo e os braços, engastadas em aço. Trazia sempre ao redor do pescoço um cordão de ouro, do qual pendia um apito. Dizia que era para chamar a polícia, caso fosse assaltada por ladrões.

— Que fauna! — murmurou Rodrigo para si mesmo, tomando um gole de champanha.

Avistou Zita, que se aproximava de sua mesa conduzida pelo "amiguinho". Ergueu-se, abriu os braços e estreitou o rapaz contra o peito. Sentem-se! Sentem-se! Apertou com ambas as mãos a delicada mão da húngara. Era uma rapariga pequena, benfeita de corpo. Teria pouco mais de vinte anos. Havia algo de felino em sua cara um tanto larga, de olhos verdes e enviesados; a boca rasgada, de lábios polpudos, era dum vermelho úmido. Sombreava-lhe a voz um tom penugento e fosco, que Rodrigo achava excitante como um beijo na orelha.

— Que é que há de novo? — perguntou ele, quando viu os dois amigos acomodados à mesa.

O rapaz encolheu os ombros e fez uma careta pessimista.

— Tudo velho. Os "pecuários" de sempre.

Era talvez a figura mais assídua e popular do cabaré. Franzino, duma brancura doentia de crupiê, tinha as pálpebras machucadas permanentemente debruadas de vermelho e os olhos embaciados por uma expressão de tresnoitada canseira. Filho dum tabelião duma cidade da fronteira com o Uruguai, viera para Porto Alegre, havia três anos, para estudar medicina, mas continuava a marcar passo no primeiro ano. Passava noites inteiras no cabaré, onde as mulheres o adoravam. Só ia dormir, sempre acompanhado, quando o sol já estava alto. Às três da madrugada, depois que o cabaré fechava as portas, levava a companheira da noite a comer um bife nos restaurantes do Mercado Público. Era campeão de maxixe, valente como galo de briga e — toda a gente sabia e ele próprio não negava — apreciador do "pozinho branco", bem como alguns daqueles moços que frequentavam os Caçadores.

Um desafeto lhe pusera o cognome de Pudim de Cocaína, que a princípio ele repelira, indignado. ("Pudim de Cocaína é a mãe", retrucara duma feita, já pronto para quebrar a cara do insolente.) Mas como os amigos tivessem gostado da alcunha, acabou habituando-se a ela, e hoje os íntimos tinham o direito de chamar-lhe Pudim e como tal era conhecido.

A afeição e a admiração que Rodrigo lhe votava nasceram no dia em que vira o rapaz dar uma surra espetacular num sujeito mais forte do que ele, ali em plena pista de danças, ao som duma valsa lenta. Tendo vindo depois a conhecer o Pudim mais de perto, Rodrigo descobrira no rapaz muitas qualidades de coração. Aquele boêmio noctívago, de ar permanentemente entediado, aquele tomador de cocaína irritadiço e provocador de brigas era no fundo um sentimentalão, amigo leal e generoso. Embora vivesse duma mesada curta, nunca recusava ajudar os que tinham menos que ele.

Rodrigo contemplava-o agora com um ar entre afetuoso e crítico de tio.

— Precisas dar um jeito nessa tua vida, homem.

— Que jeito?

— Ora, se queres eu te componho esse corpo em poucos meses. Te levo para a minha estância, te faço um tratamento de fortificantes, te empurro uma boa dieta e em pouco tempo estás outro.

— Pra quê?

Pudim olhava para a taça que o garçom naquele momento enchia de champanha. A máscara da comédia se lhe alternava no rosto com a da tragédia; a da inocência com a da devassidão. Seus lábios de vez em quando se crispavam numa expressão de desdém. Era como se aquelas coisas todas — mulheres, bebidas, cocaína, danças — não lhe dessem o menor prazer. Parecia entregar-se a elas para matar o tempo, ao mesmo tempo que se matava. Rodrigo via naquilo um suicídio lento e estúpido.

Zita olhava para o amigo e sorria. Era nova na cidade e no Brasil. Não sabia patavina de português, mas falava com alguma fluência um curioso italiano ao qual conseguia tirar toda a musical doçura, emprestando-lhe uma qualidade gutural.

— Já tomaste a tua dose hoje? — perguntou Rodrigo, encarando Pudim.

— Não. O cafajeste do boticário não me quis fiar. Estou quebrado. O velho me cortou a mesada. É um mundo infecto!

— Podia te dar dinheiro, mas não quero alimentar teu vício. Não descansarei enquanto não te fizer deixar a coca.

— Não perca o seu tempo.

— Sabes duma coisa engraçada? Nunca te vi à luz do sol!

Pudim acendeu um cigarro, aspirou a fumaça com força e a seguir com mais força ainda soltou-a pelas narinas. Bebeu um gole de champanha e resmungou:

— Está tudo podre.

Ergueu-se e segurou o pulso da companheira:

— Vamos dançar. *Capisce? Danzare, mannagia!* Esta "turca" não há jeito de aprender o brasileiro.

Zita ergueu-se. Saíram a dançar, os corpos muito juntos. Era um maxixe. Rodrigo seguiu-os com o olhar. Pudim podia ganhar a vida como bailarino profissional. Dançava tão bem como o Castrinho, uma das atrações dos Caçadores. Era ágil, elástico, tinha ritmo e pés de pluma. Mas todo o interesse de Rodrigo agora se concentrava nas nádegas da húngara.

Neste momento um homem sentou-se à sua mesa. Rodrigo franziu o cenho, contrariado. Era o Cabralão, outro tipo popular na casa. Rábula metido a poeta, tinha fama de grande orador. Dizia-se que poderia fazer uma fortuna como advogado, no crime, se não bebesse tanto. Vestia-se com desleixo, tinha uma cabeleira basta, dum ondulado suspeito, uma cara trigueira picada de bexigas, uma beiçola caída, dum pardo avermelhado.

— Doutor Cambará — disse ele com voz meio arrastada e pastosa —, vim aqui lhe pedir para assinar na minha lista...

— Que lista? — perguntou Rodrigo, já na defensiva, pois sabia que o rábula costumava lançar mão dos mais inesperados estratagemas para arrancar dinheiro aos amigos e conhecidos.

— Para o monumento que nós, os frequentadores desta casa, vamos mandar erigir ali na frente do portão central do cais do porto.

Falava com ar sério e confidencial.

— Mas que monumento?

Cabralão inclinou-se sobre a mesa. Seu hálito recendia a cachaça.

— Uma estátua à Prostituta Europeia. Que lhe parece?

Rodrigo não pôde evitar um sorriso.

— Que história é essa?

— Vou escrever um artigo para explicar o sentido desse monumento. Mas posso lhe adiantar algumas das minhas ideias...

Pegou num gesto automático a taça da húngara, levou-a aos lábios e bebeu o champanha que restava nela.

— Vou mostrar, doutor Cambará, meu ilustre deputado, vou elogiar, está entendendo?, a grande função civilizadora que tiveram entre nós essas mulheres da vida que, depois da Guerra Europeia, vieram para Porto Alegre, importadas pelos nossos cabarés e bordéis. — Inclinou-se mais na direção do interlocutor, apertando com força a haste da taça. — Doutor Cambará, meu ilustre amigo, pois é, essas damas estão mudando a nossa vida, permitindo que nossa cidade deixe de ser uma acanhada menina provinciana para se transformar, está entendendo?, numa mulher adulta e talvez adúltera, mas, que diabo!, *mulher* em todo o caso.

O maxixe cessou. Romperam aplausos entusiásticos. A orquestra repetiu o número. Os olhos de Rodrigo procuravam a húngara. Cabralão raspava com a unha longa e polida o rótulo da garrafa. Prosseguiu:

— Graças a essas cortesãs, meu caro deputado, está ouvindo?, graças a essas competentes profissionais os nossos estancieiros estão aprendendo boas maneiras. Em vez de cerveja, doutor, em vez de cerveja já bebem champanha, Cointreau, Beneditino. Já comem caviar e patê de *foie gras* em vez do consagrado bife com ovos e batatinhas fritas. Já sabem segurar o garfo e a faca e não amarram mais guardanapos no pescoço, está entendendo? Os nossos cascas-grossas até já beijam as mãos das damas... Civilizam-se, meu caro parlamentar, civilizam-se os guascas!

Muito a contragosto Rodrigo começava a interessar-se pelo que o Cabralão dizia. Havia uma grotesca verdade em suas palavras. O rábula sorria, como que encantado pelas próprias ideias.

— Porto Alegre já tem a sua vida noturna — continuou. — O senhor me compreende, doutor? Eu não exagero... exagero? Não exagero. Os fatos estão aí. Nossa cidade mudou da noite para o dia, é um dos grandes mercados do mundo, doutor Cambará, no tráfico de brancas. Essas horizontais nos chegam diretamente de Paris, note bem, de Paris e de outras cidades da Europa. Ontem estive com uma que me recitou Verlaine, calcule, *Les Fleurs du mal*.

— Isso é de Baudelaire.

— Bom. Não vem ao caso. Mas a verdade é que sabia versos inteiros, e de simbolistas, meu caro deputado, de simbolistas! Pois essa francesa me contou que dormiu com o Apollinaire. Ora, vamos e venhamos. Eu, o Cabralão, um bode da rua da Varzinha, dormindo com uma francesa alvíssima que já amou um grande vulto da literatura mundial, hein, que tal, hein? Compare essas deusas de leite e mel com as nossas chinas, as nossas mulatas analfabetas e sifilíticas. Que é que o senhor acha?

— Acho que você está bêbedo.

O rábula fechou a cara e os olhos, em cujas comissuras brilhavam pontinhos duma secreção branca, e murmurou com certa dignidade:

— Bêbedo, sim, mas lucidíssimo!

— Outro champanha e mais uma taça! — gritou Rodrigo para um garçom que passava.

Zita não podia tornar a beber na taça que o mulato maculara.

Cabralão agora olhava em torno, como se visse aquela sala pela primeira vez.

— Veja este cabaré, meu caro doutor, este santuário, se me permite a expressão profana. — Sua voz se tornava cada vez mais arrastada. — Poderia existir o Clube dos Caçadores sem essas abnegadas mulheres que a Europa nos manda, como missionárias caque... cate... catequizadoras? A flor da política gaúcha marca *rendez-vous* aqui todas as noites. Não é por estar na sua presença, meu caro parlamentar, que eu digo isto. Deputados, intendentes, grandes causídicos reúnem-se fraternalmente neste templo. Quer que eu lhe diga uma coisa? O centro político mais importante do Rio Grande não é o Palácio do Governo, nem a Assembleia dos Representantes, nem as secretarias de Estado, mas o Clu-be dos Ca-ça-do-res!

Sublinhou a última sílaba de Caçadores com um soco na mesa. Uma das taças tombou.

— Pare com isso! — gritou-lhe Rodrigo.

O garçom trouxe a nova taça e a garrafa de champanha que Rodrigo pedira.

— Está bem — disse o rábula. — Vou me retirar. Mas quero lhe dizer mais uma coisa, meu caro doutor Cambará, sob palavra de honra. Se eu tivesse uma filha (espalmou a mão sobre o coração), que não tenho, pois sou solteiro, eu não entregaria a menina para as freiras do Colégio Sévigné, não senhor, está me entendendo? Eu mandava a menina para esta casa. — Com o dedo em riste apontou para o soalho. — Sim, para os Caçadores, para receber aqui sua educação no convívio dessas abnegadas e distintas senhoras, diante das quais me curvo respeitoso.

Rodrigo pensou em Alicinha, viu-a sentada à sua frente com a boneca nos braços, e teve ímpetos de atirar o conteúdo de sua taça na cara do mulato.

Cabralão ergueu-se. Era grande e espadaúdo, com um peito de pomba que lhe dava um vago ar de polichinelo gigante. Baixou os olhos para Rodrigo e murmurou:

— Com quanto o meu caro doutor vai contribuir para a lista?

— Ora, não me amole.

— Qualquer quantia serve. Uns vinte pilas, digamos.

Rodrigo hesitou por breve instante, mas para se livrar do importuno tirou do bolso uma maçaroca de dinheiro, pescou dela uma nota de dez e lançou-a sobre a mesa.

— Tome. Não dou mais. Agora suma-se. Tenho convidados.

O rábula apanhou a cédula com a ponta dos dedos e meteu-a no bolso, sem a examinar. Pegou a taça e bebeu o que restava nela.

— Mais uma coisa, doutor. Quero a sua opinião. Não acha que a Bela Zoraida seria o modelo ideal para o monumento? Tem a dignidade duma matrona romana, hein? Imagino o monumento ali na frente do portão central do porto, olhando para a praça... Um dístico curto mas expressivo no pedestal de mármore. Uma coisa assim: "À marafona europeia, a cidade agradecida".Que tal?

— Está bem. Mas raspa!

Cabralão fez meia-volta e se foi.

15

À uma hora o *cabaretier* apareceu no palco para anunciar os números da noite. Era um francês gordalhufo e louro, de cara rosada, olhos claros e um bigode de foca. Vestia um trajo escuro, um pouco à boêmia, com uma gravata à Lavallière. Fazia versos, lia muito e dizia-se amigo de figuras literárias da França. Como e por que viera parar ali naquele cabaré ninguém sabia ao certo.

Para começar, o francês postou-se no centro do palco de mãos nos bolsos, e começou a recitar em sua língua uma fábula.

Quando terminou a história, ouviram-se risadas e aplausos. Os que não sabiam francês sorriam alvarmente, assim com um vago ar de empulhados.

O *cabaretier* pediu *un cri d'admiration*, e um prolongado *oh!* em uníssono encheu a sala. E o espetáculo começou. Enquanto *La porteña*, com um vestido de lamê muito colado ao corpo calipígio, cantava com voz roufenha de devassa o "Pañuelito blanco", Rodrigo olhava ternamente para Zita, enquanto Pudim em voz baixa dizia horrores da cantora. Por baixo da mesa Rodrigo procurava o pé da húngara. Encontrando-o, acariciou-o com o bico dos sapatos. A rapariga sorriu com malícia, lançando ao mesmo tempo um olhar furtivo na direção do Pudim.

O *cabaretier* aproximou-se da mesa, pousou a mão no ombro de Rodrigo e perguntou baixinho:

— Ça va, mon cher docteur?

Rodrigo ergueu a cabeça e sorriu:

— Ça va.

— Bien.

O número seguinte foi um sapateado, por um casal de bailarinos gitanos. Um prestidigitador quebrou o relógio dum "coronel", à vista de todos, e minutos mais tarde — Abracadabra! — fê-lo reaparecer, intato, dentro de uma cartola. Gina Carotenuto encheu a casa com sua voz de lasanha. E uma francesa magra, loura e branca cantou cançonetas picantes.

Continuaram depois as danças na pista. Rodrigo sentia o champanha subir-lhe à cabeça. Era o que ele chamava de "porre suave", o suficiente para deixá-lo sentimental, num desejo de confraternizar com todo o mundo. O essencial era não passar do ponto...

— Nunca me viu? — perguntou Pudim, percebendo que o amigo o encarava com insistência.

— Estou te vendo perto da mangueira do Angico, bebendo um copo de leite ainda morninho dos úberes da vaca.

O rapaz fez uma careta de nojo.

— Prefiro esse leite e essa vaca... — murmurou olhando para a gorda garrafa de Veuve Clicquot.

Zita sorria. O bico do sapato de Rodrigo subia-lhe pelo tornozelo, esfregava-lhe a perna.

— Pudim, ouve o que vou te dizer.

O cocainômano fitou no amigo o olhar enfastiado.

— Diga.

— Quero te ajudar...

— Então me pague uma *prise*.

— Quero fazer mais que isso: vou te salvar a vida.

— Que bobagem é essa, doutor?

— Quanto dinheiro precisas para pagar tuas dívidas?

— Muito.

— Diga quanto.

— Não faço a festa com menos de três contos.

— Está bem. Escuta...

Inclinou-se sobre a mesa, segurou a lapela do casaco de Pudim, esquecendo por alguns instantes as pernas da húngara.

— Vamos fazer uma aposta — propôs. — Um negócio de homem pra homem, compreendes? Se eu perco, te passo três contos em dinheiro, aqui mesmo, agora. Mas se tu perdes, terás de ir comigo para Santa Fé, amanhã no noturno, sem discutir... Todas as despesas por minha conta, é claro.

O outro hesitava.

— Por quanto tempo?

— Três meses, nem um dia mais, nem um dia menos.

— E que é que vamos jogar?

— Roleta. Preto ou vermelho.

— E que é que o senhor ganha com isso?

— O prazer de ajudar um amigo.

Pudim pôs-se de pé e gritou:

— Meus caros paroquianos, o doutor Rodrigo Cambará vai me salvar a vida. Cantemos todos o hino número sessenta e nove.

Sua voz perdeu-se no meio da balbúrdia. Rodrigo puxou-o pela ponta do casaco, fazendo-o sentar-se. Pudim caiu sobre a cadeira como um peso morto. Tornou a beber um gole de champanha.

— Vamos. Que é que tens a perder? Restauras a tua saúde, recuperas o interesse pela vida...
— Três contos?
— Dinheiro batido.
Pudim animou-se.
— Está feito!
Apertaram-se longamente as mãos. Chamaram o *cabaretier* para servir de testemunha e informaram-no das condições da aposta. Quando os três se dirigiram para a sala de jogo, deixando a húngara à mesa, o francês segurou o braço de Rodrigo e disse-lhe:
— *Monsieur, vous êtes fou, mais j'aime votre folie.*
Pararam ao pé da roleta. Rodrigo olhou para Pudim.
— Escolha a cor.
— Vermelho.
— Está bem. Vale esta jogada?
O outro sacudiu a cabeça afirmativamente. Ouviu-se o ratatá da bola na bacia da roleta. O *cabaretier* sorria, olhando de um para outro dos apostadores, que estavam ambos graves e tensos como duelistas à luz cinzenta do amanhecer. O matraquear cessou. Ouviu-se a voz do crupiê: vinte e dois, preto! Pudim encolheu os ombros. Rodrigo tomou-lhe do braço e reconduziu-o à mesa.
— De agora em diante me pertences.
Ocorreu-lhe então uma ideia que o fez sorrir. Não sabia o verdadeiro nome do rapaz, apesar de toda a camaradagem de tantas noites de farra.
— Ainda que mal pergunte, qual é mesmo o teu nome?
— Rogério.
— Mas vou continuar te chamando de Pudim. É mais autêntico. Dentro de algum tempo serás o Pudim de Leite.
Rodrigo contou à rapariga, numa mistura de italiano, francês e mímica o resultado da aposta. Ela murmurou: "*Mamma mia!*", lançando um olhar interrogativo para o "amiguinho".
— Preciso confessar que estou sem um tostão — declarou este último. — Acho que tenho direito a um adiantamento...
Rodrigo tirou do bolso duas cédulas de cem mil-réis e entregou-as ao amigo.
— Compra o que precisares para a viagem. Quero que amanhã estejas na estação dez minutos antes da saída do noturno. Não te esqueças que empenhaste tua palavra. Vida nova, rapaz!

Pudim apanhou as notas, ergueu-se e encaminhou-se para a porta da rua.

16

A orquestra chorava um tango argentino. Rodrigo convidou a húngara para dançar. Fazia muito que não dançava, e a tontura não lhe ajudava as pernas. Limitou-se a caminhar, sem muito ritmo, sentindo a maciez elástica dos seios da rapariga contra o peito, aspirando o perfume de seus cabelos e beijocando-lhe de quando em quando a ponta da orelha. Pensava em alguma coisa para dizer-lhe, mas não lhe ocorria nada que prestasse. Sabia de italiano apenas o suficiente para apreciar operetas e óperas. Veio-lhe à mente o soneto de Stecchetti que o dr. Carbone costumava recitar. Repetiu-o ao ouvido da rapariga:

> *Io non voglio saper quel che ci sia*
> *Sotto la chioma al bacio mio donata*
> *E se nel bianco sen, ragazza mia,*
> *Tu chiuda un cor di santa o di dannata.*

Zita nada dizia, limitava-se a escutar, soltando risadinhas. Deixava-se apertar, parecia estar gostando daquelas intimidades. Rodrigo saltou por cima dum quarteto e dum terceto e recitou o terceto final, que sempre o entusiasmara:

> *Io non voglio saper quanto sei casta:*
> *Ci amammo veramente un'ora intera,*
> *Fummo felici quasi un giorno e basta.*

Sim, bastava aquela noite. O resto não importava. Nem o Pudim de Cocaína nem o dr. Assis Brasil ou o dr. Borges de Medeiros. Voltaram para a mesa e Rodrigo tornou a beber. Agora só chamava a húngara de *ragazza mia*. Descobrira no som da palavra *ragazza* um forte conteúdo afrodisíaco. Tornaram a dançar, dessa vez um *one-step*. Rodrigo excitava-se, sentindo ao mesmo tempo um vago constrangimento por estar ali, fazendo aquilo — ele, um homem maduro, pai de cinco filhos. Imaginou a Dinda a observá-lo, à porta do salão... Sim, Flora também lá estava, com Bibi nos braços... A família inteira o contemplava... E Alicinha dançava agora com o Cabralão. Era uma vergonha! Mas não largou a húngara. E quando voltaram para a mesa, lá estava Pudim, com uma cara de fantasma, um brilho desvairado nos olhos, as narinas palpitantes. Rodrigo compreendeu o que se passara. Era preciso mesmo salvar o rapaz. Zita aproximou-se dele e passou-lhe ternamente as mãos pelos cabelos, o que deixou Rodrigo enciumado.

— Vou até a sala de jogo — disse. — Volto depois que vocês tiverem acabado esse idílio.

— Adeus, meu anjo da guarda! — exclamou Pudim, fazendo um gesto de despedida.

Em poucos minutos Rodrigo perdeu duzentos mil-réis na roleta e trezentos no bacará. Afastou-se das mesas para tomar um café. Avistou o dr. Alfaro, que, sozinho a um canto da sala, fumava placidamente.

— Como vai a coisa, doutor? — perguntou, acercando-se.

O médico sacudiu lentamente a cabeça:

— Firme, firme... Mantendo a palavra.

Naquele instante vieram do salão de danças vozes alteradas. "Deixa disso!", "Aparta!" — gritos de mulheres, ruídos de passos apressados, de cadeiras que tombam, de copos que se quebram. Rodrigo correu para lá com um mau pressentimento. "É com o Pudim", pensou. Não se enganava. O rapaz estava atracado no meio da pista com um sujeito de porte atlético, muito mais alto que ele. A cena era a um tempo grotesca e terrível. Como um macaco agarrado a um grosso tronco de árvore, Pudim enlaçava com ambas as pernas a ilharga do inimigo e com as mãos ora lhe golpeava os olhos, ora lhe arranhava as faces, que já sangravam. O homenzarrão, muito vermelho e soprando forte como um touro, limitava-se a apertar o outro contra o peitarraço, com os braços musculosos. Pudim gemia, começava a perder a respiração... Rodrigo compreendeu que o gigante ia esmagar o tórax do rapaz, matá-lo... E ninguém intervinha. Precipitou-se para a pista e desferiu com toda a força um soco no ouvido do gigante, o qual, perdendo o equilíbrio, largou Pudim, que tombou no chão num baque surdo. E quando, estonteado, o brutamontes olhava em torno, buscando o agressor inesperado, Pudim de novo saltou sobre ele, dessa vez pelas costas, e, cavalgando-o, envolveu-lhe com os braços o pescoço taurino, procurando estrangulá-lo com uma gravata. Rodrigo apanhou do chão uma garrafa vazia e de novo investiu contra o grandalhão. Foi nesse momento que entraram em cena três empregados do cabaré, cuja função era exatamente a de intervir em emergências como aquela. Fortes e espadaúdos, eram conhecidos como leões de chácara. Um deles abraçou Rodrigo, imobilizando-lhe os braços — "Calma, doutor, deixe que nós nos encarregamos do *anjinho*" —, enquanto os outros dois separavam Pudim do adversário. Trepado numa cadeira, podre de bêbedo, Cabralão pedia ordem. O *cabaretier* postou-se no meio da sala e gritou: "Música!". A orquestra rompeu a tocar "O pé de anjo". Batendo nas costas de um e outro, o francês pedia que voltassem todos em paz para seus lugares. *C'est la vie, mes amis, c'est la vie!* As mulheres, que haviam fugido ao principiar o pugilato, voltavam para o salão. Os leões de chácara, sem maiores dificuldades, conduziram para fora do cabaré o atleta, que de repente se fizera muito humilde e cordato: "Não sou de briga. Só luto por dinheiro. Sou um profissional. O menino me agrediu. Tenho testemunhas".

Rodrigo levou Pudim de volta para a mesa e conseguiu acalmá-lo, impedindo que ele corresse para fora, para continuar a briga em plena rua. Zita, toda trêmula e de olhos úmidos, murmurava *carino mio, carino mio*, e acariciava com a ponta dos dedos o rosto do amante.

Rodrigo queria saber como havia começado a história, mas Pudim, ainda ofegante, nada esclareceu. Limitava-se a beber e a murmurar palavrões. O Treponema Pálido acercou-se da mesa e, muito excitado, contou que a coisa começara quando o bagualão quisera obrigar Zita a dançar com ele, "nas barbas do nosso Pudim".

— Quem é o tipo? — perguntou Rodrigo.

— Imagine, doutor, é um campeão de luta romana. Está se exibindo no Coliseu. Não ouviu falar? Apresenta-se com o nome de "Maciste Brasileiro". — Lançou para Pudim um olhar de admiração. — Eta bichinho bom!

— Raspa, espiroqueta! — gritou Rogério.

Continuou a beber e meia hora mais tarde estava caído sobre a mesa, ressonando.

Rodrigo chamou o garçom, pagou a despesa e a seguir pediu a dois dos leões de chácara que transportassem Pudim para o quarto de Zita, que ficava num segundo andar, do outro lado da rua.

A operação foi fácil e rápida. A húngara mandou pôr o amigo sobre sua cama, tirou-lhe a gravata, desabotoou-lhe o colarinho, e depois embebeu um chumaço de algodão em arnica e fez-lhe um curativo nos pontos equimosados do rosto.

Rodrigo gorjeteou generosamente os dois empregados do cabaré. E quando estes se retiraram, ele ficou a andar dum lado para outro no quarto. Estava excitado, sabia que lhe ia ser difícil dormir aquela noite. Olhava fixamente para o decote da rapariga, e teve um súbito desejo de morder-lhe as costas.

Pudim roncava, de boca aberta. Agora, no sono, mais se lhe acentuavam os traços juvenis. A húngara ergueu-se e convidou Rodrigo para sair do quarto. Na exígua sala de visitas, havia um sofá estofado de veludo verde, sobre o qual se afofavam almofadas de seda amarela. Uma boneca de pano vestida à tirolesa jazia atirada sobre uma poltrona.

Rodrigo debatia-se numa confusão de sentimentos. Era concebível que o deputado que aquela manhã fizera um discurso tão sério e decisivo na Assembleia dos Representantes pudesse estar agora ali, naquela casa, àquela hora e naquela companhia?

Santo Deus, quando é que vou criar juízo? Sentou-se no sofá, acendeu um cigarro. A húngara, sempre de pé, mirava-o como a esperar qualquer coisa dele... Rodrigo fumava e refletia. Se eu agarro essa menina e ela grita, tenho de fazer uma violência e vai ser o diabo. Se não agarro e vou-me embora, corro o risco de passar a noite inteira em claro, irritado e desmoralizado. Agarro ou não agarro? Ergueu os olhos. Achou que a rapariga sorria dum jeito provocante. *Ragazza mia* — murmurou, deixando o cigarro no cinzeiro e erguendo-se. Ela continuava imóvel. Rodrigo enlaçou-a, beijou-lhe os lábios e arrastou-a para o sofá.

Antes de deixar o quarto da húngara, uma hora mais tarde, escreveu um bilhete para o amigo:

Pudim velho de guerra:
 Não te esqueças da aposta. Palavra é palavra.
 Espero-te na estação, à hora da saída do noturno.
 Um abraço do teu
R.

No dia seguinte, porém, teve de embarcar sozinho, pois o outro não apareceu. No trem já em movimento, pôs-se a pensar... Afinal de contas talvez tivesse sido melhor assim. O rapaz só lhe poderia trazer incômodos. Pensou no trabalho que ia ter nos próximos dias com a campanha eleitoral; imaginou a cara que o pai e a tia iam fazer ao vê-

-lo entrar no Sobrado cabresteando o Pudim de Cocaína, com toda a sua devassidão estampada na cara pálida. Concluiu que Deus escrevia direito por linhas tortas.

17

Teve na estação de Santa Fé uma recepção festiva. Ao saltar do trem caiu nos braços dos amigos. Lá estavam, além do irmão, do Neco, do Chiru, do velho Liroca e do cel. Cacique, todos os machos das famílias Macedo e Amaral, e um grande número de outros federalistas. Rodrigo perdeu-se numa floresta de lenços vermelhos. "Grande discurso!", diziam. "Um gesto muito digno!" — e os abraços não cessavam. "Atitude de homem!" — Chiru ergueu o chapéu e berrou: "Viva ao doutor Assis Brasil!".

O Liroca tinha lágrimas nos olhos. Juquinha Macedo quis saber qual havia sido a reação da bancada republicana ao "discurso-bomba".

Toríbio pegou do braço do irmão e empurrou-o na direção da saída, murmurando:

— A pústula do Amintas já começou a ofensiva.

Tirou do bolso um número d'*A Voz da Serra*. No alto da primeira página, em letras negras e graúdas, lia-se CHEGA HOJE O TRAIDOR VIRA-CASACA. Rodrigo parou, tentou ler o artigo que se seguia, mas não pôde. As letras se lhe embaralhavam diante dos olhos, um calor sufocante invadia-lhe o peito, subia-lhe à cabeça, estonteando-o.

— Cachorro — rosnou com dentes cerrados.

E dali por diante não prestou mais atenção ao que lhe diziam ou perguntavam. Só tinha um pensamento, um desejo: quebrar a cara do Amintas, o quanto antes, o quanto antes...

— O Velho está no Angico — informou Toríbio ao entrarem no automóvel.

— Tanto melhor... — respondeu.

Voltou-se para Neco e Chiru e disse, duro:

— Vocês vão conosco no carro.

Fez um gesto de agradecimento para os amigos que o haviam seguido até o automóvel.

— Bento — disse ao chofer —, toque ligeiro pela rua do Comércio. Quando for para parar, eu te digo.

O Ford arrancou e se foi, meio aos trancos, sobre o calçamento irregular. Rodrigo estava silencioso e carrancudo, o suor a escorrer-lhe pelo rosto. Chiru contava as novidades. O Madruga mandara espancar um comerciante do quarto distrito: o homem estava no hospital todo quebrado... Os capangas do intendente andavam percorrendo o interior do município distribuindo boletins de propaganda e ameaças. Haviam convencido os colonos de que, se votassem em Assis Brasil, teriam seus impostos municipais e estaduais aumentados. Os gringos e os lambotes estavam amedrontados.

Rodrigo parecia não escutá-lo. Levava nas mãos crispadas o exemplar d'*A Voz da Serra*. Neco, que farejara barulho, apalpou o revólver que trazia à cintura e trocou com Toríbio um olhar significativo. Só Chiru, que não cessava de falar, parecia não ter compreendido a situação. E quando Rodrigo mandou parar o carro à frente da redação do jornal de Amintas Camacho, na quadra fronteira à praça Ipiranga, perguntou surpreendido:

— Ué? Por que paramos aqui?

Rodrigo rosnou:

— Vamos iniciar festivamente a nossa campanha, Chiru. Fiquem aqui prontos para o que der e vier. Garantam a nossa retaguarda. Vamos, Bio!

Desceu do carro e entrou na redação. Toríbio seguiu-o, a dois passos de distância.

Havia apenas dois homens na sala da frente: um deles devia ser o revisor, o outro era Amintas Camacho. Estava sem casaco, de mangas arregaçadas, sentado a uma mesa, a escrever. Ambos ergueram a cabeça quando os irmãos Cambará entraram. Amintas empalideceu, pôs-se de pé, fez menção de fugir. Mas antes que ele tivesse tempo de dar dois passos, Rodrigo com as costas da mão aplicou-lhe no rosto uma bofetada tão violenta, que o diretor d'*A Voz* soltou um gemido e caiu de costas. Quando o companheiro quis socorrê-lo, Toríbio, de revólver em punho, gritou:

— Não se meta!

O outro ficou como que petrificado, os olhos arregalados de espanto, as mãos trêmulas. E Rodrigo, que saltara sobre Amintas, agora acavalado nele de novo o esbofeteava, à medida que gritava: "Crápula! Sacripanta! Cafajeste! Pústula!". Cada palavra valia uma tapona. E o jornalista, a cara lívida, respirava estertorosamente, gemendo "Meu Deus! Socorro!" — mas com uma voz engasgada, quase inaudível. Sem sair de cima de Amintas, Rodrigo rasgou em vários pedaços a folha do jornal que trazia o artigo insultuoso, e atochou-os na boca do escriba.

— Engole a tua bosta, corno duma figa!

Depois ergueu-se, limpou as joelheiras das calças, olhou em torno e, numa fúria, fez tombar a mesa com um pontapé. O tinteiro caiu e uma longa mancha de tinta azul espraiou-se no soalho.

Amintas ergueu-se devagarinho, cuspinhando pedaços de papel que lhe saíam da boca manchados de vermelho. Uma baba sanguinolenta escorria-lhe pela comissura dos lábios.

Rodrigo mirou-o com desprezo e disse:

— Me mande a conta do dentista. Eu pago.

Fez meia-volta e se foi. Antes de sair, Toríbio soltou uma cusparada no soalho. Entraram ambos no automóvel, onde Chiru, Neco e Bento estavam todos com os revólveres na mão. Na calçada alguns curiosos haviam parado, sem saberem ao certo o que estava acontecendo. A operação toda durara menos de cinco minutos.

Agora, a caminho do Sobrado, Rodrigo respirava, aliviado, e já sorria. Minutos depois estava nos braços de Flora, recebia as primeiras "chifradas" de Eduardo, erguia Alicinha e Bibi nos braços, beijava-lhes as faces e, entre um beijo e outro, perguntava: "Onde está o Floriano?", "E a Dinda?", "E o Jango?".

Toríbio contou às mulheres da casa o que se passara havia pouco na redação d'*A Voz da Serra*. Flora ficou alarmada. Maria Valéria olhou para o sobrinho e murmurou:

— Começou a inana outra vez.

Rodrigo almoçou com uma pressa nervosa, contando o efeito que seu discurso produzira na Assembleia.

Naquele mesmo dia, à tardinha, chamou ao Sobrado Arão Stein e fez-lhe uma proposta.

— Tenho lá embaixo no porão uma caixa de tipos completa e uma impressora. Se trabalhares todo este mês que vem, compondo e imprimindo um jornalzinho de quatro páginas, podes depois ficar com toda essa tralha, de mão beijada. Está?

Stein pareceu hesitar.

— Propaganda da Aliança Libertadora?

— Não me digas que és borgista...

— Não, mas quero deixar bem claro que não acredito também no doutor Assis Brasil.

— E que tem isso?
— Pode parecer uma incoerência. Todo mundo conhece minhas ideias. Tanto o doutor Borges como o doutor Assis não passam de representantes da plutocracia do Rio Grande.
— Mas não disseste ao Bio que querias comprar uma tipografia?
— Disse, mas...
— Então. Achas o meu preço alto demais?
Stein encolheu os ombros. Rodrigo tomou-lhe do braço.
— Deixa de bobagem. A causa é boa. Terminada a campanha, mandas desinfetar os tipos e a máquina, para matar os micróbios capitalistas, e daí por diante põe a tipografia a serviço de tuas ideias. Não te parece lógico?
— Está bem.
Apertaram-se as mãos. Na semana seguinte Stein começou a trabalhar e o primeiro número d'*O Libertador* apareceu. Na primeira página trazia um artigo de fundo de Rodrigo, atacando o borgismo do ponto de vista ideológico. Na segunda, vinha uma biografia do dr. Assis Brasil. O resto eram notícias políticas e avisos ao "eleitorado livre do Rio Grande".

Comentava-se em Santa Fé que Amintas Camacho ia processar Rodrigo Cambará por agressão física e invasão de domicílio. Dizia-se também que Laco Madruga, quando agora se referia aos assisistas locais, chamava-lhes "os mazorqueiros".

Estava declarada a guerra entre a Intendência Municipal e o Sobrado.

18

Por aqueles dias entrou em júri um dos mais temidos capangas de Laco Madruga, que havia assassinado por motivos fúteis um pobre homem, pai de cinco filhos. O bandido era conhecido pela alcunha de Malacara, por causa do gilvaz esbranquiçado que lhe riscava a face esquerda, num contraste com a pele bronzeada. Madruga, que estava empenhado em livrar o bandido da cadeia, pois precisava dele para a campanha eleitoral, havia já tomado todas as medidas para assegurar-lhe a absolvição. Peitara todos os cidadãos que por sorteio iam constituir o júri, usando ora o suborno, ora a ameaça, de acordo com o caráter de cada um. Conseguira intimidar o juiz de comarca, que se encontrava em casa, de cama, com uma tremenda diarreia. Interessados em que se fizesse justiça, Rodrigo e seus companheiros decidiram visitar o magistrado para lhe dizerem que estavam dispostos a garantir-lhe a vida e a integridade física, a fim de que ele se pudesse manifestar livremente de acordo com sua consciência e com a Lei. O homem, porém, recusou-se a recebê-los, alegando que não se metia em política. Corria também o boato de que o dr. Miguel Ruas, o promotor, havia sido chamado à presença do intendente, que lhe dera ordem expressa de não "fazer cara" contra o réu.

No dia do julgamento a sala do júri, no segundo andar do edifício da Intendência, ficou atestada de gente. Os guardas municipais — nos seus uniformes de zuarte com talabartes de couro preto, altos quepes de oficial francês, espadagões e grandes pistolas Nagant à cinta — montavam guarda à porta e lançavam olhares sombrios para cada indivíduo que entrava com o distintivo maragato. O primeiro deles foi Liroca, que trazia no pescoço um lenço encarnado que a Rodrigo pareceu amplo como um lençol. O velho entrou de braço dado com Toríbio. Este sentia, como uma corrente elétrica, o tremor que sacudia o corpo do amigo.

— Que é isso, Liroca? Estás tremendo. Frio não é, pois está fazendo trinta e oito à sombra.

— Acho que é malária — balbuciou o velho federalista, sorrindo. — Malária da braba, sem cura.

Aquilo, sim, era coragem! — refletiu Toríbio. José Lírio tremia de medo, mas ainda assim tinha ânimo para fazer pilhéria. O corpo era fraco, clamava por paz e segurança, suas pernas amoleciam, mas a vontade do homenzinho ordenava: "Vamos, Liroca! Honra a cor desse lenço!". E o espírito vencia o corpo, arrastava a carne vil. E ele entrava na Intendência, subia as escadas, ia esfregar aquele pano vermelho no focinho dos "touros" do Madruga.

Momentos mais tarde Licurgo entrou taciturno na sala do júri, acompanhado de Rodrigo, Neco e Chiru. Foram os quatro sentar-se numa fila de cadeiras onde já se encontravam alguns Macedos e Amarais. Fazia um calor úmido e opressivo. Pelas janelas escancaradas viam-se pedaços de um céu pesado de nuvens cor de ardósia. Cuca Lopes andava dum lado para outro, ágil como um esquilo, a cara reluzente de suor. No exercício de suas funções de oficial de justiça parecia um sacristão a acolitar uma missa. Havia no ar um zum-zum de conversas abafadas. O juiz de comarca tomou o seu lugar. Estava com a cara cor de cidra, os olhos no fundo das órbitas, como a se esconderem de medo.

Foi feito o sorteio dos jurados. À medida que os nomes iam sendo lidos, Rodrigo murmurava para o pai: "Estamos perdidos", "Vamos ter um júri inteiramente republicano", "Canalhas!".

Licurgo continuava calado, mordendo e babando o cigarro de palha apagado.

Rodrigo olhou para o réu. O Malacara estava sentado no seu banco, em mangas de camisa, bombachas de brim claro. Um lenço branco encardido envolvia-lhe o pescoço. Tinha a melena lisa, dum preto fosco e sujo, cujo cheiro rançoso Rodrigo *imaginou*, franzindo o nariz. Os olhos do capanga lembravam os dum bicho. Porco? Cavalo? Não, lagarto. Sim, o sicário tinha algo de réptil. Rodrigo pensou no pobre homem que o bandido assassinara e teve ímpetos de erguer-se e ali mesmo espancar o Malacara. Havia poucos minutos, ao saírem de casa, tivera com o pai um rápido diálogo, tenso e desagradável.

— O senhor vai me prometer, sob palavra de honra, não provocar nenhum barulho na sala do júri.

— Ora, papai, o senhor sempre me trata como se eu fosse um desordeiro.

— Não é desordeiro, mas é esquentado e afoito.

— Mas se não mostramos a esses chimangos que não temos medo e estamos dispostos a tudo, eles nos encilham e montam!

— É, mas precisamos continuar vivos, j'ouviu? *Vivos*, pelo menos até o dia da eleição.

O Velho tinha razão. Se fossem trucidados dentro da Intendência, onde seriam minoria, não poderiam fazer a campanha eleitoral nem votar.

— Prometa — repetiu o Velho.

— Prometo.

— Então vamos — disse Licurgo, metendo o revólver no coldre que trazia ao cinto.

O advogado de defesa, genro de Laco Madruga, formara-se em direito havia apenas um ano. Era um moço de ar tímido que tinha o cacoete de, a intervalos, levar um dedo à ponta do nariz para espantar moscas imaginárias.

Quando o promotor apareceu, Toríbio inclinou-se para Liroca e cochichou:

— Parece uma garça.

Trajava o dr. Miguel Ruas uma roupa de linho branco muito justa ao corpo, camisa de seda creme e gravata negra de malha. Estava mais pálido que de costume.

— Que é que tu achas, Bio? — perguntou Liroca. — O promotor acusa ou não acusa?

— Acho que já deve estar todo borrado de medo. A coisa está perdida. Podiam até soltar o Malacara. Este júri vai ser uma farsa.

José Lírio pregueou os lábios numa careta de dúvida. Seu narigão purpúreo, pontilhado de cravos negros, reluzia. Os bigodes de piaçava pareciam aquela manhã mais tristes e caídos que nunca.

— Pois eu cá tenho um palpite que esse menino vai nos dar uma surpresa...

— Deus te conserve a fé!

De vez em quando se ouvia um pigarro, alguém limpava o peito encatarroado. Rodrigo encolhia-se, vendo mentalmente o escarro escarrapachar-se no chão como uma mancha de pus. Quando era que aquela gente ia aprender bons modos?

Veio de longe o rolar da trovoada.

— O calor está ficando insuportável — murmurou Chiru, erguendo-se e tirando o casaco.

Rodrigo voltou a cabeça para trás e disse:

— Cuidado. Ficaste com o teu "canhão" à mostra. Vão pensar que é provocação.

Chiru, de novo sentado, murmurou:

— Eles que tentem me desarmar... Mostro a essa chimangada quem é o filho do meu pai.

Licurgo voltou-se e lançou-lhe um olhar severo de censura:

— Pare com essas fanfarronadas — ordenou, ríspido.

O outro ficou vermelho e, para disfarçar o embaraço, desfez e tornou a fazer o nó do lenço.

O promotor subiu com um pulinho feminino para cima do estrado, aproximou-se do juiz e segredou-lhe algo ao ouvido. O magistrado escutou-o, sacudindo a cabeça afirmativamente.

Naquele instante exato Laco Madruga fez sua entrada no recinto, cercado de seus capangas e ladeado pelo Amintas Camacho, que lhe segurava o braço. Havia na face do jornalista uma mancha dum vermelho arroxeado. A minha marca — refletiu Rodrigo, satisfeito.

O cel. Madruga não tinha mudado muito naqueles últimos anos durante os quais, como herdeiro do famigerado Titi Trindade, exercera a chefia do Partido Republicano local. Era um homem de meia altura, corpulento e obeso, de cara redonda e cheia, cabeleira basta e espessos bigodes que negrejavam acima dos beiços polpudos, dum vermelho que

Rodrigo achava indecente. Vestia uma fatiota de brim claro, muito mal cortada, e trazia como sempre sua grossa bengala com castão de marfim. Cumprimentando com um sinal de cabeça os amigos e correligionários, sentou-se no lugar que lhe estava reservado na primeira fila, a pequena distância da mesa junto da qual se haviam instalado os jurados. Ali ficou, de pernas abertas, o ventre tombado sobre as coxas entre as quais aninhara o bengalão. Voltou a cabeça para trás e por alguns instantes ficou a olhar o público com seus olhinhos desconfiados e ao mesmo tempo autoritários.

Rodrigo sentia agora uma sede desesperada. Pensava numa cerveja gelada, imaginava contra a face o contato frio do copo embaciado, sentia na boca o gosto meio amargo e picante da bebida e — glu-glu-glu — o líquido frio a descer-lhe pela garganta, pelo esôfago, caindo-lhe no estômago como um maná... Ah! Lambia os lábios sedentos, revolvia-se na cadeira dura, sem encontrar posição cômoda. Via, num mal-estar, o suor escorrer pelo pescoço do homem que estava à sua frente, de colarinho empapado.

Nova trovoada fez matraquear as vidraças da sala.

Laco Madruga puxou um pigarro agudíssimo. As sobrancelhas do promotor se ergueram, seus olhos fitaram, num misto de curiosidade e espanto, o intendente municipal.

O julgamento finalmente começou. E quando o juiz deu a palavra ao promotor público, Miguel Ruas abotoou o casaco cintado, empertigou-se e começou a falar. Tinha uma voz grave, de timbre metálico, que enchia a sala, cantante e persuasiva.

O meritíssimo juiz de comarca e os senhores jurados bem sabiam que a função do promotor não é propriamente a de, como um inquisidor implacável, acusar sempre, seja qual for o caso. Um homem pronunciado não é necessariamente um homem culpado. Quantas vezes na história da Justiça vira-se o promotor na posição de, para ser fiel ao espírito da Lei e sincero consigo mesmo, pedir ou, pelo menos, insinuar a absolvição do réu?

— Estamos perdidos — murmurou Rodrigo. — O patife do Ruas está encagaçado. Não vai acusar.

Licurgo limitou-se a soltar um ronco de aquiescência. Laco Madruga escutava, cofiando o bigodão. O réu olhava para o promotor com a fixidez duma cobra que procura hipnotizar um pinto.

Rodrigo foi de súbito tomado dum nojo de tudo aquilo, daquele ambiente que cheirava a suor humano, sarro de cigarro e sangue. Sim.

Toda aquela gente, o Madruga, seus capangas, os guardas municipais, todos tinham as mãos, as espadas, as faces sujas do sangue dos homens e mulheres que haviam matado, ferido, torturado... Todos fediam a sangue! Não havia mais salvação. Teve gana de gritar, desejou sair para a rua, respirar o ar livre, voltar para casa, meter-se num banho, beber algo muito gelado e limpo... esquecer toda aquela miséria.

O promotor havia feito uma pausa. Mediu os jurados com o olhar e disse:

— Entra hoje em julgamento Severino Romeiro, acusado de crime de homicídio. Sei que o meu caro colega, o ilustre advogado do réu, vai alegar legítima defesa...

O genro de Madruga espantou a mosca invisível que lhe pousara na ponta do nariz.

— Vai alegar — continuou o dr. Ruas — que todos os depoimentos são unânimes em afirmar que Severino Romeiro matou Pedro Batista depois duma discussão durante a qual a vítima puxou duma adaga com a intenção de assassiná-lo. Cinco depoimentos de pessoas que a defesa considera idôneas afirmam isso. Se o caso é assim, senhores do conselho de sentença (e neste ponto o promotor abriu os braços, como um crucificado), não temos nenhuma dificuldade: a questão é líquida e nada mais podemos fazer senão mandar o réu para casa, devolver esse cidadão benemérito ao convívio de seus parentes e amigos...

— Canalha — resmungou Rodrigo. — Não me entra mais no Sobrado!

Madruga tornou a pigarrear. Sua bengala tombou com um ruído seco. Liroca teve um sobressalto. O juiz de comarca estremeceu, soergueu-se na cadeira como para fugir. Os guardas municipais alçaram as cabeças, como cobras assanhadas.

O promotor apontou para o réu com o indicador retesado:

— Tudo estaria maravilhosamente claro, seria admiravelmente simples se todas essas coisas fossem verdadeiras. — Alteou a voz — Mas não são!

E o promotor transformou-se. Não era mais o dançador de foxtrotes, o macio amiguinho das moças. Seu rosto ganhou subitamente uma masculinidade antes insuspeitada, seus traços como que endureceram, a pele da face retesou-se sobre os maxilares; lábios e narinas palpitaram; o olhar adquiriu um brilho de aço, e de sua boca, agora amarga, as palavras saíam sibilantes e explosivas como balas:

— Não, senhores jurados! A coisa não é assim como vai descrevê-

-la o advogado de defesa! Na qualidade de promotor público quero provar, primeiro, que não houve legítima defesa, mas sim um caso puro, simples e odioso de homicídio frio e premeditado!

Laco Madruga estava na ponta da cadeira, ambas as mãos apoiadas no castão da bengala, os olhos entrecerrados, uma expressão de indignado espanto no rosto que aos poucos se fazia da cor de lacre.

A comoção era geral. A atmosfera da sala estava agora carregada duma eletricidade que não vinha apenas das nuvens de tempestade.

— Segundo — prosseguiu o dr. Ruas —, vou provar que a vítima foi morta pelas costas, notem bem, *pelas costas* com três balaços. Terceiro, que ela não tinha consigo nem sequer um canivete, pois era pessoa de hábitos morigerados e muito querida no meio em que vivia. Quarto, que todos os cinco depoimentos que a defesa vai apresentar são falsos!

O juiz olhava perdidamente para Laco Madruga, afundando cada vez mais na cadeira, como se quisesse refugiar-se debaixo da mesa.

O promotor agora se agitava numa espécie de dança até então desconhecida daquela gente. Saltava dum lado para outro, erguia os braços, sacudia a cabeça. Disse que todo o mundo sabia que o Malacara era um assassino profissional, com várias mortes nas costas.

— E se me perguntardes, senhores jurados, senhor juiz, meus senhores, que testemunhas invoco, eu vos direi que invoco os cinco filhos e a mulher da vítima que presenciaram, imobilizados pelo espanto e pelo terror, esse crime hediondo. Sim, meus senhores, provarei todas essas coisas e pedirei para esse assassino, para esse criminoso assalariado, a pena máxima!

Na cara dos jurados havia uma expressão de medrosa surpresa. Alguns deles tinham os olhos baixos. Mas a fisionomia do réu continuava impassível, e seus olhos de réptil continuavam a fitar o promotor público.

Um trovão fez estremecer as vidraças.

19

Era mais de meio-dia quando Licurgo, Rodrigo e Toríbio voltaram para o Sobrado. As mulheres os esperavam com uma pergunta ansiosa nos olhos. Rodrigo contou:

— O promotor fez uma acusação brilhante e corajosa. Foi a maior surpresa da minha vida. Pensei que o Ruas ia se acovardar.

— Mas o Malacara foi absolvido por unanimidade — adiantou Licurgo. — Uma vergonha!

Toríbio passou o lenço pelo pescoço.

— Quando o advogado de defesa se saiu com aquelas mentiras tive vontade de cuspir no olho dele.

Rodrigo, que abrira uma garrafa de cerveja, agora mamava nela a grandes sorvos.

— Não vá se engasgar — recomendou Maria Valéria.

Naquele instante o aguaceiro desabou. Toríbio tirou a camisa e, descalço e de bombachas, saiu para o quintal e ali ficou de cara voltada para o alto, recebendo a chuva em cheio na cara. Duma das janelas dos fundos da casa, Maria Valéria gritou:

— Venha para dentro, menino. A comida está servida.

Durante o almoço Flora mostrou-se apreensiva. Que iria acontecer agora ao promotor?

— Está marcado na paleta — disse Rodrigo. — Não deixamos o Ruas voltar sozinho para o hotel quando o júri terminou. Levamos o homem no meio duma verdadeira escolta. Ele dizia: "Pelo amor de Deus, não se incomodem... não vai me acontecer nada!".

— E tu achas que vai? — perguntou Flora.

— Acho.

Não se enganava. Na noite daquele mesmo dia, ao sair do cinema aonde tinha ido ver uma fita de Mary Miles Minter, sua atriz predileta, o dr. Miguel Ruas foi espancado por dois desconhecidos. Contava-se que a coisa tinha acontecido com uma rapidez de relâmpago. Dois homens não identificados o haviam agarrado a uma esquina da rua do Comércio, arrastando-o para uma transversal onde a iluminação era precária. E os que passavam nas proximidades naquele momento ouviram gritos, gemidos e o ruído de golpes, seguidos dum silêncio. Encontraram o promotor caído na sarjeta, sem sentidos, com o rosto e a roupa cobertos de sangue.

Rodrigo e Toríbio levaram-no para o Sobrado, onde o dr. Carbone lhe fez os primeiros curativos. Tinha duas costelas quebradas e um pé deslocado, além de equimoses generalizadas por todo o corpo, principalmente no rosto. Uma mancha arroxeada circundava-lhe o olho esquerdo, cuja pálpebra, bem como os lábios, havia inchado assustadoramente. Estava irreconhecível. Ao vê-lo, Flora desatou a chorar. Levaram-no para o quarto de hóspedes. Rodrigo mandou buscar as malas do promotor no hotel, dizendo:

— Ele só sai daqui curado, direito para a estação. Ou então fica dentro do Sobrado enquanto durar essa situação e só voltará para o hotel no dia em que o Chimango sair do Palácio do Governo e nós tirarmos o Madruga da Intendência a rabo-de-tatu.

Estava indignado, imaginava represálias: armar os amigos e correligionários, correr à casa do sátrapa municipal e liquidar a história duma vez. Pensava também em gestos românticos: desafiar o intendente para um duelo, a pistola ou a espada, como ele quisesse...

Quando Miguel Ruas recuperou os sentidos e pôde falar, Rodrigo estava ao pé da cama.

— Quem foi? — perguntou o promotor.
— Capangas do Madruga.
— É grave?
— Grave, não, mas o doutor Carbone diz que tens de ficar de cama por umas três ou quatro semanas.

O promotor cerrou os olhos. Depois pediu um espelho, mirou-se nele e, voltando-se para Rodrigo, disse algo que o deixou estarrecido.

— Vou perder o *réveillon* do Comercial. Que pena! Tinha mandado fazer um *smoking* especialmente para esse baile!

20

Sentado à mesa do consultório, Rodrigo amassou o jornal e, num gesto brusco, atirou-o ao chão, erguendo depois os olhos para o dr. Carbone, que acabara de entrar.

— Algum infortúnio, *carino*? — perguntou o cirurgião. Vinha da sala de operações e trazia o avental branco todo manchado de sangue.

Rodrigo sacudiu a cabeça negativamente. O italiano olhou para o número d'*A Federação* que estava a seus pés e sorriu, sacudindo a cabeça. Acendeu um cigarro, sentou-se e com a primeira baforada de fumaça soltou um longo suspiro sincopado.

— Ah! Que *manhífica*, fortuníssima operação! Uma laparotomia.

Baixinho, franzino, barbudo e ensanguentado, parecia um gnomo que acabara de carnear um gigante. Como quem recita um belo poema, começou a contar minúcias da operação que praticara havia poucos minutos. E a descrição foi tão vívida e apaixonada, que Rodrigo teve a impressão de que as vísceras do operado rolavam visguentas pelo soalho. Por que o homenzinho não tirava o avental sujo de sangue? Que mórbido prazer parecia sentir aquele carniceiro em ruminar a operação! O pior era quando ele surgia com boiões cheios de álcool contendo apêndices supurados, pedaços de estômagos e tripas, e até fetos. E era por causa de coisas assim que Rodrigo recusava os convites que os Carbone repetidamente lhe faziam para jantares, pois sabia que aquelas mãos que abriam ventres humanos e remexiam vísceras eram as mesmas que preparavam o cabrito *alla cacciatore* e os *fettuccini*. O diabo do gringo cozinhava com a mesma volúpia e habilidade com que operava.

Os olhos de Rodrigo estavam fitos no jornal, e ele já não escutava mais o palavrório do cirurgião. Pensava ainda com despeito e uma raivinha fina em que mais uma vez *A Federação* silenciava sobre seu gesto de rebeldia na Assembleia. O Collor era mesmo um sujeito implicante! Desde que pronunciara seu discurso contra Borges de Medeiros, renunciando à deputação, Rodrigo esperava que o órgão oficial do Partido Republicano assestasse as baterias contra ele, dando-lhe a oportunidade, que tanto desejava, para um debate público. Mas qual! *A Federação* limitara-se a transcrever parte de seu discurso, como era de praxe. Nada mais. Abstivera-se de fazer qualquer comentário ao fato, como se a defecção pública e ruidosa dum deputado governista em plena campanha eleitoral não tivesse a menor importância. Collor martelava todos os dias o candidato da oposição, em editoriais cuja boa qualidade muito a contragosto Rodrigo tinha de reconhecer. Num deles chamara a Assis Brasil "candidato bifronte", pois que, tendo sido sempre presidencialista, agora o castelão de Pedras Altas se travestia vagamente de parlamentarista, para coonestar sua candidatura maragata à presidência do estado.

Carbone explicava agora ao amigo a razão por que sangue não lhe causava repugnância. Achava que Rodrigo, como a grande maioria das pessoas, tinha medo às palavras. Para vencer esse temor supersticioso, o melhor remédio era recitar todos os dias pela manhã — antes do café, se possível — as palavras ou frases mais tremendas, como por exemplo "Morrerei hoje, serei enterrado amanhã, estarei putrefato depois d'amanhã" ou "Quem me dera um bom tumor maligno no cérebro!" ou ainda "Passarei o resto de meus dias paralítico, hemiplégico e cego de ambos os olhos". Aconselhava, como um requinte, que o paciente em vez de recitar cantasse essas frases com a música de alguma ária de ópera. Porque o dr. Carlo Carbone achava que o essencial era perder o medo a vocábulos e frases que, na sua opinião, eram como que façanhudos cães de guarda dos fatos, das coisas e das ideias. O diabo não é tão feio como se pinta. A palavra *tracoma* talvez seja mais terrível que o tracoma propriamente dito. Há criaturas que, sendo incapazes de pronunciar ou escrever a palavra *puta* (tão natural em tantas línguas!), aceitam a existência da prostituição como coisa natural e às vezes até se servem dela. Porque — *tu sai, carino* — o que importava era quebrar o encanto das palavras, enfrentar esses monstrinhos de nossa própria invenção, tratar de debilitá-los, tornando-os inofensivos. Uma vez transposto o muro que a linguagem ergue entre nós e as coisas que representam, poderemos abraçar, aceitar a vida, sem temor nem repugnância.

Carbone fizera toda a Guerra como coronel-médico do Exército italiano. Muitas vezes tivera de operar dentro de casamatas sob intenso bombardeio, ou a céu aberto, a menos de um quilômetro da linha de fogo. Tivera assim a oportunidade de analisar-se diante do perigo, descobrindo, a duras penas, que lhe era mais fácil dominar o medo e fazer cessar o tremor das mãos quando enfrentava os fatos — o ribombo do canhão, o sibilar das balas, o estouro das granadas — sem o auxílio de palavras como *perigo, morte, sangue, mutilação, dor*...

— Que cosa te sucede? — perguntou Carbone, pondo-se de pé, num pulo, como um boneco de mola, ao perceber que o amigo não prestava a menor atenção ao que ele dizia.

Rodrigo contou-lhe por que estava irritado e terminou com estas palavras:

— O Collor está me cozinhando em água fria.

— Mas quê! — animou-o o cirurgião, aproximando-se do outro e tocando-lhe o ombro.

Rodrigo encolheu-se e gritou:

— Não te encostes em mim, Carbone. Estás com o avental imundo!

O cirurgião soltou sua risada empostada e musical em *a* aspirado.

— O horror ao sangue! Descendente de guerreiros e degoladores e com medo de sangue!

Tirou o avental, fez com ele uma bola e, abrindo a porta do consultório, atirou-o para o corredor. Rodrigo tamborilava na mesa com o corta-papel. O italiano, que recendia a desinfetante, tornou a aproximar-se.

— Pensa, *carino*, na grã carta que te escreveu Assis Brasil. Isso é que vale.

— Sim — concordou Rodrigo. O grande homem lhe escrevera uma bela carta felicitando-o pelo "gesto de tão grande desassombro cívico" e agradecendo-lhe pela solidariedade política. Mas o que ele, Rodrigo, queria era que *A Federação* fizesse um grande ruído em torno do caso, atacando-o pessoalmente em editoriais, para dar-lhe o ensejo de responder pela *Última Hora* ou na "Seção Livre" do *Correio do Povo*, com grande proveito para a causa da oposição.

— Ah! — exclamou de repente. — Antes que me esqueça. Vou mandar imprimir boletins de propaganda em italiano, para distribuí-los em Garibaldina. Vamos, Carbone. Pega esse lápis. Eu dito em português e tu traduzes a coisa para língua de gringo. Aqui, usa o meu bloco de papel de receitas. Pronto?

— Prontíssimo.

— *Ao bravo eleitorado de Garibaldina.*

Carbone começou a escrever. Rodrigo continuou:

— *Aproxima-se o dia decisivo...* Não. Espera...

O outro ergueu a cabeça. Seus olhinhos vivos como mercúrio fitaram o amigo. Sob os bigodes castanhos, os lábios muito vermelhos descobriam os dentes fortes e amarelados.

— É um desaforo. Afinal de contas, se estamos no Brasil, por que havemos de imprimir esse boletim em italiano?

Carbone ergueu-se.

— Bravo!

— Temos de ir lá numa caravana e fazer um comício com discursos em *português*. E vamos também a Nova Pomerânia. Vai ser duro. O pessoal da colônia está atemorizado.

Do corredor veio uma voz de mulher:

— Carlo! Carlo!

D. Santuzza, a esposa do cirurgião, irrompeu no consultório. Foi uma perfeita entrada em cena de prima-dona operática. Rodrigo sorriu, imaginando Carbone a atirar-se sobre ela, soltando um dó de peito.

— *Il malato sta male* — disse ela, ofegante. Alta, corada, de grandes seios, era um mulheraço.

— *Ma che malato?*

— *Quello che hai operato ieri. Il tedesco...*

Carbone deu uma palmada na própria testa.

— *Accidente!* — exclamou. E precipitou-se para o corredor acompanhado pela mulher.

Rodrigo apanhou o chapéu e saiu, rumo do Sobrado, pensando que era preciso começar os comícios nos distritos.

21

Naqueles dias o Comitê Pró-Assis Brasil de Santa Fé organizou várias caravanas de propaganda, que percorreram vários distritos do município. Em Garibaldina tiveram apenas oito pessoas no comício. Enquanto Rodrigo discursava, atacando em altos brados Borges de Medeiros e Laco Madruga — Toríbio, Chiru, Neco, três dos Amarais e cinco dos Macedos machos montavam guarda ao redor dele, com as mãos praticamente no cabo dos revólveres, pois os capangas da situação rondavam o grupo, rosnando provocações.

Em Nova Pomerânia, onde José Kern começava a ser uma figura de importância econômica e social, Rodrigo perdeu a paciência quando o teuto-brasileiro lhe disse:

— O senhor não faz comício aqui porque a gente não somos políticos. O que queremos é trabalhar em paz.

— Alemão patife! — berrou Rodrigo, segurando o outro pelas lapelas do casaco, como se quisesse erguê-lo no ar. — Nós fazemos comício nesta merda de colônia à hora que quisermos, com ou sem o teu consentimento, estás ouvindo, cagão?

Largou o outro com uma careta de nojo, dirigiu-se para a praça, subiu para o automóvel de tolda arriada que os trouxera, e dali começou a convocar os colonos em altos brados. Quem tivesse vergonha, quem fosse macho que viesse ouvi-lo! Os castrados, os covardes que ficassem em casa debaixo das saias das mulheres. Dois ou três colonos aproximaram-se, tímidos. Alguns ficaram olhando de longe, às esquinas ou debruçados nas janelas de suas casas. Um sujeito magro e louro acercou-se de Rodrigo e disse:

— O subdelegado mandou pedir para os senhores irem embora imediatamente senão ele manda dissolver o comício à bala.

Rodrigo gritou:

— Pois que mande! Que venha!

O único maragato que existia em Nova Pomerânia veio pouco depois contar-lhes que alguns colonos possuíam fuzis Mauser e estavam prontos para atirar, a uma ordem do subdelegado.

Toríbio queria começar logo o entrevero. Rodrigo consultou os amigos. Juquinha Macedo opinou:

— Se vocês querem ficar e aguentar o repuxo, eu fico. Mas acho que é loucura. Estamos em minoria e em posição desvantajosa. Essa alemoada pode nos comer na bala facilmente...

De cara fechada Rodrigo sentou-se no automóvel com os companheiros e deu sinal de partida. O Ford arrancou. Postado a uma esquina, as pernas abertas e a cabeça erguida, um "bombachudo" soltou uma risada e gritou:

— Já se afrouxaram os assisistas!

Toríbio saltou do carro, correu para o homem e derrubou-o com um pontapé na boca do estômago. Depois voltou para o automóvel, que afrouxara a marcha, e pulou para dentro, dizendo:

— Toca essa gaita!

Ficou de cabeça voltada para trás, rindo, vendo o grupo que aos poucos se formava em torno do homem que ele derrubara, e que se retorcia no chão, apertando o estômago com ambas as mãos.

À medida que se aproximava o dia das eleições, o nervosismo aumentava em Santa Fé. Na Intendência o entra e sai era interminável, e havia sempre cavalos encilhados no seu pátio. Nas horas mais inesperadas foguetes subiam ao ar e estouravam sobre a cidade alvoroçada. Curiosos corriam para a praça, e lá estava à frente do palacete municipal o último telegrama pregado num quadro-negro. "Mentiras!", exclamava Rodrigo. "Infâmias!"

Abandonara por completo o consultório, entregando a Casa de Saúde aos Carbone e a farmácia ao Gabriel. Passava horas no porão do Sobrado com Arão Stein, tratando de preparar novos números d'*O Libertador* ou imprimindo boletins que Toríbio, Neco, Chiru e outros correligionários saíam a distribuir pela cidade. Chiru andava exaltado, e não havia dia em que não repetisse: "Parece o tempo da campanha civilista, hein, Rodrigo?".

O cel. Barbalho não aparecia mais no Sobrado. Escrevera uma carta a Rodrigo dizendo que, em vista dos acontecimentos políticos, achava prudente recolher-se, pois como militar tinha a obrigação de manter-se neutro. Mas Rodrigo, a quem a paixão política tornava intolerante, achava que naquela questão não havia lugar para a neutralidade. Entre a ditadura e a democracia, entre a arbitrariedade e a Lei, entre o banditismo e a Justiça não podia haver vacilações: todo o homem de bem tinha de tomar posição ao lado do assisismo. A farda não devia servir de desculpa. Afinal de contas, na questão contra Bernardes não havia o Exército tomado partido?

Cuca Lopes agora evitava Rodrigo, com medo de comprometer-se. (Votava sempre com o governo.) Cumprimentava o amigo de longe, com acenos frenéticos, mas não se aproximava dele, temendo ser interpelado. Quando o avistava na rua dobrava esquinas, escafedia-se para dentro de lojas, quase em pânico. Um dia Marco Lunardi, vermelho e desconcertado, abraçou Rodrigo, lançando para um lado e outro olhares assustados.

— Me desculpe, doutor Rodrigo, mas o senhor sabe, de coração estou com os assisistas, mas não posso me manifestar senão o intendente me esculhamba o negócio, porca miséria!

Rodrigo assegurou ao amigo que compreendia a situação. Virou-lhe as costas e deixou-o no meio da calçada, sem lhe apertar a mão.

Licurgo também se ia aos poucos apaixonando pela causa, mas à sua maneira reconcentrada e taciturna. Se Rodrigo se consumia numa labareda, o Velho ardia como uma brasa coberta de cinza, mas nem por isso menos viva. Rodrigo, entretanto, observava que o pai ainda sentia certo constrangimento por estar do lado dos maragatos naquela campanha. Afinal de contas habituara-se a vê-los como inimigos.

Alguns dos veteranos da Revolução de 93 ainda guardavam profundos rancores partidários. Contavam-se histórias que davam uma ideia dessa rivalidade, dessa malquerença mútua entre republicanos e federalistas. Muitos maragatos, depois de sua derrota em 1895, haviam emigrado para o Uruguai, para o Paraguai ou para a Argentina, preferindo o exílio à vida na querência sob o domínio do castilhismo. Uma das histórias mais curiosas do folclore político de Santa Fé dizia respeito a um federalista fanático que, ao voltar vencido da revolução, meteu-se em casa, e durante quase vinte anos não saiu à rua, "para não ver cara de pica-pau". Vivia sozinho, sem criados nem amigos. Morreu, presumivelmente dum colapso cardíaco, mas só muitos dias depois é que se descobriu o fato. Um vizinho, alertado pelo mau cheiro que saía da casa do solitário, chamou o delegado de polícia, que arrombou a porta. Encontraram o corpo do maragato sentado em uma cadeira de balanço, já putrefato e coberto de moscas, a cabeça caída para um lado, a cuia de chimarrão e a chaleira a seus pés. Tinha, enrolado no pescoço, um lenço encarnado.

Licurgo agora era obrigado a comparecer às reuniões do Comitê do qual era presidente, e sentar-se à mesa com Alvarino Amaral, o chefe maragato que em 1895 cercara o Sobrado com suas forças e abrira fogo contra ele e os membros de sua família.

A princípio Licurgo recusou-se a apertar a mão do velho adversário e durante as sessões não lhe dirigia a palavra nem sequer o olhar. Alvarino, ansioso por fazer as pazes com o senhor do Sobrado, procurava por todos os meios agradá-lo. Como com o correr dos dias os ataques dos governistas, cada vez mais violentos e pessoais, envolvessem nos mesmos insultos e calúnias tanto os Macedos como os Cambarás e os Amarais, Licurgo — segundo observava Rodrigo — ia achando cada vez menos penoso aceitar os maragatos como companheiros de luta. E como uma noite, na casa do Juquinha Macedo, Alvarino lhe estendesse a mão, ele a apertou rapidamente, sem encarar o desafeto. Durante essa reunião chegaram até a trocar, embora um pouco bisonhos, meia dúzia de palavras.

Mais tarde, a caminho da casa em companhia dos dois filhos, Licurgo quebrou o seu silêncio para dizer:

— Tive de apertar a mão daquele indivíduo. Afinal de contas estamos hoje do mesmo lado... Foi um sacrifício que fiz pela causa. Mas uma coisa vou pedir aos senhores. Não me convidem esse homem para entrar no Sobrado, porque isso eu não admito.

Fosse como fosse, já agora se podia ler e comentar em voz alta no Sobrado o *Antônio Chimango*, o poema campestre com que, sob o pseudônimo de Amaro Juvenal, Ramiro Barcellos satirizara Borges de Medeiros.

Um dia, após o almoço, olhando para o retrato do presidente do estado que *A Federação* estampara em sua primeira página, Rodrigo recitou:

> *Veio ao mundo tão flaquito*
> *Tão esmirrado e chochinho*
> *Que ao finado seu padrinho*
> *Disse, espantada, a comadre:*
> *"Virgem do céu! Santo Padre!*
> *Isto é gente ou passarinho?"*

— Acho que é passarinho! — disse Toríbio, soltando uma risada.

Flora olhou apreensiva para o sogro e ficou surpreendida por vê-lo sorrir.

Licurgo costumava ler assiduamente *A Federação*, da qual era assinante desde o dia de seu aparecimento. Depois que rompeu com o Partido Republicano recusava-se até a tocar no jornal com a ponta dos dedos. Era, porém, com espírito rigorosamente crítico e não raro com impaciência que lia *O Libertador*, cujos editoriais haviam perdido o tom elevado dos primeiros números para se tornarem agora violentamente panfletários como os d'*A Voz da Serra*. Licurgo gostava, isso sim, das transcrições que Rodrigo fazia no seu jornalzinho dos manifestos, discursos e artigos doutrinários de Assis Brasil.

— Esse homem sabe o que diz — comentava —, é um estadista de verdade. Não ataca ninguém, tem ideias, critica a Constituição de 14 de julho, quer o voto secreto. Não está contra as pessoas, mas contra os erros.

Rodrigo discordava. Na sua opinião os erros não andavam no vácuo: corporificavam-se em pessoas que com eles contaminavam o povo. Era possível combater a lepra sem isolar os leprosos?

22

Eram quase sete horas da noite quando Arão Stein acabou de imprimir o último número d'*O Libertador*. Estava em mangas de camisa, com o rosto reluzente de suor e lambuzado de tinta.

Roque Bandeira, que chegara havia pouco para visitar o amigo, caçoou:

— Assalariado da burguesia!

Stein fitou no recém-chegado os olhos verdes e disse:

— Podes rir enquanto é tempo, porque um dia virá o ajuste de contas.

Bandeira tirou o casaco, acendeu um cigarro e sentou-se. O porão era de terra batida e úmida e cheirava a mofo. Apenas uma lâmpada elétrica, nua e triste, pendia do teto. Junto das paredes corriam ratos furtivos.

— Vejo nisto tudo um símbolo. O Sobrado é a sociedade capitalista. E tu, o agente bolchevista, trabalhas no subsolo, solapando os alicerces do sistema. Que tal a imagem?

— Faz a tua literatura, Roque, não há nenhum mal nisso. Faz a tua ironia se a coisa te diverte. Mas chegará a hora em que todo o mundo terá de falar sério, tomar uma posição, inclusive tu mesmo.

Tio Bicho soltou uma baforada de fumaça, olhou em torno e disse:

— Ouvi dizer que o homem que construiu esta casa, o bisavô ou coisa que o valha do velho Licurgo, uma vez matou um de seus negros a bordoadas e depois mandou enterrar o cadáver aqui.

Olhou para o chão como se buscasse localizar a sepultura do escravo.

— Acho melhor que me ajudes a dobrar estes jornais — disse Stein. — Mas cuidado, que a tinta ainda não secou.

Roque começou a trabalhar, lento, com o cigarro preso aos lábios.

— Em 95 — continuou ele — uma filha recém-nascida do velho Licurgo também foi enterrada aqui, dentro duma caixa de pessegada... Como o Sobrado estava cercado pelos maragatos, não puderam levar o cadáver da criança para o cemitério...

— Está bem. Isso é história antiga.

Tio Bicho sorriu.

— Queres dizer que nós estamos fazendo a História moderna, não?

Meio distraído, o outro replicou:

— E por que não?

Depois duma pausa curta, Bandeira tornou a falar:

— Vais então herdar esta tipografia...

Stein fez com a cabeça um sinal afirmativo. Tinha já na sua frente uma pilha de jornais dobrados.

— Sem remorsos?

O judeu voltou o rosto para o amigo.

— Por que havia de ter remorsos?

— Ora, Rodrigo vai te dar de presente as armas com que atacarás a classe a que ele pertence...

Stein encolheu os ombros.

— Ele sabe. Não escondi as minhas intenções. Deves compreender que o doutor Rodrigo não me leva a sério ou, melhor, a burguesia não nos leva a sério. Acham que estamos brincando.

— É nisso que está toda a vantagem de vocês: a irresponsabilidade nacional. Oh! somos todos bons moços, nada é sério, ninguém mata ninguém, o país foi descoberto por acaso, a abolição decretada porque a princesa Isabel tinha bom coração, a República proclamada porque empurraram o Deodoro. Tudo termina em abraços, em Carnaval... porque é sabido que brasileiro tem bom coração...

Stein parecia escutá-lo sem interesse.

— Vou te dizer uma coisa, Bandeira. Componho e imprimo estes artigos de jornal e boletins como se tudo fosse literatura infantil, sabes? Contos da carochinha. É por isso que faço este trabalho sem problemas de consciência.

— Em suma, todos os meios servem a vocês, contanto que levem à ditadura do proletariado, não?

— E por que não? "Um comunista deve estar preparado para fazer todos os sacrifícios e, se necessário, recorrer mesmo a toda espécie de estratagema, usar métodos ilegítimos, esconder a verdade, a fim de penetrar nos sindicatos e permanecer neles, levando avante a obra revolucionária." Sabes quem escreveu isto? Lênin.

— De sorte que para vocês não existe ética nem moral...

— Claro que existe. Só que nada tem a ver com a ética e a moral da burguesia. Nossa moral e nossa ética estão a serviço da causa do proletariado, da luta de classes. Em suma, para nós é moral e ético tudo o que nos ajudar a destruir o regime capitalista explorador, a unir o proletariado do mundo e, consequentemente, a criar a sociedade comunista do futuro. Não te parece lógico?

Roque cuspiu fora o toco de cigarro.

— Não estou certo disso.

— Tu não estás certo de nada. Esse é o teu mal. A indecisão.

— É que tu assumes uma atitude meramente política e histórica, ao passo que eu me preocupo também com problemas filosóficos.

— A filosofia que se dane!

Roque começou a rir seu risinho de fundo de garganta, que tanto irritava o outro.

Ambos ouviam agora um ruído surdo de passos no andar superior. Vozes indistintas chegavam até o porão.

— O Comitê está reunido lá em cima — murmurou Stein com um sorriso de desdém. — Já reparaste na linguagem dessa gente? Falam como se Assis Brasil, esse plutocrata pedante, fosse um campeão das liberdades populares. Mas que é que se vai fazer? Precisamos ter paciência. Não é apenas a Natureza que não dá saltos. Também a História, às vezes, anda devagar.

Roque acendeu novo cigarro e mirou o amigo com seus olhinhos cépticos.

23

O Comitê havia decidido promover um grande comício em Santa Fé a 15 de novembro, dez dias antes da data das eleições. Ia ser o último: devia ser o maior, o mais vibrante de todos. Assis Brasil prometera tomar parte nele. Ficara decidido que a reunião seria na frente do Sobrado e que os oradores falariam da sacada do segundo andar.

A propaganda iniciou-se, intensa, através d'*O Libertador* e de boletins.

Na véspera do grande dia, Chiru Mena apareceu no Sobrado com um boato.

— Dizem que a revolução vai rebentar em todo o país esta madrugada. O Exército não vai deixar o Bernardes tomar posse. Nossa Guarnição Federal está de prontidão rigorosa.

— Qual! — disse Licurgo. — O homem toma posse e não acontece nada.

— Mas é uma desmoralização! — vociferou Chiru.

Rodrigo apertou-lhe o braço.

— Escuta, idiota. Não compreendes que se a chimangada roubar nas eleições, como é de se esperar, e nós tivermos de fazer uma revolução, é melhor que o Bernardes e não outro esteja na presidência?

Chiru não compreendia.

— Tu não sabes então, cretino, que ele e o Borges não se gostam?

— Ah!

— Pois então deixa de andar com boatos. Agarra aqueles boletins e vai fazer a distribuição. Desce pela Voluntários da Pátria. O Bio e o Neco já seguiram pela rua do Comércio. Raspa!

A manhã seguinte reservava-lhes uma decepção. Assis Brasil comunicou por telegrama ao Comitê que infelizmente não poderia estar presente ao comício como esperava e desejava, pois tinha compromissos inadiáveis em outras cidades.

Rodrigo explodiu:

— Pois que vá pro inferno! Como é que esse pelintra tem tempo para ir a Cruz Alta e Passo Fundo? Será que acha Santa Fé menos importante que os outros municípios? Pois faremos o comício sem ele!

Juquinha Macedo tratou de acalmá-lo:

— Não há de ser nada, companheiro! — E, abraçando-o, acrescentou: — Cá pra nós, com o Assis ou sem o Assis, quem vai ser mesmo o trunfo do comício é o doutor Rodrigo Cambará. Deixa de modéstia. Quando abrires o tarro o doutor Júlio de Castilhos vai estremecer na sepultura!

Licurgo, que entreouvira a última frase, resmungou:

— O senhor podia deixar o doutor Castilhos fora desse negócio, não acha?

Miguel Ruas — que fora obrigado a deixar crescer a barba, pois lhe era doloroso passar a navalha nas faces feridas — continuava no seu quarto, estendido na cama, lamentando não poder tomar parte ativa no comício. Naqueles dias fora oficialmente notificado de sua transferência para a comarca de São Gabriel. Viu nisso o dedo imundo de Laco Madruga. "Não vou!", decidiu. E pediu demissão do cargo.

Boatos fervilhavam na cidade. Dizia-se que o intendente estava preparando seus capangas para dissolver o comício à bala.

— Que venham! — dizia Rodrigo. — Estamos prontos para tudo.

E estavam mesmo. Ao anoitecer distribuiu por toda a casa homens armados de revólveres e Winchesters. Durante o comício ficariam dois em cada janela e quatro na água-furtada. Destacou cinco companheiros para se esconderem em vários pontos da praça, a fim de darem o alarma, caso os bandidos de Madruga se aproximassem do Sobrado. Uns vinte outros correligionários bem armados e municiados permaneceriam no quintal do Sobrado durante o comício, prontos a entrarem em ação, no caso de Laco Madruga levar a cabo suas ameaças.

Ao ver tantos homens nos fundos da casa a tomarem mate e a churrasquearem fora de hora, alguns deitados sobre os arreios, outros trovando ao som de cordeonas, Maria Valéria suspirou e disse a Flora:

— Um verdadeiro acampamento. Parece até que a revolução já começou.

— Credo, Dinda! Que Deus nos livre e guarde!

24

Às oito e meia da noite a banda de música civil, a Euterpe Santa-fezense, entrou na praça ao som do dobrado "O bombardeio da Bahia", encaminhou-se para o Sobrado e ficou a tocar na frente do casarão, onde já se havia reunido um bom número de pessoas, em sua quase totalidade do sexo masculino. Os sons da charanga enchiam festivamente o largo e o bombo ribombava, parodiando tiros de canhão. A noite estava quente. Vinha dos jasmineiros das redondezas um ativo perfume que dava ao ar uma qualidade doce e densa de xarope. O grande portão de ferro do Sobrado estava aberto, e através dele podia se ver o movimento do quintal, onde haviam acendido uma fogueira, a cujo clarão de quando em quando avultava a figura espectral do velho Sérgio, o "Lobisomem", que estava encarregado de soltar foguetes.

O dobrado cessou. A multidão aumentava. Do outro lado da praça, as janelas da Intendência estavam iluminadas. Pitombo fechara toda a casa, para não se comprometer. Vultos caminhavam por entre as árvores. Besouros e mariposas esvoaçavam em torno dos grandes focos de luz que havia em cada ângulo da praça, na ponta de altos postes. Rodrigo consultou o relógio. Aproximava-se a hora... Estava inquieto, ansioso por saber se Madruga teria ou não o topete de dissolver o comício à bala.

A banda de música rompeu de novo a tocar: a "Marcha do capitão Casula". Rodrigo não podia ouvi-la sem sentir um calafrio patriótico. Apertou o braço de Toríbio e murmurou:

— Estou que nem noiva na hora do casamento...

— Olha só a cara do pai da noiva — disse Toríbio mostrando com os olhos o velho Licurgo, que, a um canto da sala, mastigava nervoso o seu cigarro.

Cerca das nove horas era já considerável a multidão que se congregava na frente do Sobrado. Ouviram-se os primeiros vivas. A um sinal de Rodrigo o negro Sérgio começou a soltar no quintal os primeiros foguetes. Abriria o comício o filho mais velho de Juquinha Macedo, recém-formado em direito.

Rodrigo tomou-lhe o braço e conduziu-o até o andar superior. O jovem advogado pigarreava, nervoso.

Quando ambos apareceram na sacada, a multidão prorrompeu em aplausos e vivas. Rodrigo fez um sinal para o maestro da banda: uma pancada de bombo pôs fim à música.

O orador primeiro mediu o público com o olhar, e depois começou:

— Meus concidadãos! Povo livre de Santa Fé!

Bravos e vivas subiram da turba, como projéteis atirados contra o advogado que, com voz dramática, prosseguiu:

— Aqui estou para atender a um chamado de minha consciência de gaúcho, e a um dever cívico de que nenhum homem de honra poderá fugir. Aqui estou para colaborar convosco nesta luta generosa em prol do Direito e da Justiça, contra a tirania e a opressão!

Novos gritos interromperam o orador durante alguns segundos. Quando o silêncio se restabeleceu, o jovem Macedo entrou na enumeração dos "desmandos do borgismo". Causou grande sensação a parte de seu discurso em que descreveu, com vigor realista, as violências e banditismos praticados nas ruas de Porto Alegre pelo famigerado piquete de cavalaria da Brigada Militar, que tantas vezes fora atirado pelo Ditador contra o povo indefeso, como se "pata de cavalo, ponta de lança e fio de espada pudessem fazer calar a voz da Justiça e da Liberdade!".

Neste ponto ouviram-se vivas estentóreos, ergueram-se chapéus, lenços vermelhos tremularam no ar.

Ao lado do orador, Rodrigo, impaciente, caminhava dum lado para outro, nos estreitos limites da sacada. O suor escorria-lhe pelo rosto, pelo pescoço, pelo dorso, empapando-lhe a camisa. Olhou para a torre da Matriz e um súbito temor o assaltou. E se algum chimango safado entrasse agora na igreja e começasse a bater o sino para impedir que o orador fosse ouvido? Não teria ocorrido ao Madruga esse recurso sujo? Não lhe seria difícil fazer um de seus homens penetrar clandestinamente no campanário... Os olhos de Rodrigo agora estavam fitos na Intendência, onde se notava um movimento desusado para a hora. Iriam os bandidos tentar mesmo alguma coisa contra o comício?

Quando o advogado terminou sua oração ("Às urnas, pois, companheiros de ideal, para a vitória da nossa causa, que é a causa mesma do Rio Grande!") a música rompeu a tocar um galope e durante cinco minutos o largo se encheu de aclamações. Rodrigo abraçou o orador. Licurgo, a uma janela do primeiro andar, pitava o seu cigarro, olhando a multidão com olho céptico. E Toríbio, que detestava discursos, naquele momento tomava uma cerveja gelada com os companheiros que estavam de guarda na água-furtada. Maria Valéria e Flora achavam-se ainda na cozinha a preparar as comidas e os doces para a recepção que se seguiria ao comício.

Falaram a seguir dois oradores: um deles, neto de Alvarino Amaral, acadêmico de medicina, disse do que aquela campanha libertadora representava para os estudantes livres do Rio Grande do Sul. O outro orador, um velho federalista de Santa Fé, invocou a figura de Gaspar

Martins, e terminou o discurso com uma frase do Conselheiro: "Ideias não são metais que se fundem!".

Urros e lenços vermelhos ergueram-se da multidão.

Chegou finalmente a vez de Rodrigo Cambará, que primeiro passeou os olhos pela praça ("Se o sino começa a tocar, m'estragam o espetáculo"), depois baixou-os para o povo. Inflando o peito, entesando o busto, agarrou a balaustrada com ambas as mãos, inclinou-se para a frente e, segundo uma expressão muito a gosto do Chiru, "soltou o verbo".

— Meus conterrâneos! Queridos e leais amigos! Aqui nesta praça, há quase noventa anos, a voz dum Cambará ergueu-se contra a tirania, a injustiça, a ditadura e a opressão.

Alguém gritou:

— Muito bem! — e a multidão soltou um urro uníssono.

— E aqui nesta mesma praça — continuou o orador — esse mesmo Cambará, que por uma coincidência feliz e honrosa para mim tinha também o prenome de Rodrigo, derramou o seu sangue e perdeu a sua vida em holocausto à causa da Justiça e da honra, que então, como hoje, era a causa sagrada da liberdade!

Novos vivas e aplausos. Licurgo voltou-se para Aderbal Quadros, que estava agora junto da janela, a seu lado, e murmurou:

— Por sinal o outro Rodrigo foi morto por gente desses Amarais, lá naquela casa do outro lado da praça...

— Mas nesse mesmo ataque — replicou Babalo — foi morto também um Amaral...

Quando as aclamações cessaram, Rodrigo prosseguiu:

— Nos tempos heroicos de 35 era o governo federal que queria espezinhar o Rio Grande, lançando-o ao vilipêndio, forçando-o a uma situação subalterna e indigna. Hoje quem nos vilipendia e achincalha é um coestaduano nosso que, esquecido de seu passado de lutas e ideais, de sua fé de ofício de republicano histórico, quer impor sua reeleição ilegal, indecente e indesejável, arvorando-se em ditador dum estado másculo e brioso como o nosso, que nunca tolerou tiranos, que nunca suportou injustiças, que jamais se curvou diante de invasor!

No momento exato em que o orador terminava de pronunciar a palavra *invasor*, interrompeu-se de repente a corrente elétrica e a cidade inteira ficou às escuras.

Partiram da multidão gritos que exprimiam surpresa, susto e indignação. Algumas pessoas embarafustaram em fuga pelas ruas adjacentes. O pânico parecia iminente. Pressentindo-o, Rodrigo berrou:

— Atenção, meus amigos! Atenção por favor! O ridículo intendente municipal está enganado conosco. Pensa que isto é um comício de crianças e não de homens, e quer assustar-nos com a escuridão. — E, num tom gaiato, exclamou: — Que siga o fandango no escuro mesmo, minha gente!

Risadas e aplausos. Alguém bradou do meio da turba:

— A escuridão é um símbolo do borgismo.

— Apoiado! Muito bem! Viva o doutor Assis Brasil! Abaixo o Chimango!

Rodrigo ergueu o braço para o céu, procurou a lua, mas não a encontrou... Tinha já engatilhado um frasalhão em que chamaria à lua "Lanterna de Deus".

— A luz das estrelas — gritou —, essa nenhum chimango pode apagar. Porque a luz dos astros é a luz de Nosso Senhor e portanto a luz da Justiça, que há de iluminar o caminho que nos conduzirá à vitória nesta causa sublime e gloriosa!

Dessa vez os gritos e aplausos foram ensurdecedores. Na água-furtada Toríbio e os companheiros estavam de armas em punho, escrutando a praça e as ruas circunvizinhas.

De súbito subiu do pátio da Intendência um risco luminoso e sibilante: um clarão iluminou a praça, seguido dum estrondo que acordou ecos no largo. E atrás do primeiro rojão veio outro, e outro e mais outro...

Rodrigo estava furioso. Canalhas! Por um momento pensou em juntar a sua gente e ir direito à toca do Madruga e dos seus sicários e arrasá-los à bala.

De súbito cessaram os estrondos. A multidão de novo prorrompeu em vivas, e, quando de novo se fez silêncio, Rodrigo continuou a oração:

— Aí tendes, correligionários e amigos, aí tendes um exemplo dos recursos mesquinhos e ridículos de que se servem aqueles que sabem estar a razão de nosso lado. Se hoje nos querem assustar com a treva ou com o estrondo de foguetes, amanhã na hora das eleições nos vão ameaçar a vida com seus bandidos assalariados, pois todos os recursos são lícitos para a canalha borgista que sabe que seus dias estão contados!

Fez uma pausa, pigarreou, olhou para as estrelas e depois, com voz firme e clara, prosseguiu:

— Iremos às urnas, companheiros, mas iremos de olhos abertos, e não pensem os escravos de Antônio Augusto Borges de Medeiros que vamos iludidos. Conhecemos de sobra as artimanhas do borgismo e os vícios do regime que nos infelicita! Sabemos que haverá fraude e coação, que os mortos votarão no Chimango, que os funcionários públicos que derem o seu sufrágio ao ilustre doutor Assis Brasil serão demitidos sumariamente. Sabemos também que haverá capangas armados para atemorizar o eleitorado. Não ignoramos que, se tudo isso falhar, restará ainda o recurso supremo da ditadura: a "alquimia" na contagem dos votos! A eleição em último recurso será feita a bico de pena e aprovada pela maioria da Assembleia, que dará a vitória ao eterno e melancólico inquilino do Palácio do Governo! Mas, haveis de perguntar, se sabemos de tudo isso, por que vamos às urnas? Eu vos responderei, leais amigos, vos direi que vamos às urnas porque acreditamos na sã prática republicana, porque somos democratas verdadeiros, e queremos assim dar um testemunho público de nossa fé cívica!

Bateu com o punho cerrado na balaustrada.

— Mas se tudo acontecer como prevemos, se formos mais uma vez esbulhados, ainda nos restará um recurso, embora doloroso e triste, um recurso para o qual só podem apelar os homens de caráter e de coragem: o recurso das armas!

Palmas frenéticas.

— Se falharmos nas urnas, companheiros, não falharemos na coxilha! Tentaremos o caminho legal da eleição. Mas se nos negarem a Justiça e a decência, responderemos com a Revolução!

De novo os rojões de Madruga atroaram no ar, desta vez mais numerosos e ensurdecedores. Parecia que Santa Fé estava sob um bombardeio. Clarões iluminavam a praça como relâmpagos. Rodrigo correu para o fundo e gritou:

— Bento! Diga pro Lobisomem que recomece o foguetório!

Tornou a voltar para a sacada e berrou para o maestro:

— Música! Música!

A banda atacou um galope.

Agora do quintal do sobrado subiam também foguetes. Toríbio, alvorotado, começou a dar tiros para o ar. A multidão urrava. Na sacada Rodrigo agitava um lenço vermelho. Flora e Maria Valéria tapavam os ouvidos com as mãos. Alicinha despertou assustada e precipitou-se para fora do quarto, aos gritos. Eduardo e Bibi romperam a chorar. Jango continuava a dormir serenamente. Com a cabeça debaixo do cobertor, Floriano, o coração a bater acelerado, estava em Port Arthur, sob o bombardeio dos vasos de guerra japoneses...

Fora, o pandemônio continuava.

25

Em uma daquelas tardes de meados de novembro o Sobrado foi teatro duma cena a que o dr. Ruas, ao tomar mais tarde conhecimento dela, chamaria "tragédia passional".

A coisa começara com a visita habitual de Sílvia, afilhada de Rodrigo e, no dizer de Maria Valéria, *compinche* de Alicinha. A menina, que morava nas vizinhanças e era filha duma viúva pobre que ganhava a vida como modista, chegou ao Sobrado como de costume por volta das quatro da tarde, para brincar com a amiga. Era uma menininha de cinco anos, morena e franzina, de olhos amendoados. Apesar de vir todos os dias ao casarão, nunca entrava sem primeiro bater. Como a batida de seus dedos frágeis fosse quase inaudível, às vezes a criaturinha ficava um tempão à porta, à espera de que alguém a visse ou ouvisse e gritasse: "Entra, Silvinha!". Ela subia então com alguma dificuldade os altos degraus que levavam da soleira da porta ao soalho do vestíbulo e, antes de mais nada, entrava na sala de visitas, plantava-se na frente do grande retrato do padrinho e ali ficava por alguns segundos, numa adoração séria e muda. Quando não havia ninguém perto, aproximava-se de mansinho do quadro e depunha um beijo rápido na mão da figura.

Se Alicinha não tinha terminado ainda seus exercícios de piano, Sílvia entrava na sala, pé ante pé, sentava-se numa cadeira e, com as mãos pousadas no regaço, ali ficava em silêncio, mal ousando respirar, com os olhos postos na amiguinha. Ao dar pela presença de Sílvia, Alicinha — que a tratava com a superioridade duma menina mais velha e mais rica — abandonava os exercícios monótonos do método Czerny e, para mostrar como sabia tocar "música de verdade", atacava "O lago de Como" ou o "Carnaval de Veneza". Lágrimas então brotavam nos olhos de Sílvia, que tinha uma admiração sem limites pela filha do padrinho. Tudo quanto ela possuía era o que podia haver de melhor e mais belo no mundo: vestidos, sapatos, brinquedos... O Sobrado era para ela o paraíso — a casa que tinha gramofone, automóvel e telefone. Outra maravilha do Sobrado era a despensa onde d. Maria Valéria guardava seus doces e bolinhos em latas pintadas de azul.

Sílvia ficava sentada, imóvel e silenciosa, até que a outra, saltando do banco giratório do piano e alisando a saia, voltava-se para ela, e como uma senhora que dá uma ordem à criada, dizia: "Vamos!".

Sílvia seguia a amiga como uma sombra.

Naquela tarde Sílvia entrou no Sobrado alvoroçada. Estava ansiosa por brincar com a boneca grande da amiga. Não lhe haviam dado ainda o privilégio de tomar Aurora nos braços e niná-la, mas Alicinha havia prometido: "Se fores boazinha, eu te deixo pegar a minha filha".

Entraram no quarto e aproximaram-se do berço onde Aurora dormia, os olhos fechados, as longas pestanas muito curvas caídas sobre as faces rosadas. Sílvia contemplou a boneca com amor.

— Está na hora da menina acordar — disse Alicinha.

A outra sacudiu a cabeça avidamente, e depois ciciou:

— Vamos brincar de comadre?

— Só nós duas?

Sílvia tornou a sacudir afirmativamente a cabeça.

— Não tem graça — retrucou Alicinha. — Precisamos um doutor. E quem vai ser o pai?

— Chama o Edu. E o Jango.

— O Edu não.

— Por quê?

— Ele tem raiva da Aurora. Disse que vai matar ela. O Edu não quero.

Desde que a boneca entrara no Sobrado a vida dos filhos de Rodrigo e Flora havia mudado sensivelmente. Alicinha tornara-se mais mimosa e cheia de caprichos. Havia dias em que a menina, segundo o dizer de Maria Valéria, amanhecia com "o Bento Manoel atravessado", fechava-se à chave no quarto, recusava-se a comer e ficava a conversar com a "filha", que lhe respondia com vagidos. Jango fingia não ter o menor interesse em Aurora, mas não perdia oportunidade de tocar-lhe os cabelos, apertar-lhe as pernas; mais de uma vez levantara a saia da boneca num gesto que deixara a irmã escandalizada. ("Dinda, olha os modos do Jango!")

Floriano tecia fantasias em torno da "personalidade" de Aurora. Ela era Copélia: a boneca a que o mágico dera vida. Seus olhos tinham qualquer coisa que puxava a gente para dentro deles, eram azuis como aquela lagoa do Angico onde havia um sumidouro. Ah! mas ele, um menino que já estava na *Seleta em prosa e verso*, não podia deixar sequer que os outros suspeitassem de seu fascínio pela boneca. E para poder observá-la sem despertar desconfianças, examinava-a com ares de professor. Um dia, apontando para os olhos de Aurora, disse:

— Aquela parte redonda chama-se íris. A do meio é a pupila. Essa coisa branca é a esclerótica.

Eduardo, de longe, gritou:
— Mentira. Isso é o "zolho".

Flora observara já que, de todos os filhos, o que tinha o comportamento mais estranho com relação à boneca era Edu, que escondia sua paixão por ela por trás duma cortina de hostilidade. No princípio queria saber por que Aurora falava. Tinha um sapo na barriga? Ou um gramofonezinho? Mas em geral recusava olhar para a boneca. Quando a punham diante dele, tapava os olhos com as mãos, batia com o pé no chão, vermelho, e acabava fugindo. Ultimamente resmungava ameaças: ia roubar a boneca para a degolar...

— Onde foi que esse menino aprendeu essa história de degolar? — estranhou Flora.

Maria Valéria esclareceu:

— Ora, o culpado é o Toríbio, que ensina às crianças essas barbaridades.

Alarmada ante a atitude de Edu, Alicinha recusava-se agora a convidá-lo para tomar parte no brinquedo. Foi nessa conjuntura que Zeca — filho da lavadeira do Sobrado — apareceu à porta do quarto, com o dedo na boca, perguntando:

— Posso brincar?

Alicinha hesitou. Zeca era íntimo de Edu, viviam pelos cantos cochichando segredinhos.

— Pode — disse ela por fim. — Mas não chegue muito perto da Aurora.

Zeca deu alguns passos à frente. Alicinha tirou dum armário um velho chapéu-coco do pai:

— Bota isto na cabeça. Tu vais ser o doutor.

Zeca obedeceu. A cartola escondeu-lhe quase metade da cara.

Jango surgiu naquele momento no corredor, montado num cabo de vassoura, seu "pingo de estimação".

— Queres brincar? — perguntou a irmã.
— De quê?
— De comadre e compadre.
— Que é que eu vou ser?
— O pai.
— Está bem.

Apeou do cavalo, amarrou-o num frade imaginário e entrou no quarto. Alicinha olhou para Sílvia.

— Bota um avental. Tu és a criada.

Os olhos da outra cintilaram e ela sacudiu a cabeça, assentindo. O brinquedo começou. Alicinha sentou-se numa cadeira com Aurora nos braços. Encostou a palma da mão na testa da boneca:
— Meu Deus! — exclamou. — Está com febre. Sílvia, vai correndo chamar o doutor.
— Sim senhora.
Zeca aproximou-se, sôfrego. Alicinha, numa súbita fúria, gritou:
— Vai-te embora, bobo! Tu estás no teu consultório. Espera que a minha criada te chame.
Zeca recuou, catacego. Sílvia acercou-se dele, deu-lhe o recado, pediu que se apressasse: era um caso muito sério. O "médico" deu três passos à frente. A cartola dançou-lhe ao redor da cabeça.
— Que é que eu faço agora?
— Ora! Então não sabes? Toma o pulso da criança, bota um termômetro debaixo do bracinho dela, escreve uma receita. Faz o que o papai faz. Nunca ficaste doente?
Zeca aproximou-se da paciente, tomou-lhe do pulso e disse:
— Vai morrer.
Alicinha fingiu que chorava.
— Ai, doutor! Salve a minha filha!
Zeca sacudiu a cabeça, fazendo a cartola rodar.
— Vai morrer — repetiu.
Alicinha simulava soluços. Sílvia tinha os olhos realmente embaciados. Lágrimas autênticas começaram em breve a escorrer-lhe pelas faces. Jango, que até então testemunhava a cena em silêncio, interveio:
— Esse doutor é um burro. Vou matar ele e chamar outro.
Tirou da cintura o revólver, apontou para o peito do "médico" e fez fogo. Pei! Zeca atirou-se no chão, de costas. A cartola rolou no soalho. Naquele momento Edu apareceu à porta e espiou para dentro. Vendo-o, Zeca ergueu-se rápido e correu para o amigo. Saíram os dois para o fundo do corredor e ali ficaram por alguns segundos a conversar em voz baixa. Por fim Zeca tornou a aparecer, e de novo enfiando a cartola, disse:
— Com licença.
Alicinha ergueu os olhos:
— O senhor não morreu?
— Não. Eu sou o outro médico. O doutor Carbone.
— Onde estão as suas barbas? — perguntou Sílvia.
— Cortei.

— Por quê?
— Faziam muita cócega.
— Que é que o senhor quer?
— Examinar a doente.
— Pode entrar.

Zeca inclinou-se sobre Aurora, segurou-a pela cintura e, num gesto brusco, ergueu-a no ar. Alicinha soltou um grito, mas antes que ela tivesse tempo de detê-lo, Zeca fez meia-volta, aproximou-se de Edu, que o esperava à porta, e entregou-lhe a boneca.

— Jango! — gritou Alicinha.

O irmão precipitou-se para a porta, mas Zeca agarrou-se-lhe às pernas e os dois tombaram, enovelados, enquanto Edu, com a boneca nos braços, metia-se num dos quartos do fundo da casa e fechava a porta com o trinco.

Sílvia e Alicinha tremiam. Desvencilhando-se de Zeca, Jango correu para a porta do quarto onde o irmão se refugiara e começou a bater nela com os punhos fechados:

— Abre essa porta, bandido! Abre!
— Ele está degolando a minha filha! — exclamou Alicinha. — Mamãe! Dindinha! Socorro!

Leocádia apareceu, trazendo nos braços Bibi, também desfeita em pranto. E a pretinha também se pôs a bater na porta. Sílvia, o rosto coberto pelas mãos, chorava de mansinho. Atraídos pela gritaria, Toríbio e Flora apareceram. Jango, o único que se mantinha calmo, contou-lhes o que se passava.

Toríbio sorriu, afastou os sobrinhos e bateu com força na porta:

— Eduardo! — gritou. Nenhuma resposta. — Eduardo! — Silêncio. Toríbio ajoelhou-se, encostou a boca na fechadura e disse:

— Abre essa porta senão eu te capo.

Era a ameaça suprema. Os outros esperavam. Zeca olhava a cena de longe, apreensivo. O silêncio continuava dentro do quarto.

Alicinha agora soluçava convulsivamente, mas de olhos secos. Flora tomou-a nos braços e disse ao cunhado:

— Temos que abrir essa porta, antes que o menino estripe a boneca.

Toríbio deu três passos à retaguarda, atirou-se contra a porta, meteu-lhe o ombro e abriu-a. Houve um momento de expectativa. Toríbio entrou e os outros ficaram no corredor, espiando a cena. Trepado em cima duma cômoda, a um canto do quarto, Eduardo tinha a boneca nos braços, apertada contra o peito. Fuzilou para o tio um olhar feroz.

— Filho duma mãe! — repreendeu-o este, aproximando-se devagarinho. — Me dê essa boneca!

Eduardo apertou mais Aurora contra o corpo. Parecia uma bugia agarrada à cria, ante a ameaça dum caçador. Tinha as faces e as orelhas afogueadas. Seu peito subia e descia ao compasso duma respiração acelerada.

— Está degolada, titio? — choramingou Alicinha.

Toríbio tranquilizou-a. Aurora estava intata. O problema era tirá-la das garras do facínora sem quebrá-la.

— Larga essa boneca! — ordenou, de cenho cerrado.

Como única resposta Edu soltou uma cusparada na direção do tio. Naquele instante Maria Valéria entrou em cena e, sem a menor hesitação, aproximou-se do menino e arrebatou-lhe a boneca das mãos, entregando-a a Alicinha, que tomou a "filha" nos braços e desatou o pranto.

Maria Valéria segurou Eduardo e deu-lhe duas rijas palmadas nas nádegas. O menino apertou os lábios e não soltou um ai. Seus olhos, porém, encheram-se de lágrimas.

— Que paixa braba! — exclamou Toríbio.

Saíram todos do quarto. Flora levou a filha para baixo: ia dar-lhe um chá de folhas de laranjeira para acalmar-lhe os nervos. Sílvia seguia-as orgulhosa, pois a amiga lhe confiara agora a boneca.

Jango puxou as bombachas do tio, apontou para Zeca, que ainda continuava no seu canto, de cartola na cabeça, e denunciou:

— Foi ele que roubou a boneca e entregou pro Edu.

Maria Valéria largou o criminoso e dirigiu-se para Zeca:

— Alcaguete sem-vergonha... — começou ela.

Toríbio, porém, correu em socorro de Zeca e ergueu-o nos braços.

— Deixe o menino em paz.

Maria Valéria estacou, pôs as mãos na cintura e, em voz baixa para que Jango não a ouvisse, disse:

— Acho essa criança tão parecida com você, que às vezes até desconfio...

Toríbio soltou uma risada:

— Não se preocupe, titia. Antes de morrer vou deixar uma lista completa de todos os meus filhos naturais.

A velha fitou nele os olhos realistas e murmurou:

— É, mas não confio muito na sua memória.

26

Contra a expectativa de Rodrigo e de seus companheiros, a eleição se processou em Santa Fé sem maiores incidentes, bem como em quase todo o estado.

O grande dia — um sábado — amanheceu quente, luminoso e sem vento. Como de costume, Licurgo acordou às cinco da manhã, desceu para a cozinha, onde Laurinda o esperava com o mate já cevado. Sentou-se no mocho de assento de palha, junto a uma das janelas, apanhou a cuia e ficou a chupar na bomba, silencioso e preocupado. Tentando puxar conversa, a mulata fazia uma que outra observação, a que o senhor do Sobrado respondia com um monossílabo ou um ronco. Às cinco e meia Maria Valéria entrou na cozinha, disse um bom-dia seco, a que Licurgo mal respondeu, e ali ficou também a tomar o chimarrão, mas sem olhar para o cunhado nem dirigir-lhe a palavra.

Rodrigo e Toríbio desceram por volta das sete e uniram-se aos outros membros da família, à mesa do café. Estavam ambos excitados e palradores. Laurinda serviu café para os homens da casa, que pouco antes das oito se ergueram da mesa, puseram os revólveres na cintura, sob o olhar alarmado de Flora, e prepararam-se para sair. Cada qual ia fiscalizar uma mesa eleitoral no primeiro distrito. Para Maria Valéria e Flora isso equivalia a ir para a guerra. Elas sabiam que não podia haver eleição, carreiras ou rinha de galo sem briga e tiroteios.

Flora despediu-se de Rodrigo com os olhos úmidos. Os homens estavam já na calçada, à frente da casa, quando Maria Valéria se debruçou numa das janelas e gritou para os sobrinhos:

— Cuidado! Não se metam em brigas.

Toríbio piscou-lhe o olho e respondeu:

— Nós nunca nos metemos, Dinda. Os outros é que nos empurram.

Soltou uma risada, tomou do braço do irmão e ambos seguiram no encalço do pai, que atravessava a praça na direção da Intendência, a cabeça baixa, o passo lerdo e trágico, como o de um homem que caminha para a morte.

Durante todo aquele dia as mulheres do Sobrado viram ou ouviram passar os caminhões da Intendência, carregados de eleitores. Homens mal-encarados desfilavam pela rua a cavalo, soltando vivas ao dr. Borges de Medeiros.

Flora acendeu uma vela no velho oratório, que ficava no fundo do corredor do segundo andar, e ali permaneceu por longo tempo, ajoelhada aos pés da imagem de Nossa Senhora, a pedir-lhe que protegesse a vida do marido, do sogro e do cunhado.

Como naquele dia de eleição as escolas estivessem fechadas, Alicinha brincava no quarto com sua boneca e Floriano, como de costume, estava metido com seus livros e revistas na água-furtada. Do pátio vinham as vozes de Jango, Edu e Zeca — pei!-ra-tapei!-pei! — que brincavam de fita de cinema, os primeiros fazendo o papel de caubóis e o último, de índio.

O dr. Ruas fez funcionar o gramofone pouco depois das nove da manhã, e a casa se encheu das vozes de Caruso e Titta Ruffo, em vibrantes árias de ópera. Aquilo para Maria Valéria era até um sacrilégio, pois de certo modo supersticioso ela equiparava dia de eleição a Dia de Finados e Sexta-Feira da Paixão.

Na praça e nas ruas adjacentes o movimento de homens, a pé ou a cavalo, parecia cada vez maior. Alguns tomavam mate e churrasqueavam debaixo da figueira. Traziam lenços brancos ao pescoço: eram pica-paus.

De instante a instante Maria Valéria olhava para o relógio grande da sala de jantar. Como o tempo custava a passar! Para afastar os maus pensamentos, usou dum velho estratagema: resolveu fazer pessegada. Meteu-se na cozinha e começou a descascar pêssegos com a ajuda de Laurinda e Leocádia.

Ao meio-dia Bento levou comida em marmita para os homens do Sobrado, que não podiam abandonar seus postos às mesas que fiscalizavam. Quando o caboclo voltou, as mulheres indagaram:

— Como vai a eleição?

Bento respondeu que graças a Deus tudo ia bem: não se tinha ainda notícia de nenhum barulho.

À tardinha, quando a última vela do oratório se achava reduzida a um toco, e a pessegada de Maria Valéria estava já pronta e metida em caixetas, os homens voltaram para casa.

Estavam sombrios. Contaram que tudo indicava que a derrota de Assis Brasil na cidade tinha sido esmagadora. O eleitorado da oposição acovardara-se ante as ameaças da capangada do Madruga. Houvera fraude, como se esperava. Os "fósforos" tinham andado ativos o dia inteiro. O mesmo eleitor votava mais de uma vez, em mesas diferentes: havia caminhões da Intendência encarregados de transportá-los dum lugar para outro. Uma pouca-vergonha!

— Na minha mesa votaram cinco defuntos — contou Toríbio. — Um guri de dezoito anos apareceu com o título dum homem de cinquenta, já falecido. Dei-lhe uns gritos, mas o mesário aceitou o voto. Lavrei um protesto.

Sentado a um canto, Licurgo fazia um cigarro, silencioso e soturno.

— Isso não foi surpresa para mim — resmungou ele, depois de ouvir o filho mais moço contar outras irregularidades. — Não tivemos na cidade um único mesário assisista.

— Mas não estamos derrotados! — exclamou Rodrigo. — Não se esqueça que, para ser reeleito, o doutor Borges precisa obter três quartos da votação, e isso ele não consegue nem que se pinte de verde.

— Não se iluda — retrucou o Velho. — Eles farão mais que isso a bico de pena.

Àquela noite chegou a notícia de que em Alegrete, durante a eleição, houvera um tiroteio, provocado pelos borgistas, e do qual resultara a morte de um velho federalista, cidadão respeitável e benquisto na sua comunidade.

Chiru Mena e Neco Rosa apareceram no Sobrado para contar como se processara a eleição nas mesas em que haviam servido como fiscais da oposição.

— Quase me atraquei à bala com o subdelegado — fanfarroneou Chiru.

Mas Neco, acariciando o bigode, contou:

— Pois na minha mesa tudo correu em paz. Um chimango quis votar com um título falso, se atrapalhou todo na hora de escrever o nome e eu então gritei: "Vai pra escola, analfabeto!". O cabra se assustou, largou a pena e saiu da sala fedendo. A coisa foi tão bruta que até o pessoal da situação teve de rir. E a eleição continuou sem novidade...

Àquela noite a praça encheu-se de gente, de sons de cordeona, de conversas, cantigas e risadas. Licurgo pediu aos filhos que não saíssem, pois temia que fossem provocados e assassinados. Toríbio atendeu ao pedido do Velho, mas de má vontade. Passou a noite a andar dum lado para outro na casa, como um tigre enjaulado. Rodrigo mandou iluminar toda a casa e abrir as janelas. Com a ajuda de Toríbio trouxe o dr. Ruas para baixo, nos braços, e fez o ex-promotor público sentar-se ao piano e tocar com toda a força algumas músicas carnavalescas. Era preciso mostrar que a oposição estava de moral erguido.

27

Depois de passar os últimos dias de novembro e a primeira semana de dezembro no Angico, Licurgo voltou para a cidade mal-humorado. E quando Toríbio lhe perguntou como iam as coisas lá pela estância, explodiu:

— Como hão de ir? Mal! Uma seca braba que vai prejudicar o engorde do gado, uma indiada vadia... E, depois, o senhor agora parece que virou mocinho de cidade.

Meteu-se no escritório, sentou-se à escrivaninha e ficou remexendo em papéis. Rodrigo acercou-se dele, passou-lhe o braço sobre os ombros mas notou, pela rigidez daquele corpo que não se entregava ao abraço, que o Velho também não estava satisfeito com ele.

— Não acha que devemos publicar mais um número d'*O Libertador* com o resultado das eleições? — perguntou, procurando dar à voz um tom de terna submissão filial.

— Não acho coisa nenhuma. A eleição acabou. Acabe também com o jornal. É hora de cada qual cuidar da sua vida. Ainda que mal pergunte, quando é que vai reabrir o consultório?

— A semana que vem, provavelmente... — improvisou Rodrigo, meio desconcertado.

— Pois já não é sem tempo.

Quando Rodrigo saiu do escritório, Toríbio, que o esperava no vestíbulo, levou-o para baixo da escada grande e cochichou:

— Estou com medo que a Dinda conte as nossas brigas ao Velho.

— Eu pedi que não contasse...

— Ela prometeu?

— Não.

— Então estamos fritos.

À hora do jantar, no meio dum silêncio cortado pelos pigarros do dono da casa, soou nítida e seca a voz de Maria Valéria:

— Quase mataram o Toríbio.

Licurgo levantou vivamente a cabeça. A velha falara sem olhar para nenhuma das cinco pessoas que se achavam à mesa: era como se se dirigisse a um conviva invisível. Sem olhar para a cunhada, Licurgo perguntou:

— Como foi isso?

Rodrigo procurou desconversar:

— Ora, papai, a Dinda não sabe de nada... Foi uma bobagem.

O Velho, porém, exigiu a história inteira e Toríbio não teve outro remédio senão contá-la. Andava caminhando, uma daquelas últimas noites, pelas ruelas escuras da Sibéria, quando de repente fora atacado...

— Atacado por quem? — quis saber o pai.

— Três polícias...

— Mas le atacaram por quê?

Toríbio encolheu os ombros.

— Sei lá! Decerto porque me viram de lenço colorado no pescoço.

— Desde quando o senhor virou maragato?

— Ora, o lenço não tem a menor importância.

— Pra mim tem.

— Está bem. Eu gosto da cor. E depois é uma maneira da gente mostrar que não está do lado da chimangada.

Licurgo partiu um pedaço de carne e levou-o à boca.

— Bom — murmurou —, e depois?

— Os três caíram em cima de mim, de espadas desembainhadas, gritando: "Vamos dar uma sumanta neste assisista". Recuei e arranquei o revólver.

— Lastimou alguém?

— Não cheguei a atirar.

Toríbio calou-se e ficou a fazer uma bolinha com miolo de pão. Licurgo continuava a comer, de olhos baixos.

— Essa história não está bem contada — resmoneou.

Flora olhava fixamente para o marido como a suplicar-lhe que interviesse. Rodrigo atendeu ao apelo.

— Para resumir a história — disse —, uma patrulha do Exército apareceu e os beleguins do Madruga fugiram. Está claro agora?

— Não — respondeu bruscamente Licurgo, cruzando os talheres sobre o prato.

Fez-se um silêncio difícil, que Maria Valéria quebrou com uma nova denúncia:

— O nosso doutor *também* andou brigando.

— Dinda!

Rodrigo ergueu-se intempestivo, o rosto afogueado, e pôs-se a caminhar carrancudo com as mãos nos bolsos, como um menino que procura tomar ares de homem.

— Fiquem todos sabendo que não sou nenhuma criança — exclamou com voz apaixonada. — Tenho trinta e seis anos, sou pai de cinco filhos e responsável pelos meus atos e palavras.

Toríbio sorria ante o rompante do irmão. Licurgo pigarreava repetidamente, com um tremor nas pálpebras. Seus olhos estavam postos na toalha branca, onde traçava sulcos paralelos com a unha do polegar.

Rodrigo aproximou-se dele e disse:

— Nós não queríamos lhe contar nada para não incomodá-lo. É verdade que o Toríbio só não foi assassinado graças à intervenção de soldados do Exército. E, quanto ao meu caso, acho que posso resumi-lo em poucas palavras. Anteontem à noite, quando entrei no Comercial, um dos filhos do coronel Prates, o Honorinho, me viu e gritou na frente de todo o mundo: "Ué, valentão, ainda não estás na coxilha?". Como única resposta apliquei-lhe uma tapona na cara. Pronto. Foi o que aconteceu.

— Conte que o moço puxou o revólver — acrescentou Maria Valéria.

— Ora, Dinda! Puxou um revolverzinho de bobagem e apontou pra mim. "Atira, miserável!", gritei. E virei-lhe as costas.

Por alguns minutos Licurgo ficou em silêncio. Por fim, olhando para o filho, disse:

— Está bem. Agora termine de jantar.

— Perdi a fome.

Maria Valéria preparou um prato, colocou-o sobre uma bandeja, chamou Leocádia e disse:

— Leve a comida lá em cima pro Antônio Conselheiro.

A negrinha obedeceu. Licurgo olhou para Flora e perguntou:

— Afinal de contas, quando é que esse moço vai ter alta?

Rodrigo notara já a má vontade que o pai tinha para com o hóspede:

— O doutor Carbone disse que dentro duma semana ele pode já começar a caminhar direito.

— E vai continuar morando aqui o resto da vida?

— Está claro que não, papai. Há muito que ele quer voltar para um hotel. Eu é que não deixo. O Madruga é vingativo. A vida do Ruas ainda está em perigo.

Mais tarde, quando tomavam café na sala de visitas, Licurgo dirigiu-se aos filhos:

— Vou fazer um pedido. Aos dois. Não é uma ordem. Afinal de contas quem sou eu nesta casa pra dar ordens?

Os filhos esperavam.

— Quero que os dois sigam amanhã mesmo pro Angico e fiquem lá até que se decida definitivamente essa história de eleição.

Rodrigo não se conteve:
— Mas é um absurdo! Vão dizer que fugimos.
Licurgo sacudiu a cabeça.
— Não confunda coragem com imprudência. E depois, se as coisas se passarem como a gente espera, haverá muita ocasião de provar que não temos medo.
Voltou-se para Toríbio:
— E o senhor já devia estar lá. Serviço no Angico não falta. — Ergueu-se, acendeu um crioulo, pôs o chapéu na cabeça e saiu.
Quando seus passos já soavam na calçada, Rodrigo olhou para o irmão e murmurou:
— Todos os sorrisos e carinhos que ele nos nega decerto vai dar agora para a Ismália Caré.
Maria Valéria, que naquele momento surgira à porta, disse:
— Não seja ciumento, menino!

28

No dia seguinte Rodrigo chamou Arão Stein ao Sobrado, levou-o ao porão, fez um gesto generoso, que abrangia a caixa de tipos, a prensa e a máquina impressora, e disse:
— Leva essa geringonça toda. É tua. *O Libertador* morreu. Não tenho ilusões: a Assembleia vai dar a vitória ao Borjoca. São uns canalhas. Agora o remédio é resolver a parada na coxilha, à bala.
Naquele mesmo dia Stein levou as máquinas. Vendo-o ao lado da impressora negra de tinta, em cima duma carroça puxada por um burro magro e triste, Maria Valéria murmurou para si mesma: "Que irá fazer o João Felpudo com aquela almanjarra?".
No meio da tarde Rodrigo e Toríbio seguiram para a estância no Ford. Flora e Maria Valéria permaneceram na cidade por causa dos exames finais de Alicinha e Floriano. Licurgo também ficou, pois não achava direito deixar as mulheres sozinhas no Sobrado com o "forasteiro".

O automóvel chegou ao Angico à tardinha. Avistando a casa da estância à luz cor de chá do último sol, Rodrigo sentiu um aperto no coração, como acontecia sempre que via tapera ou cemitério campestre.

Era um casarão de um só piso, estreito e comprido como um quartel. Quatro janelas, com vidraças de guilhotina e três portas, enfileiravam-se na fachada sem platibanda, completamente destituída de qualquer atavio, e de um branco sujo e triste de sepulcro abandonado. A única nota alegre do conjunto era dada pelo verde veludoso e vivo do limo que manchava as telhas coloniais.

Rodrigo parou na frente da casa, à sombra de um dos cinamomos, e segurou o braço do irmão.

— Não achas esta casa parecida com o papai? — perguntou.

O outro sacudiu negativamente a cabeça.

— Não. Ela sempre me pareceu uma mulher parada aqui no alto da coxilha, bombeando a estrada, esperando alguém que nunca chega.

Entraram.

— Mas não me digas que este interior não é um retrato psicológico do velho Licurgo! — exclamou Rodrigo.

Nas paredes caiadas não se via um quadro sequer. Nas janelas, nenhuma cortina. Na sala de jantar, como suprema concessão à Arte, mas assim mesmo por mediação do Comércio, pendia da parede um calendário da Casa Sol, com um cromo desbotado: um castelo medieval alemão a espelhar-se nas águas do Reno. Com seu manso sarcasmo, Toríbio lembrou ao irmão que a casa não era de todo destituída de objetos de arte. Não havia na parede de seu quarto de dormir umas velhas boleadeiras retovadas? E o crucifixo histórico no quarto da Dinda, com o seu Cristo de nariz carcomido? E a adaga enferrujada e sem bainha que pendia da parede dos "aposentos" do senhor do Angico?

Rodrigo olhava para os móveis. Eram escassos, rústicos e feios. Cadeiras duras, com assento de palhinha ou madeira. Um horrendo guarda-comida avoengo, sem estilo nem dignidade. A mesa meio guenza, marcada de velhas cicatrizes. Umas cômodas e aparadores indescritíveis, com gavetas sempre emperradas — tudo com um ar gasto e vagamente seboso. Mas toda aquela falta de estilo não representaria afinal de contas... um estilo?

— Sou um ateniense! — exclamou, entre sério e trocista. — Não me sinto bem em Esparta.

— O que tu és eu bem sei: um maricão!

Rodrigo ergueu-se rápido e saltou sobre o irmão. Ambos tombaram e rolaram no soalho, aos gritos e risadas. Em menos de dois minutos Toríbio dominou o outro e, montado nele, prendeu-lhe fortemente as espáduas e os braços contra as tábuas, dizendo:

— Conheceste o muque, papudo?

— Sai de cima da minha barriga, animal! — pediu Rodrigo, arquejante. — Vais me matar esmagado!

Levantaram-se ambos e entraram num simulacro de luta de boxe que acabou por transformar-se num duelo a arma branca, em que os braços eram as espadas. Tiveram, porém, de parar, porque a criadagem começava a aparecer.

A primeira pessoa que veio cumprimentá-los foi a cozinheira, a Maria Joana, uma cafuza meio idiota. Vieram depois algumas chinocas cor de charuto, crias do Angico. E foram as perguntas de sempre: como vão todos no Sobrado? E dona Flora? E dona Maria Valéria? E as crianças?

Quando Rodrigo de novo se viu a sós com o irmão, retomou o tema:

— O mundo progride, mas o Angico fica para trás, atolado no passado. Na Argentina e no Uruguai existem estâncias confortáveis, com luz elétrica e água corrente. Nós continuamos com o lampião de querosene, com a vela e com água da pipa. Eu só queria saber por que o Velho teima em não modernizar o Angico. Talvez considere isso um sacrilégio... o mesmo que violar a sepultura do próprio pai.

— Não pensaste também que por sentimentalismo ele queira deixar as coisas na estância bem como eram no seu tempo de guri? A bem dizer foi aqui que ele passou a maior parte da mocidade...

— Quem sabe?

Toríbio enveredou para dentro de um dos quartos de dormir, onde havia duas camas de ferro, lado a lado.

— Não fujas! — gritou-lhe Rodrigo, seguindo-o. — Escuta esta. Vou escrever um ensaio sobre o gaúcho e o seu horror ao conforto.

Como o outro nada dissesse, ocupado que estava com descalçar as botas, Rodrigo prosseguiu:

— Vou provar como para nossa gente (e não esqueças que o velho Licurgo é um típico gaúcho serrano) conforto e arte são coisas femininas, indignas dum homem. Vem dessa superstição a nossa pobreza em matéria de pintura, escultura, literatura e até folclore.

— Desde que esta droga começou — disse Toríbio — vivemos brigando com os castelhanos, ou fazendo revoluções. Não tivemos tempo para mais nada...

Atirou as botas no chão.

— Toma o caso do velho Babalo — continuou o outro. — Detesta travesseiros e colchões macios e suspira de saudade dos tempos de moço, quando levava tropas para Concepción do Paraguai e dormia ao relento, em cima dos arreios.

Toríbio estendeu-se na cama e ficou a remexer com certa volúpia os dedos dos pés, olhando com o rabo dos olhos para o irmão, que dizia:

— Essa nossa vocação para o estoicismo e para a sobriedade vem de longe. Estive há poucos dias lendo inventários de estancieiros gaúchos do princípio do século passado. Em matéria de móveis, utensílios e vestuário eram duma pobreza franciscana.

Toríbio olhava fixamente para a aranha que, em um dos cantos do teto, tecia a sua teia. Como ele nada dissesse, Rodrigo prosseguiu:

— Diante de tudo isso, é fácil compreender a má vontade do eleitorado do Rio Grande para com o doutor Assis Brasil. Nossa gente não o considera um gaúcho legítimo. O homem é civilizado, barbeia-se diariamente, anda limpo e bem vestido, mora com conforto, tem livros, tem cultura, viaja, fala várias línguas.

Rodrigo deitou-se na outra cama e ficou a contemplar o pedaço de céu que a janela emoldurava. Em breve estava perdido em pensamentos. Arquitetava o ensaio... mas começava a temer que a coisa toda no fim redundasse numa caricatura do próprio pai, com a sua secura de palavras e gestos, seu horror a tudo quanto pudesse parecer luxo ou prodigalidade, sua falta de apreço por qualquer expressão de beleza ou fantasia.

Rodrigo sentia nas nádegas e no lombo a dureza do colchão de palha sob o qual havia um lastro de madeira. A cada movimento de sua cabeça, o travesseiro crepitava e talos da palha que o enchia arranhavam-lhe a face.

Pôs-se de pé e saiu do quarto para os fundos da casa, gritando para o irmão:

— Vem ver o fim do dia, animal!

— Já vou.

Uma doce luz de âmbar tocava as árvores do pomar. Rodrigo sempre gostara do verde-escuro e digno das laranjeiras e bergamoteiras. Era um entusiasta das frutas do Rio Grande: laranjas, pêssegos, bergamotas e uvas. Eram sumarentas, gostosas, duráveis — produtos duma região que contava com quatro estações nítidas. Detestava as frutas tropicais, duma doçura enjoativa e duma fragrância de flor: mal terminava o processo de amadurecimento e já entravam no de decomposição.

De súbito, enternecido pela paisagem, e como para compensar o que havia pouco dissera a Toríbio sobre as deficiências do gaúcho, ficou a perguntar a si mesmo se não seria lícito fazer um confronto entre aquelas frutas sadias e o homem do Rio Grande. Não se poderia também — refletiu, estendendo o olhar pelo campo em derredor — considerar o caráter, o temperamento do rio-grandense-do-sul um produto natural daquela paisagem desafogada e sem limites? Poderia o gaúcho deixar de ser um cavaleiro e um cavalheiro? E um impetuoso? E um guerreiro? E um generoso? E um bravo?

— Deste agora para falar sozinho?

Rodrigo voltou a cabeça. A pergunta partira de Toríbio, que apanhara um pêssego e trincava-o sonoramente com os dentes fortes de comedor de churrasco. Rodrigo encolheu-se e fechou os olhos: o contato da casca penugenta da fruta nos dentes sempre lhe causara um arrepio semelhante ao que sentia quando abraçava mulheres vestidas de veludo.

O sol descia por trás da Coxilha do Coqueiro Torto, em cujo topo estava enterrado Fandango, o velho capataz do Angico que morrera centenário. Era a hora em que a paz do céu descia sobre os campos, as águas paradas pareciam mais paradas, sons e cores se amorteciam numa surdina, as sombras começavam a tomar tonalidades de violeta. Um esplêndido galo branco passeava como um paxá por entre as galinhas que ciscavam no chão de terra batida, dum vermelho queimado, que despedia uma tepidez lânguida, como dum corpo humano cansado. Um guaipeca de pelo fulvo dormia junto da porta da cozinha, de onde vinha um cheiro de carne assada.

Rodrigo estava inquieto. Que era? Talvez fosse a melancolia natural da hora e do lugar. Mas não! Havia mais alguma coisa. Sim, uma espécie de saudade absurda, sem objeto certo, uma sensação de aperto no peito que parecia ser metade ternura, metade expectativa. A solidão sempre lhe causara angústia. Talvez morasse ainda no fundo de seu espírito o menino que temia a noite e a escuridão.

Pensou no pai com má vontade. Se o Velho não fosse tão cabeçudo, aquela estância podia ser um paraíso. Teria luz elétrica, um gramofone, boas poltronas e camas, uns móveis simpáticos, quadros nas paredes. A imagem do pai se lhe desenhou na mente: a cara triste e tostada, o cigarro preso entre os dentes amarelados, a pálpebra do olho esquerdo a tremer. Ah! Aqueles olhos! Tinham o poder de fazê-lo sentir-se culpado. Eram olhos críticos de Terra: realistas, autoritários, intransigentes.

— Que porcaria! — exclamou Rodrigo.

— Quê?
— Tudo!

Arrancou um pêssego dum galho, partiu-o com as mãos e procurou comer a polpa sem que seus dentes tocassem a casca. Agora o galo estava fora da zona de sombra que se projetava no chão. Sua crista escarlate e empinada tinha algo de fálico.

— Como vamos por aqui em matéria de mulher? — perguntou Rodrigo em voz baixa.

— Mal.

Rodrigo ia pedir pormenores, mas teve de calar-se, pois Pedro Vacariano, que havia pouco apeara do cavalo, na frente do galpão, aproximava-se deles.

Era um caboclo alto e espadaúdo, "homem de pouca fala e muita confiança" — como o próprio Licurgo reconhecia. A pele de seu rosto tinha algo que lembrava goiaba madura. Os olhos eram escuros e vivos, os cabelos negros e corridos. Uma cicatriz rosada atravessava-lhe uma das faces, da boca à orelha. Tinha trinta e cinco anos de idade, era natural da Vacaria, onde matara um homem em legítima defesa. Depois de julgado e absolvido, fora obrigado a mudar-se, para fugir aos filhos do assassinado, que haviam jurado vingança.

Diziam que era valente e rijo, capaz de ficar dias e dias sem comer nem beber, e que não tinha paciência com os que falavam quando nada tinham a dizer. Não era fácil para Rodrigo esconder sua antipatia pelo capataz. Mais de uma vez procurara descobrir, sem resultado, por que seu pai, homem de ordinário tão cauteloso, exigente e desconfiado, acolhera com tanta facilidade na estância o fugitivo de Vacaria, entregando-lhe um posto de tamanha responsabilidade. A verdade era que havia quatro anos que Pedro Vacariano capatazeava o Angico sem jamais ter dado aos patrões o menor motivo de queixa ou desconfiança.

O caboclo apertou rapidamente a mão dos dois irmãos, sem dizer palavra, e depois, com ambas as mãos na cintura, uma perna tesa e a outra dobrada, como um soldado em posição de descanso, fez com sua voz monótona e seca um relato da situação do trabalho no Angico. Não se podia deixar de admirar a precisão e a economia verbal com que o capataz se expressava. Não esperdiçou palavra. E enquanto ele falava, Rodrigo analisou-o com olho frio e antipático. Sempre tivera má vontade para com gaúcho que usasse chapéu de barbicacho, como era o caso de Pedro Vacariano. Sempre interpretara o barbicacho como uma espécie de bravata, de provocação. Também não gostava do ar altivo do cabra, do seu jeito de olhar os outros "de cima". Toríbio, no entanto, parecia dar-se bem com ele.

E agora era Bio quem falava, transmitindo ao capataz um recado do velho Licurgo sobre a castração de um cavalo. Pedro escutava, olhando obliquamente para Rodrigo, que pensava: "Esse tipo está me cozinhando. Não me agrada o jeito dele... Decerto está fazendo troça da minha indumentária: culote cáqui em vez de bombachas, perneiras em vez de botas. Cachorro!".

O sol estava quase sumido por trás da sepultura do velho Fandango e era uma luz de tons alaranjados que envolvia agora Pedro Vacariano, que ali estava de cabeça erguida, mordendo o barbicacho. Sua figura recortava-se contra um fundo formado por um pessegueiro copado, carregado de frutos maduros. Parecia um quadro. Rodrigo não pôde deixar de reconhecer que o capataz era um belo tipo de homem. Isso o deixou ainda mais irritado, como se ali no Angico só ele tivesse o direito de ser belo e macho.

29

Ao entrar na sala de jantar mal alumiada por um lampião de querosene, de cuja manga subia para o teto uma fumaça esfiapada e negra; ao contemplar a mesa tosca — a toalha de algodão dum branco amarelento de açúcar mascavo, a louça grosseira, a farinheira rachada, as colheres de estanho, os garfos e facas de ferro com cabos de madeira, e principalmente o prato fundo trincado pelo qual o velho Licurgo revelara sempre uma predileção inexplicável —, Rodrigo sentiu uma tristeza que só foi compensada pela presença quente, suculenta e olorosa do assado de ovelha, que Toríbio trinchava com uma alegre fúria de anfitrião.

— Senta, homem. Estou com uma fome canina.

Atirou um gordo naco de carne sobre o prato do irmão. Rodrigo cobriu-o de farinha, empunhou garfo e faca e começou a comer. Uma chinoca entrou com uma travessa cheia dum arroz pastoso e reluzente, do qual ele também se serviu. Maria Joana surgiu em pessoa com uma terrina cheia de galinha ao molho pardo, seguida por outra rapariga que trazia um prato com batatas-doces assadas e mogangos cobertos de açúcar queimado. Um festim! — fantasiou Rodrigo, mastigando gulosamente, e já com as bochechas salpicadas de farinha. Sim, um festim da Roma antiga. Ali à cabeceira da mesa, por trás da fumaça que subia do pratarraço de arroz — retaco, sanguíneo, de pescoço taurino e olhinho sensual —, Toríbio parecia um imperador romano.

Os irmãos comiam com uma sofreguidão infantil, trocando pratos, comunicando-se por meio de sinais ou então gritando de boca cheia: "Atira o sal!", "Pincha a farinheira!". Houve um momento em que Toríbio fez um sinal na direção dos mogangos e rosnou: "Me passa aquela bosta!". Rodrigo obedeceu, sorrindo. O imperador positivamente não tinha compostura. Dizia palavrões, levava a faca à boca, manchava a toalha de molho pardo: grãos de arroz perdiam-se na emaranhada cabelama de seus braços de estivador. Ah! Se a Dinda estivesse presente, já teria gritado: "Olhe os modos, Bio!".

Maria Joana contemplava-os em silêncio, a um canto da sala, na penumbra, com a cabeça inclinada para um lado, os braços cruzados. Era uma mestiça de feições repelentes, e sua cabeça pequena, de lisos cabelos muito negros, a pele enrugada colada aos ossos, dava a impressão desses crânios humanos encolhidos, feitos pelos índios do Amazonas. O que, porém, mais impressionava nela eram os olhos de esclerótica amarelada, com uma fixidez visguenta de olho de jacaré. Falava pouco, resmungava muito. Nos dias de vento andava pela casa com as mãos na cabeça, a uivar, e acabava sempre saindo porta fora e correndo, a esconder-se no bambual, onde esperava que a tempestade passasse. Como era possível — refletia Rodrigo — que aquela criatura imbecilizada, que mais parecia um animal do que um ser humano, fosse capaz de cozinhar com aquela maestria, com aquele requinte? O molho pardo estava divino. O arroz, no ponto exato. O assado? Nem era bom falar...

— Maria Joana — disse ele, metendo a mão no bolso.
— Venha cá.

Deu-lhe uma moeda de dois mil-réis. A cafuza apanhou-a com um gesto brusco e ao mesmo tempo arisco. Soltou uma risada estrídula e, olhando para a moeda que mantinha afastada do corpo, na ponta dos dedos, como se ela fosse um bicho repugnante, gritou: "Santa Bárbara, São Jerônimo!", deu uma rabanada e precipitou-se para a cozinha, soltando urros não de alegria, mas de pavor, como se a mais medonha das ventanias tivesse começado a soprar sobre as coxilhas.

— Pobre-diabo — murmurou Rodrigo, seguindo-a com o olhar.
— Sífilis.

Depois do jantar Toríbio dirigiu-se para o galpão, como costumava fazer sempre àquela hora. Ia conversar com a peonada, contar e ouvir causos. E era certo que o negro Tiago tocaria cordeona e que o velho Zósimo, se estivesse de veia, cantaria umas cantigas que aprendera na Banda Oriental, nos tempos de piá.

Rodrigo pôs-se a caminhar na frente da casa, ao longo do renque de cinamomos, assobiando baixinho o "Loin du Bal", olhando para as estrelas, escutando os grilos e as corujas, sentindo na cara a brisa tépida da noite. A lua ainda não havia aparecido, mas já se anunciava na luminiscência do horizonte. Vaga-lumes pisca-piscavam no ar, que cheirava a campo.

Rodrigo acendeu um cigarro, agora mais que nunca consciente daquela sensação de desconforto e apreensão. Que seria? Teve uma sensação de perigo iminente, como se das sombras da noite um inimigo estivesse prestes a lançar-se sobre ele. E, de súbito, lançou-se mesmo... Mas veio duma outra noite do passado. Um cadáver ocupou-lhe por inteiro o campo da memória: Toni Weber estendida no chão, o corpo hirto e gelado, a cara lívida, os olhos vidrados, os lábios queimados de ácido...

Rodrigo estacou, abraçou o tronco duma árvore, e algo quente e enovelado subiu-lhe no peito, lágrimas rebentaram-lhe nos olhos. Ó vida insensata! Ó vida absurda! Ó vida bela e terrível! Havia sete anos Toni Weber se matara por sua causa: era solteira e ele, um homem casado, lhe havia feito um filho... E para afastar-se da morta, para evitar o perigo de trair-se, viera covardemente para o Angico e, numa noite tétrica, andara a correr alucinado por aqueles campos, com medo de enlouquecer.

Era estranho que agora ali se encontrasse de novo, como se nada houvesse acontecido. Ficara-lhe o vago horror daquele cadáver, daquela noite e do remorso... Quanto ao mais, era como se tudo não passasse duma história triste, lida num romance quase esquecido... Mas por quem chorava? Pela suicida? Ou por si mesmo?

Alguém cantava agora no galpão. Era uma toada campeira, triste como uma canhada deserta em tarde chuvosa de inverno.

30

Pouco antes das nove horas. Toríbio voltou para casa e encontrou Rodrigo ainda a caminhar sob o arvoredo.

— Queres ir camperear amanhã? — perguntou.

— Naturalmente, homem.

— Pois então vai dormir, bichinho, porque saímos às cinco da madrugada.

— Cinco? Não contes comigo. É cedo demais.

Meia hora mais tarde, quando Rodrigo foi para o quarto, encontrou o irmão estendido de borco numa das camas, completamente nu, e já a dormir profundamente. Parou à porta, com uma vela acesa na mão, tomado pela estranha impressão de que não podia entrar, pois naquele compartimento não havia lugar para ele. A presença de Toríbio parecia entulhar o quarto. Ali estava sobre o leito aquele homem retaco e musculoso, cabeludo como um gorila. O calor de seu corpo aumentava a temperatura ambiente. Seu cheiro acre e seu próprio ressonar pareciam ocupar um espaço físico.

Por alguns instantes Rodrigo ficou a contemplar o irmão, sorrindo. Depois, colocando o castiçal e o relógio sobre a mesinha que separava as camas, despiu-se, enfiou as calças do pijama de seda e, de torso nu, deitou-se. Apanhou a brochura desbeiçada que viu no chão e aproximou-a da chama da vela. Era um volume do *Rocambole*. Toríbio era um leitor voraz de novelas de aventuras.

Rodrigo folheou o livro ao acaso, depois atirou-o no soalho com força, pois sabia que Bio tinha um sono de pedra.

Toríbio reboleou-se, ficou de ventre para o ar e começou a roncar, produzindo um som de trombone. Rodrigo pensou em ir dormir em outro quarto: havia tantos na casa! Mas ficou. Era curioso o efeito que tinha sobre ele a presença do irmão. Dava-lhe a mesma sensação de segurança que ele sentia quando punha o revólver na cintura e saía para a rua, mesmo sabendo que não ia ter nenhuma oportunidade de usar a arma.

Compreendeu que não lhe ia ser fácil dormir. Não estava habituado a deitar-se cedo. O remédio, enquanto permanecesse no Angico, seria acompanhar o irmão nas lidas campeiras, cansar bem o corpo para ter sono àquela hora.

Revirou-se e ficou deitado de bruços, os olhos cerrados, o nariz metido no travesseiro áspero. Ouvia com uma intensidade surda as batidas do próprio coração, como se a víscera estivesse a pulsar dentro do colchão de palha e não dentro de seu peito. Coração de palha... Talvez lhe fosse melhor ser insensível... Havia outra parte de seu corpo que lhe daria menos trabalho se fosse também de palha. Mas qual! A natureza não se enganava nunca: quem se iludia ou errava eram os homens.

Tornou a mudar de posição, ficando agora deitado de costas. De olhos sempre fechados, procurava "ver" o fluxo do sangue quente e inquieto nas veias e artérias. Apalpou o tórax, procurando o relevo das costelas. Fez descer as mãos para a depressão do abdome (orgulhava-se de não ser obeso), ficou algum tempo a cavoucar com o indicador no botão do umbigo e depois, quando seus dedos tocaram o púbis, teve a súbita e perturbadora consciência duma vaga saudade masturbatória, que o deixou a um tempo indignado consigo mesmo e sexualmente excitado. Uma onda de calor formigou-lhe no corpo inteiro, como uma urticária. Arrancou as calças do pijama e ficou tão nu quanto o irmão. Pronto! era preferível que tivesse o corpo recheado de palha, como um espantalho. Não! Era bom estar vivo. Sim, vivo estava, mas não se sentia feliz. Faltava-lhe alguma coisa. Que era? Talvez uma nova aventura: uma amante, uma viagem... talvez uma revolução — qualquer coisa, menos o marasmo, a mesmice, aquela triste paródia de vida, à sombra do pai. Que tinha feito até agora senão colher gloríolas municipais? Claro, chegara a deputado estadual, mas que valor tinha isso quando tantas bestas quadradas haviam conseguido o mesmo? Horrorizava-o a ideia de passar o resto da vida conformado com a mediocracia de Santa Fé. De certo modo misterioso ele sabia, pressentia que um belo destino lhe estava reservado. Sentia-se com ânimo e inteligência para realizar grandes coisas. Mas onde? Como? Quando?

Gostara do Rio de Janeiro. Ficara deslumbrado com o seu cenário natural, seu cosmopolitismo, suas possibilidades eróticas.

Lá estava o mar, a Ópera, museus, gente civilizada, lindas mulheres. A solução talvez estivesse numa deputação federal. Mas como ia conseguir isso se havia abandonado seu partido? Além do mais, a maldita situação política tornava tudo incerto, imprevisível.

Toríbio ainda soprava seu trombone. Diabo feliz! Não tinha problemas. Atirava-se na cama, fechava os olhos e — bumba! — caía no sono. Por que mundos, entre que gente seu espírito andaria agora gauderiando?

Rodrigo cruzou os braços sobre o peito, tornou a procurar o sono... Em que remota canhada, no fundo de que invernada estaria esse boi preto e arisco?

Trinta e seis anos. Caminhava com botas de sete léguas para a casa dos quarenta. Viriam em breve os primeiros cabelos brancos, os primeiros achaques! Não! Não se conformaria jamais com a velhice. O melhor seria morrer por volta dos cinquenta, numa guerra, num duelo... ou de um colapso cardíaco. Cair na rua fulminado... que bela morte! Não daria trabalho à família, ninguém o veria minguar, apodrecer em cima de uma cama.

Soltou um suspiro de impaciência, procurou nova posição sobre a dureza do colchão. Um grilo entrou no quarto e começou a cricrilar: dueto de trombone e percussão.

Preciso comprar um carro novo — pensou. — O Ford está um calhambeque.

O vulto do pai delineou-se contra o fundo de suas pálpebras. Licurgo amassava a palha para fazer um cigarro. "Pelo que vejo o senhor virou miliardário. Ainda que mal pergunte, não ouviu ainda falar na crise da pecuária? Não sabe que depois que terminou a Guerra Europeia o preço do gado só tem caído?"

O pai. Sempre o pai, a tratá-lo como se ele fosse um menino. Barrava-lhe quase todos os projetos. Censurava-lhe quase todos os atos, nem sempre necessariamente com palavras, mas com aquele seu olhar que valia por cem sermões.

Que vão todos para o diabo! Tenho de acabar com essa situação deprimente, proclamar minha independência. "Independência ou morte!" D. Pedro I em cima dum cavalo, erguendo o chapéu de dois bicos... (Rodrigo teve na mente por um instante a apagada reprodução do quadro famoso, num remoto compêndio de História do Brasil do curso primário.) Sua independência dependia em última análise da morte do velho Licurgo. Santo Deus! Ficou de tal modo alarmado que chegou a soerguer-se como um autômato e pôs-se a olhar fixamente para o quadrilátero da janela. Quis evitar, mas não conseguiu, a ideia de que se o Velho morresse ele, Rodrigo Terra Cambará, tomaria posse de sua própria vida, poderia ir a Paris, à Cochinchina, aonde quisesse, sem ter de dar explicações a ninguém... Censurou-se a si mesmo (e neste momento estava sendo o seu próprio pai) por se permitir tais pensamentos. Era monstruoso. Amava, respeitava o Velho. A vida dele era-lhe preciosa. Que Deus a conservasse ainda por muitos anos!

Tornou a estender-se na cama, fechou os olhos, procurando fugir àquelas cogitações absurdas e perversas. Mas não pôde evitar uma visão terrível: o pai morto dentro dum ataúde, um lenço roxo a cobrir-lhe o rosto. Senhores! Deve haver algum engano. Ninguém morreu! Abram as janelas! Apaguem as velas! Mandem tirar da sala essas coroas e flores! Deixem entrar o ar puro, o sol... Ó Deus, perdoai-me por eu não poder fugir a estes pensamentos. Zelai pela vida do meu pai, pela vida de toda a minha família. Se alguém tiver de morrer, que seja eu. (Que Deus me livre!) Mas o exorcismo não deu o resultado esperado. Porque agora Rodrigo via sua própria imagem refletida no espelho grande da sala. Estava de luto fechado. Tinha voltado da missa de sétimo dia.

Lágrimas começaram a escorrer-lhe pelas faces.

Olhou o relógio. Quase onze. Toríbio e o grilo continuavam o seu concerto. Rodrigo procurava em vão e às cegas as portas do sono. E se no dia seguinte alguém lhe perguntasse em que momento exato as imagens da vigília se haviam dissipado para darem lugar às do sono, ele não saberia responder.

31

Quando na manhã seguinte, alto o sol, Rodrigo saiu de casa — a sensação de brusca beleza que lhe veio do céu e das coxilhas foi de tal maneira intensa, que ele estacou, a respiração cortada, como se tivesse recebido um golpe de lança em pleno peito. Lágrimas vieram-lhe aos olhos, e ele se quedou a perguntar a si mesmo como era que não tinha percebido antes (ou percebera e esquecera?) que vivia talvez dentro duma das mais belas paisagens do mundo.

Existiam naturezas convulsas e vulcânicas como a dos Andes — refletiu, fungando como um menino prestes a chorar. Terras desoladas e pardas como as da Mancha, por onde andara o Quixote. Alguém lhe falara um dia na seca, desmaiada beleza de certas zonas desérticas, riçadas de cactos que produziam flores esquisitas. Sempre sentira algo de vagamente indecente na exuberância tropical: a natureza que cerca o Rio de Janeiro dera-lhe a impressão duma fêmea em permanente cio. Agora, este quadro o encantava e enternecia pelo que tinha de singelo e límpido. Se o deserto lembrava a transparência da aquarela e o trópico sugeria o lustroso empastamento do óleo, as campinas do Rio Grande pareciam um quadro pintado a têmpera.

Meio ofegante, Rodrigo contemplava a amplidão iluminada. O desenho e as cores do quadro não podiam ser mais sumários e discretos: o contorno ondulado das coxilhas, dum verde vivo que dava ao olhar a sensação que o cetim dá ao tato: caponetes dum verde-garrafa, azulados na distância, coroando as colinas ou perlongando as canhadas: barrancas e estradas como talhos sangrentos abertos no corpo da terra. Por cima de tudo, a luz dourada da manhã e o céu azul duma palidez parelha e rútila de esmalte e duma inocência de pintura primitiva. A paisagem tinha a beleza plácida e enxuta de um poema acabado, a que se não pode tirar nem acrescentar a menor palavra.

Rodrigo saiu a andar pelas campinas, respirando fundo e já fazendo belos planos. Ali estava a solução — disse para si mesmo, sem muita convicção, mas feliz por poder pensar nessa possibilidade. Abandonaria a medicina e a política, passaria a viver largas temporadas no Angico, como um *esquire* inglês, perto da terra, alternando a faina do campo com a do espírito, a música de bons discos com o mugido dos bois. Podia até escrever um livro... Por que não? Talvez um ensaio sobre o Rio Grande, no qual procura-se descobrir as raízes de suas lealdades castilhistas e gasparistas. Ou então uma história máscula da Revolução de 93. Não. O melhor seria uma biografia de Pinheiro Machado. Ocorria-lhe até um título: *O caudilho urbano*. Começaria com a visita do senador ao Sobrado, em 1910...

Estava agora convencido de que a vasta e limpa solidão do Angico era mil vezes preferível à atmosfera opressiva de Santa Fé, o burgo podre dos Madrugas e Camachos. Já que não podia viver numa grande metrópole, viveria na estância. Não podia ter Paris? Teria o Angico. Em vez de andar pelos bulevares, burlequearia pelos potreiros... Nunca fora homem de aceitar o meio-termo. O problema estava resolvido! E para dar ênfase à resolução, desferiu um pontapé numa macega. Diabo! Havia um sabor acre e macho naquela vida telúrica. Afinal de contas era naquele chão que Terras e Cambarás tinham suas raízes.

Nos dias que se seguiram, Rodrigo entregou-se por inteiro às lidas do campo, com um fervor de cristão-novo, acompanhando em tudo o irmão, que ele observava com uma inveja cordial, e que procurava imitar, mas sem muito resultado, pois precisava de considerável esforço para fazer mediocremente o que o outro fazia muito bem, e com naturalidade.

Quando ambos eram meninos, Rodrigo orgulhava-se da força e da coragem de Bio, assim como este mal escondia sua admiração pelas qualidades intelectuais do irmão mais moço. Muita vez no pátio da escola, à hora do recreio, Rodrigo congregava os amigos para exibir o "muque" do Bio e suas proezas de saltimbanco. Toríbio não se fazia rogar. Virava cambalhotas tão bem como um burlantim profissional. Não havia noite em que, antes de dormirem, ele não desse um espetáculo para o irmão. E como Rodrigo fosse a melhor das plateias, Toríbio entusiasmava-se. Um dia, no seu fervor circense, resolveu "fazer uma mágica": comeu a metade duma vela de cera ante os olhos horrorizados do irmão, que sabia que essa vela havia sido roubada a uma sepultura do cemitério.

E agora, ali no Angico, Toríbio continuava na sua "demonstração". Mudara, porém, o repertório. Duma feita mandou o irmão jogar para o ar, bem alto, uma lata de compota vazia e, antes que esta caísse no chão, varou-a três vezes com balaços de revólver.

— Desafio o Assis Brasil a fazer o mesmo! — exclamou.

Um dia, durante o banho na sanga, mergulhou e ficou tanto tempo sem aparecer à tona, que Rodrigo começou a inquietar-se. Ia mergulhar também para ver que havia acontecido, quando Toríbio emergiu do fundo do poço, lustroso e gordo como uma capivara.

— É ou não é pulmão? — perguntou.

Uma manhã, na Invernada do Boi Osco, como quisessem laçar um forte tourito de sobreano, e como um dos peões já estivesse de laço erguido, Toríbio gritou-lhe:

— Deixa esse bichinho pra mim!

Precipitou-se a todo galope e, em vez de usar o laço, jogou-se do cavalo em cima do touro, agarrando-se-lhe primeiro ao pescoço e depois às aspas... e assim enovelados homem e animal percorreram uns dez metros... Por fim estacaram. Toríbio torceu a cabeça do touro até fazê-lo tombar por completo no chão. A peonada ria e soltava exclamações de entusiasmo. Quando Rodrigo se acercou do irmão, este, ainda segurando as aspas do animal e apertando-lhe a cabeça contra o solo, ergueu a face lustrosa de suor, de sol e de contentamento, e disse:

— Te desafio a fazer o mesmo.

— Ora, vai tomar banho!

E durante três dias a lida foi dura e contínua em todas as invernadas. Ao cabo desse tempo, Toríbio devolveu a capatazia da estância ao Pedro Vacariano e passou a entregar-se a frequentes e misteriosas excursões aos capões das vizinhanças, de onde voltava trazendo grandes ramos de açoita-cavalo e guajuvira. Intrigado, Rodrigo perguntou:

— Que história é essa?

— Estou preparando o meu arsenal. Tu te esqueces que estamos em véspera de guerra.
— E que vais fazer com esses paus?
— Lanças. Quero organizar um piquete de cavalaria. É ainda a melhor arma para a nossa campanha, digam o que disserem.
— Estás completamente doido. Estamos em 1922 e não 1835.

Toríbio nada disse. Ajudado por mais dois peões munidos de facões afiados, começou a dar àqueles paus a forma de lanças. E Rodrigo, que andava em lua de mel com o Angico e os novos projetos de vida, tornou a pensar na iminência da revolução. Só agora lhe ocorria fazer a si mesmo a pergunta crucial: "Com que armas vamos brigar?". E enquanto o irmão e os peões falquejavam madeira e ajustavam à extremidade dos paus pedaços pontiagudos de ferro, folhas de velhas tesouras de tosquiar — ele pensava em que o governo naturalmente lançaria contra os revolucionários a sua Brigada Militar, adestrada e aguerrida, com bons fuzis Mauser e até metralhadoras. E essa ideia deixou-o perturbado, pois não se harmonizava com seu estado de espírito no momento. Certa manhã encontrou por acaso em uma gaveta um número atrasado de *L'Illustration*, que lhe deitou por terra os planos rurais e lhe despertou, mais agudo que nunca, o desejo de visitar Paris. Seu nariz, saturado do cheiro de creolina, sabão preto, picumã e couro curtido, de súbito clamou por perfumes franceses. E à hora da sesta, com a revista aberta sobre o peito, imaginou que passeava em Paris, em Saint-Germain-des-Prés, na Place de l'Étoile... Tomou absinto num café de Montmartre e dormiu com várias mulheres que caçou nas ruas.

Decidiu então que tinha de ir a Paris, custasse o que custasse. Estava claro que Flora preferiria ficar em Santa Fé, por causa dos filhos. O velho Licurgo ia fazer cara feia, mas acabaria por aceitar a ideia da viagem... Estava decidido. Iria em princípios de março, passaria a primavera na cidade de seus sonhos.

No entanto ali estava o irmão a fabricar lanças de pau para seu piquete de cavalaria...

— Queres fazer uma aposta? — perguntou Toríbio. — Lá por fins de fevereiro, o mais tardar, estamos na coxilha tiroteando com a chimangada.

Rodrigo sacudiu a cabeça, numa afirmativa taciturna.

— Sim, e um de nós dois pode estar morto, enterrado e podre numa dessas canhadas...

Toríbio encolheu os ombros.

— Pode ser que eu me engane, mas acho que ainda não nasceu o filho da puta que vai me matar...

No dia seguinte chegou um próprio de Santa Fé, trazendo a correspondência e um maço de jornais. Havia um bilhete de Flora, um recado lacônico de Licurgo e uma longa carta de Dante Camerino, lamentando que seu "amigo e protetor" não pudesse ir a Porto Alegre para assistir à cerimônia de sua formatura.
— Temos o Dante já doutor! — disse Rodrigo, sorrindo.
— Quem diria! — maravilhou-se Toríbio. — O engraxate da Funilaria Vesúvio...
— Vou pôr o rapaz a trabalhar no meu consultório e na Casa de Saúde, com o Carbone.
— Esse guri nasceu com o rabo pra lua!
Rodrigo atirou-se aos jornais. Continuava o debate em torno do tribunal de honra que os procuradores de Assis Brasil haviam proposto em carta a Borges de Medeiros para julgar a eleição. Em um editorial d'*A Federação*, que comentava essa carta, Lindolfo Collor ironizava seus signatários, corrigindo-lhes o português.
— Esse doutor Topsius de São Leopoldo! — exclamou Rodrigo, irritado. — Não perde oportunidade para mostrar que sabe gramática!
Os jornais transcreviam também os debates da Assembleia. Um deputado da oposição protestava contra o fato de a apuração das eleições estar sendo feita a portas fechadas, sem a presença dum fiscal sequer da facção assisista.
— Está claro que assim podem fazer o que querem. Cachorros! É a história de sempre.
Quando terminou de ler o último jornal, Rodrigo já não olhava com olhos cépticos ou irônicos para as lanças de Toríbio. Estava convencido de que a revolução era mesmo a única alternativa. A Comissão de Poderes (e lá estava o Getulinho!) fazia a portas fechadas a "alquimia" eleitoral.
— Se a revolução tem de sair mesmo — disse ele a Toríbio —, por que perder tempo neste fim de mundo?
Talvez o melhor fosse ir a Porto Alegre para confabular com os líderes oposicionistas. Antes, porém, tinha de sondar os correligionários em Santa Fé, saber com quantos homens podiam contar, com que quantidade de armas e munições.

Toríbio e Pedro Vacariano saíam pelas invernadas a visitar agregados e posteiros. Para muitos daqueles homens, uma revolução era a oportunidade de gauderiar, de cortar aramado livremente, de carnear com impunidade o gado alheio.

— Acho que só no Angico, contando a peonada, podemos recrutar uns oitenta soldados — declarou Toríbio ao voltar da excursão. — Temos de contar também com gente que possa vir da cidade...

— Se eu fosse tu, não confiaria muito nesse caboclo. Isso é homem de matar um companheiro pelas costas...

— O Vacariano? Boto a minha mão no fogo por ele.

32

Aquele ano os Cambarás tiveram um Natal festivo, como de costume. Flora armou no centro da sala de visitas um pinheiro nativo de Nova Pomerânia, duma forma cônica quase perfeita e dum verde fosco e acinzentado. Pendurou-lhe nos galhos esferas de vidro verdes, azuis, solferinas, prateadas e douradas, bem como ajustou nele pequenas velas de várias cores. Maria Valéria, como a própria Fada do Inverno, atirou chumaços de algodão sobre a árvore, num simulacro de neve. E, como para tirar à festa o "sotaque" alemão, colocou ao pé do pinheiro algumas figurinhas de presépio.

Rodrigo acendeu as velas, pouco depois do anoitecer, na presença da gente da casa e de alguns amigos. Havia dois ausentes: Toríbio, que não acreditava "naquelas besteiras", e Licurgo, que estava na casa da amante. O velho Aderbal e a mulher tinham vindo à tarde trazer seus presentes aos netos, e antes do cair da noite haviam retornado ao Sutil.

Apagou-se a luz elétrica. Aproximava-se a hora misteriosa da chegada de Papai Noel. Edu agarrou-se às saias de Maria Valéria de um lado, e Zeca fez o mesmo de outro. Jango, pelas dúvidas, meteu-se num canto, em atitude defensiva, e ficou esperando...

Sílvia olhava para a árvore iluminada com um grave espanto nos olhos de gueixa. Alicinha, apertando Aurora contra o peito, aproximou-se da mãe, que tinha agora Bibi nos braços. Floriano contemplava a cena, sentado no primeiro degrau da escada do vestíbulo. Sabia que quem viria disfarçado de Papai Noel seria, como todos os anos, o

Schnitzler da confeitaria: mas gostava de fazer de conta que ainda acreditava na lenda segundo a qual o Velho do Natal vinha do Polo Norte, voando sobre campos, montanhas e cidades no seu trenó puxado por duas parelhas de renas. E agora, olhando para o pinheiro rutilante na sala sombria, o rapaz enfiava a cara por entre as grades do corrimão, esperando o grande momento, com a sensação de ter mariposas vivas no estômago.

— Atenção! — bradou o Chiru, olhando o relógio. — O Bichão vai chegar... Não estão ouvindo o barulho da carruagem?

Rodrigo deu corda ao gramofone e pô-lo a tocar a marcha da *Aida*, interpretada pela banda dos Fuzileiros Navais. Acordes heroicos encheram a casa. As mariposas de Floriano alvorotaram-se.

Ouviu-se um ruído de passos para as bandas da cozinha, onde Laurinda gritou: "O Velho chegou! Minha Nossa!". E então uma imponente figura surgiu à porta da sala: um Papai Noel todo vestido de vermelho, com longas barbas de algodão, um capuz na cabeça, um ventre enorme, o saco de brinquedos às costas. Soltou uma gargalhada estentórea e bonachona. Bibi rompeu a chorar. Edu fechou os olhos e agarrou-se com mais força à perna da Dinda. Alicinha contemplava o recém-chegado com uma expressão de fastio nos olhos adultos. Sílvia, de boca aberta, o beicinho trêmulo, aproximou-se de Rodrigo e abraçou-lhe as pernas.

Jango tapou os olhos com as mãos, mas ficou espiando o "bicho" por entre os dedos. Zeca murmurava: "Não tenho medo dele... não tenho medo dele...". Mas não largava a saia de Maria Valéria. Gabriel, o prático de farmácia, estava de pé a um canto, olhando a cena com a boca semiaberta, e algo de pateticamente infantil nos olhos mansos.

Papai Noel deu alguns passos e pousou o saco no soalho — no centro da sala. Seguiu-se a distribuição de brinquedos, ao som da marcha e do berreiro desenfreado de Bibi. Passado o primeiro momento de medo, Edu deu dois pulos à frente, soltou uma cusparada na direção da barriga do Velho, e em seguida recuou, entrincheirando-se atrás da mãe.

— Todos os meninos se comportaram bem? — perguntou o *Weihnachtsmann* com seu forte sotaque alemão.

Através das órbitas da máscara de papelão apareciam os olhos claros do confeiteiro. O suor punha-lhe manchas escuras na roupa.

A música do gramofone cessou. Chiru mudou o disco. Era agora uma valsa vienense. Papai Noel começou a dançar, ao mesmo tempo que entregava os pacotes. Havia presentes para os grandes. Gravatas para Chiru e Gabriel. Uma cigarreira para Neco Rosa. Uma camisa de seda para o dr. Ruas, que manquejava dum lado para outro, apoiado numa bengala. Roque Bandeira ganhou um dicionário de Aulete. Para Stein havia um volumoso pacote.

— Abra — disse Rodrigo ao judeu.

O rapaz obedeceu. Dentro da caixa enfileiravam-se os volumes da *História universal* de César Cantù.

— Ah! — fez Stein.

— Então, não dizes nada?

— Muito obrigado, doutor.

— Assim com essa falta de entusiasmo? Se queres, devolvo esses livros e te compro outra coisa.

— Não senhor, está muito bem.

Ajoelhado ao pé da caixa, Arão Stein mirava as lombadas dos volumes. E como Roque Bandeira se acocorasse ao lado dele para mostrar-lhe o seu Aulete, o judeu murmurou:

— Imagina, o César Cantù! A História narrada do ponto de vista safado e convencional da burguesia: a exaltação do capitalismo, a justificação das guerras, a glorificação dos generais, do imperialismo...

— Finge ao menos que estás contente, ingrato — rosnou o outro, com os olhos em Rodrigo, que naquele momento entregava um presente à esposa.

Flora passou a filha mais moça para os braços de Maria Valéria e abriu o pequeno pacote. Era um estojo de veludo roxo, dentro do qual fulgia um anel de brilhante.

— Gostas? — perguntou o marido, sabendo já o que ela ia dizer.

Como única resposta ela lhe enlaçou o pescoço e beijou-lhe a face.

— Agora — anunciou o anfitrião — o presente da madrinha.

Abriu um pacote, tirou de dentro dele um xale de lã xadrez e entregou-o à Dinda, que o agarrou e disse, seca:

— Podia ter empregado melhor o seu dinheiro. Velha não carece de presente.

Papai Noel continuava a valsar ao redor da sala, pesado como um urso. Já agora, entretidas com os brinquedos, as crianças lhe davam menos atenção. Mas Edu, vendo aquele traseiro gordo e vermelho passar por perto, precipitou-se contra ele e desferiu-lhe uma cabeçada. Papai Noel desatou a rir e atirou-se no chão, fingindo que tinha sido derrubado. Rodrigo aproximou-se do confeiteiro.

— Agora vai embora, Júlio — segredou-lhe —, antes que comeces a perder o prestígio. A máscara está afrouxando.

Papai Noel fez as despedidas, com promessas de voltar no ano seguinte, e rosnando ameaças para os meninos e meninas que não se comportassem bem durante o ano.

Alguém acendeu a luz do lustre. As crianças foram levadas para o andar superior.

— Agora vamos comer e beber alguma coisa! — exclamou Rodrigo.

Ele próprio havia preparado um *bowle*, que começou a servir generosamente. Chiru quebrava nozes entre as manoplas. O dr. Ruas sentou-se ao piano e atacou a valsa "Sobre as ondas". Leocádia surgiu com um prato de croquetes quentes. Neco Rosa foi o primeiro a servir-se. Gabriel bebia em silêncio no seu canto.

Por volta das nove horas entraram no Sobrado os Carbone. Ele vinha duma operação de emergência, um caso de ventre agudo, e estava eufórico. Ela, envolta numa aura de água-de-colônia e alho, começou a distribuir abraços e beijos. Rodrigo entregou os presentes destinados ao casal.

— *Auguri!* — exclamou o cirurgião, pondo-se na ponta dos pés para beijar a testa ao amigo. Santuzza puxou o anfitrião contra os seios e aplicou-lhe uma beijoca sonora na boca.

Poucos minutos mais tarde Carlo Carbone estava ao lado de Miguel Ruas, que ensaiava o acompanhamento duma outra *canzonetta*.

Rodrigo ficou por alguns instantes a mirar a própria imagem refletida numa das esferas de vidro. Onde estará o senhor dentro de um mês? — perguntou a si mesmo, começando já a entrar no "porre suave". "Em cima dum cavalo, na frente duma coluna revolucionária, em plena coxilha? Debaixo da terra, numa sepultura rústica perdida no meio do campo? Onde?"

Carbone soltou a voz de tenorino, doce, afinada e meio trêmula. Era o *Torna a Sorrento*.

Chiru olhou para Neco e disse:

— Pelo que vejo, hoje não vais poder tocar violão.

O barbeiro deu de ombros.

— Pouco m'importa. Deixa que o gringo se divirta.

33

Stein explicava a Bandeira por que razão era contra a lenda do Natal:
— É preciso preparar a infância para a sociedade socialista do futuro, e isso se faz com realismo e não com quimeras. A história de Papá Noel, além de importada, é uma lenda burguesa, baseada no sobrenatural. Está tudo dentro do esquema clerical-capitalista. É a velha peta do milagre... Um dos muitos truques que os donos do poder empregam para manter as massas narcotizadas e submissas.

Bandeira foi até a mesa servir-se outra vez de *bowle*. Voltou mastigando um pedaço de abacaxi.

— Esqueces outro aspecto da questão — disse. — Refiro-me ao interesse que tem o comércio de estimular este tipo de celebração, tu sabes, o hábito, a quase obrigação de dar presentes. E a todas essas, pouca gente se lembra do verdadeiro sentido desta data: o nascimento de Jesus.

— Outra lenda!
— Pode ser. Mas cala a boca, que o doutor Rodrigo vem vindo. Finge de bem-educado, ao menos hoje, sim?

Rodrigo aproximou-se dos dois amigos.
— E vocês? Discutindo sempre? Já comeram alguma coisa? Que é que vais beber, Arão?

Afastou-se sem esperar as respostas a essas perguntas.

A morna brisa da noite entrava pelas janelas e sacudia as esferas e os enfeites do pinheiro, que crepitavam. As chamas das velinhas oscilavam.

Rodrigo sentiu que lhe tocavam no braço.
— Que tens? Estás tão sério...
Voltou-se. Era Flora. Achou-a linda. Como pudera traí-la tantas vezes com outras mulheres?
— Não, meu bem. Não é nada.

Aproveitando o momento em que a maioria dos convivas se encontrava na sala de jantar, ao redor da mesa, Flora pousou por um breve instante a cabeça no ombro do marido, num gesto que o enterneceu.

— Rodrigo, me fala com franqueza... Essa revolução vai sair mesmo?
Ele lhe acariciou os cabelos.
— Não penses nisso, minha flor.
— E se sair... — Havia um tremor na voz dela. — Se sair... tu tens de ir?

— Flora, meu bem, estamos na véspera do Natal. Não vamos falar em coisas tristes.

— Mas eu preciso saber, não tenho dormido direito pensando nisso...

Carbone terminou a cançoneta num agudo um tanto falso, que mais pareceu um balido de ovelha. O dr. Ruas bateu no piano com bravura o acorde final. Ouviram-se aplausos.

— Depois conversaremos — disse Rodrigo. — Vai atender os teus convidados. — Abraçou a mulher, beijou-lhe rapidamente os lábios e murmurou: — Haja o que houver, quero que saibas que eu te amo, estás ouvindo? Te amo!

Ela se afastou, o rosto afogueado, os olhos brilhantes.

Carbone e o ex-promotor agora ensaiavam baixinho o *Ideale*, de Tosti.

— Mas suponhamos que saia a revolução... — dizia Roque Bandeira a Stein, que folheava distraído um dos volumes do dicionário.

O judeu sacudiu os ombros.

— Que briguem e se matem! Não tenho nada com isso. Acho que tu também não tens.

— Por quê?

— Se és o racionalista que imagino, não podes ir atrás dessas baboseiras de assisismo e borgismo.

Tio Bicho emborcou sua taça e depois ficou catando com o dedo os pedacinhos de abacaxi que haviam ficado no fundo dela.

— Ora, tu sabes como é difícil a neutralidade... — murmurou. — E fica sabendo que brigar é menos uma questão de convicção ideológica que de temperamento ou oportunidade.

Como Rodrigo de novo se aproximasse, Stein acercou-se dele, dizendo:

— Doutor Rodrigo, agora quero lhe dar o *meu* presente de Natal.

Meteu a mão no bolso interno do casaco e tirou um folheto, entregando-o ao amigo.

— Que é isto?

— Faça o favor de ver o título.

Era um caderno comovedoramente mal impresso em papel de jornal ordinaríssimo. O título: *Manifesto comunista*.

— Ah! — fez Rodrigo.

— Já leu esse grande documento?

— Uma vez passei-lhe os olhos...

Era mentira. Mas que importância tinha o assunto?

— Ó Arão — disse, segurando o braço do rapaz —, vou te pedir uma coisa. Tem cuidado quando distribuíres esta coisa. Tu sabes que existe no país uma lei contra a propaganda maximalista.

— Eu sei, doutor. Não se preocupe.

Rodrigo meteu o panfleto no bolso e dirigiu-se para o vestíbulo, pois naquele momento batiam à porta. Era Júlio Schnitzler, que voltava envergando sua roupa domingueira, e desta vez em companhia de sua *Frau* e da filha. Como acontecia todos os anos na véspera de Natal, vinham trazer de presente aos Cambarás um grande bolo.

— Entrem! Subam! — exclamou Rodrigo, abraçando-os.

Flora cortou o bolo e serviu os convidados. O dr. Carbone atacou o *Ideale*. Santuzza, na opinião do Neco, já estava um pouco "alegrete", pois desde que chegara não cessara de empinar taças sobre taças de *bowle*.

Quando, minutos depois, o dr. Dante Camerino entrou no Sobrado, foi recebido com exclamações e palmas. O rapaz abraçou o anfitrião, e entregou-lhe um presente.

— Ora, não devias te incomodar — disse Rodrigo, metendo o pacote no bolso sem abri-lo. — Agora quero te entregar o teu presente.

Camerino abriu os braços:

— O meu presente? Depois de tudo quanto o senhor fez por mim? Me custeou os estudos, me deu livros, me mandou dinheiro, Santo Cristo! E ainda fala em presente?!

Dante estava engasgado, lágrimas brotavam-lhe nos olhos.

Rodrigo inclinou-se e apanhou o pequeno pacote que jazia ao pé da manjedoura, à sombra da figurinha de são José.

— Doutor Dante Camerino — disse, com fingida solenidade —, aceite esta pequena lembrança de seu velho amigo...

Ele próprio não pôde terminar a frase, porque a emoção lhe trancou a voz. Dante abriu o pacote com mãos aflitas. Era um anel de formatura.

— *Mamma mia!* — exclamou ele.

E atirou-se nos braços de seu mecenas, e ficaram ambos abraçados, num equilíbrio precário, enquanto o dr. Carbone cantava com entusiasmo a canção de Tosti, o ex-promotor fazia vibrar o piano com verdadeiros manotaços, Santuzza empinava mais um copo de *bowle*, Chiru Mena matava "chimangos" num combate imaginário e Neco Rosa cocava com olho lúbrico Marta, filha do confeiteiro.

Fungando, meio encabulado, Dante enfiou o anel no dedo e ergueu-o no ar. A esmeralda faiscou. E vieram os parabéns e os abraços dos outros, inclusive de Stein, que foi empurrado por Bandeira. Maria

Valéria limitou-se a tocar-lhe o ombro com as pontas dos dedos. Mas Flora deu-lhe um abraço maternal. Marta ficou enleada e mais vermelha que de costume ao apertar a mão do recém-formado. Chiru começou um discurso, a taça na mão:

— Saúdo o nosso Hipócrito.

— Hipócrates, seu burro! — corrigiu-o Rodrigo. E, afastando-o do caminho, disse: — Cala a boca, que agora os Schnitzler vão nos cantar umas canções de Natal.

— Então manda esse gringo parar a cantoria.

Carbone, porém, chegara ao fim de sua canção e agora se reunia aos outros, seguido pelo dr. Ruas. Rodrigo tornou a apagar a luz do lustre. Sentaram-se todos na sala de jantar, enquanto os três Schnitzler se postavam junto do pinheiro. Fez-se um silêncio, dentro do qual se ouviram, a capela, as vozes afinadas da família do confeiteiro. Era uma velha canção de Natal:

> *Stille Nacht, heilige Nacht!*
> *Alles schläft, einsam wacht.*

As luzes coloridas da árvore refletiam-se nos cabelos de Marta. Rodrigo não tirava os olhos dela. Achava-a benfeita de corpo, apetitosa, a cara redonda e corada parecia uma fruta madura.

Que pena! — refletia ele. Se alguém não apanha essa maçã para comer *agora*, ela pode bichar.

Os peitos da alemãzinha arfavam. *Frau* Schnitzler tinha uma bela voz de contralto. Júlio era um tenor razoável. Marta, um tremelicado soprano ligeiro. Para pronunciar certas palavras seus lábios carnudos e vermelhos tomavam a forma dum botão de rosa, o que deixava Rodrigo excitado. E ele bebia *bowle* gelado, copo sobre copo, para refrescar-se, apaziguar aquele calor de entranhas que a filha do confeiteiro contribuía para aumentar com seus movimentos de seios e de boca.

Foi despertado de seu devaneio erótico pelos aplausos. O trio cantou a seguir o "Adeste, fideles". As velas na árvore começavam a morrer.

Ó sede insaciável — exclamou Rodrigo interiormente. — Ó desejo sem fim!

Dante Camerino de instante a instante erguia a mão e contemplava o anel. E quando a última canção terminou e as luzes se acenderam, Maria Valéria estendeu um dedo acusador na direção do jovem médico.

— Cruzes! O Dante também!
Camerino ficou espantado sem saber a que a velha se referia.
— Que é, titia? — perguntou Rodrigo.
Maria Valéria apontava para as pernas do rapaz.
— Olhe as calcinhas dele! Os sapatos bicudos! Credo!
Dante ficou vermelho, como se de repente houvesse descoberto que estava nu.
Quase todos romperam a rir. Camerino estava vestido de acordo com o rigor da moda: casaco comprido, muito cintado e justo ao corpo, calças estreitíssimas, e um colarinho alto com uma gravata que, de tão estreita, mais parecia um cordão de sapato.
— É o que se usa em Porto Alegre — balbuciou ele.
O ex-promotor sorriu:
— Não faça caso. Isso só prova o seu bom gosto.
Chiru murmurou para Neco sua opinião:
— Pode ser moda, digam o que disserem, mas um médico, um doutor, devia se dar mais o respeito.
Neco concordava, palitando a dentuça. Carbone insistia para que Ruas voltasse ao piano. Sabia ele acompanhar o "Santa Lucia Luntana"? Cantarolou a música.
Santuzza estava escarrapachada no sofá, abanando-se com um leque. Parecia sufocada. Por precaução Flora apagou as velas da árvore e subiu ao andar superior onde as crianças estavam fazendo muito barulho.
— Mande todos pra cama! — recomendou Maria Valéria.
Rodrigo procurava Marta com o olhar. Onde estaria a rapariga? Saiu da sala e encontrou-a sozinha no corredor, junto duma janela, no fundo da casa. O anfitrião sentia uma tontura boa, que lhe dava uma grande cordialidade, um desejo de ser bom, amável, carinhoso para com todo o mundo.
— Aaah! — fez ele numa longa exclamação, aproximando-se da filha do confeiteiro. — Que é que a menina está fazendo sozinha aqui?
E, com uma rapidez de relâmpago, um plano doido lhe passou pela cabeça: arrastar a Marta para a despensa, fechar a porta e possuí-la, comê-la entre as latas de doce da Dinda.
Sem perder tempo, enlaçou-lhe a cintura.
— O titio não ganha um beijinho de Natal?
Marta encolheu-se, procurou esquivar-se, mas ele a puxou contra si com a mão direita, enquanto com a esquerda fazia explorações aflitas nos seios da rapariga.

Uma voz fê-lo estremecer.

— Rodrigo!

Largou a presa. Marta afastou-se, quase a correr, rumo da cozinha. Rodrigo voltou-se e viu Maria Valéria acusadora e terrível como o arcanjo Gabriel, a anunciar o Juízo Final.

— Eu estava conversando com a Marta, Dinda...

— Desde quando vacê conversa com as mãos? Não tem vergonha na cara? Na sua própria casa, e na noite de Natal!

Furioso, Rodrigo deu dois passos na direção da porta da cozinha, abriu-a, saiu para a noite e foi até o fundo do quintal, onde ficou sob as estrelas a ruminar a sua fúria e o seu despeito.

34

Na manhã seguinte Rodrigo acordou tarde. Eram quase onze horas quando terminou de barbear-se. Estava diante do espelho a examinar a língua, quando Flora lhe veio dizer que um visitante o esperava na sala.

— Quem é?

— O doutor Terêncio Prates.

Rodrigo franziu a testa. Ué! Que quererá ele? Nunca me visitou... Lembrou-se da bofetada que dera no Honorinho no clube, havia algumas semanas, e concluiu: "Vem me desafiar para um duelo em nome do irmão". Pois que seja! Desceu as escadas pisando duro e entrou na sala de cara fechada. O outro, porém, ergueu-se, risonho, veio a seu encontro e abraçou-o, desejando-lhe um feliz Natal.

Era um homem de trinta e quatro anos, alto, trigueiro, enxuto de carnes. Tinha uma expressão altaneira que se revelava na cabeça sempre empinada, na expressão autoritária dos olhos mosqueados, e nos gestos incisivos. Trajava sempre com apuro e aquela manhã estava metido numa fatiota de linho branco. Prendia-lhe a gravata cor de vinho um pregador com um pequeno rubi.

— Mas que surpresa agradável! — exclamou Rodrigo, agora com a fisionomia despejada. — Senta-te. Que é que tomas?

O outro sentou-se. Não tomava nada antes do almoço, muito obrigado. E um cigarro? Terêncio recusou: não fumava. Ali estava uma das razões por que Rodrigo jamais tivera simpatia por aquele homem: o monstro não tinha vícios!

Mordeu a ponta dum charuto, prendeu-o entre os dentes e acendeu-o. O visitante pigarreou.

— Por mais estranho que pareça — começou ele —, o que me traz aqui é uma missão...

Não me enganei — pensou Rodrigo. E já se imaginou a dizer: "Pois bem. Aceito o duelo. Escolho a pistola".

— Pois é... — continuou o outro. — Meu pai, Rodrigo, é um grande admirador teu, um amigo mesmo...

— Sempre tive o maior respeito e estima pelo coronel Joca Prates.

— Ele sabe disso... Pois o Velho ficou ao par do teu incidente com o Honorinho, no clube... Soube mesmo que o mano chegou a puxar o revólver...

— Ora...

— O Velho ficou tão preocupado com a história, que me encarregou de vir até aqui para arranjar as coisas. Ele te pede que não guardes rancor pelo rapaz, e que dês o incidente por encerrado.

— Mas claro! De minha parte...

Terêncio cortou-lhe a palavra com um gesto impaciente:

— Espera. Ele sabe que o Honorinho te ofendeu... mas que tu o esbofeteaste na frente de várias pessoas. Enfim, ficam elas por elas. — Sorriu, visivelmente embaraçado. — O papai morreria de desgosto se houvesse alguma coisa séria entre um Prates e um Cambará. Ele sempre se orgulhou da amizade da gente do Sobrado...

Rodrigo soltou uma baforada de fumaça.

— Pois podes assegurar ao coronel Prates que da minha parte está tudo esquecido. Digo-te mais: a primeira vez que encontrar o Honorinho, estendo-lhe a mão, seja onde for.

Terêncio acariciou o rubi do pregador.

— O Velho também me pediu para te dizer que não quer que essa história de assisismo e borgismo altere a velha amizade entre nossas famílias.

Rodrigo gostava do velho Prates, mas nunca simpatizara com os filhos. Quanto a Terêncio, achava-o um tanto pedante e com fumos de aristocrata. Tinha um orgulho exagerado das coisas que sabia, e não perdia oportunidade para exibir cultura.

— Por que não tomamos ao menos um cafezinho?

Terêncio encolheu os ombros.

— Está bem. Aceito.

Rodrigo gritou por Leocádia e, quando a negrinha apareceu, pediu-lhe que preparasse um bom café.

— Novinho, hein?

Terêncio olhava em torno da sala. Demorou o olhar no Retrato. Rodrigo esperou um elogio à obra de Don Pepe, mas o visitante não disse palavra. Seu olhar agora estava focado no espelho grande, onde sua própria imagem se refletia.

Rodrigo, ansioso por mudar de assunto, perguntou:

— Que tens feito?

Arrependeu-se imediatamente da pergunta, pois o outro se pôs a falar com minúcias nos artigos que escrevia e nos livros que lia no momento. Já tinha Rodrigo lido *Durée et simultanéité*, de Bergson? Não? Era o mais sensacional *vient de paraître* em Paris. E *Le Père humilié*, de Claudel? Recebera este último livro a semana passada, juntamente com a nova obra de Jacques Maritain, *Art et scolastique*.

Rodrigo sentia-se vagamente humilhado. Nem sequer tinha ouvido falar naqueles livros.

— Tenho lido só medicina, ultimamente — mentiu.

— É natural — disse Terêncio, lançando um rápido olhar para o espelho. — Estamos na era da especialização. Mas... por falar em medicina, estive lendo um artigo sobre a descoberta duma nova droga, a insulina...

— Ah! A insulina... — repetiu Rodrigo, desejando que o outro não lhe pedisse pormenores sobre o assunto, pois ele ainda não o conhecia. Tinha visto um artigo a respeito numa revista de medicina, mas — como acontecia com tantas outras publicações — deixara-o de lado "para ler depois".

Leocádia entrou com os cafezinhos e salvou a situação, pois Rodrigo aproveitou a oportunidade para fazer considerações sobre o problema do café, que o levou aos males da monocultura, à "camorra mineiro-paulista", a Artur Bernardes, ao estado de sítio e à situação geral do país... Só se calou quando julgou que o assunto "insulina" estava já a uma distância tranquilizadora.

Ficaram ambos a bebericar café em pequenas xícaras cor-de-rosa com asas douradas.

— Ah! — fez Terêncio, como quem de repente se lembra de alguma coisa. — Ia esquecendo de te contar que embarco o mês que vem para Paris.

— Sim? — fez Rodrigo. E sentiu uma súbita, irritada inveja do outro. — A passeio?

Terêncio sacudiu negativamente a cabeça.

— Não. Vou fazer um curso de economia política e de sociologia na Sorbonne.

— Não diga! É magnífico!

Que besta! Mel em focinho de porco. Aposto como esse tipo vai viver em museus e conferências, sem lembrar-se de que existe um Moulin Rouge, um Folies-Bergère...

Terêncio tomou o último gole de café.

— Ainda quero escrever o livro definitivo sobre o nosso Rio Grande.

— És o homem indicado — declarou Rodrigo sem convicção. — Tens tudo.

Terêncio ergueu a mão como para fazer o outro calar-se:

— Não tenho *tudo*. Falta-me alguma coisa. Minha sociologia guarda ainda um ranço provinciano. Preciso de dois ou três anos em Paris para arejar as ideias e entrar em contato com os grandes pensadores europeus... Adquirir novos conhecimentos, novas técnicas, processos... tu sabes.

Pôs a xícara vazia em cima do consolo.

— Estamos em vésperas de grandes acontecimentos — acrescentou, cruzando as pernas. — Precisamos estar preparados.

— Infelizmente a situação se agrava. E se a Comissão de Poderes reconhece a vitória do doutor Borges de Medeiros, a única alternativa que resta para a oposição esbulhada é a revolução...

O outro sorriu com um ar de superioridade que deixou Rodrigo com a marca quente.

— Eu não me refiro ao Rio Grande, mas ao mundo.

Disse de seu entusiasmo pelo novo movimento que surgia na Itália.

— Agora que Mussolini subiu ao poder, a ideia fascista vai tomar conta da Itália e talvez da Europa.

— Achas?

— Sem a menor dúvida. Homens da envergadura de Gabriele D'Annunzio já abraçaram a causa. O fascismo, meu caro, é um protesto da mocidade italiana contra o parlamentarismo decrépito e contra o liberalismo indeciso e tolerante. A marcha dos fascistas sobre Roma foi, na minha opinião, um dos mais belos e auspiciosos fatos históricos de nosso tempo!

— Bom, concordo que o movimento tenha a sua razão e a sua beleza.

— Ouve o que te digo — e ao pronunciar estas palavras Terêncio tinha um ar didático. — O fascismo vai ser a grande força com que o

Ocidente deterá a onda bolchevista. Toma nota das minhas palavras. A Igreja terá no fascismo o seu mais forte defensor.

Rodrigo agora rapa com a ponta da colher o açúcar que ficou no fundo da xícara.

— Esse movimento — continuou Terêncio — representa a meu ver a ressurreição das águias romanas.

Rodrigo levou a colher à boca e lambeu-a.

— Outro cafezinho?

Com um gesto que revelava sua impaciência por ter sido interrompido, o outro disse que não. E prosseguiu:

— Mussolini é uma nova encarnação de Júlio César.

— Vi o retrato do homem numa revista. Me agradou o molde da cara, a queixada enérgica, o olhar dominador.

Terêncio franziu a testa:

— É preciso que alguém venha pôr no lugar as coisas que a última guerra desarrumou. Precisamos restabelecer a ordem, a hierarquia. Anda por aí uma onda de coletivismo absurda e perigosa, insuflada pela Revolução Russa. Se o Ocidente não tomar cuidado, lá se vai águas abaixo a nossa cultura, lá se vão nossas instituições, nossa tábua de valores morais...

E não se perderá muita coisa! — pensou Rodrigo. Mas sacudiu afirmativamente a cabeça, como se concordasse com o outro.

Quando Terêncio saiu, poucos minutos depois, Rodrigo acompanhou-o até a calçada.

— Diga ao velho que fique tranquilo. O incidente está encerrado. E os Cambarás muito se honram com a amizade dos Prates.

Apertaram-se as mãos. Terêncio atravessou a rua e ganhou a calçada da praça. Rodrigo seguiu-o com os olhos. Esse animal vai para Paris — pensou. — Não há justiça no mundo.

Mordeu com raiva o charuto apagado.

35

Pela primeira vez naqueles últimos quinze anos, Rodrigo recusou-se a tomar parte no *réveillon* de 31 de dezembro, no Comercial. E quando Flora, surpreendida, lhe perguntou o motivo dessa resolução, explicou:

— Não quero ver a cara de certos chimangos.

Manteve a decisão. Ruas, porém, mandou cortar a barba e escanhoar o rosto. À noite, meteu-se no *smoking* novo e atirou-se para o Comercial. O dr. Carbone, enfarpelado numa casaca antiquíssima, que a Rodrigo lembrou as que se usavam no tempo da *Dama das camélias*, veio buscá-lo no seu Fiat. E quando, ainda manquejando, o ex-promotor deixou o Sobrado e entrou no automóvel, onde se instalou ao lado de Santuzza, esplêndida num vestido negro de rendão, uma *alegrette* na cabeça — Maria Valéria, que estava à janela, murmurou: "Deus os fez e o diabo os juntou".

Depois do jantar Licurgo saiu, como de costume, para a sua "volta". Maria Valéria recolheu-se cedo. E à meia-noite, quando o sino da Matriz badalava, e por toda a cidade se ouviam gritos, risadas, espocar de foguetes e detonações de revólveres, Rodrigo fez saltar a rolha duma garrafa de champanha, encheu a taça de Flora e a sua e propôs um brinde ao Ano-Novo. Quando o marido a abraçou, Flora rompeu a chorar de mansinho, com a cabeça pousada no ombro dele, os lábios trêmulos, os olhos inundados.

— Que é isso, minha flor? Não chores. Está tudo bem. Todos com saúde. Estamos reunidos. Não é o que importa?

Ela não respondia, mas agarrava-se a ele com força, como se não o quisesse perder.

Rodrigo conduziu-a para o sofá, fê-la sentar-se, deu-lhe uma das taças de champanha, apanhou a outra, ergueu-a no ar e disse:

— A nossa saúde! E à de toda a nossa família!

A taça tremeu nas mãos de Flora, que se limitava a olhar para o marido, as lágrimas ainda a escorrerem-lhe pelas faces. Depois, como ele insistisse, ela bebeu um gole de champanha. Rodrigo sentou-se ao lado da mulher, abraçou-a e perguntou:

— Agora conte ao seu marido que é que há?

— Uma bobagem minha. Já passou.

Depôs a taça em cima do consolo, enxugou os olhos, tentou sorrir.

— Não aceito a explicação. Vamos, que é que há?

Ela o mirou com uma expressão de tristeza.

— Eu sei que a revolução vai sair e tu estás metido.

A princípio ele não soube que resposta dar. Brincou com a corrente do relógio, depois pegou no queixo da mulher, aproximou-se mais dela e beijou-lhe os lábios, longamente.

— Haja o que houver, meu bem — murmurou —, só te peço uma

coisa: que tenhas coragem e fé. E uma absoluta confiança em mim. Só farei o que for necessário.

— Mas essa revolução é mesmo necessária?

Rodrigo ergueu-se, encheu de novo a própria taça.

— Desgraçadamente a revolução é necessária e inevitável.

Voltou as costas para a mulher, olhou para o próprio retrato, tornou a levar a taça à boca e esvaziou-a.

— Mas por que tu, *tu* tens de ir?

— Porque já me comprometi em público. Tu te lembras do meu discurso da sacada do Sobrado... Um Cambará nunca faltou com a sua palavra. E depois, há outras razões poderosas.

— Que é que ganhas com isso?

— Que é que eu *ganho*? — Ele se voltou, brusco, como se o tivessem apunhalado pelas costas. — Meu amor, não se trata de *ganhar*, de obter vantagens pessoais, mas de livrar o nosso Rio Grande dum ditador e de bandidos e ladrões como o Madruga. Estamos lutando por um mundo melhor para os nossos filhos.

Tornou a olhar para o retrato. O outro Rodrigo, lá daquela longínqua colina de 1910, parecia perguntar-lhe: "Até que ponto estás sendo sincero? Até onde acreditas mesmo no que dizes?".

Ele franziu a testa e respondeu mentalmente: "Estou sendo absolutamente sincero. Acredito em tudo". Tornou a encher a taça. Ouviam-se ainda foguetes e tiros em ruas distantes, mas o sino cessara de badalar.

Flora ergueu-se. Havia agora em seu rosto uma expressão resignada.

— Está bem — disse ela. — Prometo não falar mais no assunto.

Já de madrugada, fumando na cama sem poder dormir, e sentindo na penumbra do quarto que Flora a seu lado também estava insone, Rodrigo pensava nas coisas que o novo ano lhes podia trazer. A ideia da revolução ora o deixava perturbado pelo que a campanha lhe ia oferecer de durezas e perigos, ora excitado pelas suas oportunidades de aventura e gestos heroicos. Fosse como fosse, era algo de novo e excitante para quebrar a monotonia da vida em Santa Fé. E ele, Rodrigo, ia finalmente tirar a prova dos noves de sua própria coragem. Sempre se portara como homem em lutas singulares. Queria saber de uma vez por todas como se ia haver em combate. Que melhor campo de provas poderia existir do que uma revolução?

Esmagou a ponta do cigarro no cinzeiro, em cima da mesinha de cabeceira, estendeu-se na cama e cruzou os braços. Flora remexeu-se. As janelas do quarto estavam abertas para a noite.

E depois, havia razões ideológicas — continuou a refletir. — A ditadura borgista era uma vergonha, um ultraje. Que iria o resto do país dizer da hombridade dum povo que suporta um ditador positivista durante vinte e cinco anos? Seria que o famoso centauro dos pampas não passava dum matungo velho e acovardado? Era necessário reformar a Carta de 14 de julho, reintegrar o Rio Grande no espírito da Constituição Nacional. Os males eleitorais só poderiam ser curados com a adoção do voto secreto, como queria Assis Brasil. Se essa não é uma causa boa — disse ele para si mesmo — então não me chamo Rodrigo Terra Cambará e o mundo está todo errado!

Fechou os olhos, mas sentiu que lhe ia ser difícil pegar no sono. Estava excitado. Àquela hora a festa do Comercial decerto havia atingido o auge. Rodrigo sorriu, pensando nas bebedeiras, nas brigas, nos flertes, nos "adultérios brancos" que aquele baile costumava propiciar. Teve uma vaga saudade dos *réveillons* de seu tempo de solteiro.

Da rua subiu uma voz grave e afinada, cantando:

> *Ontem ao luar*
> *Nós dois numa conversação*
> *Tu me perguntaste*
> *O que era a dor duma paixão...*

Rodrigo sentou-se na cama. Reconhecia a voz do Neco. Como estava clara! O patife não sabia fazer a barba, mas no canto e no violão era um mestre. Rodrigo acendeu um novo cigarro.

— Estás ouvindo? — perguntou baixinho à mulher.

Ela respondeu que sim, e procurou-lhe a mão sob as cobertas, e assim ficaram os dois a escutar, em silêncio. Neco atacou outra modinha:

> *Acorda, Adalgisa*
> *Que a noite tem brisa*
> *Vem ver o luar...*

Rodrigo não resistiu, saltou da cama e, descalço, aproximou-se da janela. Lá embaixo, à beira da calçada, estava o Neco, de violão em punho. Ao lado dele, sentado na calçada, em mangas de camisa, Chiru tinha o rosto erguido para o céu. Ao ver Rodrigo acenou-lhe com a mão.

— Feliz ano-novo!

Rodrigo percebeu pela voz do amigo que ele já estava bêbedo como um gambá.

Depois que os seresteiros se foram, rua em fora, ao som duma valsa dolente, Rodrigo quedou-se ainda à janela, olhando as árvores da praça, imóveis no ar cálido da noite estrelada. Vinha da padaria vizinha um cheiro morno e familiar de pão recém-saído do forno. Ó noites de antigamente! Era o tempo em que ele e Toríbio acreditavam que nas madrugadas de sexta-feira o negro Sérgio, o acendedor de lampiões, virava lobisomem e saía a correr e a uivar pelas ruas, indo depois revolver sepulturas no cemitério.

Pensou em Salustiano, o inseparável amigo de Chiru, companheiro de serenatas do Neco — pequenote, franzino, opiniático, sempre com os beiços colados na sua flauta, tocando suas famosas valsas com trêmulos e variações, enquanto o Neco o acompanhava, tirando graves gemidos do pinho. Agora Salustiano estava morto, como tantos outros amigos dos velhos tempos. Em que lugar do universo estaria ele agora a soprar na sua flauta? Rodrigo sorriu, pensando no feio e desajeitado anjo que Salustiano seria, na orquestra celestial. Mas lágrimas lhe escorreram sobre o sorriso. Porque lhe veio de súbito uma trêmula piedade de si mesmo, como se tivesse sido vítima duma inominável injustiça.

Santo Deus, que estará acontecendo comigo? Atirou fora o cigarro, soltou um suspiro e voltou para a cama.

Reunião de família II

27 de novembro de 1945

Deitado de costas, com as pernas dobradas, as mãos espalmadas sobre o peito, Rodrigo dorme sua sesta no quarto escurecido. O zumbido regular e contínuo do ventilador está integrado no silêncio. Uma mosca pousa na testa do enfermo, cujo rosto neste exato momento se contrai numa expressão de angústia. Seus lábios se movem, como se ele fosse falar. De súbito, como que galvanizado, o corpo inteiro estremece, as pernas se esticam bruscamente e ele desperta.

Sentiu que ia caindo do alto... dum edifício? duma montanha? dum avião?

O susto fez-lhe o coração disparar. Olha em torno e leva alguns segundos para se situar no espaço e no tempo. Depois, apreensivo, fica atento às pulsações do sangue no peito, nas têmporas, na nuca... Segura o próprio pulso mas, de espírito conturbado, não consegue contar-lhe as batidas. Uma cócega na garganta obriga-o a pigarrear. Quase alarmado, fica a esperar e a temer a tosse. Aterroriza-o a ideia de ter outro edema e morrer afogado no próprio sangue. Por alguns segundos mal ousa respirar. Mas a tosse não vem. Aos poucos o coração se acalma, a respiração se normaliza.

E essa *queda* no espaço... como foi? Tenta reconstituir o pesadelo. Só se lembra de que tinha fugido da cama e do quarto para ir ao encontro de Sônia. (Engraçado, no sonho ela se chamava Tônia...) Surpreendeu-se a caminhar como um sonâmbulo em cima do telhado duma casa que se parecia vagamente com o Sobrado. Não. *Era* o Sobrado. Sabia que a única maneira de escapar de seus carcereiros seria descer pela fachada, agarrando-se às suas saliências, como o Homem--Mosca... E depois?

Franze a testa. Depois... começou a descer, não mais do alto do Sobrado, mas da soteia dum arranha-céu. (Leblon?) Não se lembra do resto... Ah! Sim, estava agarrado num mastro de bandeira e as forças lhe faltavam... o mastro amolecia, vergava-se, e ele ia escorregando, escorregando... até que se precipitou no espaço...

O suor escorre-lhe pelo rosto, empapa-lhe a camisa. O calor arde na pele. Há no ar algo de espesso e visguento.

— Enfermeiro!

Um homenzarrão vestido de branco aparece à porta. Tem mandíbulas quadradas, pele oleosa e sardenta, cabelos cor de palha, e um canino de platina. Deixou há dois anos o Exército, no posto de segundo-

-sargento. (Expulso por pederasta — imagina Rodrigo, na sua má vontade para com o homem.) E chama-se Erotildes, o animal! Desde que ele veio para seu serviço, há dois dias, o doente o detesta, como se a criatura fosse a culpada de toda esta situação: o edema, a prisão no leito, a ausência de Sônia, o calor, a lentidão das horas, a dieta e todas as outras restrições que Camerino lhe impõe.

— Pronto, doutor!
— Me levante o busto.

Erotildes aciona a manivela da cama.

— Chega! Agora abra as janelas.

O enfermeiro obedece. O clarão da tarde invade o quarto. Rodrigo lança um olhar para o relógio que tem a seu lado, sobre a mesinha de cabeceira. Três e vinte.

Uma mosca pousa na cabeça do enfermo, que lhe desfere uma tapa, num gesto de braço que Camerino lhe proibiu terminantemente de fazer. Mas lá está de novo o inseto importuno a caminhar sobre o lençol.

— Mate essa cadela.

Erotildes apanha um jornal, dobra-o e com ele esmaga a mosca num golpe certeiro.

— Ao menos pra isso você presta.
— É que já fui artilheiro, doutor.
— Me mude a camisa e o lençol. Me passe no corpo uma toalha molhada, água-de-colônia e talco.

Enquanto o enfermeiro faz todas essas coisas, com uma eficiência um tanto brusca, Rodrigo contém a respiração para não sentir o cheiro do ex-sargento: suor, alho e fumo barato. De quando em quando exclama: "Devagar!", "Ponha talco", "Largue esse negócio!", "Chega".

— Agora vou buscar o seu chá.
— Espere. Primeiro lave as mãos.

Um cheiro fresco de alfazema espraia-se no ar. Rodrigo sente-se reconfortado, menos sujo, e até mais leve. Passa a palma da mão pelo lençol. Sempre gostou do contato do linho... Ah! A sórdida roupa de cama do Hotel da Serra! Áspera, duma brancura duvidosa, sugerindo os mil caixeiros-viajantes que ali deixaram a cinza de seus cigarros, seu suor, seus escarros e coisas piores...

Erotildes volta do quarto de banho, assobiando por entre dentes.

— Pare de assobiar! Me traga o vidro de extrato que está ali dentro da primeira gaveta da cômoda.

O enfermeiro obedece.
— Agora pode ir.
Depois que o homem se vai, Rodrigo abre o frasco e leva-o às narinas. Fleurs de Rocaille, o perfume de Sônia. Agridoce, um pouco oleoso, tem algo de anjo e ao mesmo tempo de demônio: num minuto pode ser inocente, no outro afrodisíaco.

Sempre com o frasco junto das narinas, Rodrigo cerra os olhos. Sônia lhe aparece na mente. Primeiro vestida de branco, como em certa noite no Cassino da Urca, depois toda de verde, como naquele inesquecível fim de semana em Petrópolis... Agora está completamente nua em cima da cama, no apartamento que ele lhe montou num edifício do Leblon. Vem-lhe uma nostalgia mole e piegas (que ele acha indigna de macho, mas nem por isso a afugenta), uma saudade do "Ninho". Procura reconstituir mentalmente suas alegres salas e quartos decorados em verde e rosa, com aqueles móveis modernos com os quais ele tanto implicou no princípio, mas que acabou por aceitar: umas mesas que pareciam grandes rins laqueados, umas cadeiras que lembravam chapéus de anamita invertidos e nas quais, ao sentar-se, a gente afundava ridiculamente, ficando com os pés no ar. E que dizer daqueles quadros monstruosos, sem pé nem cabeça? E as estatuetas vagamente obscenas nas suas sugestões fálicas e vaginais? Tudo muito moderno, muito *avant-garde* — como dizia Sônia. Ele só sabia que aqueles objetos eram absurdamente caros.

Rodrigo esforça-se por imaginar Sônia no seu colorido, luminoso apartamento com janelas abertas para o mar, mas em seus pensamentos a rapariga recusa-se a abandonar aquele repelente quarto do Hotel da Serra. E então a perigosa lembrança que ele estava procurando evitar toma-lhe a mente de assalto, com a cumplicidade perversa do perfume.

A cama de colchão duro rangia ao menor movimento. A porta do guarda-roupa ordinário de pinho não fechava direito...

... abriu-se naquela hora dramática, e ele se viu refletido no seu espelho. Foi então que percebeu, assustado, a própria lividez. Ia morrer... fez menção de erguer-se da cama... Mas Sônia puxou-lhe a cabeça com ambas as mãos e chupou-lhe os lábios num beijo prolongado, ao mesmo tempo que gemia como uma gata em cio. E ele começou a sentir o coração aos pulos, queria e ao mesmo tempo não queria desvencilhar-se da rapariga... e acabou agarrado a ela como um moribundo se agarra à vida. E houve um instante de intenso prazer e intensa angústia, um momento de transfiguração e pânico em que teve

a impressão de que toda a seiva, todo o sangue, toda a vida que tinha no corpo jorravam convulsivamente para dentro dela. Passou-lhe rápido pela cabeça o louco desejo de que aquilo fosse o fim, porque só aquela espécie de morte podia substituir a morte em batalha ou duelo singular, pois era também morte de homem.

E depois, estendido ofegante ao lado dela, ouvindo o pulsar descompassado do próprio coração e antevendo o horror que seria — para ele e para os outros — morrer naquele quarto, naquela cama, naquela posição, naquela nudez, sentiu mais que nunca o lado trágico de sua paixão, a insensatez daquela visita, a suprema miséria a que aquela criatura o havia arrastado.

Sônia se pôs então a acariciá-lo com uma ternura quase filial que o constrangia, repugnava até, já que seu desejo se aplacara. Detestou-a quando ela lhe murmurou "Papaizinho" ao ouvido. Sentiu-se ridículo, degradado e envelhecido como em nenhuma outra hora de sua vida. E daí por diante um único desejo o dominou, aflito e urgente: voltar vivo para o Sobrado. Um homem pode querer intensamente a companhia da amante, mas o único lugar decente que tem para morrer é ainda a sua própria casa, em meio da sua família, junto da mulher legítima.

Sônia continuava a murmurar-lhe coisas ao ouvido, com uma voz de menininha. Ele permaneceu calado, pensando em Flora com uma fria vergonha, lembrando-se do Neco que montava guarda à porta do quarto, como um cão fiel.

Quanto tempo ficou naquele torpor, naquela ansiedade, lutando com a dispneia? Meia hora? Uma? Lembra-se de haver dormido alguns minutos, com a cabeça aninhada entre os seios da rapariga. Depois sentou-se na cama e vestiu-se aos poucos, lentamente, ajudado por ela.

Rodrigo fecha o frasco e guarda-o na gaveta da mesinha de cabeceira. Agora é preciso esquecer, esquecer tudo.

Mas como? Um médico seu amigo lhe disse certa vez no Rio com uma franqueza brutal: "Tens o cérebro entre as pernas". Havia ocasiões em que ele se sentia inclinado a acreditar nisso. Pensava com o sexo. Agia de acordo com seus desejos libidinosos, impulsivamente, sem medir consequências. Muitos dos erros que cometera (erros?) tinham tido sua origem em ordens imperiosas, urgentes, emanadas daquela parte de seu corpo. Outro amigo igualmente franco lhe disse doutra feita: "Tens o sexo na cabeça". Era um modo diferente de expressar a mesma ideia.

Mas talvez esta segunda frase fosse mais exata. Quantas vezes seu desejo estava mais no cérebro do que no próprio sexo? A Dinda costumava dizer: "Esse menino tem o olho maior que o estômago".

A Dinda... Imagina-a ali à porta, os braços cruzados sobre o peito magro, a murmurar: "Tudo isso foi castigo". Castigo? Essa palavra não tem sentido para ele. Nos tempos de moço, deu-se ao luxo de negar Deus, mas isso foi numa época em que o ateísmo era moda, como o chapéu-coco, o plastrão e o fraque. A experiência da vida, o instinto, um sexto sentido — tudo lhe assegura que Deus existe. Só que o meu Deus — reflete Rodrigo, olhando para a torre da Matriz que a janela enquadra — não é o Deus das beatas, nem o do padre Josué. Meu Deus é macho, sabe as necessidades do sexo a que pertence e que, afinal de contas, foi inventado por ele. É um Deus tolerante, compreensivo, generoso. Em suma, um Deus Cambará e não Quadros!

Passa o resto da tarde mal-humorado. Cerca das quatro horas, Camerino aparece acompanhado de dois colegas. Rodrigo não esconde sua contrariedade ante o fato de Dante não tê-lo consultado antes de pedir esta conferência.

Submete-se de cara amarrada ao interrogatório e às auscultações dos dois médicos. Um deles — fardado de major do Exército — tem uma cara rubicunda e bonachona, é extrovertido e amável. O outro, um neto do finado Cacique Fagundes, é um rapaz reservado, formal e um nadinha pedante.

E quando os três doutores — que sumidades! — dão por terminado o exame e se retiram para confabular, Rodrigo fica sentado na cama, os braços cruzados, entregue a pensamentos sombrios.

O que Dante quer é dividir sua responsabilidade, conseguir dois cossignatários para seu atestado de óbito... Vão chegar todos à mesma conclusão: estou no fim. Mas dizer "estou liquidado" para observar as reações do médico ou para provocar a simpatia dos parentes e amigos é uma coisa; sentir mesmo que a Magra nos tocou no ombro, é algo muito diferente.

Lembra-se de um dos primeiros casos sérios que teve logo depois de formado. Uma madrugada socorreu o juiz de comarca de Santa Fé que morria asfixiado em consequência de um edema agudo de pulmão. Com uma sangria e uma ampola de morfina fez o homem ressuscitar. Depois saiu eufórico da casa do magistrado, sentindo-se bom, forte, nobre, "necessário", pois salvara a vida dum homem. Menos de um mês mais tarde o doente teve uma recidiva e morreu.

Não devo alimentar ilusões. Vou morrer de insuficiência cardíaca. Que beleza! O tipo de morte feito sob medida para quem como eu tem pavor à falta de ar...

Mas medo da Morte não tenho. O que me assusta é a ideia de *não continuar vivo*. Não quero morrer. Não posso morrer. Preciso terminar a minha missão. Que missão? Ora, a de viver! Haverá outra mais bela e mais legítima? Viver com todo o corpo, intensamente; arder como uma sarça... e um dia virar cinza que o vento leva. Mas acabar depressa. Antes da senilidade. Antes da arteriosclerose cerebral.

Por enquanto é cedo, muito cedo. A quem vai servir a minha morte? A ninguém. Posso citar dezenas, centenas de pessoas que se beneficiam com a minha vida.

E... se estou perdido mesmo, por que me privam das coisas de que gosto? Vou mandar todos os médicos para o diabo. Inclusive o dr. Rodrigo Cambará. Daqui por diante farei o que entendo. O corpo é meu. E por falar em corpo, não sinto nenhuma dor. A respiração está normal. Esta fraqueza e estas tonturas se devem à dieta, à imobilidade na cama, aos barbitúricos. E por alguns instantes, num otimismo juvenil, Rodrigo se deixa levar por uma clara onda de esperança. Mas os pensamentos sombrios não tardam a voltar.

De que me serve viver nesta invalidez, nesta prisão? Pensa em Flora, em Sônia, na situação política do país, no estado de seus negócios... Conclui que foi um erro ter deixado precipitadamente o Rio numa hora tão crítica. Seu cartório está em boas mãos... não é problema. Mas e o escritório? E os assuntos pendentes? E os papéis trancados nos ministérios? E as suas dívidas? E seus compromissos para com o Banco do Brasil, que com a próxima mudança de governo pode cair nas mãos da oposição? (Deus nos livre!)

Tudo uma mixórdia, uma imensa, gloriosa farsa em três atos e uma apoteose. E que apoteose!

Pouco depois das cinco, Sílvia, recém-saída do banho, senta-se junto da cama para ler-lhe uns versos.

— Não entendo esses teus poetas modernos — diz Rodrigo.

— Tenha paciência, padrinho. Ouça este. É de Mário Quintana, cria do Alegrete.

Começa a leitura. A atenção de Rodrigo, porém, não está nas coisas que a nora lê. Está nela. Ele a examina intensamente, um pouco perplexo, como se pela primeira vez estivesse descobrindo os predicados femininos da afilhada. Fica surpreendido e perturbado por notar que ela se parece um pouco com Sônia. Claro, a outra é mais alta, tem mais busto, as formas mais arredondadas, o corpo mais... mais armado. Mas a parecença existe... Talvez seja o tom da pele, a voz.

— Escute este. É do Drummond de Andrade. Chama-se "Tristeza no céu":

> No céu também há uma hora melancólica
> Hora difícil, em que a dúvida penetra as almas.
> Por que fiz o mundo? Deus se pergunta
> e se responde: Não sei.

Essa menina anda diferente — reflete Rodrigo sem prestar atenção ao poema. Notei a mudança no dia em que cheguei. Parece que amadureceu... Mas não é só isso. Alguma coisa séria está se passando com ela. Meu olho não me engana. Posso não conhecer medicina, mas mulher conheço.

> Os anjos olham-no com reprovação,
> e plumas caem.

Esse olhar, esse respirar... são duma mulher apaixonada mas não feliz.

> Todas as hipóteses: a graça, a eternidade, o amor
> caem, são plumas.

Jango? Qual! Há muito que compreendi — cego não sou — que esse casamento não deu certo. Quem será então?

> Outra pluma, o céu se desfaz,
> tão manso, nenhum fragor denuncia
> o momento entre tudo e nada,
> ou seja, a tristeza de Deus.

Uma suspeita passa-lhe pela cabeça: Floriano. Rodrigo sabe que, durante o tempo que passou nos Estados Unidos, o rapaz se correspondeu com a cunhada... Têm ambos muita coisa em comum. São reservados, um pouco tristonhos, amam os livros. A eterna história das "almas gêmeas"... Deus queira que me engane!

— Gostou? — pergunta Sílvia, fechando o volume.

— Gostei — mente ele. E, tomando da mão da nora e mudando de tom, diz: — Vou te fazer uma pergunta, Sílvia, mas quero que me respondas com a maior sinceridade.

— Qual é?

— És feliz, mas *feliz* mesmo?

Uma sombra passa pelo rosto da moça. A tristeza de seus olhos se aprofunda.

— Claro, padrinho. Que pergunta.

Mas ele sente que Sílvia não está dizendo a verdade.

Pouco depois que ela sai (o relógio grande lá embaixo começa a bater as seis) Flora aparece à porta do quarto e, sem entrar nem encarar o marido, pergunta com voz incolor:

— Está tudo bem?

Rodrigo sorri.

— Muito bem, obrigado. Por que não entras?

— Estou ocupada.

Faz meia-volta e se vai, deixando Rodrigo numa confusão de sentimentos: revolta, culpa, arrependimento, vergonha, autocomiseração e de novo revolta.

Como ficaria feliz se ela fizesse um gesto de perdão! Bastaria abafar o orgulho, esquecer as mágoas, os ressentimentos, colocando-se numa posição de mulher superior... Sim, ele reconhece suas faltas. Tem sido um marido infiel, sempre viveu atrás de outras mulheres. Mas — que diabo! — não é o único no mundo, e não será o pior de todos. E afora essas infidelidades (que em nada afetariam Flora se ela continuasse a ignorá-las, se não houvesse sempre um canalha para escrever-lhe uma carta anônima ou dar-lhe um telefonema, disfarçando a voz), afora essas aventuras sexuais, ele sabe, tem certeza de que foi sempre um marido exemplar. "Estimo, admiro e respeito a minha mulher", murmura. "Nunca lhe faltou nada."

Remexe-se, procurando uma posição melhor na cama.

Um vulto entra no quarto. Maria Valéria toda de preto. Maria Valéria com chinelos de feltro, caminhando sem ruído. Maria Valéria que se aproxima do leito e fita nele os olhos esbranquiçados e mortos. Maria Valéria que ergue a mão de múmia e começa a passá-la de leve pelos seus cabelos, sem dizer palavra, sem mover um músculo do rosto.

Rodrigo não pode conter as lágrimas, que lhe inundam os olhos e começam a escorrer-lhe pelas faces.

O anoitecer sopra para dentro do quarto seu bafo quente temperado pela fragrância dos jasmins e das madressilvas, de mistura com odores acres de resinas e ramos queimados. Vem lá de baixo, da cozinha, um cheiro familiar e apetitoso de carne assada e batatas fritas. Nas árvores da praça os pardais chilreiam. A torre da Matriz recorta-se sombria contra o horizonte avermelhado. De quando em quando uma voz humana vem da rua — risada ou grito — e seu som parece participar da qualidade lânguida da atmosfera, bem como de todos os seus aromas.

Esta é a pior hora do dia para um cristão ficar sozinho — reflete Rodrigo. — Onde se meteu a gente desta casa? Por onde andará o Floriano? E o Jango? E o Eduardo? E a Bibi? E o patife do Sandoval?

Erotildes entra com uma bandeja na qual fumega um prato. Acende a luz.

— Temos hoje uma canjinha, doutor. E umas torradinhas.

Esses diminutivos irritam Rodrigo.

— Está bem. Mas não fale nunca em cima do prato. Me dê essa porcaria.

O enfermeiro coloca a bandeja sobre os joelhos do doente.

— Está na hora do remédio.

— Pois que venha.

Erotildes apanha um frasco de cima da mesinha, abre-o, tira de dentro dele um comprimido e apresenta-o a Rodrigo na palma da mão.

— Eu já te disse que nunca me entregue o remédio assim. Sei lá onde você andou metendo essa mão!

Tira do vidro um comprimido, mete-o na boca com um gesto raivoso e a seguir bebe um gole da água que está no copo, junto do prato: morna, grossa, detestável.

O enfermeiro, perfilado, espera ordens.

— Pode ir embora. Não preciso mais nada.

Quando se vê de novo sozinho, Rodrigo põe-se a resmungar. "Não me deixam fumar. Me alimentam com caldinhos, mingauzinhos, canjinhas. Me proíbem de beber coisas geladas. Não me deixam receber visitas. Acho que se eu morrer vai ser de tédio mais que de qualquer outra coisa."

Prova a canja. Insossa. Sem um pingo de tempero. Uma bosta!

E aqui está o dr. Rodrigo Cambará doente, atirado em cima duma cama, reduzido a uma imobilidade exasperante. E esquecido! Completamente à margem da vida política. Os amigos não lhe escrevem. Getulio Vargas não respondeu ainda à sua última carta.

A leitura dos jornais chegados de Porto Alegre pelo avião da manhã deixou-o excitado. Estão cheios de proclamações, polêmicas, verrinas, sátiras, descomposturas — tudo em torno das próximas eleições. Carlos Lacerda malha com um vigor apaixonado o candidato de Prestes e o do PSD. Os comunistas arrasam o candidato da UDN e o do PSD. Tudo isso cheira a pólvora, a combate. É o cúmulo que ele, Rodrigo, não esteja também em ação. É a primeira vez que um Cambará assiste a uma batalha deitado!

Engole com repugnância mais uma colherada de canja. Lembra-se com saudade de sua vida no Rio de Janeiro, naqueles últimos quinze anos. Sempre teve a volúpia do jogo da política, esse xadrez complicado e malicioso em que as peças são seres humanos. Sempre lhe fez bem à alma sentir-se admirado, prestigiado, requestado, indispensável... Entre os repórteres do Rio e de São Paulo era conhecido pela sua franqueza, pelas suas tiradas. Dizia tudo quanto lhe dava na veneta. Quando os rapazes dos jornais queriam algo de sensacional, vinham logo procurá-lo. "Estamos mal de assunto, doutor. O senhor tem que nos ajudar." E ele ajudava. Ah! E como era bom também circular livremente, como pessoa de casa, pelas salas e corredores do Catete, ter acesso fácil ao Homem, contar com a simpatia e o apoio de seus oficiais de gabinete, tutear senadores e ministros. "Meu caro, só há um homem que pode resolver o seu caso. É o Cambará. Fale com ele."

Esta é uma grande hora nacional. É necessário, urgente, fazer que o queremismo deixe de ser um movimento puramente emotivo para se transformar numa ideia dinâmica; é indispensável aglutinar todas essas lealdades getulistas num partido forte, de âmbito nacional.

O homem para fazer isso sou eu, a esta hora devia estar na praça pública, na barricada. No entanto tenho de me resignar a ficar deitado, comendo esta canja sem sal. *Foutu*, completamente *foutu* e ainda por cima mal pago!

Põe-se a olhar desconsolado para a torre da igreja. Muitas vezes, quando menino, ficou montado no peitoril da janela da água-furtada procurando alvejar com as pedras do seu bodoque ora o galo do cata-vento, ora o sino. Mas tinha mais graça acertar no sino, fazê-lo gemer.

Qualquer dia por vingança o velho sino da Matriz estará dobrando para anunciar a Santa Fé a morte do dr. Rodrigo Terra Cambará.

Num misto de autossarcasmo e autopiedade imagina o próprio funeral. Luto no Sobrado. A rua apinhada de gente. Decidem levar o caixão a pulso, até a metade do caminho. Depois metem-no naquele repulsivo carro fúnebre do Pitombo, com figuras douradas em relevo nos quatro ângulos (uns anjos com cara de tarados sexuais) e aqueles matungos com plumas pretas nas cabeças. Tráfego interrompido nas ruas por onde passa o cortejo. Uma fileira interminável de automóveis... Santa Fé em peso no enterro. O comandante da Guarnição Federal. O Prefeito. O Juiz de Direito. Enfim, todas essas personalidades que *A Voz da Serra* classifica como "pessoas gradas". O cafajeste do Amintas também lá está, com uma fingida tristeza no rosto escrofuloso. Mas quem é a moça que vai sozinha ali naquele auto, com cara de forasteira, toda vestida de preto e com óculos escuros? Então não sabem? É a amante do doutor Rodrigo. Verdade? Mas que jovem! Pois é, podia ser filha dele. O patife tinha bom gosto.

Agora o cortejo está no cemitério à frente do mausoléu dos Cambarás. (Rodrigo remexe distraído a canja, com a colher.) O falecido pediu antes de morrer que não deixassem sua cara exposta à curiosidade pública. É por isso que não abrem o caixão. Fala o primeiro orador. Quem é? Pouco importa. Mas como diz besteiras! Fala o segundo: vomita também um amontoado de lugares-comuns. Nunca, ninguém, nem os filhos do morto, nem sua mulher, nem seus melhores amigos poderão fazer-lhe justiça. Porque ninguém na verdade o conhece. Viram dele apenas uma superfície, um verniz externo. Ninguém chegou a compreendê-lo na sua inteireza, na sua profundeza. E depois que o deixarem entaipado no cemitério, a cidade continuará os seus mexericos, as suas maledicências, lembrando-se apenas daquilo que se convencionou chamar de *defeitos* do dr. Rodrigo Cambará. E ele morrerá desconhecido como viveu. Desconhecido e caluniado, o que é pior. Mesmo os elogios dos oradores serão insultos. Ah! como gostaria de fazer um discurso ao pé do próprio cadáver! Não seria uma oração de provocar lágrimas, não. Ia contar verdades, lançá-las como pedradas na cara de todos aqueles hipócritas. Porque, com a exceção dos que *realmente* o amavam — alguns parentes, poucos amigos —, os outros lá estavam por obrigação social ou por puro prazer sádico. Eram uns invejosos, uns despeitados, uns covardes, uns impotentes! Não podiam encontrar um homem autêntico que não sentissem logo desejo de vê-lo destruído e humilhado. Era-lhes insuportável o espetáculo dum macho que tem a coragem de agarrar a vida nos braços, ser o que é, dizer o que pensa, fazer o que deseja, comer o que lhe apetece. Foram quase todos ao enterro para assistirem ao fim daquele monstro, para terem a certeza de que ele ia ficar para sempre encerrado no jazigo, a apodrecer... Tiveste a coragem de viver? Agora paga! E todos aqueles necrófilos, todos aqueles moluscos podiam voltar tranquilos para suas casas, para suas vidinhas apagadas, para as esposas que detestavam mas com as quais eram obrigados a viver e a dormir, para seus probleminhas sem beleza, para as dificuldades financeiras do fim do mês, para a azeda rotina cotidiana, para seus odiozinhos, suas birrinhas, suas mesquinhas invejas, para seus achaques — em suma — para todas aquelas coisas pequenas e melancólicas de seu mundinho de castrados!

Canalha! Só de pensar nessas coisas Rodrigo sente que tem a obrigação de não morrer.

28 de novembro de 1945

Camerino permite-lhe agora receber visitas. O desfile hoje começa cerca das dez da manhã, quando seus sogros Aderbal e Laurentina entram no quarto acompanhados de Flora. Flora? Que milagre! Bom, ela representa a sua comédia, para evitar que os pais venham a descobrir o verdadeiro estado de suas relações com o marido.

— Visitas para você — diz ela sem mirá-lo. E senta-se a um canto do quarto. Rodrigo não gosta do hábito que Flora adquiriu no convívio dos cariocas de tratá-lo por *você*. Sempre achou o *tu* mais íntimo, mais carinhoso, além de mais gaúcho. Bom, seja como for, dadas as relações atuais entre ambos, *você* talvez seja o tratamento mais adequado.

O velho Babalo abraça-o afetuosamente, mas Laurentina dá-lhe apenas a ponta dos dedos. (Saberá de alguma coisa?) Depois Aderbal senta-se ao pé da cama, tira a faca da bainha, um pedaço de fumo em rama do bolso, e começa a fazer um cigarro com toda a pachorra, enquanto pergunta coisas sobre a saúde do genro. Rodrigo segue os movimentos do sogro, numa espécie de fascinação, mal prestando atenção ao que ele diz. Vê o velho picar o fumo, sem a menor pressa, amaciá-lo no côncavo da mão esquerda com a palma da direita. Depois vem a *ceremônia* também lenta de alisar a palha com a lâmina da faca, enrolar o cigarro. "Mas que foi mesmo que teve? Ouvi dizer que desta vez não foi o tal de infarto..." Rodrigo dá explicações vagas. O sogro acende o cigarro, tira uma baforada que envolve o genro. Rodrigo aspira a fumaça. Não é muito homem de cigarro de palha, mas neste momento até um cachimbo de barro de qualquer negra velha lhe saberia bem.

— O general Dutra está perdido — diz Babalo com sua voz escandida e quadrada. — É uma candidatura que nasceu morta.

— Sim — replica Rodrigo —, mas se o doutor Getulio o apoiar, o homem está eleito.

Babalo solta a sua risadinha.

— O Getulio também está liquidado! — exclama.

As narinas de Rodrigo palpitam, um fogo lhe incendeia o peito. Vai dizer uma barbaridade, mas contém-se. E é com uma falsa calma que se dirige ao sogro:

— Tome nota das minhas palavras, seu Aderbal. O Getulio vai ser eleito não só senador, por uma maioria esmagadora, como também deputado. E por mais de um estado!

Babalo torna a rir. E de novo uma baforada de fumaça envolve o enfermo. Por que o velho não vai pitar fora do quarto? Será que quer me torturar? A vontade de fumar como que lhe faz a língua inchar na boca.

D. Laurentina, sentada em silêncio junto de Flora, cozinha-o na água morna de seu olhar de bugra. Faz-se uma longa pausa em que deixa escapar um suspiro longo e sincopado. Flora obstina-se em não olhar para o marido nem dirigir-lhe a palavra. E agora parece que o próprio Babalo começa a sentir que algo de errado anda no ar.

Rodrigo muda de posição na cama. Está claro que os sogros sabem de tudo. Quem não sabe? A cidade está cheia da história de Sônia. O Neco lhe contou que é o assunto da atualidade. Pois se os velhos sabem, por que ficam aqui nesse silêncio? Digam logo que sou um devasso, desabafem e me deixem em paz!

O ar está azulado pela fumaça do cigarro do velho Babalo, que agora quer saber em que Rodrigo baseia o seu "palpite" com relação à eleição de Getulio Vargas.

— Não é palpite, seu Aderbal, é certeza. Só não vê quem é cego... ou antigetulista fanático.

A visita dura mais alguns minutos. Flora levanta-se. A mãe a imita. Aderbal Quadros torna a apertar a mão do genro:

— Bueno, estimo as suas melhoras.

Retiram-se. A visita seguinte é a de José Lírio, pouco antes do meio-dia. Entra devagarinho, arrastando as pernas, amparado pelo enfermeiro, e olhando para Rodrigo de viés, com seus olhos injetados e lacrimejantes. Traz numa das mãos a sua inseparável bengala, e na outra o chapéu de feltro negro. Um lenço vermelho sobressai-lhe do bolso superior do casaco.

Abraça Rodrigo, comovido e silencioso, senta-se e fica a recordar cenas do passado com sua voz crepitante de asmático, soltando de vez em quando fundos suspiros que lhe sacodem o peito.

— Liroca velho de guerra! — exclama Rodrigo.

Aqui está uma visita que o alegra. José Lírio é um velho amigo fiel. Desde mocinho alimenta uma paixão irremediável por Maria Valéria, que jamais lhe correspondeu à afeição. Para falar a verdade, a velha lhe recusa até mesmo a amizade.

— Esta vida dá muita volta — murmura o veterano, com ambas as mãos apoiadas no castão da bengala. — Parece mentira, mas em 93, quando os federalistas cercavam o Sobrado, o velho Liroca, que naquele tempo era moço, estava do lado de fora, com os inimigos do teu pai. Veja só a ironia do Destino! Mas por esta luz que me alumeia, não tive nunca coragem de dar um tiro contra esta casa!

— Eu sei, Liroca, eu sei.

Todo o mundo sabe. Liroca não deixa ninguém esquecer. Há cinquenta anos que repete essa história. Rodrigo contempla o amigo com piedade, enquanto ele fala, rememorando causos e pessoas. Mistura as datas. Conta a mesma história três, quatro vezes no espaço de poucos minutos. Esclerose cerebral — pensa Rodrigo. — Antes uma boa morte!

Liroca solta outro suspiro sentido.

— Pobre do coronel Licurgo! O que tem de ser está escrito, ninguém pode mudar. Só Deus. E eu acho que Deus anda meio esquecido deste mundo velho sem porteira.

Chiru Mena aparece depois da sesta: a calva reluzente, a roupa amarfanhada, a camisa encardida, a gravata pingada de sebo.

— Homem! — repreende-o Rodrigo. — Que decadência é essa?
— Ora, tu sabes, dês que tia Vanja morreu, perdi o gosto pela vida.
Senta-se e fica, distraído, a esgaravatar o nariz como um menino mal-educado.
— Não sejas exagerado! Tua tia morreu há mais de oito anos. O que tu és eu sei bem direitinho. Um relaxado. Não reages, perdeste o brio. Tira esse dedo do nariz, porcalhão!
— Ora, cada qual sabe onde lhe aperta o sapato...
Rodrigo, a testa franzida, mira o amigo. Chiru jamais trabalhou em toda a sua vida. É um vadio. Viveu sempre à custa da tia que o criou e que, ao morrer, lhe deixou algumas casas na cidade e alguns contos de réis no banco.
— Quem te viu e quem te vê! Eras um tipão, chamavas a atenção das mulheres, parecias um embaixador. Tuas roupas e gravatas eram famosas, teus sapatos sempre andavam engraxados e tuas calças nunca perdiam o friso.
Ao fazer essas enumerações, Rodrigo sente o exagero de suas próprias palavras. Mas, que diabo! É preciso animar o amigo.
— Parecias um leão! Agora me entras aqui esculhambado desse jeito. Como vai tua mulher? E teus filhos?
Chiru dá notícias tristes da família. Doenças, incômodos, um dos rapazes vive amasiado com uma prostituta, o outro não para nos empregos...
— Te lembras das nossas serenatas, miserável?
Chiru não reage como Rodrigo esperava.
— Até disso estou deixado — murmura ele. — Tu nem sabes como mudei nestes últimos anos. Estou velho.
Como Rodrigo, está beirando os sessenta.
— E em matéria de política?
Chiru encolhe os ombros.
— Estou desiludido com esse negócio todo. Não vale a pena a gente se meter.
— Estás errado. Se os homens de bem não se metem, os cafajestes tomam conta do governo.
O rosto de Chiru se contrai, seus olhos se apertam.
— Mas é que nem mais um homem de bem eu sou... — diz baixinho. E põe-se a chorar.
Rodrigo olha para o amigo, intrigado. Este não é, positivamente, o Chiru folgazão e otimista que ele conheceu, com suas mentiras pitorescas, seus ditos, suas piadas, seu penacho.

— Que é isso, rapaz? Um homem não chora. Se tens algum problema, desabafa logo. É para isso que servem os amigos.

Fica a olhar com um misto de piedade e impaciência para o outro, que, o busto inclinado para a frente, o rosto coberto pelas mãos envelhecidas, soluça convulsivamente.

— Precisas de dinheiro?

— Não.

— Então que é?

Faz-se um silêncio. Chiru enxuga os olhos com um lenço amassado e encardido e, erguendo-se de súbito, começa a andar dum lado para outro, falando sem olhar para o amigo. Conta que "deu para beber", que não passa sem a sua cachacinha, que tudo começou inocentemente com um aperitivo de vermute com gim, pouco antes do almoço, mas que depois...

Rodrigo sorri.

— Ora, homem! A coisa não é tão séria assim.

Chiru estaca, faz um gesto dramático e exclama:

— Mas é que tenho tentado deixar de beber e não consigo!

Conta que ultimamente se tornou uma espécie de bobo municipal, pois quando se embriaga rompe a fazer discursos e a recitar poesias em plena rua. Aproximando-se do amigo e pondo-lhe a mão no ombro, murmura:

— Uma vergonha o que vou dizer, mas é melhor que eu te conte, antes que outro venha te encher os ouvidos...

O rosto erguido para o amigo, Rodrigo espera. Chiru desvia o olhar para a janela e diz:

— Um dia desses tomei um bruto porre e caí na sarjeta... imagina, na sarjeta! Não mereço mais entrar nesta casa nem apertar a tua mão...

Antes que Rodrigo possa dizer a menor palavra ou fazer qualquer gesto, Chiru sai do quarto e embarafusta pelo corredor. Seus passos soam pesados e rápidos na escada.

O enfermeiro entra no quarto para anunciar que se encontra lá embaixo, na sala de visitas, uma comissão de queremistas que desejam ver o doutor.

— Diga que subam.

Decerto vêm me pedir conselhos — reflete Rodrigo —, sabem que sou íntimo do Getulio. Devem ser uns meninos bem-intencionados mas sem nenhuma experiência política. E, possivelmente, semianalfabetos. Mas... seja o que Deus quiser!

***

À noite a praça da Matriz transforma-se num pandemônio. Alto-falantes berram notícias do comício udenista que ali se vai realizar dentro de pouco. Entre uma e outra notícia irradiam-se marchas e dobrados marciais. Por volta das oito horas um mulato velho, ajudado por dois garotos descalços, começa a soltar foguetes ao pé do coreto. O eco atrás da igreja duplica as explosões. A voz de aço, monstruosamente amplificada, pede: "Venham todos agora à praça da Matriz tomar parte no comício da União Democrática Nacional! Santa-fezenses, votemos todos no Brigadeiro da Vitória!". Aos poucos o grupo ao redor do coreto vai engrossando. As calçadas estão já cheias de gente moça que faz a volta da praça como nas tardes de retreta. As raparigas caminham num sentido e os rapazes noutro. Soldados da Polícia Municipal tomam posições. Quase todas as janelas das casas que cercam o largo estão iluminadas e ocupadas, como em dia de procissão de Corpus Christi. Dois homens lidam com um microfone, dentro do coreto. Pelos cantos da praça, negras velhas do Barro Preto e do Purgatório instalaram-se com suas quitandas e vendem pastéis, doces e pipoca.

Faz um calor abafado e o céu está completamente coberto de nuvens baixas. Para os lados do Angico de quando em quando relâmpagos clareiam o horizonte.

Debruçado à janela do quarto de Rodrigo, Jango descreve a cena para o pai.

— Acho que já tem umas cento e poucas pessoas no centro... Parece que a banda de música vem vindo... A Prefeitura está toda iluminada.

Minutos depois a banda do Regimento de Infantaria entra na praça tocando um velho dobrado e seguida dum cortejo de moleques. Rodrigo sente um calafrio, seus olhos brilham.

— Foi esse mesmo dobrado... — murmura ele para Camerino, que neste momento lhe mede a pressão arterial.

— Hein? — faz o médico, sem tirar os olhos do manômetro.

— Sem a menor dúvida... Foi em novembro de 22, pouco antes da eleição. A situação local andava ameaçando o eleitorado. Tivemos um comício aqui na praça e eu falei da sacada do Sobrado. Ameacei a chimangada com a revolução, caso fôssemos esbulhados nas urnas. Que tempos, Dante! Só de me lembrar...

Camerino ergue os olhos para o paciente e sorri.

— Não se lembre demais, que a pressão pode subir.

— Como está agora?

O médico sorri.

— Ótima, mas o senhor não deve se impressionar com esse negócio aí fora...

— Esses udenistas vão fazer comício na frente da minha casa por puro acinte. Os queremistas fizeram o seu na outra praça.

Camerino encolhe os ombros.

— Seja como for, não leve a coisa a sério.

— Eu? Mas quem é que leva a UDN a sério? Acho que nem o brigadeiro...

Camerino repõe o esfigmômetro na bolsa.

— Está chegando muita gente — diz Jango, que continua à janela. — E ainda falta uma meia hora para começar.

— São curiosos — explica Rodrigo com desdém. — Gente que não vota.

O médico tira o casaco, passa o lenço pelo rosto.

— O senhor já pensou — pergunta — que os rapazes e moças que hoje têm quinze anos não viram ainda nenhuma eleição neste país?

Rodrigo volta a cabeça vivamente.

— E que tem isso?

Camerino sorri.

— Bom, não vamos discutir.

— E por que não? Não quero ser tratado como um inválido, ou como uma sensitiva.

Sensitiva o senhor é — pensa o médico. Mas nada diz.

Quando mais tarde Roque Bandeira entra no quarto, Rodrigo recebe-o com alegria.

— Puxa, homem! A gente pode morrer no fundo duma cama e tu, ingrato, não dizes nem "água".

Tio Bicho aproxima-se lento do dono da casa, aperta-lhe a mão e murmura: "Água". Paciente e médico desatam a rir, pois ambos sabem que, insaciável bebedor de cerveja, Bandeira só bebe água no chimarrão.

— Senta, homem — convida Rodrigo. — Tira esse casaco. Todo mundo está em mangas de camisa.

— Obrigado. Estou bem assim.

Deixa cair o corpo numa poltrona e fica a abanar-se com o chapéu. O suor goteja-lhe do rosto. A camisa, completamente empapada, cola-se-lhe ao peito cabeludo.

— Não vais ao comício? — pergunta-lhe Rodrigo, irônico.

Tio Bicho fita nele os olhos claros e, com fingida solenidade, responde:

— Todos conhecem de sobejo as minhas convicções políticas...

É anarquista — costuma dizer —, mas não desses de romance de folhetim que atiram bombas debaixo das carruagens de grão-duques e ministros. Don Pepe García, que recusa aceitar Bandeira como correligionário, um dia lhe bradou na cara: "És um teórico nauseabundo!" — ao que o outro replicou: "Nauseabundo? Não discuto o adjetivo. Mas como poderia deixar de ser teórico?". E, fazendo mais um de seus paradoxos, acrescentou: "O que existe de melhor no anarquismo é que ele jamais poderá deixar de ser uma teoria. Nisso está a sua beleza e a sua invulnerabilidade".

Vem da praça um rumor de vozes cortado pelos gritos soltos dos pregões. Os foguetes espocam agora a intervalos mais curtos, e a banda de música atroa o ar opressivo da noite com galopes e dobrados.

— Que é que vocês bebem? — indagou Rodrigo.

— Ora, que pergunta! — crocita o Batráquio.

— E tu, Camerino?

— Uma limonada.

— Pois então, homem, me faz um favor. Vai até o corredor e diz à besta do enfermeiro que sirva as bebidas. — Olha significativamente para o médico e acrescenta: — Para mim, tragam arsênico... fora do gelo.

Poucos minutos depois Eduardo entra no quarto do pai acompanhado dum homem de batina negra. Estão ambos tão carrancudos que Rodrigo não pode conter o riso.

— Aposto como andaram brigando outra vez!

O religioso abraça-o, visivelmente emocionado. Rodrigo não pode habituar-se à ideia de que o Zeca, filho natural de seu irmão Toríbio com uma lavadeira do Purgatório, se tenha transformado neste marista sério e intelectualizado. Quem diria? O Zeca, que cresceu no Sobrado entre os braços quase maternais de Flora e os cuidados sem mimos mas assíduos e eficientes de Maria Valéria. O Zeca, companheiro de brinquedos do Edu.

Dois anos antes de morrer, Toríbio teve o bom senso de legitimar o filho. Mesmo num tempo em que apenas se "desconfiava" da história, Toríbio revelava para com o menino uma afeição e um orgulho de tio solteiro. Levava-o para o Angico, onde o ensinava a andar a cavalo e camperear. "Ainda vai ser meu companheiro de farra!", dizia. Chegou um dia a ensaiar com a criança um diálogo que repetiram mais tarde diante das mulheres do Sobrado.

— Que é que vais ser quando ficares grande?
— Jogador profissional.
— Que mais?
— Cafajeste.
— Que mais?
— Bandido.
— Isso! Que mais?
— Ladrão de cavalo.
— Ainda falta outra coisa...
— Chineiro.

Toríbio soltou uma risada. Maria Valéria botou-lhe a boca.

— Não tem vergonha na cara? Ensinando essas maroteiras pro menino.

Toríbio custeou os estudos do filho, primeiro em Santa Fé e mais tarde no Colégio Nossa Senhora do Rosário, em Porto Alegre. Por volta dos dezessete anos, para grande surpresa e desapontamento do pai, Zeca começou a revelar preocupações religiosas. Contra a opinião de Toríbio e de Rodrigo, mas com o inteiro apoio de Maria Valéria, o rapaz entrou para a Sociedade de Maria, onde adotou o nome de Irmão Toríbio, embora no Sobrado todos prefiram chamar-lhe Irmão Zeca.

Rodrigo tratou de fazer que o sobrinho recebesse o legado que lhe tocava por morte do pai. Irmão Toríbio não guardou para si mesmo nem um vintém: empregou todo o dinheiro na construção de dois pavilhões para o Colégio Champagnat de Santa Fé, do qual é hoje professor de português e literatura geral.

— Sempre que vejo esses dois juntos — diz Tio Bicho, com um copo de cerveja na mão e os lábios debruados de espuma — imagino um diálogo impossível entre um anjo do Inferno e um anjo do Céu.

Eduardo acende um cigarro e limita-se a lançar para o Cabeçudo um olhar neutro. Irmão Toríbio, porém, aproxima-se do "oceanógrafo" com o braço estendido e o indicador enristado:

— Ias ficar admirado se soubesses quantos pontos de contato esses dois anjos têm.

Bandeira dá de ombros.

— Eu vivo dizendo que não há nada mais parecido com a Igreja Católica do que o Partido Comunista.

Rodrigo ergue a mão:

— Não vamos começar essa história agora. Deixem a política internacional e a metafísica para depois. O que interessa no momento é essa palhaçada aí na praça.

Jango, sempre junto da janela, anuncia:

— Vai começar a função.

Cessam os foguetes e a música. Alguém experimenta o microfone, estalando os dedos e dizendo: "Um — dois — três — quatro — cinco — seis...". Ouve-se, vindo de longe, o rolar surdo dum trovão. As narinas de Rodrigo fremem, seus olhos ganham um repentino fulgor.

— Tenho o palpite — diz — de que o Velho lá em cima é queremista... Acho que vem aí uma tempestade que, como disse aquele empresário castelhano em pleno picadeiro, *me va a llevar el circo a la gran puta*.

Uma voz que a distorção torna quase ininteligível anuncia o primeiro orador da noite: um estudante de direito que vai falar "em nome da mocidade democrática de Santa Fé". Rodrigo conhece-o. É um dos netos de Juquinha Macedo.

— Que é que esse sacaneta entende de democracia? — pergunta ele.

Eduardo e o Irmão Zeca encaminham-se também para uma das duas janelas do quarto que dão para a praça. Roque permanece sentado, a bebericar sua cerveja, com a garrafa ao pé da cadeira.

— Posso olhar também? — pergunta Rodrigo.

— Não senhor — responde o médico. — Fique onde está. Limite-se a ouvir. E já acho que é demais.

A voz do orador espraia-se, grave e comovida, pelo largo. Rodrigo não consegue ouvir o que ele diz. Aqui e ali pesca a metade duma palavra ...*nalidade... cracia... eiro Eduar... omes*. Palmas e vivas interrompem a cada passo o discursador. Agora Rodrigo entende uma frase completa ...*ova aurora raia para o ...sil depois da treva ...inze anos que foi a ditadura ...ulio Vargas!*

— O avô desse menino — diz com voz apertada de rancor — foi dos que mais me incomodaram lá no Rio por ocasião do reajustamento econômico que o Aranha inventou. Me pediu pra arranjar uma audiência com o Getulio e, quando foi recebido pelo homem, só faltou beijar-lhe a mão.

Uma trovoada mais forte, prolongada e próxima, engolfa por completo as palavras do orador. Mas quando o ribombo cessa é possível ouvir outra frase ... *e agora o tirano do seu feudo de São Borja quer ainda influir nos destinos da nação que desgraçou e do pobre povo que vilipendiou!* Um urro uníssono ergue-se da multidão, acima de cujas cabeças tremulam lenços brancos.

— Que grandessíssimos safardanas! — exclama Rodrigo com os dentes cerrados.

Há um momento em que o jovem Macedo pronuncia o nome do candidato da União Democrática Nacional, e o público rompe a gritar cadenciadamente, como numa torcida de futebol: *Bri-ga-dei-ro! Bri-ga-dei-ro! Bri-ga-dei-ro!* — Nova revoada de lenços brancos.

Tio Bicho ri o seu riso gutural, mais visível que audível, pois lhe põe a tremer a papada e as bochechas. De instante a instante Jango volta a cabeça para observar as reações do pai.

— Por que não gritas também? — pergunta Rodrigo, dirigindo-se a Dante Camerino. — É o teu candidato. Grita. Tens a minha permissão.

A atroada cessa. O orador continua o seu discurso com redobrado entusiasmo.

— Aproximem ao menos esta cama da janela! Ó Jango, toca essa manivela, quero ficar de busto mais erguido.

Camerino empurra a cama de rodas para perto da janela. Rodrigo ergue a cabeça e olha para fora.

— Cuidado. Não se excite — suplica o médico.

— Há mais público do que eu esperava — murmura o paciente. — E muito mais do que eu desejava. Mas isso não significa nada. A metade dessa gente está aí por mera curiosidade.

Torna a recostar a cabeça no travesseiro, um pouco ofegante do esforço. Pensa em Sônia. Onde estará a menina a esta hora? Talvez no cinema... Ou sentada sozinha no quarto do hotel, fumando ou lendo, num aborrecimento mortal. Ocorre-lhe que não é impossível que ela tenha vindo ver o comício... E por que não?

Essa possibilidade põe-lhe um formigueiro no corpo, uma ânsia no peito. É natural que ela aproveite a ocasião para aproximar-se do Sobrado sem ser notada... Claríssimo! É até plausível que esteja agora na própria calçada do casarão...

Torna a erguer a cabeça, e desta vez segura com ambas as mãos o peitoril da janela.

— Por favor, doutor Rodrigo! — diz o médico. — Não faça isso!

— Não sejas bobo, Dante. Estou bem. Por que é que *tu* não te sentas, se estás cansado?

Continua a olhar para fora e, indiferente às palavras do orador, aos gritos do público, põe-se a procurar a amante... um jogo quase tão fascinante como uma caçada. Aquela de verde, na frente da igreja? Não. Magra demais. E a de branco, junto do poste na calçada fronteira? Sônia tem um vestido branco de linho que lhe vai muito bem com a pele trigueira. Mas não! Trata-se duma mulher corpulenta, duma verdadeira amazona.

Uma dor fininha lhe risca transversalmente o peito, como um arranhão feito com a ponta dum alfinete. Rodrigo torna a recostar-se, alarmado, e por alguns instantes fica esperando e temendo a volta da agulhada, os olhos fechados, a respiração quase contida... Deus queira que tenha sido só uma dor muscular ou gases.

Rompem palmas e vivas na praça, e a música toca um galope.

O discurso terminou.

O segundo orador — candidato a deputado — fala com mais clareza. Ataca Getulio Vargas, o queremismo, o Estado Novo, culpa o ex-presidente de ter corrompido e desfibrado a nação. Acusa-o de satrapismo, de nepotismo, de favoritismo e de cumplicidade com a "polícia cruel e degenerada de Felinto Müller"...

"Sim, mas agora se abre uma nova era de justiça e democracia para o nosso infeliz povo, que saberá eleger presidente a figura impoluta do brigadeiro Eduardo Gomes." De novo a multidão prorrompe em gritos ritmados: *Bri-ga-dei-ro! Bri-ga-dei-ro!* — enquanto os lenços brancos tremulam.

De olhos fechados Rodrigo murmura:

— Conheço a bisca que está falando. É o Amintas Camacho. O nome dele rima com *capacho*. É o que ele é. Foi getulista até quando achou conveniente. Um vira-casaca muito sujo e covarde! Se não estivesse aqui doente e escangalhado eu subia naquele coreto e ia contar ao povo como um dia quebrei a cara desse sacripanta.

Jango estendeu a mão para fora:

— Está começando a chover — diz.

Realmente, grossos pingos caem das nuvens. A multidão se agita num movimento de onda. Uma voz que não é a do orador sai aflita dos alto-falantes: "Pedimos ao público que não vá embora! Isto é apenas uma chuva rápida de verão!".

Mal, porém, termina de pronunciar a última palavra, o aguaceiro desaba com uma violência de dilúvio, e o povo começa a dispersar-se, buscando refúgio nos corredores das casas e debaixo da figueira grande. Uns poucos precipitam-se para seus automóveis estacionados nos arredores. Os previdentes, que trouxeram guarda-chuvas, abrem-nos e saem a caminhar em meio de gritos gaiatos e risadas. E a chuva bate com alegre fúria nas pedras das ruas e das calçadas, nos telhados, nas folhas das árvores, nos lombos e nos instrumentos dos músicos que continuam formados no redondel: a chuva toca tambor na coberta de zinco do coreto, onde os oradores e os próceres udenistas se comprimem. Os alto-falantes estão agora silenciosos.

— A la fresca! — exclama Jango. — Parece o estouro da boiada.

Empurra a cama do pai para o seu lugar habitual.

Rodrigo sorri. A dor não voltou e agora ele respira livremente. O comício foi dispersado. A natureza deu uma resposta simples mas categórica à baboseira dos oradores.

Jango e Eduardo descem as vidraças, pois a chuva começa a entrar no quarto. Tio Bicho ergue os olhos para o Irmão Zeca e pergunta:

— Qual é a tua opinião? Podemos tomar esse aguaceiro como um pronunciamento político do Altíssimo?

Limpando a batina respingada, por alguns instantes o marista não diz palavra. É um jovem de estatura meã e porte atlético. O rosto cor de marfim, de feições nítidas, é animado pelos olhos castanhos nos quais uma vez que outra Rodrigo julga ver ressurgir Toríbio. Sua voz, de ordinário mansa, não raro no ardor duma discussão revela o Cambará que se esconde no fundo desse religioso de plácida aparência.

— Olha, Bandeira — diz ele —, se queres discutir esse problema a sério, estou à tua disposição, mas para brincadeiras não contes comigo.

Tio Bicho sacode lentamente a cabeça.

— Tanto para o católico como para o comunista — diz — o humor é um pecado mortal.

— Roque! — brada o dono da casa. — Se vocês começarem a discutir religião e comunismo, não dou mais bebida para ninguém. Jango, mande buscar mais três cervejas bem geladinhas. Para mim traga uma limonada, pois o Camerino quer me matar com essas bebidinhas de fresco. E abram um pouco essas janelas... o calor está ficando insuportável.

O aguaceiro continua a cair com força. A praça está agora completamente deserta.

Quando, cerca das dez horas, Floriano entra no quarto do pai, encontra o mesmo grupo — menos Camerino, que saiu para visitar outro cliente, e Jango, que desceu para o primeiro andar. O ar está saturado da fumaça dos cigarros. Todos fumam, inclusive o doente. Acham-se de tal modo entretidos a conversar, que parecem não dar pela entrada do filho mais velho de Rodrigo.

Comentam-se ditadores e governos de força. Há pouco, Eduardo e Irmão Zeca se engalfinharam numa discussão em torno da personalidade de Franco. O primeiro acha-o tão desprezível quanto Hitler e Mussolini. O marista tentou provar que o caudilho espanhol "é um pouco diferente". Agora, mais calmos, discutem os motivos por que os povos se deixam levar tão facilmente pelos governos de força.

Fala Tio Bicho:

— Dizem os entendidos que essa necessidade que as massas têm de submeter-se a um homem forte não passa duma saudade da autoridade paterna, que vem da infância.

— Bobagens — intervém Rodrigo. — A explicação é outra.

Sem tomar conhecimento da interrupção, Bandeira prossegue:

— No Brasil tivemos no século passado Pedro II, a imagem viva do pai, com suas barbas patriarcais, sua proverbial bondade ou "bananice", como querem outros. Na Rússia o czar era também chamado de paizinho. Hoje o Papai dos soviéticos e dos comunistas do resto do mundo é Stálin. Uns pais são mais severos e autoritários que outros. Nós temos o nosso Getulinho, Pai dos Pobres...

Rodrigo lança-lhe um olhar hostil.

— E por que não? Me digam se houve em toda a história do Brasil governante que se interessasse mais que ele pelo bem-estar do povo? Me dá o fogo, Floriano.

O filho hesita por uma fração de segundo, mas acaba riscando um fósforo e aproximando-o do novo cigarro que o pai tem entre os lábios.

— Não me ponhas esses olhos de Quadros, rapaz!

— O senhor sabe que não deve fumar.

— Sei. E daí? Apaga esse fósforo. Agora me dá um copo de cerveja. Água cria sapo na barriga, como dizia com muita razão teu tio Toríbio.

— O senhor não deve beber nada gelado.

— Venha duma vez essa cerveja!

Não há outro remédio senão dar-lhe a bebida — reflete Floriano. Rodrigo empina o copo e, quase sem tomar fôlego, bebe metade de seu conteúdo.

— Agora não vão sair daqui correndo para contar ao Dante que fumei e bebi cerveja gelada.

Tio Bicho olha o relógio.

— Acho que vou andando — diz. — O doutor Rodrigo precisa descansar.

— Qual descansar, qual nada! A prosa está boa. Eduardo, grita lá pra baixo que nos mandem cinco cafezinhos. Floriano, pega ali na cômoda um lenço limpo, molha em água-de-colônia e me traz...

Floriano faz o que o pai lhe pede. Rodrigo passa o lenço pelas faces, pela testa, pelo pescoço, num gesto quase voluptuoso. De novo Sônia lhe volta ao pensamento. Pobre menina! Sozinha nesta noite de chuva, naquele horrível quarto de hotel...

— Vamos, Floriano! — diz ele, para evitar que a conversa morra. — Solta essa língua. Como é que explicas a necessidade que o povo tem de governos fortes?

— Bom — começa o filho —, eu acho que para a maioria das pessoas a liberdade, com a responsabilidade que envolve, é um fardo excessivamente pesado. Daí a necessidade que tem o homem comum de refugiar-se no seio dum grupo humano ou colocar-se sob a tutela dum chefe autoritário que, se lhe tira certas liberdades civis, lhe dá em troca a sensação de segurança e proteção de que ele tanto precisa.

Roque Bandeira ergue a mão gorda, com o indicador enristado na direção de Floriano:

— Tu falaste em "refugiar-se no grupo". Essa, me parece, é a tendência mais perigosa do homem moderno, com ditadores ou sem eles. Se por um lado a "democracia de massa", de que os Estados Unidos constituem o exemplo mais evidente, oferece ao homem facilidades, confortos e garantias como não existiram em nenhuma outra civilização da história do mundo, por outro prende-o implacavelmente ao grupo, à comunidade, ameaçando sua identidade individual.

— Exatamente — confirma Floriano. — Foi nos Estados Unidos que se inventou o oitavo pecado mortal: o de desobedecer ao código do grupo, o de não pensar, sentir ou agir de acordo com os padrões estabelecidos pela comunidade, o de não aceitar a estandardização das ideias, dos hábitos, da arte, da literatura, dos gestos sociais, dos bens de consumo... O inconformado passa a ser um marginal, um elemento subversivo, uma ameaça à ordem social. E o curioso é isso acontecer num país onde existe um culto quase religioso do *free enterprise*.

— Mas na Rússia será muito diferente? — pergunta Irmão Zeca.

— Não — responde Floriano. — Se Babbitt relega ao ostracismo o *nonconformist* e olha para ele com uma mistura de desprezo, desconfiança e vago temor, já o Comissário soviético acha mais prático, mais seguro e mais simples despachar o dissidente para a Sibéria, para um campo de trabalhos forçados, ou para o outro mundo, sumariamente...

— Nem me vou dar ao trabalho de refutar essa tua ficção ridícula — intervém Eduardo. — Vamos ao que importa. Como é que vocês querem que se resolva o problema? Como se pode pensar em termos individualistas num mundo cuja população cresce explosivamente? A solução americana estaria certa se tendesse, como a da Rússia soviética, para uma igualdade de oportunidades para todos, para o nivelamento econômico, para a abolição definitiva das classes sociais. Ora, é sabido que nos Estados Unidos essa aparente democracia econômica, essa falsa coletivização não passa dum estratagema da indústria e do comércio para venderem mais. Como a economia ianque não é estatal, a produção se torna cada vez mais caótica e competitiva. Vocês vão ver... Agora que terminou a Guerra e as fábricas americanas cessaram de receber grandes encomendas de armas e munições, milhões de operários vão ficar sem trabalho. Então o remédio será criar e alimentar o medo de uma nova guerra, a fim de que se justifique novo aceleramento da produção bélica... E a propaganda já começou...

— Seja como for — interrompe-o Tio Bicho —, a tendência coletivista me assusta. Porque tudo quanto a humanidade conquistou até agora de melhor e mais alto foi obra isolada de indivíduos que muitas vezes tiveram de arriscar a liberdade e até mesmo a vida para afirmarem suas ideias, contra o Estado, a Igreja ou a opinião pública. É ou não é?

— Para mim — diz Floriano — o problema se resume assim: como pôr ao alcance da maioria os benefícios da ciência e da técnica em termos de conforto, saúde, educação e oportunidades sem, nesse processo, anular o indivíduo? Confesso que não tenho no bolso a solução.

Rodrigo está já arrependido de haver provocado esta discussão acadêmica. E para desviar a conversa para um assunto mais de seu gosto, provoca o filho mais moço:

— Põe a mão na consciência, Edu, e fala com sinceridade. Vais votar no candidato comunista por convicção ou por obediência às ordens de teus patrões de Moscou?

O rapaz responde com outra pergunta:

— E o senhor... vai escolher um candidato próprio ou vai votar em quem o doutor Getulio mandar?

— Ora, o meu caso é diferente do teu. Se meu amigo me "pedir" para votar, por exemplo, no general Dutra e eu não atender ao seu "pedido", nada me acontecerá. Mas se tu deixares de cumprir uma ordem do Partido, corres o risco de ser expulso. Se estivesses na Rússia, serias liquidado fisicamente. Que tal, Zeca, tenho ou não tenho razão?

O marista encolhe os ombros.

— O Edu e eu já tivemos a nossa dose diária de brigas. Por hoje basta...

Rodrigo encara o filho mais velho:

— E tu? Não te pergunto em quem vais votar porque és um homem sem compromissos. Nem esquerda nem direita nem centro. Sempre *au-dessus de la mêlée*, não? Uma posição muito cômoda.

Floriano sente quatro pares de olhos postos nele.

— É curioso — diz, esforçando-se por falar com naturalidade — que tanto o meu pai, homem do Estado Novo, como o meu irmão, marxista e comunista militante, pensem da mesma maneira com relação à minha atitude diante dos problemas políticos e sociais. Para um comunista, a pessoa que "não se define" é aquela que ainda não entrou para o PC. Para meu pai, homem de paixões, as coisas políticas e sociais são pretas ou brancas. Temos de escolher a nossa bandeira e matar ou morrer por ela. Só um intelectual decadente (acha ele) pode perder-se nos matizes, nos meios-tons. Certo ou errado, o importante para o macho é comprometer-se, participar da luta. Ora, eu chamo a isso "raciocínio glandular"!

Rodrigo solta uma risada.

— Até que enfim falas! — exclama ele. — Dizes o que pensas, sais da tua toca e vens discutir com os outros à luz do sol. Continua. Estou gostando.

Meio desconcertado, Floriano olha para Tio Bicho, que ali está na sua poltrona sacudido pelo seu riso lento de garganta, e com uma luz de malícia nos olhos. Irmão Zeca, porém, lança-lhe uma mirada encorajadora. Eduardo, calado no seu canto, dá-lhe a impressão dum jovem tigre que afia as garras, esperando a hora oportuna de saltar sobre a presa.

Floriano enfia as mãos nos bolsos das calças. Chegou a hora de dizer umas coisas que nestes últimos dias vem pensando.

Mas a sensação de que se ergueu para fazer uma conferência deixa-o um pouco perturbado. Sempre teve horror a parecer pedante ou doutoral.

— Aqui estou — começa ele — diante de quatro amigos, nenhum dos quais parece aceitar ou compreender minha posição. O Zeca me quer fazer crer no seu Deus barbudo que distribui prêmios e castigos e a cujos preceitos (que não sei como foram dados a conhecer ao homem) devemos obedecer. Por outro lado, o Edu me assegura que a única maneira lógica e decente da gente participar na luta social é sentando praça no seu partido. Em suma, quer que eu troque o que ele chama de Torre de Marfim pela Torre de Ferro do PC. Meu pai acha que a panaceia para todos os nossos males é a volta do doutor Getulio ao poder, isto é: o Estado paternalista. E ali o nosso Bandeira, com quem tenho algumas afinidades intelectuais, me considera um toureiro tímido, desses incapazes de enfrentar o touro no *momento de la verdad...*

Cala-se. Os outros esperam que ele continue. Rodrigo bebe um gole de cerveja, depois de dar uma tragada gostosa no cigarro. E como a pausa se prolonga, diz:

— Vamos! E depois?

— Uma das coisas que mais me preocupam — diz Floriano — é descobrir quais são as minhas obrigações como escritor e mais especificamente como romancista. Claro, a primeira é a de escrever bem. Isso é elementar. Acho que estou aprendendo aos poucos. Cada livro é um exercício. Vocês devem conhecer aqueles versos de John Donne que Hemingway popularizou recentemente, usando-os como epígrafe de um de seus romances. É mais ou menos assim: *Nenhum homem é uma ilha, mas um pedaço do Continente... a morte de qualquer homem me diminui, porque eu estou envolvido na Humanidade...* et cetera, et cetera.

Tio Bicho cerra os olhos e, parodiando o ar inspirado dos declamadores de salão, murmura eruditamente:

— *"And therefore never send to know for whom the bell tolls; it tolls for thee."*

— Estive pensando... — continuou Floriano. — *Nenhum homem é uma ilha...* O diabo é que cada um de nós *é* mesmo uma ilha, e nessa solidão, nessa separação, na dificuldade de comunicação e verdadeira comunhão com os outros, reside quase toda a angústia de existir.

Irmão Zeca olha para o soalho, pensativo, talvez sem saber ainda se está ou não de acordo com as ideias do amigo.

— Cada homem — prossegue este último — é uma ilha com seu clima, sua fauna, sua flora e sua história particulares.

— E a sua erosão — completa Tio Bicho.

— Exatamente. E a comunicação entre as ilhas é das mais precárias, por mais que as aparências sugiram o contrário. São pontes que o vento leva, às vezes apenas sinais semafóricos, mensagens truncadas escritas num código cuja chave ninguém possui.

Cala-se. Conseguirá ele agora estabelecer comunicação com essas quatro ilhas de clima e hábitos tão diferentes dos seus?

— Tenho a impressão — continua — de que as ilhas do arquipélago humano sentem dum modo ou de outro a nostalgia do Continente, ao qual anseiam por se unirem. Muitos pensam resolver o problema da solidão e da separação da maneira que há pouco se mencionou, isto é, aderindo a um grupo social, refugiando-se e dissolvendo-se nele, mesmo com o sacrifício da própria personalidade. E se o grupo tem o caráter agressivo e imperialista, lá estão as suas ilhas a se prepararem, a se armarem para a guerra, a fim de conquistarem outros arquipélagos. Porque dominar e destruir também é uma maneira de integração, de comunhão, pois não é esse o espírito da antropofagia ritual?

Edu salta:

— Toda essa conversa não passa duma cortina de fumaça atrás da qual procuras esconder a tua falta de vocação política, a tua incapacidade para a vida gregária.

— Por mais absurdo que pareça — diz Rodrigo — desta vez estou de acordo com o camarada Eduardo.

Floriano sorri. Os apartes, longe de o irritarem, o estimulam, pois tiram à sua exposição o caráter antipático e egocêntrico de monólogo. Prossegue:

— Para o Eduardo o Continente é o Estado Socialista, ou a simples consciência de estar lutando pela salvação do proletariado mundial. Para outros, como para o Zeca, a Terra Firme, o Grande Continente, é Deus, e a única ponte que nos pode levar a Ele é a religião ou, mais especificamente, a Igreja Católica Apostólica Romana. Há ainda pessoas que satisfazem em parte essa necessidade de integração simplesmente associando-se a um clube, a uma instituição, uma seita.

Bandeira aparteia:

— Por exemplo, o Rotary Club ou a Linha Branca de Umbanda.

— O que importa para cada ilha — prossegue Floriano — é vencer a solidão, o estado de alienação, o tédio ou o medo que o isolamento lhe provoca.

Faz uma pausa, dá alguns passos no quarto, com a vaga desconfiança de que se está tornando aborrecido. Mas continua:

— Estou chegando à conclusão de que um dos principais objetivos do romancista é o de criar, na medida de suas possibilidades, meios de comunicação entre as ilhas de seu arquipélago... construir pontes... inventar uma linguagem, tudo isto sem esquecer que é um artista, e não um propagandista político, um profeta religioso ou um mero amanuense...

Eduardo solta uma risada sarcástica de mau ator.

— Ah! E tu achas que estás realizando teu objetivo?

— Absolutamente não acho.

— E não te parece que teu projeto é um tanto pretensioso?

— Não mais que o de vocês comunistas quando esperam conseguir a abolição completa do Estado através do nivelamento das classes.

Rodrigo faz um gesto de impaciência:

— Tudo isso é muito vago, muito livresco, Floriano — diz ele. — Sou um homem simples e inculto — acrescenta, com falsa modéstia. — Por que não trazes tuas teorias para um terreno mais concreto... Para o Rio Grande, por exemplo? Como vês o problema das nossas "ilhas"?

— Sai dessa! — exclama Tio Bicho.

Floriano volta-se para o pai.

— Que tem sido nossa vida política nestes últimos cinquenta ou sessenta anos senão uma série de danças tribais ao redor de dois defuntos ilustres? Refiro-me a Júlio de Castilhos e Gaspar Martins. Sempre foi motivo de orgulho para um gaúcho que se prezava sacrificar-se, matar ou morrer pelo seu chefe político, pelo seu partido, pela cor de seu lenço.

Faz uma pausa, olha em torno e admira-se de que os outros — principalmente o pai — o escutem sem protestos.

— Todos esses correligionários... amigos, peões, capangas, criados, todos esses "crentes" que formavam a massa do eleitorado em tempo de eleição e engrossavam os exércitos em tempo de revolução, seguindo quase fanaticamente seus chefes, todos esses homens, fosse qual fosse a cor de seus lenços, viveram na minha opinião *alienados*. Aceitaram irracionalmente a autoridade de Castilhos, de Gaspar Martins, do senador Pinheiro, de Borges de Medeiros e outros, como viriam mais tarde aceitar a de Getulio Vargas. Mais que isso: seguiram também os coronéis, os chefetes locais, com a mesma devoção...

Tio Bicho interrompe-o:

— Conta-se que em 93 o general Firmino de Paula um dia formou a sua força e gritou para os soldados: "Eu sou escravo do doutor Júlio de Castilhos e vocês são *meus* escravos!".

— Uma ilustração perfeita — diz Floriano. — As pobres ilhas abandonadas procuravam integrar-se na terra firme do Continente. Ora, nesse processo de integrar-se e render-se elas deixavam de ser o centro de seu próprio mundo, entregavam sua liberdade, seu destino a algo ou a alguém mais forte que elas... Por exemplo: o Chefe político ou o corpo místico do Partido.

Roque Bandeira ergue-se, lento, e diz:

— Uma atitude nitidamente masoquista.

Encaminha-se para o quarto de banho, onde se fecha.

Irmão Zeca olha, silencioso, para a ponta das botinas pretas de elástico. Rodrigo sacode a cabeça numa negativa vigorosa.

— Acabas de dizer a maior besteira da tua vida, meu filho. Esqueces que essa gente tinha ideais, convicções políticas definidas.

— Ora, papai, poucos, muito poucos podiam dar-se esse luxo. Vamos tomar um exemplo de casa: o Bento, cria do Angico. Quando viajava para fora do município e lhe perguntavam quem era, o caboclo respondia com orgulho: "Sou *gente* do coronel Licurgo". Um outro gaúcho, querendo certa vez explicar o motivo por que seguia cegamente Flores da Cunha, prontificando-se a arriscar a vida por ele, disse: "É que eu fui *dado* ao general, de pequeno".

— Queres que te diga uma coisa? — interrompeu-o Rodrigo. — Pois eu descubro uma grande beleza nessa atitude, nessas lealdades desinteressadas. Me passa essa garrafa de cerveja antes que o Roque beba o resto. — Enche seu copo e bebe um sorvo largo. — O teu argumento tem outra falha. Estás esquecendo ou dando pouca importância ao código de honra do gaúcho, do qual nunca, em circunstância alguma, ele abdicou.

Floriano coça a cabeça com um ar de aluno surpreendido em erro.

— Dou a mão à palmatória. Reconheço que meu exemplo está incompleto. Havia uma coisa que esses alienados jamais entregavam ao chefe ou ao partido. Era a sua dignidade de macho, justiça se faça. — Olha para Eduardo. — Agora, os correligionários do Edu entregam tudo: a pessoa física e moral, a liberdade, a vida e até a morte.

Bandeira, que neste instante volta do quarto de banho, olha para o marista e diz:

— É o que acontece também com os padres.

— Essa é que não! — exclama Zeca. — A Igreja nunca tirou a dignidade ou a liberdade de ninguém. Pelo contrário, sempre deu mais uma coisa e outra.

Eduardo aproxima-se da janela, mal reprimindo um bocejo. Rodrigo está surpreendido ante a pouca disposição combativa do rapaz, de ordinário tão agressivo.

— Mas me deixem terminar — pede Floriano. — Há outra maneira do homem identificar-se com o mundo que o cerca. É por meio do domínio, da submissão dos outros à sua vontade. Ele os torna partes de si mesmo. É uma atitude sádica. Foi o que até certo ponto fez Pinheiro Machado, que era famoso pela maneira como *usava* seus amigos e correligionários. Parece-me que o doutor Borges de Medeiros encontrou uma compensação para a sua solitude física e psicológica através dum casamento místico com o povo do Rio Grande, no qual ele era o elemento masculino dominador e autoritário. E seu amigo Getulio, papai (outro solitário), identificou-se com o Brasil.

— Não digas asneiras! — vocifera Rodrigo. — Conheço o Getulio melhor que todos vocês. Tuas teorias são a negação da vida e a negação da história. Sempre haverá comandantes e comandados. Que seria de nós se não fossem homens da têmpera dum Pinto Bandeira, dum Cerro Largo, dum Bento Gonçalves, dum Osório? Estaríamos todos agora falando castelhano e o Brasil seria menor. É melhor calares a boca e não ficares aí tentando negar o que nossa gente tem de mais nobre e valoroso.

Floriano faz um gesto de desamparo.

— Aí está. É difícil dialogar com os chamados "homens de convicções firmes". Eles têm a coragem de matar ou morrer por suas ideias. O que não têm é coragem de reexaminar, revisar essas ideias.

Irmão Zeca pergunta:

— Aonde queres chegar com tuas teorias, Floriano?

— Em primeiro lugar, quero deixar claro que não me enquadro em nenhuma dessas posições. Em segundo, acho que tanto o homem que domina arbitrariamente como o que se deixa dominar perdem a integridade. Um entrega sua liberdade. Outro mata a liberdade alheia em benefício da própria.

— Então? — rosna Bandeira. — Em que ficamos?

— Ele fica como sempre na famosa "terceira posição" — ironiza Eduardo.

— Exatamente — replica Floriano. — Na terceira posição. E admito que exista também uma quarta, uma quinta, uma sexta... Por que não? Não tenho muita paciência com os donos das verdades absolutas.

Sílvia entra, trazendo numa bandeja cinco pequenas xícaras de café. Rodrigo faz-lhe um sinal e ela se aproxima.

— Ah! Aqui está a minha nora e afilhada com seu famigerado cafezinho.

— O senhor não devia... — murmura ela. — O doutor lhe proibiu.

— Pois o doutor que vá...

Engole o resto da frase e apanha uma das xícaras. Sílvia sorri e sai a distribuir o café. Quando ela se aproxima de Floriano, Rodrigo fica atento a qualquer mudança na expressão fisionômica do filho que possa confirmar suas suspeitas. Sílvia mantém os olhos baixos. Sim, o rapaz parece perturbado. Sua mão não está lá muito firme, a xícara que ele segura treme sobre o pires.

Quando Sílvia se retira, Tio Bicho segue-a com o olhar e murmura:

— Sujeito de sorte, esse Jango.

Com uma gulodice de menino, Rodrigo lambe o açúcar que ficou no fundo da xícara.

— Então, romancista? — provoca ele. — Já terminaste o teu folhetim?

— Bom, a solução para as "ilhas" é unirem-se umas às outras, mas sem perderem a dignidade e a identidade como indivíduos.

Edu interrompe-o:

— Pergunta a esses pobres-diabos do Barro Preto e do Purgatório que andam descalços e molambentos, que sofrem frio e fome, pergunta a esses miseráveis carcomidos de sífilis ou de tuberculose se eles sabem o que é identidade, dignidade ou mesmo liberdade.

Floriano replica:

— Está bem, Edu, teu argumento está certo, mas não invalida o que vou dizer... Para abolir o seu sentimento de solidão, de alienação, de falta de segurança, na minha opinião o homem não necessita entregar sua liberdade, sua vontade e seu futuro ao Estado Totalitário ou a um ditador paternalista, nem dissolver-se, anular-se no grupo, escravizando-se aos seus tabus e às suas máquinas. Reconheço que o problema é em grande parte de natureza econômica. Se disseres que numa sociedade de economia sã os homens terão mais oportunidades de serem melhores, eu responderei que pode haver (e há) prosperidade sem bondade, progresso material sem humanidade.

Cala-se por um instante, para escolher as palavras finais, já um pouco encabulado por estar falando tanto, e talvez num tom de pastor protestante.

— Em suma — conclui —, devemos procurar solução para nossos problemas existenciais no plano das relações humanas e não apenas no das relações de produção industrial. O que importa é conseguir uma solidariedade fraternal entre os homens não só no âmbito familiar e nacional como também no internacional. Para isso me parece indispensável que cada pessoa se capacite da sua importância como indivíduo e também da sua *responsabilidade* para com a própria existência.

— Peço licença para resumir teu pensamento — diz Irmão Toríbio. — A solução é o amor. O que vemos no mundo de hoje não é apenas uma crise econômica, mas principalmente uma crise de amor.

— De acordo, Zeca. Confesso que tive vergonha de pronunciar a palavra *amor*, como se fosse um nome feio.

— Pois devemos sair e escrever a piche nas paredes e muros esse nome feio! — exclama o marista. — Até nas fachadas das igrejas... por que não? Conheço padres, bispos, arcebispos e cardeais incapazes de verdadeiro amor. Sim, precisamos escrever por toda a parte *amor! amor! amor!*

— Não se esqueçam das paredes das latrinas — alvitra Tio Bicho, com seu olho cínico —, já que esse é o lugar clássico dos nomes feios.

— É engraçado vocês falarem em amor no ano em que terminou a maior carnificina da história — diz Eduardo — e em que já se fala abertamente na Terceira Guerra.

— Seja como for — insiste Irmão Toríbio —, o amor ainda é a única solução. É o remédio que Deus vem oferecendo aos homens há milênios. Vocês dão as voltas retóricas mais incríveis para acabarem caindo na nossa seara.

— Claro — diz Floriano, olhando para Eduardo —, o amor não é positivamente a nota tônica deste nosso sistema capitalista competitivo e frio, desta nossa civilização mercantil em que o lucro é mais importante do que vidas humanas.

— Estás usando a linguagem do teu irmão bolchevista... — observa Rodrigo.

— Atiramos contra o mesmo alvo — explica Floriano. — Só que de posições separadas e com frechas de cores diferentes.

Eduardo apressa-se a dizer:

— O Floriano atira com sua pistolinha literária que esguicha água-de-colônia.

O outro sorri:

— Para um comunista, tua piada não está nada má... Mas, falando sério, me parece que a solução estará numa sociedade realmente baseada no princípio de que não há nada mais importante que a criatura humana, a sua dignidade e o seu bem-estar.

— O famoso neo-humanismo — murmura Eduardo com ar desdenhoso. — Como é que vocês esperam chegar a essa sociedade perfeita? Rezando e esperando um milagre? Deixando as coisas como estão?

— Já estamos outra vez metidos em filosofanças! — exclama Rodrigo. — Não acham que por hoje basta? São quase onze horas. Será que vocês esperam salvar a humanidade ainda esta noite?

Os dois irmãos se calam. Mas o pai torna a falar:

— De mais a mais, o que queres é um absurdo, Floriano. O mal deste país tem sido a falta de heróis, de condutores em quem o povo acredite. Pela primeira vez na nossa história encontramos um líder na figura de Getulio Vargas e o resultado aí está, o queremismo, esse movimento de massa que galvaniza de norte a sul esta nação de cépticos. Como é possível eliminar a autoridade, como pareces desejar?

— Eu me refiro à autoridade *irracional* — replica Floriano —, a que não se baseia na competência mas se impõe pela força e se mantém pela propaganda, pela intimidação das massas por meio da polícia ou pela exploração dos "medos sociais": o de ficar sem proteção, de ser destruído por inimigos externos ou internos, o de não ter o que comer, nem o que vestir, nem onde morar. O senhor, papai, sabe disso tão bem como eu. E é um erro imaginar que a intimidação é a única arma dos que exercem a autoridade arbitrária. Essa autoridade pode emanar também do chamado "ditador benévolo", que por meio de seu departamento de propaganda trata de fazer com que seu povo o aceite, respeite, admire e ame como a um pai, o Provedor, o Benfeitor.

— O ditador — diz Bandeira com voz sonolenta — apresenta-se como uma figura dotada de qualidades mágicas.

— Querem um exemplo de autoridade irracional? — pergunta Floriano. — O Partido. O Eduardo que diga se ele pode *discutir* uma ordem de seu partido.

Eduardo limita-se a bocejar, como um carnívoro saciado.

— Outro exemplo — acrescenta Tio Bicho — é a Igreja.

— Vou mencionar outro tipo de autoridade irracional — torna Floriano, olhando para o pai. — A família.

— Não me venhas com asneiras — rebate Rodrigo.

É-lhe agradável a ideia de que, apesar da vida que sempre levou, considera a família uma instituição sagrada.

Irmão Zeca agora caminha dum lado para outro, apalpando o crucifixo que traz pendurado ao pescoço. Bandeira segue-o com olho divertido.

Floriano prossegue:

— Reconheço que a família é necessária e *pode* exercer uma benéfica autoridade racional. Seria um monstro se não reconhecesse isso. Mas no fundo é a vida familiar que nos prepara para aceitar os ditadores que, em última análise, não passam mesmo duma projeção de nossos pais. E o tipo de educação que recebemos em casa quando meninos é responsável por esse sentimento de culpa que carregamos pelo resto da vida.

— Vai dormir, rapaz! — exclama Rodrigo. E pensa: por que será que ele hoje está me agredindo tanto?

Floriano põe-se a rir.

— Estão vendo este exemplo de autoridade irracional? Meu pai, como último argumento, me manda dormir.

Irmão Toríbio faz alto na frente de Floriano e pergunta:

— Será que entre o teu psicologismo e o historicismo e o economismo do Eduardo não haverá lugar para um pouco de teologia, de ontologia, de... de... de...

Enquanto o marista procura a outra palavra, Roque, piscando o olho para Floriano, sugere:

— Biologia?

Eduardo, que continua junto da janela, atira fora o toco de cigarro que tem entre os dentes e olha para o irmão:

— Suponhamos que esse mundo que idealizas seja realmente o melhor dos mundos... Torno a te perguntar que é que tu como homem e escritor estás fazendo para que ele se torne uma realidade? Esperas que ele caia do céu? Nossa amarga experiência tem ensinado que do céu só podem cair bombas. E daqui por diante bombas atômicas!

— Outra coisa — intromete-se Rodrigo —, tu ofereces uma solução para intelectuais como tu. Esqueces as massas, que não estão mentalmente capacitadas nem sequer a compreender que *existe* um problema nesses termos. — Muda de tom. — Ó Eduardo, vai ali no quarto de banho e me despeja um pouco de sal de frutas em meio copo d'água... Estou com um princípio de azia.

Roque Bandeira torna a consultar o relógio. O marista leva a mão à boca para esconder um bocejo. Faz-se um silêncio.

Eduardo volta ao quarto trazendo um copo de água efervescente.

— É engraçadíssima a atitude burguesa — diz ele, entregando o copo ao pai mas com os olhos postos em Floriano. — Vocês acham que podem resolver os problemas sociais no plano filosófico e por isso se embriagam com frases. O que nos interessa a nós, marxistas, são fatos, números, necessidades humanas. A filosofia em si mesma não passa dum refúgio. É um castelo de palavras, uma maneira de viver isolada da história e do mundo.

Fala com certo nervosismo e algumas hesitações, numa espécie de "gagueira eloquente" que lhe vem do excesso de argumentos e não da pobreza deles.

— O marxismo — continua — é um método de análise da realidade e ao mesmo tempo um método de ação sobre essa mesma realidade. De filosofias o mundo está cheio e farto. O que importa é examinar a história com objetividade e participar dela ativamente.

— Pois se a coisa é assim — interrompe-o Bandeira — precisas dar umas lições de marxismo ao teu chefe, o Prestes. Na minha opinião esse homenzinho é o mais teórico dos filósofos. Sua maneira de ver a realidade brasileira é verdadeiramente... surrealista. Se bem entendo, ele acha e proclama que o Brasil não está ainda preparado nem material nem psicologicamente para a revolução socialista. Segundo ele, o que a classe operária tem de fazer agora (e para isso conta com a colaboração do que chama "burguesia progressista") é liquidar os últimos vestígios do feudalismo em nossa terra e tratar de desenvolver, notem bem, *fomentar* o capitalismo até uma etapa que o torne maduro para o socialismo. Ora, isso me lembra a história do cirurgião da roça que, procurado por um paciente que sofria de dispepsia, lhe disse: "Olha, velhote, para esse teu mal não sei de nenhum remédio. Mas se voltares pra casa e tratares de arranjar uma úlcera gástrica, eu resolvo o teu problema te cortando um pedaço do estômago ou o estômago inteiro".

Rodrigo solta uma risada.

— Estás errado! — reage Eduardo, encarando o velho amigo. — Se tivesses lido direito Marx e Engels terias aprendido que existem dois tipos de socialismo. Um deles é utópico e inoperante como esse que o Floriano prega. Baseia-se na absurda moral cristã. O outro, o verdadeiro, tem caráter científico e decorre dum exame positivo das relações econômicas. O verdadeiro socialismo é uma ordem necessária que se origina dum certo grau de imaturidade do sistema capitalista. Mas essa transformação não se faz por si mesma (como imagina o

Floriano), mas exige a intervenção dos homens ou, melhor, das classes oprimidas. É por isso que o socialismo não pode deixar de ser o resultado da luta de classes.

Irmão Zeca tenta interrompê-lo, mas Eduardo o detém com um gesto e continua:

— Há uma coisa que o Zeca e tu, Floriano, parecem esquecer. Como disse Marx, não é a consciência dos homens que determina o seu ser, mas é o seu ser social que determina a sua consciência. Como é possível mudar o que o homem é sem primeiro destruir o sistema social que assim o fez?

De novo Irmão Toríbio tenta interrompê-lo, mas Eduardo não se cala.

— O sistema social com que o Floriano sonha deve ter como centro o homem, não é mesmo? Vocês querem que antes de mais nada se respeite a pessoa humana, não? Acho que é hora de botar as cartas na mesa e esclarecer o assunto. Até que ponto vocês, os liberais, os democratas, os católicos, os conservadores, et cetera, et cetera, respeitam *mesmo* a pessoa humana? Permitindo que três quartas partes da população do mundo vivam num plano mais animal que humano? Queimando café e trigo, por uma questão de preços, quando há fome nos cinco continentes da Terra? Deixando que continue a exploração do homem pelo homem, a usura, a prostituição... enfim, todos esses cancros da ordem capitalista?

Olha em torno, num desafio. Os olhos do pai começam a velar-se de sono. Roque parece ter caído numa modorra que o torna incapaz de qualquer reação. E, agora, no meio do quarto, numa atitude de comício, Eduardo continua seu ataque:

— Para não nos perdermos em abstrações, vamos tomar o caso do Brasil. Vocês enchem a boca com palavras como Justiça, Fraternidade, Liberdade, Igualdade e Humanidade. Afirmam que nada disso existe na Rússia soviética, apesar de nunca a terem visitado. Mas sejamos honestos. Oito anos de Estado Novo, a Câmara e o Senado fechados, os direitos civis suprimidos, as cadeias abarrotadas de presos políticos sem processo, a imprensa amordaçada... é essa a ideia que vocês têm de Justiça e Liberdade? Será humanidade entregar a mulher de Prestes, grávida, aos carrascos da Gestapo, que a mataram num campo de concentração? E que me dizem da polícia carioca queimando com a chama de um maçarico o ânus dum preso político? Ou enlouquecendo o Harry Berger com as torturas mais bárbaras, para obrigá-lo a confessar sua participação num complô que não passava dum produto da imaginação mórbida de Góis Monteiro? Isso é fraternidade? Que dizer também dos parasitas que fizeram negociatas em torno do Banco do Brasil, das autarquias e dos ministérios? E da nossa sórdida burguesia que durante a guerra se empanturrou de lucros extraordinários, mantendo o operariado num salário de miséria? Isso é justiça social? Isso é respeitar a dignidade da pessoa humana? Ora, não me façam rir!

Encara Irmão Toríbio:

— Que fizeram vocês os católicos durante esse período? Fingiram por covardia ou conveniência que não sabiam das atrocidades da polícia, da miséria do povo, das patifarias da gente do governo, da corrupção da alta burguesia. Cortejaram o Ditador para obterem dele favores para a Santa Madre Igreja. Sim, e também denunciaram "cristãmente" os comunistas à polícia.

Volta-se para Floriano:

— E vocês, beletristas? Poucos foram os que protestaram. Muitos se fartaram, mamando nas tetas gordas do DIP. Mas a maioria se omitiu, permanecendo num silêncio apático e covarde, numa contemplação que no fundo era uma forma de cumplicidade com a situação.

Floriano está absorto num silêncio reflexivo. Há muita verdade no que o irmão diz. Mas gostaria de perguntar-lhe se os processos de Moscou são o seu ideal de justiça. Se os expurgos físicos são a melhor forma de fraternidade. Se o massacre dos cúlaques que na Rússia se rebelaram contra a coletivização das terras será um símbolo de humanidade e justiça social. Mas nada diz. Porque não acha que se deva justificar uma brutalidade com outra. De resto, conhece bem o irmão. Se por um lado a paixão política lhe dá o ímpeto, a coragem de dizer sinceramente o que pensa e sente, por outro o deixa quase cego a tudo quanto saia fora de seu esquema marxista.

Quanto a Rodrigo, faz já alguns minutos que não escuta o que se diz a seu redor. Tem estado a pensar alternadamente em Sônia e na morte. Uma fita de fogo sobe-lhe desagradavelmente do estômago à garganta. (Por que tomei cerveja, se sei que não me faz bem?) Esforça-se por arrotar e livrar-se dos gases que lhe inflam o estômago, comprimindo-lhe o coração.

Neste momento a porta do quarto se abre e Dante Camerino aparece. Floriano olha para o pai e sorri. Rodrigo dá-lhe a impressão dum menino apanhado em flagrante numa travessura. O médico olha em torno, de cenho franzido. Depois encara o paciente e diz:

— Sabe que horas são? Quase meia-noite. O senhor já devia estar dormindo.

Tio Bicho ergue-se, apanha o chapéu e começa as despedidas. O marista pousa a mão no ombro de Rodrigo e murmura:

— Não se esqueça do que lhe pedi a semana passada... Lembra-se?

O enfermo sacode a cabeça afirmativamente.

— Vocês sabem? — diz em voz alta. — O Zeca quer que eu me confesse e tome a comunhão... Ó Dante, será mesmo que estou "em artigo de morte", como diziam os clássicos? Não se esqueçam que vocês quase me mataram de susto o outro dia, quando fizeram o padre Josué entrar neste quarto todo paramentado, para me dar a extrema-unção...

— A ideia não foi minha — desculpa-se Camerino.

— Foi minha — confessa Irmão Toríbio. E acrescenta: — Não me arrependo.

Rodrigo segura a manga da batina do marista.

— Sou religioso à minha maneira, Zeca. Considero-me católico, acredito em Deus, mas não sou homem de missa nem de rezas e muito menos de confissões...

— O doutor Rodrigo — diz Roque Bandeira —, como tantos outros brasileiros, é católico do umbigo para cima.

O senhor do Sobrado solta uma risada e diz:

— Eu cá me entendo com o Chefão lá em cima.

Quando se vê a sós com o doente, Camerino posta-se na frente dele e, depois duma pausa, pergunta:

— Quantos cigarros fumou?

— Quem foi que te disse que eu fumei?

— Vejo cinza na sua camisa e no lençol... E o senhor está cheirando a sarro de cigarro. Desculpe o sherlockismo, mas pelo seu hálito deduzo também que andou bebendo. Que foi? Cerveja?

O enfermeiro agora está à porta, de braços cruzados. Rodrigo lança-lhe um olhar enviesado e murmura para Camerino:

— O Frankenstein chegou...

O médico sorri:

— Vamos ver como está a pressão depois desse entrevero.

Abre a bolsa.

Floriano decide acompanhar Irmão Toríbio e Roque Bandeira até suas casas. Ele próprio está maravilhado ante a necessidade de companhia humana e de comunicação que tem sentido nestes últimos dias. O caramujo abandonou a concha e move-se entre os outros bichos, convive com eles, e está admirado não só de continuar vivo e incólume como também de sentir-se à vontade sem a carapaça protetora.

Eduardo despede-se no vestíbulo: precisa dormir, pois tem de sair amanhã muito cedo para Nova Pomerânia, a serviço do Partido.

— Que apóstolo! — exclama Tio Bicho, depois que o rapaz se vai. — Devia usar vestes sacerdotais: uma batina vermelha e, em vez do crucifixo, a foice e o martelo.

Saem para a noite fresca e úmida. No céu, agora completamente limpo e dum azul quase negro, estrelas lucilam. Nas calçadas e no pavimento irregular das ruas ficaram pequenas poças d'água.

Junto do redondel de cimento, no centro da praça, os três amigos fazem alto diante duma coluna de mármore sobre a qual dentro de poucos dias será colocado o busto do cabo Lauro Caré. *A Voz da Serra* vem publicando uma biografia seriada desse jovem santa-fezense, soldado da FEB, que teve morte de herói na Itália. Seu corpo jaz enterrado no cemitério de Pistoia, e agora sua cidade natal vai prestar-lhe essa homenagem. Ainda ontem — lembra-se Floriano — Rodrigo chamou-o para lhe contar que havia recebido um convite para comparecer ao ato de inauguração do busto.

— Quero que me representes na solenidade — pediu ele. — É bom que saibas que o Laurito Caré era nosso parente. Acho que não ignoras que teu avô Licurgo tinha uma amante, um caso antigo, que vinha dos tempos de rapaz. Teve um filho com ela, e o cabo Caré vem a ser neto de teu avô e portanto meu sobrinho e teu primo...

Agora, olhando para a base do monumento, Floriano diz aos dois amigos:

— Quem podia prever que um dia um obscuro membro do clã marginal dos Caré viesse a ter seu busto nesta praça, a menos de cem metros da estátua do coronel Ricardo Amaral, fundador de Santa Fé e flor muito fina do patriciado rural do Rio Grande?...

Irmão Zeca aponta para o outro busto que se ergue no lado oposto do redondel:

— E na frente da imagem de dona Revocata Assunção, sua professora.

— Flor da cultura serrana — acrescenta Tio Bicho.

— Segundo a história (ou a lenda) de Santa Fé — conta Floriano, quando retomam a marcha —, há muitos, muitos anos um Caré roubou um cavalo dum Amaral. Para castigar o ladrão, o estancieiro mandou seus peões costurarem o pobre homem dentro dum couro de vaca molhado e deixarem-no depois sob o olho do sol. O couro secou, encolheu e o Caré morreu asfixiado e esmagado.

— Mas os tempos mudaram — observa Irmão Toríbio. — É possível e até provável que amanhã um Caré venha a ser prefeito municipal ou deputado.

Tio Bicho para um instante para acender um cigarro e, depois da primeira tragada, diz:

— Segundo esse inocente simpático que é Mister Henry Wallace, estamos na "era do homem comum". Vocês, socialistas ou socializantes, democratas ou populistas vão ver, com o tempo, que o chamado "homem comum" não é melhor nem pior que o "incomum". São todos umas porcarias, feitos do mesmo barro.

— Não sejas pessimista! — exclama Irmão Zeca.

À esquina da rua do Comércio encontram Bibi e o marido, que voltam duma tentativa frustrada de descobrir "vida noturna" em Santa Fé. Enquanto Sandoval conversa com Tio Bicho e o marista, Bibi chama o irmão à parte.

— Como vai o Velho? — pergunta.

— Acho que bem. Só que esta noite abusou: fumou, bebeu, agitou-se. Nós fomos em parte culpados.

Bibi baixa a voz:

— Vimos a mulher no cinema.

— Que mulher?

— Ora, tu sabes.

— Como foi que a identificaste?

— O Sandoval me mostrou. E depois, filho, a gente vê logo. Estava com um vestido vermelho escandaloso, de óculos escuros, pintada dum jeito que se via logo que ela não é daqui...

— Que achaste da rapariga?

— Prostitutinha da Lapa.

Floriano sorri. Bibi está enciumada.

Sandoval aproxima-se de Floriano e segura-lhe afetuosamente o braço:

— Vi hoje umas belas gravatas na Casa Sol — diz. — Comprei duas, uma pra mim e outra pra ti. Acho que vais gostar.

— Ah! — faz o outro, contrafeito. — Muito obrigado.

O casal retoma o caminho do Sobrado. Os três amigos começam a descer a rua principal.

— Um produto do Estado Novo — diz Floriano após alguns segundos — ou, melhor, do neocapitalismo.

— Quem? — pergunta o marista.

— O Sandoval.

Tio Bicho, que parece pisar em ovos, tal a indecisão e a leveza de seus passos, apoia-se no braço de Floriano e sussurra:

— Não vais negar que o rapaz é simpático.

— Não nego.

— Mas por que — pergunta o marista — o achas tão representativo do neocapitalismo?

— Ora, o Sandoval tem nitidamente o que se convencionou chamar de "caráter de mercado". Me digam, qual é o objetivo principal do homem numa sociedade cada vez mais furiosamente competitiva como a nossa?

— Obter sucesso — responde Tio Bicho, à beira dum acesso de tosse. — Galgar posições, ganhar dinheiro para comprar todas essas bugigangas e engenhocas que dão conforto, prazer e prestígio social.

— Pois bem — continua Floriano —, na luta para obter essas coisas, um homem como o Sandoval procura ser aceito, agradar, e a maneira mais fácil de conseguir isso é "dançar de acordo com o par", conformar-se com as regras que regem a sociedade em que vive. Para ele é importante pertencer a clubes grã-finos, ter seu nome na coluna social dos jornais e sua fotografia nessas revistas elegantes impressas em papel cuchê, produtos da ilusória prosperidade que a Guerra nos trouxe. Nosso herói tem de ser visto em companhia (e se possível em tom de intimidade) de pessoas importantes no mundo do comércio, da indústria, das finanças e da política. Ou mesmo de aristocratas arruinados, contanto que "tenham cartaz".

Roque Bandeira, que respira penosamente, puxa-lhe do braço.

— Pelo amor de Deus, mais devagar! Não vamos tirar o pai da forca. Mas continua o teu "retrato".

— Em suma, o homem está no mercado. Quem me compra? Quem me aluga? Quem dá mais?

— Não estarás exagerando? — pergunta o marista.

— Talvez o Floriano esteja carregando nos traços caricaturais — opina Tio Bicho. — Mas isso não invalida a parecença do retrato.

— Quem pode negar que é simpático, gentil, persuasivo? Sabe impor-se aos outros por meio da lisonja e duma série de pequenas cortesias e atenções... Flores para madame no dia de seu aniversário, porque o marido é um homem importante que no futuro lhe poderá vir a ser útil... Telefonemas para o figurão, a propósito de tudo e a propósito de nada: o que importa é agradá-lo, incensar-lhe a vaidade... Se está com um padre, o nosso herói puxa o assunto religião e ninguém é mais católico que ele. Se conversa hoje com um torcedor do Flamengo, declara-se logo "doente" pelo rubro-negro, como amanhã, com outro interlocutor, poderá apresentar-se como fanático do Botafogo, do América ou do Vasco... Na presença dum getulista, ninguém será mais queremista que ele. Agora me digam, quem pode recusar um artigo assim com tantas qualidades sedutoras?

— Esqueces que o Sandoval é uma criatura de Deus — interrompe-o o marista. — Tem uma alma imortal.

— Eu esqueço? — exclama Floriano. — Quem esquece é ele! Afinal de contas se tomo o Sandoval como exemplo é porque o tenho observado de perto. Bem ou mal, o rapaz entrou na família, convive conosco.

Vai acrescentar: "Dorme com a minha irmã", mas contém-se.

Os três amigos dão alguns passos em silêncio na rua deserta.

— Mas achas que ele sabe que se porta como uma mercadoria? — pergunta Irmão Toríbio.

— Claro que não. É um produto do meio em que se criou. Nesta nossa civilização de "coisas", esse espírito mercantil passou a ser um imperativo de sobrevivência.

Floriano e Irmão Zeca deixam Tio Bicho à porta de sua casa e continuam a andar na direção do Ginásio Champagnat, onde o marista vive. O ar está embalsamado pela fragrância das magnólias que vem dum jardim das redondezas.

Caminham calados até o portão do colégio, junto do qual fazem alto. Irmão Toríbio apalpa o crucifixo nervosamente. Fica um instante de cabeça baixa, sempre em silêncio, e depois diz:

— É engraçado... Estou há dias para te falar num assunto... e não sei como começar.

Sílvia — pensa o outro num susto. — O Zeca deve ter desconfiado de alguma coisa...

— É sobre o meu pai...

— Ah! — faz Floriano, aliviado.

— Creio que o conheceste bem. Pelo menos, melhor que eu. — Faz uma pausa. E depois: — Que espécie de homem era ele?

— Não acho fácil definir tio Toríbio... As criaturas aparentemente simples são às vezes as mais difíceis de decifrar. O que te posso dizer é que eu gostava muito dele... Só lamento nunca lhe ter dito isso claramente.

O marista sacode a cabeça. Das folhas do jacarandá debaixo do qual se encontram, de quando em quando pingam gotas d'água que a chuva ali deixou. Floriano sente uma delas bater-lhe, fresca, na testa.

— Às vezes ouço histórias sobre ele... Episódios, anedotas, as suas aventuras com mulheres, tu compreendes, essas coisas de superfície... Junto esses fragmentos e tento formar o retrato psicológico de meu pai. Mas qual! Não consigo. Creio que me faltam os pedaços principais. E os que eu tenho não se casam com os outros...

— Teu pai era um homem autêntico, Zeca, dos poucos que tenho conhecido na vida. Eu te diria que ele foi uma mistura de Pantagruel, Pedro Malasartes e D'Artagnan. O que dava mais na vista era a sua parte pantagruélica e malasartiana...

— Às vezes penso que ele foi um cruzado sem causa.

Floriano encolhe os ombros, indeciso.

— Não sei... O que te posso afirmar é que tio Toríbio nunca teve paciência com os demagogos, os hipócritas e os falsos moralistas. Politicamente, era um idealista à sua maneira, embora fizesse empenho em provar o contrário, alegando que se metia em revoluções simplesmente porque gostava de pelear. Não há dúvida que era um homem de ação e de grandes apetites. E completamente sem inibições!

— Rezo todas as noites pela sua alma — murmura Zeca. E, sorrindo com ternura, recorda: — Eu me lembro do dia em que lhe contei que queria ser marista. Primeiro ficou perplexo, depois furioso. Quis me tirar a ideia da cabeça. Lembro-me claramente das palavras dele: "Será que tu és bem homem? Vou mandar um doutor te examinar. Onde se viu um Cambará padre?".

— Tu compreendes, para um gaúcho como teu pai, entrar para uma ordem religiosa é uma espécie de autocastração... Já deves ter observado que para os Cambarás não há nada mais desmoralizante que isso.

— Claro que compreendo. E não penses que sou muito diferente de meu pai em matéria de temperamento. Quando me esquento (e isso acontece com muita frequência) me vêm à ponta da língua os piores palavrões, e preciso fazer um esforço danado para não largá-los...

Floriano sorri.

— Mas isso faz mal, Zeca. Falo de cadeira. Esses palavrões que recalcamos acabam nos sujando por dentro. Te digo mais: eles causam menos mal jogados na cara do próximo do que reprimidos dentro de nós.

— Eu sei disso... e como!

Faz-se um novo silêncio, ao cabo do qual Floriano diz:

— Teu pai tinha aspectos curiosos. Era, por exemplo, louco por novelas de capa e espada. Quando se agarrava com uma delas, passava a noite em claro, lendo.

— E esses livros... se perderam?

— Creio que alguns deles ainda existem lá pelo Sobrado, ou na casa da estância. Por quê?

— Eu gostaria de ficar com uns dois ou três.

— Está bem. Vou procurá-los amanhã mesmo.

Ficam ambos calados por alguns instantes. Floriano sente que Irmão Zeca não lhe fez ainda a pergunta essencial. Ele pigarreia, apalpa o crucifixo. Por fim, torna a falar:

— Tu estavas com o papai... quando ele morreu, não?

— Sim. Tio Toríbio expirou por assim dizer nos meus braços...

Nova hesitação da parte do marista.

— Ele... ele disse alguma coisa na hora da morte?

— Bom, tu sabes... Estava enfraquecido pela brutal perda de sangue, eu mal podia perceber o que ele dizia.

— Mas... podes repetir esse pouco que ouviste?

Zeca espera que o pai tenha pronunciado o nome de Deus na hora derradeira — reflete Floriano, comovido. E uma bela ficção lhe ocorre. Sem olhar para o amigo, inventa:

— Só pude ouvir claramente uma palavra: o teu nome.

Depois dum novo silêncio, com um leve tremor na voz embaciada, o marista pergunta:

— Então ele pronunciou o meu nome? Estás certo de que ouviste direito?

— Certíssimo — diz Floriano, empolgado com a própria mentira.

A sombra da árvore não lhe permite ver claramente as feições do outro, mas ele *sente* uma espécie de resplendor na face do amigo.

— Então, afinal de contas, meu pai gostava de mim...
— Mas não descobriste ainda, homem, que lá no Sobrado todos gostamos de ti?
Despedem-se em silêncio com um longo aperto de mão.

Caderno de pauta simples

Bandeira tem razão. É necessário agarrar o touro à unha. Enfrentar sem medo e com a alegria possível *"el momento de la verdad"*. Esta talvez seja a última oportunidade. Ou pelo menos a melhor.

Penso num novo romance. Solução — *quién sabe!* — para muitos dos problemas deste desenraizado. Tentativa de compreensão das ilhas do arquipélago a que pertenço ou, antes, devia pertencer. Abertura de meus portos espirituais ao comércio das outras ilhas.

Já tardam os navios que trazem o meu d. João VI.

/

A façanha do Menino: deixar as muletas das linhas paralelas dos cadernos de pauta dupla para caminhar como um audaz equilibrista sobre o fio das linhas simples. Proeza que exijo do Adulto: enfrentar o papel completamente sem linhas, saltar para o vácuo branco e nele criar ou recriar um mundo.

Folheando ontem ao acaso uma velha Bíblia, meu olhar caiu sobre este primeiro versículo do capítulo IV do Gênesis:

"E conheceu Adão a Eva, sua mulher, e ela concebeu e
pariu a Caim, e disse: Alcancei do Senhor um varão".

Por alguma razão profunda, "conhecer" é sinônimo de fornicar, penetrar, amar. Escrever sobre minha terra e minha gente — haverá melhor maneira de conhecê-las?

Conhecê-las para amá-las. Mas amá-las mesmo que não consiga compreendê-las.

"Porque em verdade vos digo que fora do amor não há salvação."

Eis uma frase que eu jamais teria a coragem de escrever num romance, atribuindo-a a mim mesmo. Ou a um sósia espiritual.

Mas quem foi que nos incutiu esse pudor dos sentimentos? D. Revocata? O velho Licurgo, legislador prudente? Os meninos de Esparta? Ou Maria Valéria, a fada de aço e gelo?

/

Um dia destes tive a curiosidade de rever o quarto que pertenceu a minha irmã morta. Pedi a chave à Dinda e entrei. Um ato de masoquismo. Ou de penitência, o que vem a dar no mesmo.

Tudo lá dentro está exatamente como no dia em que levaram Alicinha do Sobrado para o jazigo perpétuo da família, isso há mais de vinte anos. Papai não permitiu que ninguém mais ocupasse esse quarto, nem que se dessem as roupas e os objetos de uso pessoal da menina a quem quer que fosse. Transformou a pequena alcova numa espécie de mórbido museu. O tempo deve ter cauterizado as feridas do dr. Rodrigo, mas ele continua a exigir que seja mantido o santuário.

Não toquei em nada lá dentro. Só olhei, lembrei e procurei (com medíocre sucesso) sentir-me com treze anos. Nada me comoveu mais que uns sapatinhos da menina, outrora brancos, que ficaram esquecidos a um canto e ainda lá estão, como dois gatinhos mumificados. A boneca continua em cima da cama. Seu vestido rosado desbotou, como a cabeleira. Mas seus olhos de vidro são ainda do mesmo azul que perturbava o Menino. E que o Homem iria encontrar treze anos mais tarde nos olhos duma estrangeira.

Saí do quarto carregado de lembranças e remorsos. Remorsos?

>
> Quem reinava no Sobrado?
> Alicinha, anjo rosado
> de cabelos anelados.
> Montada na perna do pai
> brincava de cavalinho
> meu tordilho, upa! upa!
> sabes quem tens na garupa?
> A flor mais bela da terra.
>
> O Menino enciumado
> ia curtir seu despeito
> no torreão do Castelo.
> Um dia lá das ameias
> olhando as torres da igreja
> viu um enterro saindo
> ao dobrar grave do sino.
> No branco caixão pequenino
> que pálida infanta dormia?
> As carpideiras sussurram
> Alicinha pobrezinha
> Alicinha Cambará.
>
> Fechado o triste casarão
> toda a família de luto
> olhos inchados de pranto

> *papai gritando no quarto*
> *Deus me roubou a princesa!*
>
> *Debaixo da terra fria*
> *segundo contava Laurinda*
> *a cabeleira dos mortos*
> *continuava a crescer.*
>
> *Deus me perdoe e livre*
> *de pensar coisas malvadas!*
>
> *Queria esquecer, não podia*
> *os cabelos da menina*
> *crescendo na sepultura.*
> *De noite o sono não veio*
> *nenhuma reza ajudou*
> *entrou no quarto da irmã*
> *beijou-lhe os cabelos de viva*
> *voltou pra cama e dormiu.*

/

E havia o Enigma. O quebra-cabeça essencial. O diabólico jogo de armar. O Menino juntava os pedaços do puzzle, procurando formar com eles o quadro completo.

Viu um dia no Angico tio Toríbio castrar um cavalo. Na hora do sangue quis fechar os olhos, mas o fascínio foi mais forte que o medo.
Terminada a operação, o tio voltou-se para ele, empunhando a faca ensanguentada:
Agora vamos capar o Floriano!
O Menino encolheu-se, protegendo com ambas as mãos a preciosidade.
Laurinda soltou uma risada:
Não façam isso! Sem essa coisa como é que ele vai fazer filhos quando ficar homem?
Os piás da estância davam ao Menino lições de sexo, chamando sua atenção para a coreografia amorosa dos animais.
Garanhões empinavam-se sobre éguas.
Touros agrediam vacas com suas rubras espadas incandescentes.

Era ruidoso o amor dos gatos gemebundos.
Cães aflitos resfolgavam, a língua de fora, em prolongados engates.
Rútilos galos dançavam um breve minueto antes do voo erótico.
E havia também os porcos, as cabras, os insetos.
O Menino estudava ao vivo sua História Natural.
 E o que mais o encantava era o amor aéreo das libélulas, com seus grandes olhos de joia: o macho enlaçava a fêmea e assim unidos realizavam o ato da fecundação num voo que era um bailado iridescente.
 Um dia o Menino descobriu por acaso (teria sido mesmo acaso?) como a coisa se passava entre o homem e a mulher. (Um peão e uma chinoca, dentro do bambual, na hora da sesta.) Era como o amor das libélulas. Só que não voavam. Mas era também como o dos cachorros. E isso o assustou.

 Por esse tempo ele elaborava a sua mitologia particular.

> Pai era Sol. Mãe era Lua.
> Pai era ouro. Mãe era prata.
> Pai era fogo. Mãe era água.
> Pai era vento. Mãe era terra.

 Mas a frase terrível que um piá lhe soprou no ouvido partiu em cacos esse universo metafórico.

> Odiou o pai, chorou a mãe
> e do torreão do Castelo
> viu outro enterro na igreja
> desta vez um caixão grande
> preto com alças de ouro
> levado por homens sérios
> crepe negro no Sobrado
> bandeiras a meio pau
> o sino de novo dobrando.
>
> Deus me perdoe e livre
> de pensar coisas malvadas!
>
> Não quero que meu pai morra
> nem a filha que ele adora.
> Tarde demais! Ambos foram

pro reino da Moura Torta.
Meu tordilho, upa! upa!
sabes quem tens na garupa?
Um cavaleiro que busca
no negro campo da morte
sua princesinha perdida.
E os cabelos do pai e da filha
cresciam na sepultura.

Deitou-se, dormiu, sonhou
era grande, usava cartola
cheirava a galo, fumava
era o Pai e dormia
no grande leito conjugal.

/

Releio o que acabo de escrever. Inaproveitável! O romance que estou projetando não pode, não deve ser autobiográfico. Usar a terceira pessoa, isso sim. Evitar a cilada que a saudade nos arma, fazendo-nos cair no perigoso alçapão da infância. A educação sexual (ou falta de...) do Menino não terá sido diferente da de muitos milhares ou milhões de outros meninos através do espaço e do tempo. Por que então repetir coisas sabidas?

Fica decidido que este material não será aproveitado no romance.

Mas não estarei mais uma vez fugindo ao touro, depois de provocá-lo com elaborados passes de capa?

/

Aqui vai uma história que me parece importante. Na minha vida, quero dizer.

Eu teria uns dez anos. O mês? Agosto. Fazia frio e uma cerração envolvia a cidade. Saí de manhã cedo rumo da escola, com a mochila de livros às costas e um gosto de mel na boca.

Comecei a assobiar, sinal de que arquitetava faz de contas. Não estava mais em Santa Fé, mas em pleno nevoeiro de Londres. Meu nome era Phileas Fogg e eu ia a caminho do Reform Club, onde apostaria com meus amigos que era capaz de fazer a volta ao mundo em apenas oitenta dias.

Na rua Voluntários da Pátria me aproximei curioso dum ajuntamento de gente. E vi estendido no barro o primeiro degolado de toda a minha vida. O cadáver tinha uma rigidez que antes eu só vira em cachorros mortos. Sua boca estava aberta, mas havia outra boca mais horrenda escancarada no pescoço, e os lábios dessa segunda boca estavam enegrecidos de sangue coagulado. Sangue havia também nas roupas do degolado e na lama da rua. Recuei, nauseado, recostei-me numa parede, e o meu mel se transformou em fel. Voltei estonteado para casa e me refugiei no Castelo. Levei um pito por ter gazeado a aula. Mas não contei a ninguém (nem naquele dia nem nunca) o que tinha visto.

> Ó mundo horrível dos grandes
> que cheiravam a sangue de boi
> a sangue de homem
> a suor de cavalo
> a sarro de cigarro de palha.
> Ó homens brutais que caçavam os testículos
> ó gaúchos bombachudos
> ó capangas melenudos
> com bigodes de fumo em rama
> barbicacho nos dentes
> pistola e facão na cinta
> esporas nas botas
> escarro na voz
> a la fresca!
> a la putcha!
> já te corto!
> já te sangro!
> já te capo!
>
> Ó mundo de histórias negras!
> Ontem estriparam um vivente
> lá pras bandas do Barro Preto.
> O soldado fez mal pra donzela
> e a coitada tomou lisol.
> Caiu geada a noite inteira
> um mendigo morreu de frio
> e os seus pobres olhos vidrados
> espelharam o gelo do céu.

*Por tudo isso o Menino
entrava no barco de lata
com o nome* Nemrod *na proa
saía pros Sete Mares
ia ver seu bom amigo
o monarca de Sião.
E via o sol de Bangcoc
luzir nas cúpulas d'ouro.
Ou então fechava os olhos
e contra o escuro das pálpebras
tinha o seu calidoscópio
geometrias deslumbrantes
joias, florões e astros
vaga-lumes, borboletas
dragões e auroras boreais.*

*Ou então abria a janela
do torreão do Castelo
esperando a Grande Visita.
Pearl White, a brava Elaine
a heroína dos senados
a mais bela mulher do mundo
o maior de seus amores
vinha loura, alva e muda
deitar-se no seu divã.
Mas ai! os chineses sinistros
dos* Mistérios de Nova York
*surgiam com seus filtros
seus venenos e punhais.
Salta, Elaine, pra garupa
do meu pingo alazão
vou levar-te pro palácio
do monarca de Sião.*

Nada do que acabo de escrever presta. São meras bandarilhas com papéis coloridos que atiro a medo e de longe contra o lombo do touro.

/

Encontrei há dias no fundo duma gaveta uma fotografia de J. F. de Assis Brasil com uma dedicatória autógrafa para meu avô Licurgo. Fiquei entretido a reconstituir o retratinho mental que o Menino tinha formado dessa figura, e das coisas que a respeito dela ouvia ou lia. Mais ou menos assim:

> Estadista, diplomata,
> poliglota, literato
> político, aristocrata
> estancieiro, inventor
> só quer o voto secreto
> a justiça e a liberdade.
> Senhor dum belo Castelo
> e de muita pontaria
> escreve seu nome à bala
> até com os pingos nos ii.

/

Coisas inesquecíveis de 1923: a minha noite de insônia e medo, quando vinte e dois cadáveres de revolucionários mortos no assalto à cidade estavam sendo velados no porão do Sobrado. Os negros da casa e mais os da vizinhança rezaram de madrugada um terço, puxado pela Laurinda. No meu espírito as vozes soturnas deixaram a noite mais noite e os mortos mais mortos.

Outras lembranças de 23: a notícia de que a peste bubônica campeava na cidade. E a nossa guerra de extermínio aos ratos. Deve ser por isso que até hoje não posso dissociar a palavra rato da ideia de peste. E de trigo roxo. E das mãos da Dinda, que semeavam a morte no porão.

Lenço encarnado

I

Janeiro de 1923 entrou quente e seco. Maria Valéria e Flora andavam alarmadas: os jornais noticiavam casos de bubônica em várias localidades do estado. E quando *A Voz da Serra*, sob cabeçalhos sensacionais, anunciou a descoberta de um doente suspeito no Purgatório e de outro no Barro Preto, as mulheres do Sobrado iniciaram uma campanha meio histérica contra os ratos. Foi Maria Valéria quem deu o brado de guerra: defumou toda a casa, espalhou trigo roxo e pó de mosquito no porão e doutrinou as crianças: "Onde enxergarem um rato, matem. Mas não encostem nem um dedo nele!". E nos dias que se seguiram não se falou em outra coisa no casarão, mesmo à hora das refeições. Contavam-se casos de pesteados: a coisa começava com uma íngua no sovaco ou nas virilhas, tudo isso com febre alta, tonturas, dores de cabeça lancinantes, vômitos; depois começavam a rebentar os bubões...
As crianças escutavam essas histórias, de olhos arregalados. Os comentários chegaram a tal extremo de realismo, que Rodrigo explodiu:
— Por amor de Deus, titia! Pare com isso, não assuste as crianças.
Mas as crianças já estavam suficientemente assustadas. Um dia, ao avistarem um camundongo, Alicinha e Sílvia tiveram uma crise de nervos e puseram-se ambas a soltar gritos estridentes e a tremer da cabeça aos pés. Nesse mesmo dia, Jango, Zeca e Edu saíram armados de cacetes e bodoques, a dar caça aos ratos do porão. Foi um verdadeiro massacre.

Rodrigo entregava aos poucos sua clínica particular a Dante Camerino. Agora só atendia — e com muito pouco entusiasmo — um que outro cliente antigo. Dividia seu tempo entre um ócio quase inteligente e suas apreensões e expectativas ante a situação política. Costumava dizer que, quanto à peste, só o preocupava o Ratão positivista.
Uma tarde o Cuca Lopes apareceu esbaforido na farmácia e contou:
— Credo, menino! Sabem da última? Descobriram mais três casos de bubônica na Sibéria!
Rodrigo enfureceu-se:
— Há mais de um mês os deputados da oposição pediram à Assembleia que votasse uma verba especial de mil contos para combater a bubônica, mas até hoje nada ficou resolvido. No entanto, essa mesma Assembleia aprovou o emprego de mil contos na defesa da ordem no estado. — Abriu os braços, ante o olhar entre espantado e admira-

tivo de Gabriel. — Defesa contra quem? Esses chimangos estão vendo fantasmas!

Naquele mesmo dia, porém, Chiru veio ao Sobrado para contar que tropas revolucionárias sob o comando do gen. Menna Barreto ameaçavam a cidade de Passo Fundo.

— Não diga! — exclamou Rodrigo. E consultou o pai com um olhar cheio de sugestões belicosas.

Licurgo cuspiu na escarradeira, tirou uma tragada do seu crioulo e, com os olhos entrecerrados, disse:

— Se isso é verdade, nossos companheiros se precipitaram. Uma revolução não se faz assim desse jeito. É preciso organizar tudo direito para a gente poder ir até o fim. É indispensável que haja levantes ao mesmo tempo em todo o estado.

No dia seguinte Rodrigo reuniu na casa de Juquinha Macedo os principais chefes assisistas de Santa Fé para discutir com eles a situação. Todos achavam que a revolução era inevitável, questão de dias ou talvez de horas. Rodrigo cruzou os braços:

— Mas e nós?

— A minha opinião — disse o dono da casa — é que devemos nos preparar e entrar na dança o mais cedo possível.

Alvarino Amaral sacudiu a cabeça lentamente, concordando.

— Recebi hoje uma carta do Artur Caetano — contou — dizendo que ele vai telegrafar ao doutor Artur Bernardes comunicando o início da revolução.

Cacique Fagundes apalpou instintivamente o cabo do revólver.

Rodrigo sentiu-se picado pelo despeito. Por que Artur Caetano não havia escrito também a ele, Rodrigo, ou ao velho Licurgo? Por que os deixava no escuro? A coisa assim começava mal...

Olhou para o pai:

— Qual é a sua opinião? — perguntou.

Licurgo olhava para o bico das botinas reiúnas.

— Eu acho — disse — que não devemos nos precipitar.

— Mas, papai — replicou Rodrigo —, companheiros nossos já estão em armas, não podemos deixá-los sozinhos. Tive notícia hoje de que o general Firmino de Paula está organizando em Santa Bárbara um corpo provisório de mil e quinhentos homens para marchar contra as forças do general Menna Barreto.

Licurgo sacudia a cabeça, obstinado.

— Se querem a minha opinião, é essa. Devemos nos preparar mas só entrar na revolução quando a coisa estiver madura.

— Madura? — repetiu Rodrigo, mal contendo a impaciência. — Está caindo de podre!

Licurgo ergueu o olhar para o filho.

— O senhor se esquece — disse — que a Assembleia ainda não se manifestou sobre o resultado das eleições. O direito é esperar. A gente nunca sabe.

Rodrigo fez um gesto de desalento e sentou-se, caindo num mutismo ressentido. Os outros se retiraram pouco depois, sem chegarem a nenhum resultado positivo.

Aquela noite Rodrigo sonhou que estava num combate, fazia frente a um pelotão da Brigada Militar armado de metralhadoras, enquanto ele tinha na mão apenas a pistolinha de espoleta de cano flácido. Apertava aflito no gatilho mas a arma negava fogo. Na sua impotência ele gritava: "Venham, covardes!". As balas zuniam ao redor da sua cabeça. De repente ele era são Jorge, montado num cavalo branco, com uma lança de guajuvira em punho. Ia matar o dragão que ameaçava devorar uma princesa que gritava, gritava...

Foi despertado por um grito. Flora acordou também num sobressalto: "É a Alicinha!". Levantaram-se ambos, correram para o quarto da filha, acenderam a luz e a encontraram de pé, na cama, com uma expressão de pavor no rosto pálido, os olhos exorbitados, o corpinho todo trêmulo.

— Minha querida! — exclamou Flora, abraçando a menina e erguendo-a nos braços. — Que foi? Que foi?

Quando pôde falar, a menina contou que tinha visto um ratão enorme a um canto do quarto — um negro ratão de olhos de fogo que tinha vindo para levá-la para o cemitério. Flora ergueu os olhos para o marido e murmurou:

— Teve um pesadelo.

Rodrigo franziu o sobrolho, lembrando-se de seu próprio sonho. Era curioso como ambos se completavam. O dragão que ele ia matar era o ratão do pesadelo da filha... a princesinha. Fosse como fosse, ele e Flora haviam chegado a tempo de livrá-la do perigo. Enternecido, pôs-se a acariciar os cabelos da criança, que ainda soluçava. Depois tomou-a nos braços e levou-a para sua própria cama, colocando-a entre ele e Flora.

— Não apaguem a luz — choramingou Alicinha.

— Está bem, minha princesa — disse ele, beijando-lhe a testa.

Pouco depois a criaturinha adormeceu com os braços ao redor de seu pescoço.

No dia seguinte Rodrigo e Flora foram despertados por Edu, que entrou no quarto, no seu macacão azul, contando uma proeza:

— Matei dez ratos.

Rodrigo soergueu-se, fez o filho sentar-se na cama e, ainda com os olhos pesados de sono, perguntou:

— Como?

— Com o meu canhão.

— Onde estão os ratos mortos?

Por um instante Edu não respondeu. Uma sombra passou-lhe pelos grandes olhos castanhos.

— O gato comeu.

— Que gato?

Não havia nenhum gato ou cachorro no Sobrado, pois Maria Valéria não suportava animais domésticos.

— O gato grande, mais grande que um cavalo. Estava na minha cama, me olhando...

Flora e Rodrigo entreolharam-se. Edu também tivera seu pesadelo.

2

Toríbio continuava no Angico. Rodrigo escreveu-lhe um bilhete pondo-o ao corrente dos últimos acontecimentos. Terminou com estas palavras:

Acho que agora devemos começar os preparativos a sério. Tenho pensado muito no teu plano. Ontem visitei a sede do Tiro de Guerra, onde contei cem fuzis Mauser com as respectivas baionetas e várias caixas com pentes de balas. Podemos dar uma batida lá, uma noite, e "requisitar" esse material. Estou pensando também em ir a Porto Alegre me avistar com os próceres assisistas e discutir com eles a possibilidade de criar uma coluna revolucionária em Santa Fé.

Nesse mesmo dia Stein apareceu no Sobrado com a notícia de que tropas francesas e belgas tinham invadido o Ruhr.

— Que me importa? — vociferou Rodrigo. — Estamos com a nossa revolução praticamente iniciada e tu me vens com o Ruhr! Que é que tens na cabeça, rapaz? Miolos ou trampa?

Como Stein ficasse vermelho e desconcertado, Rodrigo arrependeu-se de imediato da sua agressividade.

— Me desculpa, mas é que ando danado com a situação.

Contou-lhe os últimos acontecimentos. Revolucionários e legalistas haviam já tido um encontro armado na divisa de Passo Fundo com Guaporé. Esperava-se para qualquer momento o levante de Leonel Rocha e sua gente na Palmeira. Outros chefes assisistas reuniam forças na fronteira. No entanto, os oposicionistas de Santa Fé não faziam nada, estavam de braços cruzados. Não era mesmo para deixar um cristão desesperado?

Stein, porém, não parecia muito impressionado pelas notícias. Repetiu a Rodrigo o que havia dito a Roque Bandeira aquela manhã. Não olhava os acontecimentos políticos dum ângulo apenas nacional e muito menos estadual. Distinguia entre as revoluções com erre minúsculo e a grande Revolução com erre maiúsculo. O comunismo era a Revolução Universal. A invasão do Ruhr não passava de mais um arreganho dos capitalistas, dos trustes e dos cartéis, que estavam assim cavando a própria ruína e preparando o caminho para a sociedade socialista do futuro.

Rodrigo de novo perdeu a paciência. Segurou os ombros do rapaz com ambas as mãos e sacudiu-o, num simulacro de violência.

— Está bem! — exclamou. — Mas esta revoluçãozinha estadual, queiras ou não queiras, vai saltar na tua cara. E não poderás ficar indiferente.

Nos dias que se seguiram, as notícias que chegavam de várias partes do estado eram de tal natureza, que Rodrigo não se pôde mais conter: embarcou para Porto Alegre.

Voltou para Santa Fé exatamente no dia em que a Comissão de Constituição e Poderes da Assembleia proclamava o resultado de seus trabalhos de apuração, dando a Borges de Medeiros a maioria de votos necessária à sua reeleição.

E quando entrou no Sobrado, moído de cansaço e sujo ainda da poeira da viagem — foguetes explodiam na praça, por cima da cúpula da Intendência. Madruga, decerto, festejava a vitória de seu partido. Pessoas corriam de todos os lados para o palácio municipal, a fim de lerem as notícias.

— Um banho! — gritou Rodrigo depois de dar um beijo rápido na face de Flora. — Antes de mais nada, um banho! Estou sujo por fora e por dentro. Que miséria! Que subserviência! Só a revolução pode salvar o Rio Grande duma completa degringolada moral!

Correu para o chuveiro.

À noite reuniu em casa os companheiros de campanha e contou-lhes o que tinha visto e ouvido na semana que passara em Porto Alegre.

— O que lhes vou contar — disse, de pé no meio do escritório, passeando o olhar em torno — não são boatos, mas verdades, dolorosas, vergonhosas verdades.

O cel. Cacique sacudiu a cabeça lentamente. Licurgo pitava sem encarar o filho. Juquinha Macedo, o olhar focado no amigo, procurava um pedaço de fumo em rama nos bolsos do casaco.

— Prestem bem atenção. — Rodrigo fez uma pausa teatral, respirou fundo e depois continuou: — Faz já algum tempo que a Comissão de Poderes chegou à conclusão de que o doutor Borges de Medeiros não tinha obtido os três quartos da votação total que precisava para ser reeleito... O difícil era dar a notícia ao ditador. Os três membros da comissão um dia encheram-se de coragem e, com o doutor Getulio Vargas à frente, foram ao Palácio do Governo para contar a triste história ao chefe. — De novo Rodrigo se calou, cruzou os braços, olhou em torno. — E sabem que foi que aconteceu? Escutem e tremam. Quando a trinca entrou na sala, de cara fechada, o doutor Medeiros veio sorridente ao encontro deles e, antes que os seus moços tivessem tempo de dizer "Bom dia, Excelência", adiantou-se: "Já sei! Vieram me felicitar pela minha reeleição". *Tableau!* Os deputados se entreolharam, se acovardaram e viram que não havia outro remédio senão representar também a farsa. Voltaram para a Assembleia com o rabo entre as pernas, fecharam-se a sete chaves e trataram de fazer a alquimia de costume para não decepcionar o sátrapa.

— Mas isso é uma barbaridade! — exclamou o cel. Cacique, com sua voz de china velha.

Licurgo continuava silencioso, os olhos no chão, o cigarro agora apagado entre os dentes graúdos e amarelentos.

— Mas como foi que eles arranjaram essa tramoia? — indagou Juquinha Macedo.

— Muito simples — respondeu Rodrigo. — Violaram as atas recebidas dos municípios, falsificaram outras de acordo com os interesses de seu candidato, anularam as eleições em mesas onde o doutor Assis Brasil venceu... Contaram a favor do Borjoca os votos de defuntos e ausentes, em suma, fizeram conta de chegar. Para resumir: roubaram seis mil e trezentos e tantos votos ao nosso candidato!

Sentou-se pesadamente numa poltrona e ficou a olhar para o retrato do dr. Júlio de Castilhos, com uma expressão de censura e rancor, como se o Patriarca fosse o responsável direto por toda aquela vergonheira.

— E que fizeram os representantes do doutor Assis Brasil? — perguntou Juquinha Macedo.

— Ora! A comissão não permitiu a entrada deles na sala onde se fazia a apuração, sob o pretexto cretino de que o regimento da Assembleia é omisso a esse respeito. Vejam só a safadeza. Todo o mundo sabe que há uma disposição na lei eleitoral que admite a intervenção de fiscais de qualquer candidato, tanto nas mesas eleitorais como nas apurações gerais.

Licurgo pigarreou forte e depois disse:

— Eu não esperava que o doutor Getulio se prestasse a essa indignidade.

Rodrigo desferiu uma palmada na guarda da poltrona.

— Ora o doutor Getulio! O que ele quer é fazer a sua carreira política na maciota. Vai ser agora deputado federal.

Houve uma longa pausa na conversa. O ar se azulava da fumaça dos cigarrões de palha dos três chefes políticos.

— Bom — disse o cel. Cacique, quebrando o silêncio —, a revolução está na rua. Agora eu queria saber que é que vamos fazer...

Juquinha Macedo voltou-se para Licurgo, como para lhe pedir um pronunciamento. Rodrigo aproximou-se da janela, ergueu a vidraça e ficou um instante a olhar para o edifício da Intendência, lá do outro lado da praça. Foi dali que ouviu a voz cautelosa do pai.

— Não estou contra a revolução, muito pelo contrário. O que não me agrada é a precipitação. Não sou homem de ir hoje para a coxilha e amanhã emigrar para o Uruguai ou pedir garantias de vida ao Exército Nacional. Se eu entrar nessa briga é para ir até o fim.

Por alguns instantes ninguém disse nada. Rodrigo voltou-se, com gana de sacudir o pai e fazê-lo compreender a realidade.

— Nós todos queremos ir até o fim, coronel — disse Juquinha Macedo. — Eu me comprometo a reunir uns duzentos caboclos aguerridos em quinze dias. Se o coronel Amaral estivesse aqui, garanto como ele dizia que tem perto de duzentos e cinquenta homens esperando suas ordens.

O cel. Cacique sorriu.

— Pois eu, companheiros, acho que não levo mais que uns vinte e cinco. Mas são vinte e cinco garantidos, índios de pelo duro, gente buenacha que briga dez dias sem beber água.

Rodrigo sentou-se, mais animado. E exagerou:

— O Bio afirma que conseguimos uns cem homens no Angico e arredores.

Licurgo atirou o toco de cigarro na escarradeira.

— E o armamento? — perguntou, como para lançar um jato de água fria no entusiasmo do filho.

— Cada qual briga com o que tem — observou o cel. Cacique. — A minha indiada peleia até de facão.

Notando que o pai não havia gostado da bravata, Rodrigo interveio:

— Escutem — disse em voz baixa. — Vou confiar-lhes um plano que eu e o Toríbio temos para conseguir fuzis Mauser com baionetas e munições... de graça. Mas é preciso que ninguém saiba disso. Confio na mais absoluta discrição de meus amigos.

Licurgo mirava o filho com olho céptico.

— Quando chegar a hora oportuna, assaltamos a sede do Tiro de Guerra...

Rodrigo olhou para os interlocutores para ver o efeito de seu estratagema e notou que este havia sido recebido com indiferença. Juquinha Macedo remexeu-se na cadeira.

— O amigo não leu o jornal de hoje? — perguntou.

— Não. Por quê?

— O comandante da Guarnição Federal mandou tirar todos os ferrolhos das Mausers do Tiro...

Rodrigo pôs-se de pé, brusco.

— Cachorros! — exclamou. — Lá se foi o nosso arsenal!

O cel. Cacique desatou a rir de mansinho. E naquele exato instante ouviu-se um silvo, seguido dum estrondo. E veio outra e mais outra detonação. As vidraças do Sobrado tremeram. Rodrigo correu para a janela.

— O Madruga está se fogueteando de novo — informou. — Deve ser mais algum telegrama mentiroso que chegou. Vou ver o que é.

Apanhou o revólver que estava na gaveta da escrivaninha e meteu--o no bolso. Quando ia sair, o pai o deteve.

— Não admito que o senhor saia.
— Mas papai! Só quero ver o que diz esse telegrama...
O velho encarou-o, carrancudo.
— Então o senhor não compreende que eles estão esperando um pretexto pra nos liquidar? Se o senhor vai até lá eles começam com dichotes, o senhor se esquenta, retruca, eles le ofendem e o senhor puxa o revólver e os bandidos le matam e depois alegam que foram provocados. Então não está vendo?
Juquinha Macedo segurou no braço de Rodrigo e murmurou:
— Seu pai tem razão.
Rodrigo sentou-se, desalentado, e não pôde conter seu despeito.
— Que bosta! — exclamou.
Era a primeira vez em toda a sua vida que soltava um palavrão na presença do pai.

3

Em fins de janeiro Flora foi com os filhos para o Angico, em companhia do sogro, o qual, depois de grande relutância, concordou em levar também o dr. Ruas, para cuja palidez o dr. Carbone recomendara os ares e o sol do campo. Maria Valéria ficou na cidade, visto como não queria abandonar Rodrigo nem o Sobrado. Prosseguindo na sua guerra sem quartel aos ratos, metia-se no porão, vasculhava frestas, cantos e buracos, deixando por toda a parte o seu sinistro rasto de trigo roxo. Semeava também por todas as peças pó de mosquito para matar as pulgas transmissoras da peste. E nos jornais, que vinham cheios de notícias alarmantes sobre movimentos de tropas no estado, ela se interessava apenas pelas que se referiam a novos casos de bubônica.

Quando uma tardinha Rodrigo voltou para casa, a velha, que não havia posto olhos nele desde a manhã, perguntou:
— Ué? Por onde andou?
— Por aí. E a senhora, como passou o dia?
— Matando ratos...
— Pois eu ando também na minha campanha contra a ratazana borgista. Infelizmente pra esses bichos é preciso mais que trigo roxo e pó de mosquito. Armas, muitas armas e munição é o que necessitamos.

— Então a coisa sai mesmo?

— Se sai? Já saiu! Não viu os jornais? O Chimango tomou posse hoje. Houve outro levante, em Carazinho. O doutor Artur Caetano telegrafou ao presidente da República comunicando-lhe a deflagração do movimento revolucionário.

Atirou o casaco em cima duma cadeira, afrouxou o colarinho, gritou para Leocádia que lhe trouxesse uma limonada gelada.

— E vacês vão se meter?

— Já estamos metidos.

Maria Valéria nada disse. Pouco depois mandou servir o jantar. Rodrigo comeu num silêncio sombrio. Ela o mirava de quando em quando com o rabo dos olhos, também calada.

— Estou preocupado com Flora — murmurou ele, brincando com uma bolota de miolo de pão. — Anda nervosa, com crises de choro...

— Não é pra menos...

— Mas ela tem de compreender, Dinda!

— Compreender o quê?

— Que a vida é assim mesmo.

— Assim como?

— De tempos em tempos os homens vão para a guerra e as mulheres não têm outro remédio senão esperar com paciência. A senhora sabe disso melhor que eu.

— Mas por que *tem* de ser assim?

— Porque é uma lei da vida.

— Foram os homens que fizeram essa lei. Não nos consultaram. Eu pelo menos não fui ouvida nem cheirada.

— Quando nasci essa lei já existia. Não me culpe.

As janelas da sala de jantar estavam escancaradas e por elas entrava uma luz alaranjada, que envolvia a cabeça da velha. Tinha um rosto longo e descarnado, de pômulos levemente salientes, a pele dum moreno terroso e meio ressequido. O curioso era que às vezes essa cabeça dava a impressão de ter apenas duas dimensões. Rodrigo brincava com a absurda mas divertida ideia de que a tia tinha sido "pintada" por Modigliani, o artista que agora tanto furor causava em Paris. Maria Valéria parecia mesmo uma pintura, ali imóvel à cabeceira da mesa. Havia em seu rosto uma expressão de serena mas irresistível energia, difícil de localizar. Estaria nos olhos escuros e graúdos, levemente exorbitados? Ou no nariz agressivamente agudo e comprido? Não. Devia estar no desenho decidido da boca rasgada e pouco afeita ao sorriso. E também na voz seca e autoritária, que dispensava o auxílio de gestos.

Desde menino ele se habituara a ver em sua madrinha um símbolo das coisas indestrutíveis e indispensáveis. Ela era a Vestida de Preto. A que nunca adoece. A que tem boas mãos para fazer doces, bolos e queijos. A que continua de pé, ativa e útil, quando a doença derruba os outros membros da família. E pensando nessas coisas Rodrigo esqueceu por alguns segundos suas preocupações e sorriu com ternura para a velha. Mas o sorriso e a ternura duraram apenas alguns segundos. De novo ele foi tomado pela agitação que o dominara o dia inteiro.

— Pare de sacudir a perna! — ordenou Maria Valéria. — Vacê está com o bicho-carpinteiro no corpo. Que foi que houve?

— Ora! Estamos em fins de janeiro e ainda não fomos para a coxilha. O coronel Amaral e o Macedinho estão reunindo gente nas suas estâncias. Mas o papai continua remanchando...

— Seu pai sabe o que faz.

— Na minha opinião ele não passa dum teimoso.

— Não diga isso, menino!

— É que não tenho mais cara pra andar na rua. Todo o mundo me olha atravessado. Faz três semanas que não tenho coragem de entrar no clube. Estou vendo a hora em que vão me atirar na cara a pecha de covarde. Devíamos estar já na campanha, de armas na mão. É uma vergonha, uma traição aos companheiros. O Madruga já começou a organizar o seu corpo provisório. Vivem fazendo exercícios aí na praça, nas minhas ventas, me provocando. Não aguento mais!

Calaram-se durante o tempo em que Leocádia esteve na sala retirando os pratos. Quando a negrinha voltou para a cozinha, Maria Valéria perguntou:

— Por que é que não vai pro Angico com os outros?

Rodrigo hesitou um instante antes de revelar a razão por que ficara na cidade.

— Tenho uma missão muito importante a cumprir aqui — disse em voz baixa, olhando para os lados. — Estou comprando todo o armamento que posso. O Veiga da Casa Sol simpatiza com a nossa causa mas morre de medo do Madruga. Foi um caro custo convencer esse covarde a me vender as armas que tem na loja: cinco Winchesters, três espingardas de caça, duas espadas, uns facões e trinta caixas de balas. O homem estava pálido de medo quando fizemos a transação.

Inclinando-se na direção da tia e baixando ainda mais a voz, acrescentou:

— Hoje de noite vou de automóvel com o Neco e o Bento buscar esse armamento.

Maria Valéria não pareceu muito impressionada pela revelação.

— Tome cuidado — disse ela em tom natural. — Podem le armar uma cilada.

Rodrigo contemplava o rosto impassível da tia. As choradeiras de Flora por um lado o impacientavam um pouco, mas por outro o lisonjeavam muito. Era bom a gente sentir-se alvo de cuidados, querido, necessário. Mas a atitude indiferente da tia começava a exasperá-lo. A ideia de que ele sempre fora "o mimoso da Dinda" lhe era agradável, embora os mimos daquela mulher áspera e prática jamais se revelassem em palavras ou gestos.

— E a senhora? — perguntou ele. — Tem muito medo da revolução?

A velha encolheu os ombros ossudos.

— Que é que ela pode me fazer?

Era uma resposta egoísta.

— Mas não tem medo do que possa acontecer... a mim, ao Bio, ao papai?

— Que é que adianta ter medo? Vacês vão porque querem, porque acham que devem ir. E o futuro a Deus pertence.

Rodrigo amassou o guardanapo na mão nervosa.

— Palavra de honra, Dinda, cada vez compreendo menos a senhora!

Ela voltou a cabeça para um lado e gritou:

— Leocádia, traga a ambrosia!

Rodrigo comeu a sobremesa, apressado e desatento. Ergueu-se, mastigando freneticamente um palito, acendeu um cigarro e por alguns instantes ficou a caminhar na sala de visitas, dum lado para outro, parando de instante a instante na frente do próprio retrato.

4

Por volta das oito horas Dante Camerino e Carlo Carbone entraram no Sobrado, com ar um tanto solene, convidaram Rodrigo a ir com eles para o escritório e, uma vez lá dentro, fecharam a porta.

— Que segredo é esse?

Os recém-chegados entreolharam-se.

— Nós viemos nos apresentar... — disse Camerino, um pouco desajeitadamente.

— Pra quem? Pra quê?

— Sabemos que estão organizando uma coluna revolucionária e queremos nos incorporar, como médicos...

Carbone permanecia em silêncio, mas a cada frase de Camerino ele sacudia afirmativamente a cabeça de gnomo.

Rodrigo olhou de um para outro e depois disse:

— Agradeço o oferecimento, mas não o aceito. Dante, não te metas nessa encrenca...

— Mas, doutor, aonde o senhor for eu também quero ir...

— Está bem, está bem. Mas fica na cidade, mal estás começando a tua vida profissional. Deixa essa coisa de revolução para quem já está metido até os gargomilos, como eu.

Voltou-se para Carbone, que estava já perfilado como um soldado.

— Doutor Carbone, o senhor nem cidadão brasileiro é... Por que vai comprar briga?

O italiano levou a mão ao peito num gesto operático.

— *Carino* — murmurou com doçura musical —, a pátria dum médico é a humanidade. E, depois, não *dimenticare* o caso de Giuseppe Garibaldi!

Rodrigo não pôde reprimir um sorriso. Abraçou o homenzinho e fê-lo sentar-se.

— Senta-te tu também, Dante. Agora me escutem os dois. Não pensem que sou ingrato, que não compreendo o gesto de vocês. Longe disso! Compreendo e agradeço do fundo do coração. Mas prestem atenção ao que vou dizer. Já temos dois médicos na nossa coluna. É certo, certíssimo que vamos ter de instalar uma cruz vermelha revolucionária em Santa Fé, e nesse caso vocês seriam as pessoas indicadas para dirigi-la.

Carbone cofiava a barba castanha. Dante parecia comovido. Rodrigo segurou-lhe o braço paternalmente.

— E depois, cá para nós, que ninguém mais nos ouça, não vai ficar nenhum homem no Sobrado, e eu tenho um favor especial a pedir a vocês dois, meus queridos amigos...

Neste ponto sua voz como que se quebrou e ele quase desatou o pranto.

— Quero que na minha ausência vocês protejam as mulheres e as crianças desta casa.

Neste ponto quem já tinha os olhos cintilantes de lágrimas era o italiano, que jurava *per la Madonna* que, se necessário, sacrificaria a própria vida para defender as damas do Sobrado e os *bambini*.

Alguns minutos mais tarde Neco e Chiru entraram no casarão com ar de conspiradores.

— Estamos sendo seguidos — murmurou Chiru, meio ofegante.

— Por quem?

— Por um capanga do Madruga.

— Patife!

— Entramos na Pensão Veneza e o bicho entrou também. Nos sentamos e pedimos uma cerveja, vieram umas mulheres pra nossa mesa e o bandido não tirava os olhos de cima de nós. Eu quis me levantar e perguntar "Nunca me viu, moço?", mas o Neco achou melhor não puxar briga. Saímos e viemos pra cá, e o canalha nos seguiu. Decerto está ainda lá fora.

Rodrigo aproximou-se da janela e viu o vulto dum homem, debaixo duma árvore: de quando em quando se acendia a brasa do cigarro. Viu e ouviu algo mais: uma banda de música rompeu a tocar um dobrado na frente da Intendência, cujas janelas estavam festivamente iluminadas. Em seguida foguetes começaram a atroar os ares.

— O cachorro do Madruga está festejando a posse do Chimango — rosnou Neco. — Me dá alguma coisa forte para beber.

Rodrigo deu-lhe um cálice de parati. Chiru, que suava abundantemente, tirou o casaco e pediu uma garrafa de cerveja, levou-a avidamente à boca e ficou a mamar no gargalo, com uma fúria de terneiro faminto.

Chamando Rodrigo para um canto, Neco murmurou:

— E o negócio das armas?

Rodrigo olhou o relógio.

— Saímos às nove. Faltam quarenta minutos. Esse barulho na frente da Intendência é providencial. O que temos de fazer agora é despistar o bandido que está seguindo vocês...

Chiru aproximou-se, perguntando:

— Qual é o plano?

— O Veiga hoje ao anoitecer passou todo o armamento para a casa do vizinho, que é um companheiro nosso — explicou Rodrigo. — O vizinho deve ter levado todo o material para um galpão, nos fundos da casa. É lá que vamos buscar o armamento, no Ford.

— Não é arriscado? — perguntou Chiru.

Rodrigo deu de ombros.

— Daqui por diante, cada passo que dermos será um risco cada vez maior. Portanto, o melhor é a gente não pensar nisso.

Do cálice de Neco Rosa evolava-se a fragrância das Lágrimas de Santo Antônio.

Rodrigo resolveu tomar também um trago. Depois disse:

— Para despistar a "sombra" de vocês, que está ali na praça, Chiru, tu sais daqui naturalmente com o Carbone e o Dante, atravessas a praça como quem vai olhar a festa do Madruga... Mas tira esse lenço do pescoço, senão eles te lincham. Estás compreendendo? Ora, o capanga te enxerga, te segue e nós aproveitamos a oportunidade e saímos pelos fundos. O Bento está com o auto pronto no quintal. *Capisce?*

Às nove menos dez, abraçou a tia.

— Eu já volto, Dinda! — disse, pondo o revólver na cintura.

— Vá com Deus e a Virgem — disse a velha.

Neco seguiu o amigo. Carbone, Camerino e Chiru desceram para a rua.

Maria Valéria ficou parada onde estava, no centro da sala, os braços cruzados sobre o peito.

5

A operação foi levada a cabo com sucesso, e naquela mesma noite Bento conduziu as armas para o Angico. No dia seguinte Rodrigo abriu avidamente os jornais de Porto Alegre chegados no trem do meio-dia. O *Correio do Povo* trazia notícias do levante de Passo Fundo e Palmeira. Rodrigo abriu *A Federação* e foi direito ao editorial. Poucos minutos depois amassava o jornal, num acesso de cólera, precipitava-se para a cozinha e, sob o olhar neutro de Laurinda, atochava-o na boca do fogão aceso. Hipócritas! Farsantes! O Rio Grande estava convulsionado, dois mil revolucionários cercavam Passo Fundo, Leonel Rocha marchava sobre Palmeira, levantavam-se assistas em armas em vários setores do estado, e lá estava o dr. Topsius com seus pedantes editoriais, tentando tapar o sol com uma peneira, fingindo que nada daquilo estava acontecendo ou, se estava, não tinha a menor importância! Por que era então que o governo estadual organizava os seus corpos provisórios? Por que usava o maneador para recrutar seus "voluntários"? Ali no município de Santa Fé o pânico já começara. Claro, além dos republicanos convictos, havia muito vagabundo que se alistava espontaneamente para poder comer carne e receber um soldozinho. A maioria, porém, fugia espavorida. Alguns se refugiavam nos quartéis da Guarnição Federal. E, por falar em Guarnição Federal, por que era que o cel. Barbalho não punha fim àquele abuso? Era um fraco. Encastelava-se dentro do círculo de giz de sua famosa neutralidade — que não podia durar — e permitia que o Madruga ficasse senhor da cidade, invadindo domicílios para pegar e espancar os insubmissos. Contava-se que nos distritos os recrutas eram laçados como animais e trazidos em caminhões para a sede do município, de pés e mãos amarrados. A praça da Matriz agora estava insuportável, porque os provisórios passavam o dia a fazer exercícios militares. O ar se enchia do som marcial de cornetas, do rufar de tambores e dos berros dos instrutores. Rodrigo não podia olhar, sem sentir engulhos, para os soldados borgistas, principalmente para os oficiais do Corpo Provisório de Santa Fé. Estes últimos andavam metidos nos seus uniformes de zuarte, com chapéus de abas largas e planas. Rodrigo vira Amintas Camacho "fantasiado" de capitão, com talabarte de couro preto, uma pistola Nagant dum lado da cinta e um espadagão do outro. Tivera ímpetos de precipitar-se em cima dele e encher-lhe a cara de bofetadas. A maioria dos soldados, porém, oferecia um aspecto ridículo, com seus uniformes mal cortados. E quase todos andavam descalços, motivo por que esses corpos começaram a ser conhecidos como "Os pés-no-chão".

Uma tarde Rodrigo encontrou, sentado melancolicamente num dos bancos da praça, todo apertado num fardamento de provisório, o Adauto, um caboclo que havia anos fora peão do Angico. Ao ver o antigo patrão, o cabra ergueu-se, perfilou-se e fez uma continência. Era um homenzarrão alto e espadaúdo, de cara larga e quadrada, marcada de bexigas. Tinha, porém, uma voz macia e era linguinha. Rodrigo mirou-o de alto a baixo. O uniforme que o Adauto vestia havia sido evidentemente feito para um homem de menor estatura. O casaco mal podia ser abotoado, era curtíssimo e deixava meio palmo de barriga à mostra. Suas pernas, musculosas, negras de pelos, mal entravam na parte inferior do culote, que ele usava sem perneiras. E seus pés pardos, fortes e nodosos como raízes, espalhavam-se na calçada.

— Adauto! — exclamou Rodrigo num tom de censura. — Que negócio é esse? Como é que um maragato como você virou chimango?

O caboclo piscou, embaraçado, baixou a mão e começou a brincar com a ponta do dólmã.

— Pôs é, doutor — disse, ceceando. — São dessas cosas...
— Por que não fugiste? Podias te refugiar no Angico.

Adauto sorriu deprecativamente, mostrando os dentes miúdos e limosos.

— Me pegaram de sorpresa...
— Tamanho homem!

O caboclo soltou um suspiro fundo e sentido, que lhe sacudiu os ombros. Baixou o olhar para o uniforme e murmurou:

— Puxa la vestementa triste!

Rodrigo não pôde deixar de sorrir. Meneou a cabeça e continuou seu caminho. Se os soldados do Madruga forem todos da força do Adauto — refletiu —, o governo está frito.

Naquele mesmo dia embarcou para o Angico e o que lá viu lhe confortou o coração. Havia por todos os lados uma verdadeira atividade guerreira. Muitos homens estavam já reunidos na estância, outros chegavam diariamente, sozinhos ou aos grupos, e por ali ficavam a azeitar seus revólveres e espingardas, a afiar suas adagas e espadas, a comparar e discutir armas e cavalos uns com os outros, numa alegre camaradagem que Rodrigo achou auspiciosa.

Notou por toda a parte, entre aqueles homens, um ar de alegria, como se estivessem reunidos para uma festa. Observou, porém, que o pai andava num estado de espírito em que a tristeza se alternava com a irritação.

— Que é que ele tem? — perguntou um dia ao irmão, quando estavam ambos sentados debaixo dum pessegueiro.

Toríbio sorriu:

— Não sabes então? Toda essa gente a carnear nossas reses, a montar nos nossos cavalos...

Rodrigo sacudiu a cabeça lentamente. Sabia que o pai era um homem sóbrio, dotado dum senso de economia que não raro tocava as fronteiras da sovinice.

— Eu compreendo, deve ser duro pra ele. Mas acontece que a revolução é assim mesmo...

Toríbio tinha na boca um caroço de pêssego, que passava duma bochecha para outra, chupando os fiapos de polpa que restavam nele.

— Mas quem te disse que o Velho *quer* ir para a revolução junto com os maragatos?

— Tu achas...

— Está claro, homem. Outra coisa. A Ismália Caré está no Angico, no rancho dela. O papai deve andar louco de medo que algum desses caboclos lhe falte com o respeito.

— Tenho tentado entrar no assunto revolução com o Velho, mas ele foge... Nem me olha direito.

Licurgo Cambará andava mesmo arredio de tudo e de todos. Com seus familiares falava apenas o necessário. Quanto aos outros, era como se não existissem.

Maria Valéria, que viera também para o Angico, examinava com seu olho crítico os revolucionários, aos quais chamava "gafanhotos", pois achava que a coisa estava tomando caráter de praga. Não havia dia em que não chegasse um novo magote deles. E como vinham loucos de fome! Carneava-se uma rês dia sim, dia não. E a erva-mate que existia no Angico tinha já acabado.

Uma tarde apareceu um voluntário montado num petiço manco. Era um homenzinho da Soledade, magro, murcho e pálido, mas com um flamante lenço vermelho ao pescoço. Ao vê-lo Maria Valéria murmurou para Flora:

— Credo! Que cristão minguado! Parece abobrinha verde que a geada matou...

Flora nada disse, nem ao menos sorriu. Como podia ter sequer um momento de paz ou alegria em meio de todos aqueles preparativos de guerra? Inquietava-se de ver as crianças ali tão perto daqueles homens que não escolhiam assunto, palavras ou gestos. Um dia estremeceu ao interceptar o olhar lúbrico que um caboclo mal-encarado lançou para Alicinha. Desse momento em diante redobrou a vigilância sobre os filhos. Estes, entretanto, pareciam felizes no meio daquela balbúrdia. Jango e Edu ostentavam seus lenços colorados, andavam de bombachas, com pistolas na cintura e passavam as horas "brincando de revolução". Alicinha contava já com toda uma corte de admiradoras entre as chinoquinhas de sua idade, filhas de posteiros e agregados, que a miravam com olhos de apaixonada admiração, considerando o maior dos privilégios tocar a fímbria de seu vestido ou simplesmente "bombear" a boneca que sabia falar. Quanto a Floriano, saía em seus passeios solitários pelo campo, vagamente assustado ante a gente façanhuda que a cada passo encontrava. Uma tarde em que fora a um dos capões para olhar os bugios e fazer de conta que andava caçando numa floresta africana (era o Herói de Quinze Anos, de Júlio Verne), viu algo que o deixou estarrecido. Um dos revolucionários estava deitado em cima duma mulher na qual ele reconheceu uma das chinocas do Angico. Ficou a observar a cena escondido atrás duma árvore, o coração a bater descompassado, a respiração ofegante. Uma parte de seu ser queria fugir, mas a outra, a mais forte, pregava-o ao chão, queria ver tudo até o fim. O homem, de bombachas arriadas, resfolgava como um animal, e o que Floriano podia ver de seu posto de observação era principalmente as suas nádegas nuas e peludas, que subiam e desciam num ritmo cada vez mais acelerado. Se ele me descobre, me dá um tiro. Deitou a correr na direção da casa da estância.

6

Todos os dias ao anoitecer, quando as criadas começavam a acender as velas e os lampiões e saíam a andar pela casa como fantasmas silenciosos, Flora sentia um aperto no coração, uma tristeza sem nome que quase a levava ao pranto. Nessas horas encontrava algum consolo orando de joelhos ao pé do velho crucifixo, no quarto da Dinda.

Uma noite em que, ao terminar a prece, fazia o sinal da cruz, Maria Valéria entrou no quarto e, apontando para a imagem de nariz carcomido, disse:

— Esse aí entende de guerra. Já viu muitas. No tempo da do Paraguai muita vez rezei pela vida dos meus. Mas antes de mim a velha Bibiana rezou pelos seus familiares que estavam na Guerra dos Farrapos e em outras. E antes dela, a velha Ana Terra pediu pela vida dos seus homens que brigaram com os castelhanos em muitas campanhas. É... Esse aí entende mesmo de guerras.

Flora ergueu-se. Maria Valéria continuava a olhar para a imagem. Depois de alguns instantes, disse, plácida:

— Havia de ter graça se Jesus Cristo fosse também chimango...

No dia seguinte houve um alvoroço festivo na estância quando Toríbio fez a primeira carga simulada com seu piquete de cavalaria, para o qual havia escolhido trinta homens dos melhores, gente de sua confiança. Eram em geral uns caboclos melenudos, musculosos, de ar decidido, e excelentes cavaleiros.

Formando seu piquete numa linha singela, nos campos do lado ocidental da casa da estância, Toríbio atirou-o a todo o galope contra o inimigo imaginário — o bambual do fundo do quintal. Os cavalarianos cravaram suas lanças nas taquaras, e remataram a carga a golpes de espada. Todos, inclusive Toríbio, usavam lenço vermelho no pescoço. Ao ver aquelas rútilas cores maragatas drapejando ao vento e ao sol da manhã, Licurgo cerrou os olhos, engoliu em seco, cuspiu fora o cigarro, montou a cavalo e tocou para o fim da Invernada do Boi Osco, onde ficava o rancho de Ismália Caré.

Neco e Chiru, que haviam permanecido na cidade e só viriam para o Angico na "hora da onça beber água", mandavam a Rodrigo chasques com recados, dando-lhe conta do movimento das tropas do Madruga. Rodrigo mantinha-se também em comunicação com os outros chefes revolucionários do município, e próprios andavam de estância para estância, levando cartas que tinham ordem de destruir se fossem surpreendidos no caminho por inimigos. Um dia Rodrigo foi até o Retiro, o feudo dos Amarais, e voltou de lá animado. O cel. Alvarino tinha reunido mais de duzentos homens. Visitou depois a estância do Juquinha Macedo, que tinha cento e oitenta revolucionários já prontos, "esperando o grito". Ficou combinado que a reunião final de tropas se faria no Angico, por causa de sua posição estratégica.

Mas quando? Quando? Quando? — perguntava Rodrigo a si mesmo ao voltar para casa, sacolejando no Ford ao lado do Bento, e recebendo na cara suada a poeira da estrada. O pai procedia como se jamais fosse entrar em ação. E o pior de tudo era que se recusava até a discutir o assunto.

Na última semana de fevereiro chegou ao Angico a notícia de que o gen. Firmino de Paula se movimentava com seus provisórios para atacar a coluna de Menna Barreto e libertar Passo Fundo.

— É a nossa hora de entrar! — exclamou Rodrigo, excitado.

Trouxe um mapa do Rio Grande e estendeu-o sobre uma mesa.

— Veja, papai. Seguimos por aqui e atacamos a gente do Firmino pela retaguarda. Mandamos outra parte de nossa coluna por ali, está compreendendo?... Indo pelo campo dos Amarais e dos Macedos, é quase certo de que ninguém nos ataca. Em menos de dois dias estamos em cima da chimangada.

— O senhor esquece — disse Licurgo, depois de uma curta pausa — que não temos armamento nem munição suficiente, e a força do Firmino está bem armada e municiada. Além disso, não se sabe ainda com quantos homens podemos contar. Não temos organização, não temos nada.

Rodrigo tornou a enrolar o mapa, furioso, e saiu para o sol. Na frente da casa viu um espetáculo que o deixou ainda mais irritado. O dr. Miguel Ruas — que tinha decidido incorporar-se à coluna revolucionária — estava de bombachas, botas e chapéu de abas largas, montado num zaino que ele fazia galopar dum lado para outro. Empunhava uma espada desembainhada com a qual dava pranchaços e pontaços em inimigos imaginários.

— Esse almofadinha pensa que guerra é baile... — resmungou Rodrigo.

Tomando chimarrão junto da janela, Maria Valéria observava com olho risonho mas a cara séria as evoluções do ex-promotor. Jango e Edu brincavam sob os cinamomos com ossos de reses. Alicinha contava às suas "ancilas" (este era o nome que a velha dava às suas amiguinhas) maravilhas da vida em Santa Fé, descrevia-lhes os seus vestidos, sapatos e brinquedos que tinham ficado no Sobrado.

Alguns dias depois, um próprio vindo da estância dos Amarais trouxe a notícia de que Firmino de Paula libertara Passo Fundo do cerco e depois lançara suas tropas contra a coluna de Leonel Rocha, livrando também do sítio a vila da Palmeira.

— Estão vendo? — exclamou Licurgo. — É o que eu digo sempre. Não se preparam, se precipitam e o resultado é esse: derrotas por todos os lados.

Estavam à mesa do almoço. Empurrou com impaciência o prato que tinha à sua frente.

— Não contem comigo para palhaçadas...

— Mas o senhor esquece — replicou Rodrigo — que nossa palavra está empenhada e que, haja o que houver, não podemos abandonar nossos companheiros...

Como não podia dizer ao pai tudo quanto queria, levantou-se, saiu de casa, montou a cavalo e atirou-se a todo o galope pelo campo, sem destino, gritando ao vento todos os palavrões que sabia.

7

Fevereiro arrastava-se. Os jornais que chegavam ao Angico traziam notícias de outros combates entre revolucionários e legalistas. Artur Caetano encontrava-se no Rio, onde dava à imprensa entrevistas em que declarava dispor de quatro mil homens armados para derrubar o Tirano. Estava claro — comentou Toríbio —, o que o homem queria era dar ao Governo Federal um pretexto para intervir no Rio Grande do Sul.

— Impossível! — exclamou Rodrigo dando tapa no jornal. — O Bernardes não pode intervir porque não sabe ainda se conta com o apoio do Exército.

Toríbio opinou:

— O melhor é a gente não esperar nada desse mineiro e ir fazendo por aqui o que pode.

Durante a primeira reunião que os quatro chefes revolucionários tiveram no Angico, foi com muita dificuldade que Rodrigo conseguiu evitar um atrito sério entre Alvarino Amaral e o velho Licurgo. O primeiro queria lançar-se à luta imediatamente; o segundo procrastinava. O cel. Cacique "estava por tudo". O Macedinho não fazia questão de data, contanto que "entrassem no baile". O que Rodrigo não pôde evitar foi que o cel. Amaral se levantasse ao fim da reunião, dizendo:

— Coronel Licurgo, me desculpe, mas *eu* e minha gente vamos hoje mesmo nos incorporar às forças do Leonel Rocha. Não posso esperar mais. Qualquer dia o Madruga invade os meus campos e me ataca. A fruta está caindo de madura.

Ninguém tentou dissuadi-lo da ideia. Conheciam o homem. Alvarino fez as suas despedidas. Os outros o abraçaram. Licurgo deu-lhe apenas a ponta dos dedos.

Rodrigo acompanhou o estancieiro até a porta.

— É o diabo, coronel — murmurou ele, coçando a cabeça. — Não fomos ainda pra coxilha e já estamos nos dividindo, nos separando...

O outro estendeu a mão, que Rodrigo apertou demoradamente.

— Adeus, coronel! Seja feliz. Acredite que sinto muito...

O olhar de Alvarino Amaral perdeu-se, vago, nos horizontes do Angico.

— Seu pai é um homem opiniático, mas isso não é razão pra todos se sujeitarem às opiniões dele. Também lamento o que aconteceu. Fiz o que pude pra evitar o rompimento, mas está visto que o coronel Licurgo não gosta de mim...

Rodrigo não soube o que dizer. Depois que o outro partiu, lamentou:

— Lá se vão duzentos homens bem armados e municiados.

Toríbio, que se acercara do irmão, disse:

— E por culpa do teu pai. É a nossa primeira derrota.

Naquela noite, ao redor da mesa do jantar, Cacique trouxe a conversa habilmente para o "assunto". Juquinha compreendeu a manobra e tratou de apoiar o correligionário. Queriam que Licurgo revelasse o que pretendia fazer. O tempo passava e já agora corriam todos o risco de serem atacados de surpresa pelas forças do Madruga. Era impossível que o intendente de Santa Fé não estivesse já informado daqueles movimentos de tropas no interior do município.

Licurgo olhou fixamente para o prato, sobre o qual havia cruzado os talheres e disse:

— Os senhores podem trazer suas forças imediatamente. Acho que chegou a hora.

Rodrigo e Toríbio entreolharam-se, espantados. Cacique e Juquinha trocaram também um olhar de perplexidade. Como se explicava aquela súbita mudança? Finalmente todos compreenderam... Licurgo não só desejara como também provocara a defecção de Alvarino Amaral. Suas feridas de pica-pau ainda estavam abertas e sangravam.

Daquele momento em diante ninguém mais encontrou assunto ali à mesa. Houve um mal-estar geral. Os homens baixaram a cabeça e terminaram de comer num silêncio que de minuto para minuto se fazia mais pesado.

Dias depois chegavam ao Angico as forças de Juquinha Macedo: duzentos e vinte homens ao todo, muito bem montados e razoavelmente armados. Traziam carroças com sacos de sal, açúcar e farinha de mandioca, e algumas dezenas de reses de corte. Todos os Macedos machos estavam na tropa, com postos militares que variavam de acordo com a idade de cada um.

Horas depois surgiram no alto da Coxilha do Coqueiro Torto os soldados de Cacique Fagundes. Ao chegarem à frente da casa da estância, onde os outros companheiros os esperavam com gritos e vivas, o cel. Cacique, ainda em cima do cavalo, com um lenço vermelho sobre o pala de seda cor de areia, a cara gorda e tostada a reluzir ao sol da tarde, gritou alegremente para Rodrigo:

— Se lembra dos meus vinte e cinco caboclos? Pois deram cria... Trago cento e vinte. Todos machos de verdade. Podem examinar...

Soltou uma risada. Licurgo mirava-o com olhos hostis.

— O velho Cacique — murmurou Toríbio ao ouvido do irmão — continua o unha de fome de sempre. Não trouxe nenhuma de suas reses para carnear. Olha só a cara feia do papai...

8

Aquela noite os chefes reuniram-se numa das salas da casa, onde discutiram a organização da Coluna. Rodrigo tinha já um plano elaborado no papel. Quando se tratou de decidir quem seria o comandante supremo, hesitou. Juquinha Macedo, porém, adiantou-se:

— Na minha opinião deve ser, por muitos motivos, o coronel Licurgo.

Houve um murmúrio de aprovação geral e todos os olhares convergiram para o senhor do Angico, que pigarreou e deu um chupão no crioulo apagado.

— Se os senhores acham... — murmurou. — Não me nego.

Ficou estabelecido que Juquinha Macedo teria o posto de tenente-coronel. Rodrigo seria o major-secretário e Toríbio, também com o posto de major, comandaria a vanguarda da força que — todos estavam de acordo — se chamaria Coluna Revolucionária de Santa Fé. Distribuíram-se ou confirmaram-se outros postos entre os homens de confiança do cel. Cacique, dos Macedos e dos Cambarás. O dr. Ruas, que tomava nota de tudo quanto se dizia e resolvia, ao terminar a reunião redigiu uma ata, que os presentes assinaram.

— E agora que a Coluna está militarmente estruturada — disse Rodrigo — temos um ponto importante a discutir: o plano de campanha. Devo dizer que não acredito em intervenção federal, pelo menos por enquanto. Temos pela frente alguns meses, talvez um ano de revolução...

Com o beiço inferior esticado, o ar sonolento, o cel. Cacique sacudia a cabeça, assentindo. Rodrigo olhava em torno, como a pedir sugestões. Um dos Macedos mais jovens, que todo o tempo da reunião ficara a acariciar os copos da espada, sugeriu:

— O general Portinho acaba de invadir o estado pelo norte. Por que não nos incorporamos às tropas dele?

Licurgo Cambará foi rápido na réplica:

— Na minha opinião devemos agir por conta própria. Devemos ser uma coluna ligeira e independente.

Mentalmente Rodrigo completou a frase do velho: "Não recebo ordens de maragato, seja ele quem for".

Os olhares voltaram-se para Juquinha Macedo e Cacique Fagundes. Disse o primeiro:

— O nosso comandante tem razão.

O segundo hesitou por um instante, mas depois declarou:

— Afinal de contas, temos que entreter o Madruga pra ele não ir reforçar os provisórios do Firmino de Paula...

Sentado à mesa, Rodrigo pôs-se a escrever a lápis num pedaço de papel. Ao cabo de alguns instantes, levantou-se e disse:

— Precisamos passar um telegrama ao presidente da República anunciando o nosso levante.

— Não carece — retrucou Licurgo.

— Ora, papai, pense no efeito moral.

— Não vamos ganhar esta revolução com efeitos morais. Não acredito em intervenção nem agora nem nunca. Não me iludo. Entro nesta luta esperando o pior. Acho que todos devem fazer o mesmo.

Rodrigo sentiu um fogo no peito, mas tratou de manter a boca fechada. Meteu o papel no bolso. Estava decidido a desobedecer ao pai. Quando Bento fosse levar as mulheres e as crianças para Santa Fé, ele pediria ao caboclo que entregasse o despacho ao Gabriel, que se encarregaria de levá-lo ao telégrafo.

Na manhã do dia seguinte formaram à frente da casa todas as forças que se achavam no Angico. E Rodrigo, montado num gateado de crinas longas e ar faceiro, fez-lhes um discurso, dando-lhes conta do que ficara resolvido na reunião da noite anterior e exortando todos os companheiros à luta. Perorou assim:

— Só temos um pensamento: a honra e a felicidade do Rio Grande. Só temos um objetivo: a vitória!

Quando terminou de falar, ergueram-se no ar gritos, lenços, lanças, espingardas, chapéus, espadas. Havia uma orgulhosa alegria na cara de todos aqueles homens, menos na de um. Montado no seu cavalo, um lenço branco no pescoço, Licurgo Cambará olhava taciturno para seus comandados. Rodrigo notou que o Velho estava mais encurvado que de costume. Toríbio, por sua vez, observou que, enquanto o irmão falava, o pai mantivera os olhos baixos. Agora que os soldados davam vivas ao dr. Assis Brasil e à Aliança Libertadora e a ele próprio —

sua boca se apertava, retesaram-se os músculos da face, como se aquilo tudo lhe doesse fisicamente.

Quando os revolucionários se dispersaram, dirigindo-se para os diversos locais onde se preparava o churrasco do almoço, a oficialidade de novo se reuniu para combinar o primeiro movimento. Rodrigo antecipou-se:

— Devemos obrigar o Madruga a vir nos atacar. Assim podemos escolher o terreno para o combate. Cancha não nos falta.

Cacique Fagundes encolheu os ombros.

— Vocês resolvam. Estou por tudo.

— Podemos dividir nossa coluna estrategicamente — prosseguiu Rodrigo. — Mandaremos patrulhas para estabelecer contato com os chimangos de Santa Fé e atraí-los para onde nos convém.

Licurgo escutava em silêncio. Quando o filho fez uma pausa, ele perguntou:

— E depois?

Rodrigo fez um gesto de dúvida.

— Numa guerra desse tipo, não se pode fazer nenhum plano a prazo longo. Temos de confiar na improvisação e na mobilidade de nossa gente... E sabem que mais? É até possível que um dia possamos atacar e tomar Santa Fé, o que seria dum efeito moral tremendo.

— Essa ideia me agrada — confessou o mais velho dos Macedos.

Licurgo soltou um fundo suspiro.

— Veremos — disse.

O dr. Miguel Ruas, a quem havia sido conferido o posto de capitão, manifestou seu receio de que acabassem cercados por todos os lados ali no Angico.

Rodrigo apontou para o mapa que estava sobre a mesa.

— Não vejo possibilidade. Teremos sentinelas, patrulhas em todos os pontos cardeais. O Firmino está ocupado com o Leonel Rocha. A invasão do Portinho obrigará a chimangada a desviar forças para Cima da Serra. Madruga não terá outro remédio senão dar-nos combate. Vamos deixar o homem louco com nossos movimentos!

Miguel Ruas sacudiu a cabeça lentamente. Depois saiu da sala, ainda claudicando um pouco. Licurgo acompanhou-o com os olhos mas nada disse. O cel. Cacique, porém, não se conteve:

— Tomara que eu me engane, mas acho que esse moço não vai aguentar o repuxo...

9

Ao entardecer daquele mesmo dia, Neco Rosa e Chiru Mena chegaram ao Angico a cavalo. Contaram com ar dramático que a situação nos últimos dias se lhes tornara insuportável em Santa Fé, onde viviam vigiados. Tinham conseguido sair à noite, às escondidas, tomando os caminhos mais estapafúrdios, para despistar algum possível perseguidor.

— Pois chegaram na hora — disse-lhes Rodrigo —, dentro de três dias saímos para a coxilha.

— Quantos homens tem o Madruga? — indagou Toríbio.

— Uns oitocentos e tantos — respondeu o Neco.

— Tens certeza?

— É o que diz *A Voz*. E pelo movimento de gente que vi, parece que é verdade...

— A metade desses mercenários na hora do combate larga as armas e mete o pé no mundo...

— Quanta gente temos? — quis saber Chiru.

— Uns quatrocentos e oitenta homens — informou Toríbio.

— E o armamento?

— Não é lá pra que se diga...

— É o diabo — murmurou o Neco, apreensivo. — Os provisórios do Madruga estão armados de fuzis Mauser.

— Agora não é mais tempo da gente se lamentar — interveio Rodrigo, dando uma palmada nas costas do amigo. — É tocar pra frente! Ah! Antes que me esqueça... Vocês dois são capitães.

O rosto de Chiru iluminou-se. Saiu dali e foi pedir a Flora que lhe fizesse umas divisas. Naquele mesmo dia ajustou no chapéu uma fita branca com estes dizeres: PELEAR É O MEU PRAZER.

Na manhã seguinte, por volta das dez horas, Rodrigo e Toríbio presenciaram um espetáculo portentoso. Um vulto apareceu no horizonte. Era um cavaleiro solitário, e tudo indicava que se dirigia para a casa da estância. Quem seria? Quando o desconhecido apontou no alto da Coxilha do Coqueiro Torto e parou um instante junto da sepultura do velho Fandango, foi possível divisar-lhe o lenço encarnado que trazia enrolado no pescoço. E quando a misteriosa personagem começou a subir a colina em cujo topo se encontrava a casa, Rodrigo identificou-a.

— Liroca velho de guerra! — exclamou.

Foi um alvoroço ali à sombra dos cinamomos, onde muitos homens estavam agora reunidos. Ouviam-se gritos, vivas e risadas.

Ao tranquito de seu zaino-perneira, lá vinha o velho José Lírio. Parecia — achou Rodrigo — uma versão guasca de Dom Quixote, mas dum Quixote que tivesse também um pouco de Sancho Pança. Liroca era um cavaleiro andante e ao mesmo tempo o seu próprio escudeiro. Tinha como o fidalgo da Mancha os bigodes caídos e um olhar entre desvairado e triste. Não lhe cobria o corpo franzino uma armadura de aço, mas o pala de seda. Seu elmo era um velho chapéu de feltro negro, de abas murchas. Em vez de lança, trazia a velha Comblain com que pelejara em 93.

José Lírio apeou e caiu nos braços dos companheiros. Quando se viu finalmente na frente de Rodrigo, disse, compenetrado:

— Vim me apresentar. Não valho gran cosa, mas uns tirinhos ainda posso dar.

Rodrigo abraçou-o, comovido.

Estava resolvido que Flora, a Dinda e as crianças deviam voltar imediatamente para a cidade, pois no Sobrado ficariam todos mais seguros que no Angico. Esperava Rodrigo que o "cafajeste do Madruga" respeitasse as famílias dos revolucionários, não por nobreza, mas por temor à Guarnição Federal. Ameaçou:

— Se ele tocar num fio de cabelo de minha mulher ou de qualquer de meus filhos, palavra de honra, quando entrarmos em Santa Fé enforco aquele porco num galho da figueira da praça!

À medida que a hora da despedida se aproximava, Rodrigo ia ficando cada vez mais inquieto. Às oito da noite, na véspera da partida da família, sentou-se numa cadeira de balanço na sala, que um lampião a querosene alumiava tristemente, e pôs Alicinha sobre os joelhos.

— O papai agora tem de fazer uma viagem muito comprida — disse com doçura.

— Tu vais pra revolução, eu sei.

— E sabes o que é *revolução*?

— Sei. É guerra.

Por alguns instantes ficaram ambos calados, ao embalo da cadeira. Os olhos de Rodrigo enchiam-se de lágrimas, sua garganta se contraía num espasmo. Só agora compreendia como ia ser duro separar-se daquela criaturinha. A beleza da filha enternecia-o. Sua fragilidade causava-lhe apreensões, e a ideia de que agora a família ia ficar sem homem em casa, desprotegida no burgo do bandido Madruga, deixava-o já com remorsos de se haver metido naquela revolução.

Alicinha segurava-lhe a orelha, num hábito muito seu, quando estava prestes a adormecer. E seus olhos escuros e límpidos, tocados duma expressão que parecia ser de sono e ao mesmo tempo de medo de dormir, focavam-se no pai, como a lhe pedirem uma explicação de tudo aquilo que se passava ao redor dela havia tantos dias... Só agora é que Rodrigo compreendia que a paixão política lhe havia embotado de tal modo a sensibilidade, que ele sujeitara aquela criança pura e delicada a um quase convívio diário com aqueles homens — bons, bravos, mas grosseiros — que cheiravam mal, escarravam no chão e viviam coçando os órgãos genitais. Que estúpido! Que inconsciente! Que irresponsável!

Apertou a filha contra o peito, beijou-lhe os cabelos, as faces e finalmente os olhos, que o sono aos poucos empanava.

— Quem é a princesa do papai?
— Eu.

Não havia mais nada a dizer. Rodrigo limitou-se a ninar a filha àquele balanço de berço, e quando verificou que ela dormia, levou-a para o quarto e deitou-a na cama, tendo o cuidado de colocar a boneca a seu lado.

Saiu na ponta dos pés, encaminhando-se para o quarto dos outros filhos. Inclinou-se sobre Edu, Jango e Bibi, que dormiam, e depositou um beijo na testa de cada um deles. Percebendo que Floriano estava ainda acordado, sentou-se na beira da cama do menino.

Sobre a mesinha de cabeceira o ponto luminoso da lamparina parecia uma minúscula estrela amarela. Rodrigo segurou a mão de Floriano:

— Meu filho, tu sabes que teu pai tem de ir para a revolução...

O rapaz sacudiu a cabeça: sabia.

— Um dia, quando fores grande, compreenderás melhor tudo isso...

Floriano repetiu o gesto.

— Já estás quase um homem. Quero que obedeças à Dinda e à mamãe, e que ajudes a cuidar de teus irmãos.

Na penumbra não chegou a perceber as lágrimas que escorriam pelo rosto do menino. Mas sentiu-lhes o gosto quando lhe beijou a face, e isso o deixou também a ponto de chorar. Quando, poucos minutos depois, entrou no próprio quarto de dormir, pensou na noite miserável que ele e Flora iam passar. Ficou longo tempo abraçado à mulher. A angústia lhe anestesiava o sexo. Como podia desejar fisicamente uma criatura que não cessava de chorar?

Teve aquela noite um sono agitado, povoado de imagens aflitivas, obsessivas como as dos sonhos de febre. Estava numa interminável marcha, com uma coluna de homens a cavalo, carregando um defunto, que ora estava dentro dum esquife, ora sobre um dos cavalos. E o cadáver caía, e tinham de levantá-lo, e ele tornava a cair... e houve um momento em que andaram a puxar o caixão com cordas, e depois o próprio defunto se ergueu, e lívido, de olhos vidrados, pôs-se a andar, acompanhando a coluna, e o vento batia nele e espalhava no ar um cheiro de podridão misturado com o de fenol... E a marcha continuava, não tinha fim, e o cadáver inchava, tornava-se mais pesado, tombava, e de novo o erguiam, e outra vez caía, e agora seus pedaços — orelhas, pés, mãos, nacos de carne — iam ficando pelo caminho, presos aos craguatás, às barbas-de-bode e também agarrados por mãos que brotavam da terra e que ele, Rodrigo, obscuramente sabia que eram mãos de outros defuntos...

10

Acordou com uma batida na porta.

— Está na hora.

Era a voz de Maria Valéria. Rodrigo e Flora levantaram-se e vestiram-se em silêncio. E ele achou que até o ruído da água na bacia do lavatório de ferro, quando Flora lavava o rosto, tinha um sonido estranho. E mais estranho ainda lhe pareceu o ato de escovar os dentes, o gosto do dentifrício. Nos outros quartos Maria Valéria acordava as crianças, ajudava-as a se vestirem. E o som de sua voz seca e autoritária, àquela hora da madrugada, também era algo que parecia pertencer a uma nova espécie de pesadelo.

Tomaram café em silêncio, à luz das velas, na sala de jantar. De quando em quando Flora fitava no marido os olhos tristes, tresnoitados, cercados de olheiras arroxeadas. Lágrimas escorriam-lhe pelas faces, pingavam na toalha. Mas ela nada dizia. Bebeu um pouco de café com leite mas não tocou no pão. Maria Valéria atendia as crianças. "Não se lambuze de mel, Edu. Limpe os dedos no guardanapo. Isso! Alicinha, a senhora não está comendo nada. Largue essa boneca. Tire o dedo do nariz, Jango!"

Era extraordinário — refletia Rodrigo — como nem naquela hora excepcional a velha perdia o contato com a realidade cotidiana. Sabia que, houvesse o que houvesse, a vida tinha de continuar e a disciplina doméstica não devia ser relaxada.

Rodrigo também não sentia fome. Limitou-se a tomar um café preto. À luz gris do raiar do dia, todas aquelas caras lhe pareciam doentias. Lá fora cantavam os galos. Pela janela ele viu a barra avermelhada do nascente, sublinhando a palidez do céu.

— Acho bom a gente ir saindo — disse Maria Valéria. E começou a dar ordens às chinocas. — Levem esses pacotes pro automóvel. Não se esqueçam da cesta. Cuidado, meninas!

Rodrigo admirava a tia pela sua presença de espírito e pelo seu senso prático, mas ao mesmo tempo exasperava-se com tudo aquilo. Quando ficou a sós com Flora, tomou-a nos braços. O rosto dela estava branco e frio, como que eterizado. Encostou a cabeça no peito do marido e pôs-se a chorar, o corpo sacudido pelos soluços. Rodrigo acariciava-lhe os cabelos, passava-lhe as mãos pelas costas, docemente, mas não encontrava nada para dizer.

Minutos depois, quando todos estavam dentro do Ford, cujo motor trepidava, Rodrigo meteu a cabeça dentro do carro, beijou a face de Maria Valéria e murmurou:

— Fico descansado, sabendo que a senhora está com eles.

A velha estendeu a mão longa e enrugada e fez uma carícia rápida nas faces do sobrinho.

— Não se preocupe. Vá com Deus. E se cuide!

Rodrigo deu instruções pormenorizadas ao Bento. Por fim, disse:

— Esconda o automóvel no lugar combinado e volte a cavalo. Mas venha depressa, que vamos sair a campo amanhã ou depois.

Rodrigo pegou a mão de Flora e levou-a aos lábios. Naquele momento Alicinha foi tomada duma crise de nervos e começou a gritar:

— Vem, papai! Vem com a gente! Eu quero o meu pai! Ele vai morrer na guerra! Ele vai morrer!

Flora tentava consolá-la, mas a menina chorava, estendia os braços para o pai. "Ele vai morrer!"

Rodrigo recuou, emocionado, voltou as costas e exclamou:

— Toca, Bento! Por amor de Deus, vá embora!

O carro arrancou. Por algum tempo Rodrigo ouviu ainda os gritos da filha. Ficou onde estava, as lágrimas a escorrerem-lhe pelo rosto, a respiração irregular, um vácuo gelado na boca do estômago. Assaltou-o o pressentimento de que nunca mais tornaria a ver a família. Louco! Idiota! Animal! Só agora compreendia que para ele não havia nada no mundo mais importante que Flora e os filhos. Ia se meter numa revolução estúpida, com um bando de homens mal armados...

Ficou onde estava durante uns dois ou três minutos. Depois, voltou-se. O auto tinha desaparecido atrás dum capão. Galos cantavam festivamente. E uma ponta de sol começava a aparecer no horizonte, num resplendor dourado.

Rodrigo encaminhou-se lentamente para casa.

11

Agora que os homens estavam ausentes, as mulheres do Sobrado prestavam uma atenção especial ao grande relógio de pêndulo, que no passado havia marcado o tempo de tantas guerras e revoluções. Sua presença no casarão tinha algo de quase humano. Era como a dum velho membro da família que, por muito ter vivido e sofrido, muito sabia, mas que, já caduco, ficava no seu canto a sacudir a cabeça dum lado para outro, silencioso e inescrutável.

Naquela manhã de março, Maria Valéria aproximou-se do "dono do Tempo" para dar-lhe corda, como sempre um pouco contrariada por ver sua face refletida no vidro do mostrador quadrado. Quantas vezes no passado vira a velha Bibiana fazer aquilo!

Quedou-se distraída a "conversar" com a imagem meio apagada que em sua memória dava corda naquele mesmo relógio. Nem viu quando Flora entrou na sala de jantar.

— Falando sozinha, Dinda?

— Conversando com os meus mortos...

A velha fechou a tampa do mostrador, voltou-se e encarou a sobrinha.

— Pelo que vejo, vacê passou outra noite em claro.

Flora baixou a cabeça, seus lábios tremeram. Contou que Rodrigo lhe aparecera morto no sonho da noite: seu corpo apodrecia abandonado no meio do campo, e ela se vira, desesperada, tentando espantar com uma vassoura os urubus que esvoaçavam em torno do cadáver...

— Sonhos não querem dizer nada, menina. Uma noite destas sonhei que tinha vinte anos. Amanheci com os mesmos sessenta e três na cacunda.

Depois de pequena pausa, acrescenta:

— Não se preocupe. Não somos as primeiras nem vamos ser as últimas. Antes de nós outras mulheres também esperaram e passaram trabalho. Não pense muito. Não fique nunca com as mãos desocupadas. E não olhe demais para o relógio nem para a folhinha. Tempo é como criança, quanto mais a gente dá atenção pra ele, mais ele se mostra...

Flora limitou-se a sacudir a cabeça tristemente.

— Pois eu — declarou Maria Valéria —, eu vou fazer um doce de coco.

Encaminhou-se para a cozinha. Flora ficou a olhar fixamente para o mostrador do relógio, como que hipnotizada. E o ruído metálico e regular do mecanismo, acompanhado do movimento do pêndulo, deu-lhe uma desoladora sensação de eternidade.

Havia já quase três semanas que em Santa Fé nada se sabia de positivo sobre o paradeiro da coluna comandada pelo cel. Licurgo Cambará. O *Correio do Povo* trazia notícias das operações das forças de Filipe Portinho na zona de Cima da Serra, das atividades dos guerrilheiros de Leonel Rocha, no município da Palmeira: do levante de Zeca Neto, que ocupara Canguçu, Camaquã e Encruzilhada. Divulgava também que Estácio Azambuja organizara a 3ª Divisão do Exército Libertador, com gente de Bagé, São Gabriel, Dom Pedrito e Caçapava. Quanto à Coluna Revolucionária de Santa Fé, nem uma palavra.

O velho Aderbal Quadros trouxe um dia ao Sobrado a notícia do levante, em Vacacaí, de Honório Lemes, o qual, após haver constituído a Divisão do Oeste, havia ocupado Rosário e Quaraí.

— As autoridades municipais e estaduais de Alegrete — explicou o velho, picando fumo para um crioulo — fugiram para Uruguaiana. O estado está todo conflagrado. Acho que o governo do Borjoca tem os seus dias contados.

O ritmo lento e tranquilo de sua voz destoava das coisas urgentes que contava. Anunciou mais que havia sido instalada no Rio de Janeiro a Junta Suprema Revolucionária, que contava na sua diretoria com homens de prol. Em São Paulo estudantes gaúchos haviam fundado o Centro Acadêmico Pró-Libertação do Rio Grande do Sul. A revolução assisista empolgava o Brasil!

Maria Valéria escutou-o, impassível. Quanto a Flora, aquelas notícias, longe de alegrá-la, deixavam-na ainda mais preocupada, pois eram um sinal de que a revolução se espalhava, crescia, complicava-se, ameaçando durar anos e anos...

D. Laurentina vinha agora com mais frequência ao Sobrado visitar a filha e os netos. Ela e Maria Valéria entendiam-se muito bem, tinham uma admiração e uma estima mútuas: em muitos respeitos até se pareciam. Não raro ficavam sentadas uma na frente da outra por longo tempo, numa espécie de duelo seco, mas cordial, de silêncio.

Aderbal preocupava-se com a saúde da filha, que começava a emagrecer. Era um despropósito — achava — um cristão viver assim como a Flora, comendo e dormindo pouco, com o pensamento só em coisas ruins. Procurava animá-la:

— Ninguém morreu, minha filha! Essa sua tristeza pode até ser de mau agouro. Ouça o que seu pai está lhe dizendo. As coisas boas também acontecem na vida. Qualquer dia Rodrigo está aí de volta, forte e são de lombo.

Laurentina, porém, na maioria das vezes limitava-se a olhar fixamente para a filha com uma tamanha expressão de pena nos seus olhos indiáticos, que Flora acabava desatando o pranto.

E sempre que explodiam rojões na praça, as mulheres e as vidraças do Sobrado estremeciam. Flora levava as mãos ao pescoço, como para impedir que o coração sobressaltado lhe escapasse pela boca, e ficava sentindo na ponta dos dedos a pulsação alvorotada do próprio sangue. Corria para a janela e olhava na direção da Intendência, na frente da qual se ia reunindo aos poucos uma pequena multidão, atraída pelo boletim de notícias que o Madruga mandava afixar num quadro-negro.

O último deles — que fora transcrito por *A Voz da Serra* — dizia:

A famigerada Coluna Revolucionária de Santa Fé, comandada pelo conhecido mazorqueiro Licurgo Cambará, com seus bandidos armados de lanças de pau, armas descalibradas, espadas enferrujadas, anda correndo pelos campos do interior do nosso município, carneando gado alheio, roubando estâncias e casas de comércio, desrespeitando mulheres e espancando velhos indefesos. Os bandoleiros assisistas recusam combate e fogem sempre à aproximação da vanguarda da coluna republicana do bravo cel. Laco Madruga, baluarte do borgismo na Região Serrana. Quanto tempo durará ainda essa comédia?

— Mentirosos! Caluniadores! Canalhas! — exclamou Dante Camerino depois que leu em voz alta essa notícia, no Sobrado.
— Vacê nem devia trazer essa imundícia pra dentro de casa — repreendeu-o Maria Valéria, apontando para o jornal que o médico tinha na mão.

Um dia, surpreendendo Santuzza Carbone com Bibi nos braços, a beijar por entre lágrimas o rosto da criança, Flora teve uma crise de nervos.
— O Rodrigo morreu e vocês não querem me dizer! — exclamou. — Eu sei! Eu sei! O Rodrigo morreu!
Rompeu num choro convulsivo. O dr. Carbone fez o possível para acalmá-la, assegurando-lhe, dando-lhe sua *parola d'onore*, jurando por Deus e todos os santos que tudo estava bem. E como tudo isso não desse o menor resultado, conseguiu levar Flora para a cama, onde lhe aplicou uma injeção sedativa que a fez dormir por algumas horas.
E nos dias que se seguiram, o italiano tratou de alegrar aquela família como podia. Quando visitava o Sobrado, trazia brinquedos ou caramelos para *i bambini*, contava-lhes histórias, fazia mágicas. Uma noite, como quisesse dançar um *cakewalk* com Santuzza, encaminhou-se para o gramofone, para pô-lo a funcionar. Maria Valéria, porém, barrou-lhe o caminho. Não! Tocar música naquela casa quando seus homens estavam na guerra, correndo perigo de vida, passando durezas e privações? Nunca! "Sossegue o pito, doutor! Aqui ninguém carece de palhaço."
Arão Stein e Roque Bandeira também apareciam no Sobrado com certa frequência. Ficavam geralmente no seu canto, em suas intermináveis discussões. Flora começava a irritar-se ante a atitude crítica do judeu para com os revolucionários.
Uma noite, como Aderbal Quadros elogiasse Assis Brasil e os objetivos ideológicos da revolução, Stein, à sua maneira meio tímida, mas obstinada e segura, disse:
— O senhor me desculpe, seu Babalo, mas não vejo nada de ideológico nesse movimento armado...

Tio Bicho puxou-lhe a ponta do casaco, sussurrando:

— Para com isso, homem!

Stein, porém, não lhe deu ouvidos.

— Os objetivos dessa revolução são mais econômicos e sectariamente políticos do que ideológicos. É uma revolução de plutocratas.

Maria Valéria franziu o cenho ao ouvir esta última palavra, que lhe soou como um nome feio.

— Todo o mundo sabe que o estado anda às voltas com uma nova crise pecuária — continuou o judeu. — O preço do boi vem baixando desde a Guerra Europeia. Esses estancieiros de lenço encarnado no pescoço se meteram na luta porque para eles é mais bonito sair da enrascada pela porta "gloriosa" da revolução do que por meio da falência ou da concordata.

Aderbal Quadros limitou-se a sacudir a cabeça e a sorrir. Flora fez com o olhar um apelo a Maria Valéria, que exclamou:

— Cale a boca, João Felpudo!

E o assunto terminou.

12

Era uma tarde chuvosa de princípios de abril e Flora, tristonha, pensava no marido que àquela hora decerto andava ao relento, no temporal, molhado até os ossos, coitado! De instante a instante erguia os olhos do bastidor e fitava-os em Maria Valéria, que estava sentada na sua frente, silenciosa, de braços cruzados. Que pensamentos estariam passando pela cabeça da velha? Flora continuou a bordar. Impelida pelo vento, a chuva tocava sua música mole e miúda nos vidros das janelas. Uma luz fria e cinzenta entristecia a casa. Ouviam-se as vozes e os ruídos dos passos das crianças, que brincavam no andar superior.

— Parece que estou vendo ela... — disse de repente Maria Valéria.

Flora alçou o olhar.

— Quem, Dinda?

— A velha Bibiana. Nesta mesma cadeira onde estou sentada... Enrolada no xale, se balançando...

Da cozinha vinha um cheiro de açúcar queimado. Maria Valéria traçou o xale que lhe cobria os ombros. (Era o velho, pois ainda não se habituara ao novo que Rodrigo lhe dera pelo Natal.)

— Foi ela que criou o primo Licurgo... — disse com uma voz incolor. Flora não se lembrava de jamais tê-la ouvido pronunciar o nome do cunhado.

— Era uma velha das antigas — prosseguiu Maria Valéria —, enérgica, de tutano. Perdeu o marido na Guerra dos Farrapos, ficou sozinha com suas crias, nunca pediu bexiga pra ninguém. Depois viu o filho, já homem-feito, morrer baleado ali no meio da rua, na frente da casa, assassinado pelos capangas dos Amarais. Mas aguentou firme e continuou vivendo. Estava viva ainda em 95 quando os maragatos cercaram esta casa. Passou todo o sítio lá em cima no quarto dela, sentada nesta cadeira, se balançando, falando sozinha, cega por causa da catarata, se balançando sempre, e esperando qualquer coisa, nem sei bem o quê, decerto a morte. Mas parece que a morte tinha se esquecido dela. Só entrou no quarto um ano depois, e a velha Bibiana agonizou três dias e três noites...

— Dinda, pelo amor de Deus! — suplicou Flora. — Vamos mudar de assunto.

— Eu sei, vacê não quer ouvir todas estas histórias porque tem medo. Prefere se iludir. Mas uma mulher nesta terra tem de estar preparada para o pior. Os homens não têm juízo, vivem nessas folias de guerras. Que é que a gente vai fazer senão ter paciência, esperar, cuidar da casa, dos filhos... Os homens dependem de nós. Como dizia a velha Bibiana, quem decide as guerras não são eles, somos nós. Um dia eles voltam e tudo vai depender do que encontrarem. Não se esqueça. Nós também estamos na guerra. E ninguém passa por uma guerra em branca nuvem. Não se iluda. O pior ainda nem começou.

Lágrimas escorriam pelas faces de Flora e ela não pensava sequer em enxugá-las.

— Se eu lhe digo estas coisas não é por malvadeza. Quero que vacê se prepare para aguentar. Dona Bibiana contava que houve tempos na vida dela que parecia que tudo vinha abaixo, o mundo ia acabar. Mas não acabou. A prova é que estamos aqui.

Flora continuava a bordar. Depois dum curto silêncio, perguntou:

— Será que está chovendo assim em todo o município?

— Não se preocupe. Nossa gente deve ter barracas, ou então está dentro do mato. E depois, chuva nunca matou ninguém. Seu marido não é de sal. Nem de açúcar.

— Mas é horrível essa falta de notícias!

A velha deu de ombros.

— Eu às vezes até penso que é melhor assim...

Maria Valéria olhava para o pêndulo do relógio. E, como se não estivesse falando com ninguém, murmurou:

— Tia Bibiana contava que a avó dela, a velha Ana Terra, um dia matou um bugre...

Flora ergueu os olhos do bastidor e franziu a testa.

— Matou?

— Sim senhora. Com um tiro nos bofes.

— Mas por quê, Dinda?

— Ora, foi pouco depois que fundaram Santa Fé. Isto aqui vivia infestado de índios. Um dia a velha Ana chegou em casa e viu um deles perto da cama do filho, o Pedro, que veio a ser pai da tia Bibiana...

Flora perdia-se um pouco naquele emaranhado de antepassados dos Terras e dos Cambarás.

— Pois a velha não teve dúvida. Pegou num arcabuz, espingarda ou coisa que o valha, e fez fogo. O bugre caiu ali mesmo, botando sangue pela boca...

Fez-se uma pausa. Maria Valéria balouçava-se na sua cadeira, sorrindo para seus pensamentos.

— Dinda, a senhora era capaz de matar uma pessoa?

— Pois depende...

Flora tornou a baixar os olhos.

— Eu não era. Preferia morrer.

— Bem como seu pai. Quem sai aos seus não degenera.

Minutos depois, quando o assunto parecia já esquecido, a velha perguntou:

— Se vacê visse um provisório matando um de seus filhos?

— Dinda, que horror!

— Não carece ficar nervosa. Estou só imaginando. É um faz de conta. Afinal a gente tem de estar preparada pra tudo...

— Espero que Deus nunca me ponha nessa situação.

— Hai miles e miles de coisas que eu pedi a Deus que nunca me acontecessem. Mas Ele não me atendeu...

— Deus deve saber o que faz.

— Pois se vacê pensa assim, menina, não deve então se preocupar. Está tudo direito.

No silêncio que depois se fez, só se ouviu o tique-taque do relógio e o tamborilar da chuva nas vidraças.

— Estou com frio — murmurou Flora, encolhendo-se toda.

— Quer que eu mande trazer um braseiro?
— Não. Prefiro um chá quente.
— Espere que eu vou fazer.

Flora procurou deter a velha com um gesto, mas esta se levantou e caminhou, tesa, para a cozinha. Flora ergueu-se também e dirigiu-se para a sala de visitas, com a esquisita sensação de que ali alguém a esperava para uma entrevista secreta. Ficou a contemplar o retrato do marido com os olhos enevoados de lágrimas, segurando o respaldo duma cadeira com ambas as mãos. A ideia de que àquela hora ele pudesse estar morto ou gravemente ferido deixava-a gelada.

Aos poucos, porém, uma como que onda de calor pareceu irradiar-se do Retrato, envolvendo-a, reconfortando-a, aquecendo-a. Flora aproximou-se da tela. Lembrava-se agora de certas peculiaridades do marido — cacoetes, gestos, o tom da voz, aquele vezo de ajeitar de quando em quando o nó da gravata. Ah! Quantas vezes ele a tinha feito sofrer! De todas as aventuras amorosas de Rodrigo a que a ferira mais fundo fora a história de Toni Weber, por causa do seu desfecho trágico. Como lhe fora difícil fingir que nada sabia! E quando o marido voltara de seu refúgio no Angico (a pobre menina já no cemitério, a cidade inteira a comentar), quando ele entrara em casa, branco como papel, desfigurado, os olhos tresnoitados — ela achara que seu dever era ampará-lo, abafar seu amor-próprio, recebê-lo maternalmente de braços abertos, sem fazer perguntas. Durante muitas noites vira ou sentira o marido revolver-se na cama a seu lado, insone, ou então falar em delírio num sono inquieto, decerto povoado de pesadelos. E o pior é que por ver que Rodrigo expiava sozinho a culpa daquele suicídio, ela também se sentia culpada. Um dia percebeu que, num desejo desesperado de desabafo, o marido estivera a pique de lhe confessar tudo... Ela pedira então a Deus que tal não permitisse. Doutra feita concluíra que para Rodrigo talvez fosse melhor tirar do peito aquela coisa, aquela ânsia... E nessa incerteza vivera, semanas, meses... A Dinda tinha razão quando dizia que a melhor pomada para curar as feridas da alma é o tempo. "Tão boa que nem cheiro tem. Não se compra em botica. Não custa nada." O tempo curara as feridas de Rodrigo, e ele voltara a ser exatamente o que fora antes de conhecer Toni Weber. Menos de um ano depois da morte da rapariga, já andava atrás de outras mulheres. Ficava alvorotado quando alguma moça bonita entrava no Sobrado, fosse quem fosse. Cercava-a de cuidados, de galanteios, inventava todos os pretextos para tocá-la. Procurava mostrar-lhe o que sabia, o que tinha, o que era. Portava-se, em suma, como um adolescente, com todos os apetites visíveis à flor da pele. Até sua respiração ficava diferente quando ele via mulher bonita! E Rodrigo fazia todas aquelas coisas com um ar de impunidade, como se todos os que o cercavam não estivessem vendo aquilo, por cegos, ingênuos ou tolos.

Flora contemplava agora o Retrato, sacudindo a cabeça lentamente, como uma mãe diante do filho travesso e relapso. Rodrigo pouco mudara naqueles últimos doze anos. Estava agora um pouquinho mais corpulento, e seu rosto, que até os trinta anos guardara algo de juvenil e quase feminino, se fizera mais másculo.

Flora sorriu. Vieram-lhe à mente as palavras duma velha parenta, na véspera de seu casamento, ao experimentar-lhe o vestido de noiva. "O doutor Rodrigo é um homem bonito demais. Tenho pena de ti, menina." Flora recordou as pequenas e as grandes vaidades do marido. Para uma esposa eram as pequenas as que se faziam mais evidentes. O tempo que levava para escolher uma gravata e depois dar-lhe o nó diante do espelho! O exagero com que se perfumava! A preocupação com o friso das calças! Tinha no guarda-roupa simplesmente quinze fatiotas em bom estado e dez pares de sapatos. As gravatas eram incontáveis... E como gostava de impressionar bem os outros, de ser querido, respeitado, admirado! Sabia agradar às pessoas dizendo-lhes exatamente o que elas queriam ouvir.

Flora recuou um passo e ficou a comparar a moda masculina do tempo em que aquele retrato fora pintado com as roupas de 1922. Veio-lhe à mente a figura do ex-promotor, primeiro nos seus trajos de "almofadinha", depois, vestido à gaúcha, como o vira no Angico, em cima dum cavalo — capitão das forças revolucionárias. A imagem de Miguel Ruas se transformou na de Rodrigo, que ela visualizou barbudo, triste e encolhido debaixo do poncho, sob a chuva, em meio do escampado. De novo sentiu um frio nos ossos, e um estremecimento lhe sacudiu o corpo.

Uma voz:

— O seu chá.

Flora corou, como se tivesse sido surpreendida num ato vergonhoso. Maria Valéria aproximou-se e entregou-lhe a xícara fumegante.

13

O estado de espírito de Rodrigo melhorou consideravelmente depois que as chuvas cessaram e de novo ele viu o outono. Abril entrou e os dias tinham agora a doçura e a maciez dum fruto maduro. Em certas tardes, o sol era como um favo a derramar o mel de sua luz sobre a campanha.

Fazia mais de um mês que andavam naquelas marchas e contramarchas pelo interior do município, cortando aramados, cruzando invernadas alheias, carneando o gado que encontravam, atacando e ocupando povoados e colônias, onde a resistência era pequena ou nula. Não haviam tido baixas naqueles rápidos tiroteios com patrulhas legalistas. Tinham tentado inúmeras vezes atrair para emboscadas a tropa de Laco Madruga, quase toda constituída de infantaria. Em vão! O peixe não mordia a isca. E como não quisessem ser envolvidos, Licurgo Cambará e seus homens continuavam em andanças intermináveis, dividida a coluna em três grupos, sem contar o esquadrão de lanceiros de Toríbio, que fazia a vanguarda. Marchavam de ordinário a dois de fundo, numa longa fila. À noite escondiam-se nos capões, onde podiam acender fogo sem chamar a atenção do inimigo. Os mais graduados tinham barracas, mas a maioria dormia ao relento, sobre os arreios.

Bio, cuja alegria contrastava com a tristeza cada vez mais negra do pai, costumava dizer, sorrindo, ao irmão que seu piquete de cavalarianos havia de passar para a história como "Os Trinta de Toríbio". Eram os primeiros que entravam nos povoados, a galope e aos gritos, sem terem antes o cuidado de verificar se havia inimigos atocaiados, para os quais seriam alvo fácil. Quando o resto da coluna chegava, a localidade estava já ocupada e Toríbio geralmente era encontrado por trás do balcão da principal casa de comércio do lugar, distribuindo mercadorias entre os soldados e gritando: "Começou a liquidação, companheiros. Grande baratilho!". Licurgo Cambará, porém, fazia empenho em que tudo se processasse da maneira mais escrupulosa. Não admitia que seus homens se apossassem duma caixa de fósforo sequer sem deixar ao proprietário uma requisição assinada por ele próprio ou por algum outro oficial.

O velho Liroca, que havia sido confirmado no posto de major, em geral cavalgava ao lado de Rodrigo, mergulhado em longos silêncios cortados apenas de suspiros ou pigarros. Mas de vez em quando dizia alguma coisa que, por mais séria que fosse, fazia o amigo sorrir e murmurar: "Este Liroca!". Rodrigo ficou surpreendido quando o velho amigo lhe confessou que não levava consigo mais de vinte balas. Ali estava um assunto no qual nem gostava de pensar... Quando fazia um inventário mental das armas e munições com que seus companheiros contavam, sentia calafrios. Dos quatrocentos e oitenta e cinco homens da Coluna, talvez apenas uns duzentos e poucos estivessem razoavelmente armados com fuzis calibrados e de longo alcance. Os restantes tinham apenas revólveres dos tipos mais diversos, facões, espadas, chuços de cerejeira ou guajuvira, e uma variedade de outras armas que lembravam um museu: espingardas de caça de dois canos, velhas Comblains, Mannlichers, e fuzis austríacos e belgas em péssimo estado de conservação. Havia poucos dias juntara-se à Coluna um voluntário que trouxera na mão apenas uma arma de salão, no bolso uma caixa com quinze balinhas e no cinto uma faca de picar fumo. Mas quem lhe visse a postura marcial, o fero orgulho que lhe incendiava o rosto, a maneira como empunhava a Flobert — teria a impressão de que o homenzinho ameaçava o inimigo com uma metralhadora.

Rodrigo divertira-se com algumas das "adesões" que a Coluna tivera depois de deixar o Angico. Uma tarde o piquete de Toríbio fez alto ao avistar ao longe um cavaleiro que conduzia seu pingo a galope, levantando poeira na estrada. Quem é? Quem não é? Quando o desconhecido se aproximou, viram que trazia um lenço vermelho no pescoço. Era um velho de cara angulosa, barba toda branca e olhos lacrimejantes. Aproximou-se, sempre a galope, do piquete e, a uns dois metros do comandante, sofreou bruscamente o animal, fazendo-o estacar. Tocou a aba do chapéu com o indicador e disse:

— Ainda que mal pergunte, patrícios, pr'onde é que vassuncês se atiram?

— Pra revolução — respondeu Toríbio, pronto.

O desconhecido quebrou com uma tapa a aba do sombreiro e exclamou:

— Pois é atrás dessa fruta que eu ando!

E incorporou-se à Coluna.

Dias depois, ao passarem por um miserável rancho de barro e teto de palha, à beira da estrada, saiu de dentro dele um caboclo esfarrapado e descalço, de cara terrosa e chupada, trazendo a tiracolo, com um barbante à guisa de bandoleira, uma espingarda de caçar passarinho. Envolvia-lhe o pescoço um lenço dum vermelho sujo. (Mais tarde o homem explicou que como não tinha em casa lenço colorado, mergulhara um trapo em sangue de boi.) Aproximou-se de Rodrigo e, de olhos baixos, murmurou:

— Pois é, se me deixarem, eu queria também ir pra rebolução.

Rodrigo consultou o pai com o olhar. Licurgo sacudiu a cabeça afirmativamente.

— Pois venha. Cavalo não nos falta. O que não temos é arreio.

— Não carece. Munto em pelo mesmo.

— Como é a sua graça?

— João.

Despediu-se da mulher molambenta, com cara e cor de opilada, que ali estava à frente do rancho, com um filho nos braços e outro na barriga. Foi uma cena rápida. Apertaram-se as mãos em silêncio e tocaram-se mutuamente os ombros, com as pontas dos dedos. Depois o homem passou a mão de leve pela cabeça do filho. Tanto a face da mulher como a do marido estavam vazias de expressão.

Deram ao homem um cavalo tobiano e crinudo. Horas mais tarde, quando a Coluna descia um coxilhão, o novo voluntário achou que devia dar uma "satisfação" ao companheiro que cavalgava ao seu lado:

— Não vê que sou maragato...

Calou-se. O outro pareceu não interessar-se pela informação. Era um preto corpulento. Só a carapinha amarelenta lhe denunciava a idade. Tinha lutado em 93 nas forças de Gumercindo Saraiva e trazia na cintura uma Nagant que — segundo contava — tirara das mãos dum soldado da polícia, em Cruz Alta.

— Meu finado pai já era federalista — continuou João. Cuspiu para um lado por pura cábula, ajeitou a passarinheira às costas. — Acho que meu avô até conheceu o Conselheiro.

O negro limitou-se a responder com um pigarro. Chamava-se Cantídio dos Anjos, tinha fama de valente e dizia-se que já andava "aborrecido", pois se havia incorporado à Coluna para brigar e não para viver gauderiando. Estava muito velho para "esses desfrutes".

Numa pequena colônia alemã onde haviam requisitado víveres e as poucas armas e munições ali existentes, só um voluntário se apresentara, um tal Jacó Stumpf, um teuto-brasileiro ruivo e espigado, com dois caninos de ouro que mostrava com frequência, pois era homem de riso fácil e aberto. Tinha o aspecto e o caminhar dum joão-grande e uma voz estrídula. O que mais deliciava Rodrigo era que Jacó Stumpf — apesar de seu aspecto nórdico e de seu sotaque — tinha a mania de ser gaúcho legítimo, "neto de Farroupilha". Era um espetáculo vê-lo metido nas largas bombachas de pano xadrez, chapéu de barbicacho, botas de sanfona com grandes chilenas barulhentas. Esforçava-se por imitar o linguajar gaúcho e com frequência dizia "Puxa tiapo!". Os companheiros logo passaram a chamar-lhe "Jacozinho Puxa Tiapo".

— Tu aguenta o repuxo, alemão? — perguntou-lhe Cantídio.
Muito sério, o outro respondeu:
— Quem tem medo de parulho não amara poronco nos tendos.
Rodrigo, que entreouvia o diálogo, soltou uma risada.

Mas houvera também incidentes feios. No terceiro dia de marcha dois companheiros se haviam estranhado e atracado num duelo a facão, e a muito custo Toríbio conseguira apartá-los, antes que se sangrassem mutuamente.

Num vilarejo, um dos revolucionários, Pompeu das Dores, sujeito retaco e mal-encarado, violara uma rapariga de doze anos. Pertencia ao grupo comandado por Juquinha Macedo, que pediu ao comandante da Coluna a punição imediata e severa do criminoso. Consultado, o cel. Cacique fora de opinião que deviam fuzilar o bandido sumariamente, para escarmento do resto da tropa. Macedo, porém, estava indeciso quanto ao tipo de punição que devia aplicar em Pompeu das Dores. Mas o cel. Licurgo declarou categórico que era contra a pena de morte, por mais feio que fosse o crime. Rodrigo, que tivera ocasião de ver o estado em que ficara a pobre menina, não podia olhar para o estuprador sem ter gana de meter-lhe uma bala entre aqueles olhos de sáurio.

Estavam acampados à beira dum capão e tinham amarrado Pompeu a uma árvore. Cantídio dos Anjos rondava-o, mirando-o de esguelha e resmungando:

— Se fosse em 93, canalha, tu já estava degolado. E era eu quem ia fazer o serviço.

Foi, porém, Toríbio quem resolveu o problema. Aproveitando a hora em que o pai dormia a sesta dentro do mato, ordenou:

— Desamarrem esse bandido. Eu me encarrego dele.

E dentro dum círculo formado pelos companheiros, com seus próprios punhos deu uma sova tremenda em Pompeu das Dores, deixando-o por alguns instantes estendido por terra, a cara inchada e roxa, a deitar sangue pela boca, por entre os dentes quebrados. Depois mandou que seus homens tirassem toda a roupa e as botas do caboclo e, quando o viu completamente nu, aplicou-lhe um pontapé nas nádegas e gritou:

— Toca, miserável! Vai-te embora!

Pompeu das Dores saiu a correr pelo campo. Nenhum dos homens que assistiam à cena sequer sorriu.

Mais tarde Toríbio disse ao irmão:

— Pra violentar uma menina como aquela, só mesmo um degenerado. — E, sorrindo, acrescentou: — Tu sabes que não sou santo, mas nesse assunto de mulher não forço ninguém. Comigo é só no voluntariado...

Frequentemente Rodrigo procurava marchar ao lado do pai, observando-o com o rabo dos olhos. Agora que tinha a barba crescida e quase completamente branca, Licurgo parecia muito mais velho do que era. Andava encurvado, falava pouco como sempre, e mais de uma vez perguntara ao filho com voz magoada:

— Que estará havendo lá pelo Angico?

Rodrigo sentia que o Velho recalcava outra pergunta: "Como estará a Ismália?".

Tratava de animar o pai, mas ele mesmo não acreditava muito nas próprias palavras. Era possível e até provável que Laco Madruga já tivesse mandado ocupar a estância de seu inimigo pessoal e político. Imaginava então as depredações que os provisórios deviam estar fazendo: o aramado cortado, as cercas derrubadas, a casa emporcalhada, a cavalhada e o gado arrebanhados, as roças devastadas... Tinha sido uma estupidez abandonar o Angico! — reconhecia ele agora. O melhor teria sido esperar o inimigo ali em terreno que conheciam. Lembrava-se de que fora essa a sua primeira ideia. O próprio Licurgo, porém, se opusera ao plano, pois queria evitar que se derramasse sangue e se cometessem violências naqueles campos que tanto amava. Talvez tivesse a secreta esperança de que o inimigo também os respeitasse.

Rodrigo começava a afligir-se por causa da falta de comunicação de sua coluna com as outras divisões do Exército Libertador. Estavam completamente desligados do resto dos revolucionários. Nas localidades que ocupavam não havia telégrafo. Numa delas encontraram um homem que lhes informara ter "ouvido falar" de levantes em Bagé, São Gabriel, Camaquã e Alegrete. Achava que a "coisa" parecia ter prendido fogo em todo o estado.

E as marchas continuavam. Rodrigo vivia assombrado por uma lembrança: a expressão dos olhos de Alicinha quando se despedira dele. O espectro daquela voz fina e dolorida voltava-lhe com insistência à memória: "Ele vai morrer!". À noite, antes de dormir, pensava na filha quase com exclusão do resto da família. E esses pensamentos ora o enterneciam, ora lhe davam uma sensação de frio interior. Era possível que jamais tornasse a ver Alicinha... Como estaria a gente do Sobrado? E imaginando infâmias dos inimigos, tinha gana de precipitar-se sobre Santa Fé, cegamente, sem plano, mas com ímpeto, com fúria, tomar a cidade, a Intendência, e fuzilar os bandidos...

14

Além de Rodrigo, havia na Coluna dois outros médicos: um cirurgião e um clínico. Este último tinha uma pequena farmácia, que conduzia em caixas dentro de peçuelos, nas costas dum burro, que ele jamais perdia de vista. Depois dos aguaceiros de fim de março, essa farmácia contara com uma grande freguesia entre a tropa, pois algumas dezenas de soldados que haviam tomado chuva e deixado as roupas secarem no corpo tinham apanhado resfriados. E a Coluna marchara num concerto de tosses, pigarros, escarros, gemidos. E o médico andara a distribuir comprimidos de aspirina entre a tropa. E quando uma tarde encontraram um sítio no caminho e viram no pomar alguns pés de limoeiros carregados, Toríbio e seus homens o atacaram e, sob o olhar assustado do dono da chácara, colheram todos os limões que puderam. Depois, contando escrupulosamente os frutos que haviam juntado em vários ponchos, pediu que o dr. Miguel Ruas redigisse uma "requisição". Ditou: "Vale seiscentos e setenta e quatro limões". Assinou o "documento" e entregou-o ao dono do sítio, que ficou a olhar para o papel com cara desanimada.

O médico recomendou aos gripados que chupassem limão. E lá se foram dezenas deles, barbudos e melenudos, campo em fora, mamando nas frutas verdes e fazendo caretas.

Mas a verdade é que na sua maioria — conforme Rodrigo muito cedo descobriu — os soldados da Coluna que adoeciam procuravam de preferência Cantídio dos Anjos, cuja fama de curandeiro era conhecida de todos. O preto receitava chás de ervas e, quando lhe perguntavam onde estava a sua botica, fazia um gesto largo mostrando o campo. Ali estavam os remédios que Deus Nosso Senhor dera de graça aos homens. Não havia nada melhor no mundo para curar azia ou úlcera do que chá de "cancorosa". Na falta dela, carqueja também servia: era boa tomada no mate. Se alguém se queixava do fígado, Cantídio lhe receitava chá de samambaia de talo roxo, ou então fel-da-terra, amargo como fel de homem. Erva-tostão, como sabugueirinho-do-campo, era também bom "pro figo". "E pras orina?" "Ah! Raiz de ortiga-braba." Para afinar o sangue nada melhor que a douradinha-do-campo. E, com autoridade, acrescentava: "Tem muito iodo". Um companheiro queixou-se um dia de dor nos rins e Cantídio dos Anjos, sem tirar os olhos da estrada, murmurou como um oráculo: "Chá de cipó-cabeludo". O problema era encontrar todas essas ervas nos lugares por onde passavam e no momento exato em que precisavam delas.

Cantídio era também um grande conhecedor de árvores, pelas quais parecia ter uma afeição particular. Quando acampavam à beira dum capão, costumava olhar para os troncos e ir dando a cada planta o seu nome.

— Aquela ali é açoita-cavalo, dá uma madeira muito dura, que nem raio racha. A outra, a tortinha, estão vendo?, é cabriúva. Não resiste à umidade, uma porquera. A outra, à direita, a baixinha, é um cambará. Tem lenho amarelo e macio, muito cheiroso. Dura tanto como a guajuvira. Mas uma coisa les digo, árvore linda mesmo é o alecrim, que não tem aqui, é raro. Conhecem? Tem o cerne quase tão colorado como este meu lenço, e dá uma flor amarela.

E por causa de todas essas conversas e habilidades o Cantídio se foi transformando aos poucos numa das figuras mais populares da Coluna. Toríbio afeiçoou-se de tal modo ao negro, que o convidou para fazer parte de seu piquete de cavalaria.

— Qual, seu Bio! Estou meio velho pra lanceiro.

— Não diga isso, Cantídio. Não troco você por muito moço de vinte.

— Pois eu me trocava — sorriu o veterano, mostrando os dentes. — Só que não encontro ninguém que queira fazer o negócio.

E quando Toríbio fez menção de afastar-se, Cantídio deteve-o com um gesto.

— Que estou velho, isso estou, porque quem diz é o calendário. Mas se o senhor quer arriscar, o negro não se despede do convite...

Quando, naquele mesmo dia, acamparam numa canhada, à beira dum lajeado, Toríbio, estendido sobre os arreios, as mãos trançadas sob a nuca, repetiu a Rodrigo a conversa que tivera com Cantídio.

— Vou dar um trabalho danado aos historiadores do futuro... Não vão nunca descobrir por que os "Trinta de Toríbio" eram trinta e um...

Rodrigo não respondeu. Estava de pé, junto de sua barraca, olhando para a estrela vespertina que brilhava no vidro azulado do céu. No alto das coxilhas em derredor ele divisava os vultos das sentinelas. Dentro do mato crepitavam fogos. Andava no ar o cheiro do arroz de carreteiro que Bento, seu fiel ordenança, lhe preparava.

Rodrigo acariciava o próprio rosto. Nos primeiros dias da campanha costumava barbear-se pelo menos duas vezes por semana. Depois, fora aos poucos relaxando o costume e concluíra que o melhor seria deixar crescer a barba. De vez em quando mirava-se num espelhinho de bolso e tinha a curiosa impressão de "ser outra pessoa". E não era? Em Santa Fé cultivava o hábito do banho diário, mas agora só se banhava quando encontrava sanga, rio ou lagoa... e havia tempo para isso. Quase sempre depois desses banhos apressados era obrigado a revestir as roupas sujas e suadas. Sentia agora uma permanente ardência no estômago, e amanhecia frequentemente de boca amarga. Quando podia comer um assado de carne fresca, estava tudo bem, mas na maioria das vezes tinha de contentar-se com o charque que carregavam e que ele já não podia comer sem evitar a suspeita de que estava podre. Antes, sempre que pensava na revolução, as imagens desta jamais lhe vinham acompanhadas de cheiros. No entanto aqueles homens fediam. Durante a marcha limpavam o peito, escarravam para o lado e, se havia vento, o escarro não raro batia na cara do companheiro que cavalgava atrás. Aquele era o sórdido reverso da dourada medalha da guerra. Só uma coisa poderia fazê-lo esquecer todas aquelas misérias: um bom combate. Se não entrassem em ação aquele mês, tudo não passaria então duma ridícula, indigna passeata.

Aproximou-se do lugar onde o arroz fervia numa panela de ferro. À luz do fogo o dr. Ruas, deitado de bruços, escrevia num caderno escolar. Rodrigo desconfiava que o ex-promotor mantinha um diário de campanha.

Era uma noite sem lua. Dentro do capão os pitos acesos dos revolucionários estavam num apaga-acende que levou Liroca a compará--los com "filhotes de boitatá".

Bento entregou a seu patrão um prato de folha onde fumegava uma ração de arroz com guisado de charque. Rodrigo começou a comer com certa repugnância.

Aproximou-se um vulto no qual ele reconheceu Liroca.

— Está na mesa, major! — convidou.

— Estou sem fome — disse o velho, sentando-se no chão perto do fogo. As chamas iluminavam-lhe o rosto triste. — Mas aceito uma colherada de arroz...

Bento serviu-o. Dois homens vieram sentar-se junto de Rodrigo: Chiru e Neco. Por alguns instantes ficaram todos a comer em silêncio. O Liroca soltou um suspiro e murmurou:

— Mundo velho sem porteira!

Neco voltou-se para ele e indagou:

— Que é que há, major?

— Nada. Por que havia de haver?

— Rodrigo — perguntou Chiru —, quando é que a gente vai pelear? Estamos ficando enferrujados, eu e a minha carabina.

Rodrigo encolheu os ombros.

— Pra falar a verdade já não sei quem é que anda evitando combate, se os chimangos ou se nós.

— Napoleão dizia que o movimento é a vitória... — filosofou Liroca, que lera, relera e treslera *Os grandes capitães da história*.

— Sim — replicou Rodrigo —, mas movimento tático ou estratégico, e não movimento permanente de fuga...

Vultos caminhavam à beira do capão. Fazia frio e os homens estavam enrolados nos seus ponchos.

Agora se ouvia mais forte o cricrilar dos grilos. De repente uma ave frechou o ar num voo rápido. Morcego? Urutau? Coruja?

— Deve ser chimango — disse sorrindo Toríbio, que se juntara ao grupo.

Rodrigo ergueu-se, insatisfeito com o que comera, e se encaminhou para a barraca do pai. Jamais se deitava sem primeiro ir ver como estava o Velho. Encontrou-o ainda de pé, sozinho, a pitar um crioulo. Ao ouvir ruído de passos, voltou-se:

— Ah! — murmurou. — É o senhor...

— Como está se sentindo?

Licurgo pigarreou, soltou uma baforada de fumaça e depois disse:

— Bem. Não se preocupe.

Rodrigo teve pena do pai. Aquelas barbas brancas, aquele súbito envelhecimento o traziam impressionado.

— Às vezes sinto remorsos de ter metido o senhor nesta história...
O velho ergueu a cabeça vivamente.
— Que história?
— A revolução. O senhor não queria vir...
— Quem foi que lhe disse? Ninguém me leva pra onde não quero. Vim porque achei que devia.
— Se é assim...
— É assim. Está acabado. Não toque mais nesse assunto.
Em seguida, como que arrependido de seu tom rude, perguntou com voz menos áspera:
— E o senhor vai bem?
— Muito bem.
— Pois estimo. Cuide-se. É preciso sair vivo desta empreitada, voltar pra casa, tratar da sua família e da sua vida.
Seu cigarro se havia apagado. Licurgo bateu a pedra do isqueiro, prendeu fogo no pavio, aproximou a chama da ponta do cigarro e tornou a acendê-lo. Aspirou longamente a fumaça e depois soltou-a pelo nariz.
Rodrigo voltou para a sua barraca, deitou-se e ficou pensando... Quanto tempo ainda iria durar aquela revolução? Que estaria acontecendo nos outros setores do estado onde houvera levantes? Teria Portinho conseguido reunir muita gente, tomar alguma localidade? Que tipo de homem seria esse tal de Honório Lemes? Afinal de contas, vinha ou não vinha a intervenção federal?
Revolveu-se sobre os pelegos, procurando uma posição cômoda. Doíam-lhe os rins. Havia muito que se desabituara, na sua vida de cidade, àquelas longas cavalgadas. Sentia nos ossos, desconfortavelmente, a umidade do chão. Puxou o poncho e cobriu a cabeça. Ouviu a voz do Liroca, que conversava ali por perto com o Neco e o Chiru. Houve um momento em que a voz do velho se fez nítida: "... izia o Conselheiro: Ideias ... ão metais que se fundem".
Aqui estou eu — refletiu Rodrigo —, sujo, barbudo, dormindo sobre arreios, enrolado num poncho fedorento... Viu-se a si mesmo na Assembleia, berrando sua catilinária contra Borges de Medeiros. Pensou no dr. Assis Brasil, que devia estar no Rio ou em São Paulo, a fazer discursos e dar entrevistas, limpinho, àquela hora decerto dormindo sobre um colchão macio, entre lençóis brancos, num quarto do melhor hotel da cidade. Outras imagens lhe passaram pela mente: o Madruga de uniforme de zuarte... O Pudim atracado com o Maciste

Brasileiro na pista de danças dos Caçadores... De novo pensou na família, em Flora e de novo "viu" os olhos de Alicinha cheios de pavor... "Ele vai morrer!" Ficou um instante a ouvir os grilos. Lembrou-se de que, quando menino, ele descobria um certo parentesco entre os grilos e as estrelas. Não. O que ele imaginava era que se as estrelas fossem bichos e cantassem, sua voz teria um som raspante, de vidro, como o cricrilar dos grilos. Bobagens!

Aquela noite sonhou que, na sua indumentária de revolucionário, andava a caminhar por uma rua de Paris, constrangedoramente consciente de seu aspecto exótico e do fato de que não tomava banho havia uma semana. Os que passavam por ele miravam-no com estranheza, franziam ou tapavam o nariz. E o pior era que ele, Cirano de Cambarac, tinha um nariz imenso e era por isso que sentia mais forte o próprio fedor. A rua parisiense era ao mesmo tempo, inexplicavelmente, um corredor de campanha, entre dois aramados. Decidiu entrar numa loja para comprar um frasco de Chantecler para se perfumar. Sentiu que não poderia pronunciar uma só palavra, pois tinha esquecido todo o francês que sabia, só se lembrava que *un abbé plein d'appétit a traversé Paris sans souper*. Sua língua era de charque e pesava como chumbo. Aproximou-se do balcão, mas já não estava numa loja da Rue de la Paix, e sim na casa do Pompílio Fúnebres Pitombo, que preparava um pequeno caixão branco para um anjo. Quis perguntar para quem era o esquife, mas o medo da resposta lhe trancou a voz na garganta. Pitombo, sem olhar para ele, compreendeu a pergunta e explicou: "Mas não lhe deram a notícia? É para a finada Alice, sua mãe". Então ele compreendeu que estava órfão e começou a chorar...

15

Maria Valéria sempre lamentara que os homens não tivessem juízo suficiente para resolverem suas questões — as políticas e as outras — sem duelos ou guerras. No entanto não podia ver Aderbal Quadros sem se perguntar a si mesma por que não estava ele também na coxilha, de armas na mão, ao lado do genro e dos amigos. Seria por causa da idade? Não podia ser, porque primo Licurgo era mais velho que o pai de Flora. Por que era, então? Ela mesma acabava se dando a resposta: "O velho é de paz, não gosta de briga". E declarava-se satisfeita, embora tornasse a se fazer a mesma pergunta na próxima vez que encontrava Babalo.

Muita gente em Santa Fé fazia a mesma pergunta, mas nem todos encontravam a resposta esclarecedora. Na rodinha de chimarrão que continuava a reunir-se todos os dias à porta da Casa Sol, um dia alguém puxou o assunto.

— E que me dizem do velho Babalo? Votou no Assis, quer que o Chimango caia, mas não vai pra revolução. É um pé-frio, um covarde!

O Veiga saltou do seu canto, de cuia em punho:

— Alto lá! — exclamou. — Covarde? Você não conhece o Babalo como eu. Se conhecesse não dizia isso. Em 93 ele não brigou, é verdade, mas houve um combate brabo na frente da casa dele, e numa certa hora o Babalo espiou pela janela e viu um homem caído na rua, sangrando mas ainda vivo. Pois sabem o que fez? Abriu a porta, saiu, e no meio do tiroteio, entre dois fogos, o dos pica-paus e o dos maragatos, as balas passando zunindo por ele, o velho levantou o ferido, botou o homem nas costas, voltou pra casa e salvou-lhe a vida. E tudo isso naquele seu tranquito de petiço maceta. Você acha então que um homem desses pode ser considerado covarde?

A verdade era que muitos sabiam de "causos" que provavam que Aderbal Quadros não só tinha coragem física como também presença de espírito e uma pachorra imperturbável.

— Conhecem a história do velho Babalo com o correntino?

E lá vinha o caso. Um dia, no tempo em que ainda fazia tropas, Aderbal Quadros entrou numa venda, acercou-se do balcão, cumprimentou alegremente o bolicheiro e os fregueses que estavam por ali conversando e bebendo, e pediu um rolo de fumo.

Um sujeito crespo, bigodudo e mal-encarado, um tal de Pancho Gutiérrez, bebia o seu terceiro copo de caninha. Argentino, natural de Corrientes, estava refugiado no Brasil. Tinha fama de valente e de bandido, e dizia-se que estava sendo procurado pela polícia de seu país como responsável por nada menos de dez mortes. Ao ver Babalo, o correntino cutucou-o com o cotovelo e disse:

— *Le ofrezco un trago.*

Babalo voltou a cabeça e examinou o outro. Pancho Gutiérrez tinha mais marcas na cara do que porta de ferraria, e estava armado de adaga e pistola.

Babalo tocou com o dedo na aba do chapéu e respondeu:

— Muitas gracias, vizinho, mas não bebo.

O castelhano virou bicho:
— *Pero usted me insulta!* — exclamou, mordiscando o barbicacho. Bateu no balcão com o cabo do rebenque e gritou para o bolicheiro:
— *Otra caña!*
O bolicheiro serviu a bebida. O castelhano empurrou o copo para perto de Babalo e, já com a cara fechada, ordenou:
— Tome!
Babalo não perdeu a calma.
— Gracias, mas já disse que não bebo.
O correntino recuou dois passos e puxou a adaga. O dono da venda correu para o fundo da casa. Os outros homens foram se retirando. Só dois ficaram a um canto, neutros, mas vigilantes.
— *Deféndase!* — bradou o castelhano. — *No peleo con hombre desarmado!*
A todas essas, brandia a adaga na frente do nariz do outro. Aderbal pediu-lhe que tivesse calma, pois não pagava a pena brigar por tão pouco. Virou-lhe as costas, pegou o rolo de fumo e ia sair quando o Pancho Gutiérrez gritou:
— *Covarde! Sinvergüenza! Hijodeputa!*
Babalo sentiu esta última palavra como uma chicotada na cara. Estacou, vermelho, agarrou o copo e, num gesto rápido, atirou a cachaça na cara do castelhano, e enquanto este esfregava os olhos, zonzo, arrancou-lhe a adaga da mão e, antes que ele tivesse tempo de tirar o revólver, aplicou-lhe com tal violência um soco no queixo, que o correntino caiu de costas, bateu com a nuca no chão e perdeu os sentidos.
— Vá embora o quanto antes! — disse-lhe um dos homens. — Senão o castelhano le mata quando acordar.
Aderbal, porém, já se encontrava ajoelhado ao pé do outro, tentando reanimá-lo. Estava desconcertado, infeliz, envergonhado de si mesmo.
— Será que lastimei mesmo o moço? Que barbaridade! Sou um bagual!
Os outros insistiam para que ele fugisse o quanto antes.
— Vassuncê não sabe com quem se meteu. Esse correntino é capaz de le beber o sangue!
— E se ele está morto? — perguntou ainda Aderbal.
— Qual morto! Não vê que o homem está respirando? Vá embora, se tem amor à pele.
Babalo retirou-se, com relutância, lentamente. Parou à porta da venda, voltou-se, soltou um suspiro e murmurou:

— As cosas que um homem é obrigado a fazer na vida! Os senhores me desculpem. Não tive a intenção. E não façam mau juízo de mim. Não foi nenhuma implicância da minha parte. É que não bebo mesmo.

Montou a cavalo e se foi.

O espírito pícaro de Aderbal Quadros era também muito conhecido em Santa Fé. Atribuía-se-lhe, entre outros casos, o seguinte diálogo. Estava o velho picando fumo, a conversar com dois moços, quando um desses lhe perguntou:

— Qual é a sua opinião sobre a barba-de-bode?

Babalo entrecerrou os olhos, hesitou um instante, e depois disse:

— A barba-de-bode é flor de pasto, porque nunca morre nem em tempo de seca, e assim o gado tem sempre o que comer. Campo com barba-de-bode é campo mui valorizado...

Os rapazes se entreolharam espantados sem saber se o velho falava sério ou não. Aderbal piscou o olho para um tropeiro que os entreouvia. A conversa mudou de rumo, mas de novo voltou para assuntos campeiros. Um dos moços perguntou:

— Seu Babalo, que me diz dos campos do coronel Teixeira?

O velho, sem pestanejar, respondeu:

— Não prestam. Pura barba-de-bode!

Disse isso e retirou-se apressado, como quem de repente se lembra de que tem algo de urgente a fazer.

Rodrigo já havia observado que, depois de soltar uma piada ou contar o desfecho duma anedota, o sogro se afastava dos interlocutores, sob risadas, como um ator que sai de cena. Sim, Aderbal Quadros tinha o senso dramático, embora nunca houvesse entrado num teatro em toda a sua vida.

Caminhava gingando, como se tivesse uma perna mais curta que a outra. Um dia alguém perguntou a d. Laurentina: "Por que é que seu marido rengueia assim? Algum defeito na perna?". Ela sacudiu a cabeça e respondeu: "Qual! É pura faceirice do velho".

Depois de ter sido o estancieiro mais rico da Região Serrana, Babalo perdera seu dinheiro, seu gado e seus bens de raiz numa sucessão de negócios infelizes, ficando sem vintém. Arrendava agora nos arredores da cidade uma chácara de seis hectares — o Sutil — onde plantava linhaça, milho e hortaliças, criava galinhas e porcos, e tinha alguns cavalos e vacas leiteiras. Era lá que, no dizer de d. Laurentina, o marido "brincava de estancieiro". Punha nome de gente nas suas flores e árvores. As flores levavam o nome de moças e senhoras de suas relações. As árvores eram batizadas com os nomes de grandes homens do Rio Grande.

Com relação aos negócios, Aderbal Quadros sempre achara o lucro uma coisa indecente, e dava pouco ou nenhum valor ao dinheiro. Uma das razões por que perdera a fortuna fora seu incurável otimismo, sua incorrigível falta de habilidade comercial, sua inabalável confiança na decência inata do homem. Recusava-se, em suma, a acreditar na existência do Mal. Estava sempre disposto a encontrar desculpa para os que transgrediam a lei. Só não tolerava a violência.

Vinha dum tempo em que fio de barba era documento, e por isso nos seus anos de prosperidade emprestara dinheiro sem juros, sob palavra, sem exigir nenhum papel assinado. Isso contribuíra em grande parte para a sua ruína.

Aderbal tinha uma grande veneração, um comovido respeito (que raramente ou nunca se traduzia em palavras, fórmulas ou preceitos) por todas as expressões de vida. Detestava a brutalidade e tudo quanto significasse destruição e morte. Jamais caçara e não permitia que se caçasse em suas terras. Acolhia no Sutil todos os cachorros sem dono que lhe apareciam ou que ele recolhia nas ruas de Santa Fé. Curava--lhes a sarna, encanava-lhes as pernas quebradas, pensava-lhes as feridas — conforme fosse o caso — e imediatamente adotava o animal. Os que lhe conheciam todas essas "esquisitices" diziam: "Deve ser alguma doença".

Católico por tradição, Babalo jamais ia à missa e não levava padre muito a sério. Só entrava em igreja para assistir a missa de sétimo dia, encomendação de defunto, casamento ou batizado. Acreditava na existência de Deus, isso sim, achava que o Velho devia ser "uma pessoa de bons sentimentos e bem-intencionado", mas que às vezes por distração, excesso de preocupações ou qualquer outro motivo, descuidava--se da terra e dos homens, permitindo que aqui embaixo acontecessem injustiças e barbaridades.

Tinha horror às máquinas, que considerava a desgraça do mundo. Achava o aeroplano "uma indecência" e esperava que essa engenhoca jamais viesse sujar os céus de Santa Fé, pois já bastava o automóvel, que fazia barulho, empestava o ar e assustava pessoas e bichos.

Contava-se que nos tempos de tropeiro costumava dormir dentro dos muros dos cemitérios campestres, por serem esses lugares mais seguros e em geral abrigados dos ventos.

— E se um dia le aparecesse algum fantasma, seu Babalo — perguntou-lhe alguém —, que era que o senhor fazia?

— Ora — respondeu o velho —, eu olhava pra ele e perguntava: "Que é que vassuncê ganha com isso, meu patrício?". O fantasma não achava resposta, encabulava... e desaparecia.

16

Naquela tarde de fins de abril, Aderbal Quadros atravessava a praça da Matriz, rumo do Sobrado, para a sua costumeira visita semanal. Vendo uma aglomeração na frente da Intendência, pensou: "Lá está o Madruga com suas potocas". A dar crédito às notícias que o intendente mandava afixar no seu quadro-negro, os revolucionários andavam de derrota em derrota e a revolução não duraria nem mais um mês.

Parou para bater o isqueiro e acender o grosso cigarro de palha que tinha entre os dentes. Ficou chupando o crioulo, soltando baforadas, pensando... Tinha de reconhecer que, apesar de algumas vitórias animadoras e de algumas localidades ocupadas, o Exército Libertador tivera aquele mês alguns reveses feios. Havia tentado, mas sem sucesso, apoderar-se de Uruguaiana. As forças legalistas tinham retomado Alegrete. O gen. Honório Lemes e o dr. Gaspar Saldanha se haviam desentendido e isso entre correligionários, em tempo de revolução, era mau, muito mau. A todas essas o diabo da intervenção federal não vinha. O que vinha mesmo era o inverno, que já se anunciava num ventinho picante.

Babalo cuspiu sobre a grama dum canteiro e retomou caminho. Um cachorro correu para ele e começou a fazer-lhe festas. Eles me conhecem... — pensou o velho com um sereno contentamento. Acocorou-se, acariciou a cabeça do animal, alisou-lhe o pelo do lombo e depois continuou a andar na direção do Sobrado. Deu uns dez passos, olhou para trás e sorriu. O vira-lata o seguia, como ele esperava.

Quando entrou no redondel da praça, viu uma cena que o fez estacar, chocado. Dois soldados do corpo provisório local, ambos com a espada desembainhada, perseguiam um homem que corria a pouca distância deles. Babalo apertou os olhos e reconheceu o perseguido.

Era Arão Stein. Tinha perdido o chapéu, seus cabelos fulvos lampejavam ao sol. Aderbal ficou por um momento sem saber o que fazer. Viu o rapaz tropeçar e cair de borco, com a cara no chão. Num segundo os provisórios estavam em cima dele e o mais graduado — um sargento — lhe aplicava com força um espadaço nas costas. Babalo precipitou-se rengueando na direção dos homens e, quando o sargento ergueu a espada para um novo golpe, o velho segurou-lhe o braço com ambas as mãos e manteve-o no ar, ao mesmo tempo que gritava:

— Parem com esta barbaridade!

O outro soldado levantou o judeu do chão e prendeu-lhe ambos os braços às costas, imobilizando-o. Stein arquejava, lívido. Dum dos cantos de sua boca escorria um filete de sangue.

— Bandidos! — vociferou. — Assassinos! Mercenários!

Babalo reconheceu no sargento, cujo braço ainda segurava, um antigo peão de sua estância.

— Maneco Pereira da Conceição! — exclamou ele, escandindo bem as sílabas. — Filho dum maragato, veterano de 93. Que bicho te mordeu? Como foi que te botaram essa roupa infame no corpo? Se teu pai te visse, morria de vergonha.

O outro baixou a cabeça e o braço.

— São dessas coisas, seu Aderbal — murmurou.

— Que crime cometeu este moço?

Stein adiantou-se:

— Querem me levar à força para o Corpo Provisório, seu Aderbal. — O sangue escorria-lhe pelo queixo, pingava-lhe no peito, manchando a camisa. Uma mecha de cabelo caía-lhe sobre os olhos. — Não vou! Me recuso! Protesto!

— Larguem o rapaz — ordenou Aderbal.

— Estamos cumprindo ordens — explicou o sargento, ainda sem coragem para enfrentar o ex-patrão.

— Ordens de quem?

Naquele instante um tenente do Corpo Provisório, que se aproximara do grupo, inflou o peito e falou grosso:

— Ordens minhas!

Babalo voltou a cabeça e mirou o outro de alto a baixo. O rapaz teria uns vinte e poucos anos, era alto e magro, e estava enfarpelado num uniforme cortado a capricho, com talabarte novo; suas botas de cano alto reluziam. Uma grande espada lhe pendia do lado esquerdo do cinturão, ao passo que no direito uma Parabellum escurejava, ameaçadora.

Um grupo de curiosos estava agora reunido em torno daquelas cinco figuras. Aderbal compreendeu logo que o tenentezinho estava representando para o público. O vira-lata, a todas essas, continuava a andar, saltitante, ao redor do ex-tropeiro.

— Como vais, Tidinho? — perguntou este último. Conhecia o tenente desde que ele nascera. — Como vai a tua mãe? Como é que ela te deixa andar fantasiado desse jeito?

Ouviram-se risinhos em torno.

— Meu nome é Aristides — corrigiu o outro, de cenho franzido. E acrescentou, autoritário: — Fui eu que dei ordens para agarrar esse judeu.

Babalo sorriu, pegou o cigarro apagado que havia posto atrás da orelha, bateu o isqueiro, acendeu o crioulo e só depois de tirar a primeira baforada é que, encarando de novo o oficial, disse com toda a calma:

— Não sei se te lembras, menino, que há mais ou menos uns dôs mil anos os soldados dum tal de Pilatos agarraram um homem pra maltratar. Esse homem era também um judeu, tu sabias?

O tenentezinho deu um passo à frente:

— Levem esse sujeito pra Intendência!

Os olhos de Stein fitaram-se em Aderbal Quadros, que disse:

— Se levarem ele, têm de me levar a mim também.

— O senhor está me criando dificuldades — murmurou o tenente, já não muito seguro de si mesmo.

— E o senhor — retrucou Aderbal — está desrespeitando a Constituição! Vou falar com o comandante da Guarnição Federal.

Pela expressão dos olhos do tenente, via-se que ele estava indeciso. Aproximou-se de Stein, ainda numa tentativa de manter sua autoridade, e exclamou:

— Vamos!

Babalo tocou no braço do soldado que prendia Arão Stein:

— Largue o outro, menino!

Essas palavras foram ditas num tom de tão enérgica autoridade paternal, que o provisório obedeceu imediatamente. Aderbal tomou do braço de Stein, olhou para o tenente e disse:

— Sabes duma coisa? Quando tu eras pequeninho te peguei no colo, muita roupa me molhaste. Não me venhas agora com ares de herói, que não te recebo.

Disse isso e se foi, conduzindo Stein na direção da calçada, sob o riso dos espectadores. O vira-lata os seguia sacudindo o rabo. O sargento continuava de olhos no chão. O soldado parecia muito desmoralizado.

— Um momento! — gritou o oficial, levando a mão à espada.

Babalo voltou-se e, com o cigarro colado ao lábio inferior, disse, calmo:

— Cuidado, Tidinho, tu ainda vais te machucar com essa arma.

O tenente ficou vermelho, olhou em torno e, numa satisfação àquelas testemunhas todas, exclamou:

— Ah! Mas isto não vai ficar assim!

Saiu, pisando duro, na direção da Intendência, seguido pelo soldado. O sargento ficou onde estava, meio encalistrado. Depois, como um conhecido se aproximasse dele, justificou-se:

— Não vê que fui peão do seu Babalo. Flor de homem! Mesmo que um pai. Como é que eu ia desacatar ele? Nem que me matassem.

E enfiou com muita dificuldade a espada na bainha.

Aderbal Quadros entrou com Arão Stein no Sobrado e contou às mulheres o que acabara de acontecer. Flora, toda trêmula, fez o judeu sentar-se.

— Que é isso na boca? — perguntou.

— Caí e acho que quebrei um dente. Os bandidos me deram um espadaço nas costas...

Fizeram-no deitar no sofá, tiraram-lhe o casaco e a camisa. Sobre a pele branca, de poros muito abertos, desenhava-se um vergão arroxeado, que inchava. Maria Valéria gritou para Laurinda que preparasse um café para o moço. Inclinou-se para examinar o ferimento, sacudiu a cabeça e exprimiu toda a sua pena numa frase:

— Pobre do João Felpudo!

E em seguida teve ímpetos de pegar uma tesoura de tosquiar e, aproveitando a oportunidade, cortar as melenas do rapaz.

Poucos minutos depois, Dante Camerino entrou no Sobrado na companhia de Roque Bandeira. O primeiro examinou Stein com cuidado e por fim disse:

— Nada de sério. O pior deve ter sido o susto.

O judeu parecia muito constrangido por estar seminu diante das mulheres. Tornou a vestir a camisa, olhou para o doutor e disse:

— Não fiquei assustado, mas indignado. É diferente.

— Está bem — disse Camerino. — Vamos aplicar umas compressas de água vegetomineral nas costas. Faça uns bochechos de água oxigenada e amanhã vá ao dentista.

Stein ergueu os olhos para Roque e perguntou-lhe em tom fúnebre:

— Não quiseram te pegar também?

— Quiseram — sorriu o outro. — Chegaram a me levar à Intendência. Declarei que sou míope e tenho os pés chatos. A primeira declaração é falsa: a segunda, verdadeira. Me soltaram sem fazer exame médico. Viram logo que eu ia dar um mau soldado.

Leocádia trouxe o café, que Stein bebeu tremulamente, em lentos goles que pareciam descer-lhe com dificuldade pela garganta.

Dante Camerino transmitiu às mulheres as notícias que tivera aquele dia da Coluna Revolucionária de Santa Fé.

— Reuniram-se provisoriamente às forças de Leonel Rocha, entraram juntos no município de Cruz Alta e tomaram Neu-Württemberg. Depois se separaram e a nossa gente marchou para lugar ignorado...

E como lesse uma interrogação ansiosa nos olhos de Flora, acrescentou:

— Não se preocupe. O doutor Rodrigo, o coronel Licurgo, o Toríbio e os outros amigos estão todos bem. A Coluna não teve ainda nenhuma baixa.

Aderbal Quadros subiu para ver as crianças. Levava-lhes como de costume caramelos e cigarrinhos de chocolate. No quarto onde os netos brincavam, ajoelhou-se para fazer a distribuição. Quando se viu cercado por Jango, Edu, Sílvia e Bibi, pensou satisfeito: "Os meus cachorrinhos". Zeca, como um vira-lata sem dono, aproximou-se, na esperança de receber também sua ração.

17

Naquele mesmo dia a Coluna comandada por Licurgo Cambará reentrava no município de Santa Fé. Rodrigo pensava nas horas que haviam passado em Neu-Württemberg, colônia alemã pertencente ao feudo político do gen. Firmino de Paula. Tivera lá a oportunidade de tomar um banho, comer boa comida, dormir em cama limpa, e ter mulher... Havia passado mais de um mês numa castidade forçada que era apenas do corpo, nunca do espírito. Pensava constantemente em mulher, como um adolescente. Ruminava passadas aventuras e prazeres.

Agora aqui estavam de novo nos campos de Santa Fé, sob um sol dourado, sem saberem exatamente para onde iam. Em Neu-Württemberg haviam tido oportunidade de requisitar armas e munição de boca e de guerra. Toríbio encantara-se com uma colona de ancas calipígias e levara-a para o quarto de seu hotel, meio à força, desmentindo pelo menos em parte os seus princípios de que para o ato do amor só aceitava "voluntárias". Passara cinco horas com ela na cama e depois, sempre acompanhado da viçosa companheira, fora para um café encharcar-se de cerveja. O dr. Miguel Ruas conseguira organizar um grande baile puxado a gaita e no qual, ainda arrastando uma perna, brilhara dançando valsas, polcas, mazurcas e xotes. Tivera um rival sério em Chiru, que as moças pareciam preferir, pois, com sua basta cabeleira e sua flamante barba loura, grandalhão e exuberante, parecia um *viking* extraviado no tempo e no espaço. Pedro Vacariano também atraíra a atenção das moças do lugar, o que deixara Rodrigo um tanto irritado, pois sua má vontade e desconfiança para com o caboclo continuavam.

E agora, de novo em marcha, Rodrigo recordava todas essas coisas. Liroca, encolhido sob o poncho, cavalgava a seu lado.
— Você fez uma conquista bonita — disse ele após um longo silêncio.
Rodrigo voltou a cabeça:
— Eu? Como?
— A dama da casa grande.
— Ah!
Sim, ele arranjara também uma "namorada" em Neu-Württemberg. E agora recordava a história, enternecido... Fora convidado à casa de *Frau* Wolf, uma senhora de quase oitenta anos, viúva do mais importante industrialista do lugar, matriarca dum numeroso clã. Vivia numa grande casa de madeira, de tipo bávaro, no meio de árvores, flores, filhos, filhas, genros, noras e netos; e livros, muitos livros. Recebeu Rodrigo com uma graça de castelã antiga, ofereceu-lhe café com leite com bolos e *Apfelstrudel*, e mais tarde, ao fim da visita, vinho do Reno. Mostrou-lhe a Bíblia da família, impressa no século XVIII, falou-lhe de seus autores prediletos e acabou recitando Heine e Goethe, "para o senhorr sentirr a música da língua alemã". Entardecia quando a velhinha se ergueu da sua poltrona, encaminhando-se para um pequeno órgão de fole que se achava a um canto da sala. Sentou-se junto dele, estralou as juntas das mãos e pôs-se a tocar um trecho de Bach.

Rodrigo estava maravilhado, com a impressão de ter entrado num outro mundo. Aquela senhora vestida de negro, os cabelos brancos penteados à moda do fim do século passado, os móveis, os bibelôs, os quadros, a louça daquela casa, o cheiro de madeira envernizada que andava no ar — tudo lhe evocava uma Alemanha que ele apenas conhecia através da literatura e de gravuras de revista.

Ao despedir-se de *Frau* Wolf, no alpendre, beijou-lhe a mão. E, para mais uma surpresa sua, as únicas palavras de despedida da velha dama foram uns versos de Alfred de Musset, que ele conhecia dos tempos de academia:

> *Beau chevalier qui partez pour la guerre,*
> *Qu'allez-vous faire*
> *Si loin d'ici?*
> *Voyez-vous pas que la nuit est profonde,*
> *Et que le monde*
> *N'est que souci?*

Desceu a escada com lágrimas nos olhos.

Depois dessa comovedora visita — continuava Rodrigo a pensar —, fora em companhia do pai encontrar-se com o gen. Leonel Rocha, na casa onde este se hospedava. O chefe maragato recebeu Licurgo com uma simplicidade afável:

— Pois já tinha ouvido falar no senhor... — disse, ao apertar a mão do chefe da Coluna Revolucionária de Santa Fé.

Licurgo cumprimentou-o friamente. E depois, ao ouvir os elogios pessoais que o outro lhe fazia, remexeu-se na cadeira, num visível mal-estar.

O comandante federalista transmitiu ao companheiro as notícias que tinha das operações em outros setores do estado. O gen. Honório Lemes andava "fazendo estrepolias lá pras bandas do Alegrete". Era vivo e valente, conhecia o terreno como ninguém, e quando a coisa apertava ele se enfurnava no Cerro do Caverá, onde o inimigo não ousava atacá-lo.

— O que tem atrapalhado o homem — continuou Leonel Rocha — é a falta de munição. O resto ele tem. Ainda há pouco manteve cercada a tropa do coronel Claudino, mas não atacou por falta de munição. É uma lástima!

— E o senhor dum modo geral considera a situação boa para nós, general? — perguntou Rodrigo, já que o pai se mantinha calado.

— Pois, amigo, sou um homem rude mas com alguma experiência de revolução. Briguei em 93, tenho andado sempre envolvido com esses pica-paus. Acho que o negócio até que vai bem... Não ouviram a última? O general Portinho tomou Erechim e deu uma sumanta nos provisórios em Quatro Irmãos. Me informaram que as forças do governo perderam mais de cinquenta homens...

Havia ainda outras boas notícias. Os assisistas tinham tomado Dom Pedrito, e Zeca Neto por algumas horas ocupara a vila de São Jerônimo, "nas barbas do Borjoca". Contou também que o caudilho uruguaio Nepomuceno Saraiva havia invadido o estado, com um grupo de compatriotas, tendo se juntado às forças de Flores da Cunha.

Neste ponto a face do velho guerrilheiro ensombreceu, e foi com voz velada que ele disse:

— É uma barbaridade. Aceitarem o auxílio de mercenários estrangeiros, para ajudarem a matar nossos irmãos!

— Mas o senhor se esquece — replicou Licurgo — que em 93 os federalistas pediram o auxílio do bandido Gumercindo, tio desse mesmo Nepomuceno que agora está ajudando os borgistas...

Nesse instante Rodrigo gelou. A coisa estava ficando feia...

Juquinha Macedo, que comparecera também à conferência, interveio providencialmente:

— A revolução de 93 acabou, companheiros, são águas passadas. — E desconversou: — Me diga uma coisa, general, o senhor acha muito arriscado atacar Santa Fé agora?

O caudilho de Palmeira olhou pensativamente para a ponta do cigarro e depois respondeu:

— Bueno, pode ser meio cedo, mas impossível não é. Ouvi dizer que a tropa do Madruga, além de ruim, agora vai ficar desfalcada, pois o Firmino de Paula lhe pediu quinhentos homens para guarnecer Cruz Alta e Santa Bárbara...

De toda a conversa uma coisa ficara, nítida e imutável. Era impossível a incorporação definitiva da Coluna de Santa Fé às tropas de Leonel Rocha. Licurgo Cambará jamais se submeteria ao comando dum federalista.

Pensando em todas essas coisas, Rodrigo sorria. Desde a pequena escaramuça que haviam tido ao se aproximarem de Neu-Württemberg, o velho Liroca andava taciturno, meio arredio. Uma parte da

Coluna tinha sido atacada de surpresa por uma patrulha do Corpo Provisório de Cruz Alta, que os obrigara a apear dos cavalos e entrincheirar-se atrás da cerca de pedra dum cemitério. Balas zuniam no ar, uma delas bateu em cheio na ponta duma cruz, derribando-a. Outra destruiu o ninho que um joão-de-barro construíra na forquilha duma árvore. Rodrigo brigava com alegria, atirando com sua Winchester. Era o seu primeiro combate e ele estava alvorotado, desejando já que a coisa fosse maior, mais séria. Liroca, agachado a seu lado em cima duma sepultura rasa, tremia debaixo do poncho, batia queixo com tanta força que era possível ouvir o rilhar de seus dentes, apesar das detonações.

— Que é isso, Liroca? — perguntou Rodrigo em dado momento, sem olhar para o amigo, e atirando sempre.

— É a maleita — respondeu o velho, com voz trêmula.

— Te deita, então. É só uma patrulha. E o esquadrão do Bio vem aí.

Voltou-se para seus comandados e gritou:

— Cessar fogo!

Corriam agora o perigo de alvejar os próprios companheiros. Ouvia-se o tropel da cavalaria de Toríbio: o chão vibrava como um tambor. O cemitério ficava no alto duma coxilha, e ali detrás da cerca de pedra, Rodrigo assistiu a um espetáculo que lhe fez bem ao peito. Hip! Hip! Hip! — gritavam os cavalarianos. Atiravam-se de lanças enristadas em cima da patrulha legalista, que de repente cessou fogo e precipitou-se, declive abaixo, largando as armas. O tenente que a comandava foi o primeiro a fugir. Ficaram apenas dois soldados de joelho em terra, atirando ainda. Um deles não tardou a cair. O outro conseguiu derrubar com um tiro um dos cavalos, que projetou longe o cavaleiro. Mas o negro Cantídio, que vinha na frente do piquete, espetou o atirador na sua lança. Já os cavaleiros restantes alcançavam os outros soldados, que caíam sob o golpe das espadas e lanças. Toríbio fez questão de agarrar o tenente. Laçou-o quando ele ia cruzando uma sanga e trouxe-o a cabresto, coxilha acima. A encosta estava juncada de feridos e mortos. O lanceiro revolucionário que caíra do cavalo tinha quebrado o braço. O animal estava morto. Tiraram-lhe os arreios e deixaram-no no campo. Não havia tempo para enterrá-lo.

— Os urubus que tenham bom proveito! — gritou alguém.

E a coluna retomou a marcha na direção de Neu-Württemberg, levando os prisioneiros. Tinham agora mais vinte Mausers e trezentos e cinquenta tiros.

* * *

De quando em quando Rodrigo olhava de soslaio para Liroca. Como era possível compreender aquele homem? Tinha pavor de tiro e no entanto insistira em vir para a coxilha. Sua covardia era notória, vinha de 93. Tinha agora idade suficiente para ficar em casa sem desdouro. Mas recusava-se a isso. Parecia fascinado pelo lenço encarnado e tudo quanto ele significava. Para ele, decerto, ser maragato era algo de mágico. Se não tivesse vindo, viveria envergonhado, sem paz de consciência. Não sei como esse velho coração aguenta todas as emoções de guerra — refletiu Rodrigo. Tornou a olhar para o velho, dessa vez com admiração, porque de repente lhe veio uma dúvida. Afinal de contas não seria José Lírio o mais verdadeiramente corajoso de todos eles?

Quando acamparam aquela noite, Rodrigo discutiu o assunto com Toríbio. Estavam ambos deitados lado a lado, sobre os pelegos, num campo de craguatás. Era uma noite fria e límpida. À luz da lua cheia, os pendões das ervas-brancas pareciam cobertos de neve.

— Sempre considerei o velho Liroca um homem de valor — disse Toríbio, mordiscando um talo de grama. Depois duma pausa acrescentou: — Te garanto que o perigo me dá uma espécie de gozo, como dormir com uma mulher bonita. Quero dizer: *quase*....

Rodrigo já não lhe prestava mais atenção. Olhava para as estrelas e pensava na filha. Como seria bom tê-la agora nos braços, beijar-lhe os cabelos, niná-la...

— Estou com uma saudade danada — murmurou ele. — Da Flora, dos meus filhos, da minha casa...

— Por isso é bom não ter família. Quando um homem pensa na mulher ou nos bacuris começa a se cuidar e acaba ficando um medroso, não se arriscando nunca. Sempre achei que solteiro briga melhor que casado.

— Bobagem. E depois, Bio, há no mundo coisas melhores do que brigar.

— Pode ser... não discuto. Mas o homem sempre tem andado em duelos e guerras, desde o princípio do mundo. A gente tem de estar preparado.

— Qual! Estás inventando essa filosofia para justificar teu prazer de pelear.

— Pode ser... Mas tu mesmo gostas de brigar, não vais me dizer que não...

Rodrigo ficou pensativo por um instante.

— Confesso que gosto. Palavra, na hora daquele tiroteiozinho me senti feliz. O que não me agrada é esta sujeira, este desconforto...

— A vida de cidade te amoleceu. Isso está acontecendo com muitos filhos de estancieiros. Vão para Porto Alegre, para o Rio, ou para Paris, como o Terêncio Prates, ficam uns almofadinhas, beijam as mãos das damas, se perfumam, quando voltam trocam a bombacha pelo culote, vêm com inovações e frescuras... São uns bundinhas, não valem mais um caracol. Isso é ruim pro Rio Grande. Compara esta nossa revoluçãozinha mixe com a de 93. Naquele tempo, sim, se brigava de verdade, morria mais gente, não andava um fugindo do outro. Maragatos e pica-paus iam pra coxilha pra matar ou morrer.

Rodrigo olhava para a lua.

— Bom — disse —, acho que isso é um sinal de que nossa gente se humaniza. Ainda não ouvi falar em nenhum degolamento nesta revolução.

— Inocente! Tem havido vários. Menos que em 93, mas tem havido. Precisamos dar tempo à rapaziada...

— Brigar é bom, mas matar é horrível. Mesmo quando se trata de nosso pior inimigo. É por isso que eu nunca poderia fazer parte do teu esquadrão de lanceiros. Matar um homem com uma bala, de longe, é uma coisa. Matar de perto, varar o peito de alguém com a lança ou a espada, sentir quando o ferro entra na carne, ver o sangue, ah!, isso deve ser pavoroso.

— Não sou nenhum bandido, meu prazer está na ação, no movimento e não em matar. Mas uma coisa a gente não deve esquecer: se não matamos o inimigo, ele nos mata.

— Sabes do melhor? Vamos dormir.

FIM DO PRIMEIRO TOMO

Cronologia

Esta cronologia relaciona fatos históricos a acontecimentos ficcionais dos três volumes de *O arquipélago* e a dados biográficos de Erico Verissimo.

O deputado

1917
O Brasil declara guerra à Alemanha.
Em 11 de novembro, ocorre a Revolução Comunista na Rússia. Começo da formação da União Soviética.
Na Europa, levantes de soldados e marinheiros do Exército alemão forçam a Alemanha a pedir armistício. A paz é assinada a seguir e funda-se a Liga das Nações Unidas.
No Rio Grande do Sul, Borges de Medeiros é reeleito para mais um mandato.

1922
Em fevereiro realiza-se a Semana de Arte Moderna no Teatro Municipal, em São Paulo.
Em julho, em meio às revoltas tenentistas, eclode a revolta do Forte de Copacabana.
Fundação do Partido Comunista do Brasil (PCB).
Início do governo de Artur Bernardes.
Na Itália, ascensão do fascismo.
No Rio Grande do Sul, para as eleições do

1916
Nascimento de João Antônio Cambará (Jango), filho de Rodrigo e Flora.

1918
Nascimento de Eduardo Cambará, filho de Rodrigo e Flora. Nascimento de Sílvia, afilhada de Rodrigo, que se casará com Jango.

1920
Nascimento de Bibi Cambará, filha de Rodrigo e Flora.

1922
Em fim de outubro, Licurgo afasta-se do Partido Republicano por não concordar com a política de Borges de Medeiros para os municípios.
Rodrigo e Flora retornam de uma viagem ao Rio de Janeiro.
Rodrigo renuncia ao cargo de deputado estadual pelo Partido Republicano.
Rodrigo participa ativamente da campanha oposicionista.

1917
Erico Verissimo vai para o internato do Colégio Cruzeiro do Sul, em Porto Alegre.

1922
Em dezembro, Erico vai passar as férias em Cruz Alta, mas com a separação dos pais não volta ao colégio. Começa a trabalhar no armazém do tio. Nessa época, seu escritor brasileiro preferido era Euclides da Cunha.

governo estadual,
o Partido Federalista e
os dissidentes do Partido
Republicano fundam
a Aliança Libertadora
(que depois origina
o Partido Libertador)
e lançam a candidatura
de Joaquim Francisco
de Assis Brasil.
Borges de Medeiros
vence as eleições, em
meio a acusações
de fraude.

Lenço encarnado

1923
Inconformados,
federalistas e dissidentes
começam uma rebelião
armada. Os republicanos
seguidores de Borges
de Medeiros passam a
ser conhecidos como
"chimangos".
Os federalistas
(maragatos) passam
a ser chamados de
"libertadores". A luta
armada se expande por
todo o estado.
Em 7 de novembro é
assinado um armistício
entre federalistas.
Em 14 de dezembro,
paz definitiva com o
acordo conhecido como
Pacto de Pedras Altas.
A paz foi assinada no

1923
Licurgo, Rodrigo e
Toríbio organizam a
Coluna Revolucionária
de Santa Fé e partem
para o interior do
município e adjacências.
No inverno, Licurgo
é morto em combate,
num tiroteio contra os
inimigos governistas.
Com o acordo de paz,
Rodrigo e Toríbio
voltam ao Sobrado.

1923
Alguns tios e pelo
menos um primo de
Erico se engajam no
conflito, do lado dos
federalistas.

castelo de Assis Brasil, na presença do ministro da Guerra, gen. Setembrino de Carvalho.
Morre Rui Barbosa.

Um certo major Toríbio

1924
Em julho, Revolução Tenentista em São Paulo. As forças legalistas atacam a cidade, usando até aviões. Sob o comando do gen. Isidoro Dias Lopes, os rebeldes se retiram para oeste, chegando ao norte do Paraná.
Em outubro eclodem revoltas nas guarnições militares da região das Missões, no Rio Grande do Sul. Perseguidos, os rebeldes se movem para o norte, iniciando a Coluna que levaria o nome do cap. Luiz Carlos Prestes. Reúnem-se às colunas revolucionárias de São Paulo e começam a marcha que durou dois anos e percorreu 24 mil quilômetros pelo território nacional.

1924
Morre Alicinha, a filha predileta de Rodrigo. Desolado, Rodrigo abandona definitivamente a profissão de médico, vende a farmácia e o consultório.
Em dezembro, Toríbio sai de Santa Fé e se junta à Coluna Prestes.

1925
Floriano vai para um colégio interno em Porto Alegre.

1924
Os Verissimos tentam, sem sucesso, mudar-se para Porto Alegre.

1925
Os Verissimos retornam a Cruz Alta.

Em abril, a Coluna Prestes avança para o norte, incitando as populações locais a reagir contra as oligarquias. Morre Lênin.		
1926 Fim do governo de Artur Bernardes. O paulista Washington Luís é indicado para substituí-lo na presidência.		1926 Erico torna-se o sócio principal de uma farmácia em Cruz Alta, mas o negócio não prospera.
1927 A Coluna Prestes se desfaz e os principais líderes refugiam-se na Bolívia.	1927 Toríbio, feito prisioneiro, escapa de ser fuzilado. Localizado pela família no Rio de Janeiro, retorna a Santa Fé.	1927 Erico dá aulas de inglês e literatura.

O cavalo e o obelisco

1928 Getulio Vargas é eleito governador do Rio Grande do Sul.	1928 Rodrigo Cambará torna-se intendente de Santa Fé.	1928 Erico Verissimo publica seu primeiro conto, "Ladrão de gado", na *Revista do Globo*. Começa a namorar Mafalda Volpe, a quem cortejava desde o ano anterior.
1929 Quebra da Bolsa de Valores de Nova York. Colapso da economia	1929 Floriano decide tornar-se escritor.	1929 Noivado de Erico Verissimo e Mafalda Volpe em Cruz Alta.

cafeeira no Brasil. Paulistas e mineiros se desentendem sobre a sucessão presidencial. O gaúcho Getulio Vargas e o paraibano João Pessoa, como vice, lançam-se candidatos pela oposição. Vitória eleitoral de Júlio Prestes, candidato dos paulistas, em meio a acusações de fraude.

1930
Inconformadas, as oligarquias dissidentes resolvem assumir o comando de uma conspiração contra o governo.
Em 30 de julho, João Pessoa é assassinado no Recife. Embora o crime tenha motivos pessoais, deflagra enorme comoção política, favorecendo a revolta.
Em 3 de outubro, eclode a revolta no Rio Grande do Sul. Em seguida, oposicionistas insurgem-se no Nordeste, sob o comando de Juarez Távora, e em Minas Gerais. Ocorrem tiroteios sangrentos em Porto Alegre, que logo cai em poder dos rebeldes.
Na iminência de uma guerra civil, os chefes militares depõem o

1930
Rodrigo arregimenta forças oposicionistas em Santa Fé e invade o quartel do Exército, obrigando o filho mais velho, Floriano, a participar da luta. Morre o ten. Bernardo Quaresma, amigo da família, que defendia a posição legalista. Rodrigo aceita o convite de Getulio Vargas, chefe da revolução vitoriosa, e viaja ao Rio de Janeiro no mesmo trem que o novo presidente.

1930
Em Cruz Alta há tiroteio e um tenente legalista de sobrenome Mello é morto depois de matar um sargento rebelde. Apesar de simpatizar com os revolucionários, Erico decide acompanhar o enterro do tenente. No caminho enfrenta a ira de um sargento que ameaça matá-lo.
O episódio é retratado no livro com algumas mudanças, no caso do ten. Quaresma.
A Farmácia Central, de que Erico era sócio, abre falência.
Em 7 de dezembro, Erico e Mafalda mudam-se para Porto Alegre, onde ele trabalha como secretário da *Revista do Globo*.

presidente Washington Luís. Em 3 de novembro, Getulio Vargas assume o governo provisório do Brasil.		
Noite de Ano-Bom		
	1930-1931 Para resolver a crise financeira da família, Rodrigo aceita um cartório no Rio. Flora e os filhos mudam-se para o Rio de Janeiro.	1930 Erico trabalha na *Revista do Globo* e frequenta a roda dos intelectuais de Porto Alegre. Conhece, entre outros, Augusto Meyer.
		1931 No começo do ano, Erico conhece Henrique Bertaso. Em 15 de julho, Erico e Mafalda casam-se. Para melhorar o orçamento, Erico começa a traduzir livros.
1932 Em São Paulo, insatisfação contra o governo. Exigência de nova constituição para o Brasil. No Rio Grande do Sul, Borges de Medeiros adere ao movimento. Em 9 de julho, começa a luta armada em São Paulo. Após três meses	1932 Em Santa Fé, Toríbio apoia a revolta.	1932 Erico publica *Fantoches*, seu primeiro livro de contos com forma teatral.

de guerra civil, os
rebeldes rendem-se às
forças federais.
Formação da Ação
Integralista Brasileira
(AIB), liderada por
Plínio Salgado.

1933
Ascensão do nazismo na
Alemanha.

1934
Promulgação da
terceira Constituição
brasileira, que
estabeleceu avanços
como o voto secreto e o
voto feminino. Getulio
Vargas permanece na
presidência.

1935
Criação da Aliança
Nacional Libertadora
(ANL). Luiz Carlos
Prestes, líder da Coluna
e membro do PCB, é
eleito presidente de
honra do partido.
Em 11 de julho, o
governo federal decreta
o fechamento dos
núcleos da ANL.
Em 27 de novembro,
eclodem revoltas
militares de inspiração
comunista, sobretudo
no Rio de Janeiro e em
Natal, onde se forma
um governo provisório.

1933
Erico traduz
Contraponto, de Aldous
Huxley, e publica
Clarissa.

1934
O romance *Música ao
longe* ganha o prêmio
Machado de Assis, da
Cia. Editora Nacional,
junto com romances de
Dionélio Machado,
João Alphonsus e
Marques Rebelo.

1935
Em 9 de março, nasce
Clarissa, primogênita
de Erico e Mafalda.
Publicação dos romances
Música ao longe e
Caminhos cruzados,
que ganha o prêmio
da Fundação Graça
Aranha. Publicação de
A vida de Joana d'Arc.
Caminhos cruzados
desperta a ira
de críticos de direita —
esse livro, e o fato de ter
assinado um manifesto
antifascista, leva Erico
a ser fichado como
comunista na polícia.

O movimento não obtém apoio popular e logo é sufocado. No país todo sucedem-se prisões em massa de esquerdistas, entre elas a do escritor Graciliano Ramos.		Erico vai ao Rio de Janeiro pela primeira vez.
1936 O gen. Franco se insurge contra o governo republicano na Espanha. Início da Guerra Civil Espanhola. Os falangistas (partidários de Franco) recebem armamento e ajuda militar dos fascistas italianos e dos nazistas alemães. Os republicanos recebem apoio da União Soviética. Formam-se Brigadas Internacionais de apoio aos republicanos. Cerca de 30 mil combatentes acorrem do mundo inteiro para lutar contra os falangistas. Entre eles vão dezesseis brasileiros: dois civis e catorze militares.	**1936** De Santa Fé, Arão Stein, amigo de Rodrigo, parte para a Espanha para juntar-se às Brigadas Internacionais. O mesmo faz Vasco, personagem do romance *Saga*, de Erico Verissimo.	**1936** Em 26 de setembro, nasce Luis Fernando, filho de Erico e Mafalda. Publicação de *Um lugar ao sol*.
1937 Preparativos para as eleições presidenciais de 1938. Getulio Vargas consegue apoio de dois generais, Góes Monteiro e Eurico	**1937** Começa o romance de Floriano com a norte-americana Marian (Mandy) Patterson. Rodrigo, figura política influente do governo	**1937** Erico publica *As aventuras de Tibicuera*. Convidado por Henrique Bertaso para ser conselheiro editorial da editora Globo,

Gaspar Dutra.
Em 10 de novembro, o Congresso é fechado, alguns comandos militares são substituídos e o *Diário Oficial* publica uma Constituição outorgada, chamada de "Polaca". Em dezembro, todos os partidos políticos são extintos. Implantação do Estado Novo.

Vargas, vai a Santa Fé para tentar convencer os amigos da legitimidade do golpe. Enfrenta a oposição de seu irmão, Toríbio. Em 31 de dezembro, festeja-se o noivado de Jango e Sílvia, afilhada de Rodrigo. Rompimento entre os irmãos Rodrigo e Toríbio. Toríbio vai a uma festa num bar e é morto durante uma briga.

Erico cria com ele a coleção Nobel, que influenciaria muitas gerações de leitores.

Do diário de Sílvia

1938
Os integralistas tentam derrubar Getulio Vargas, mas são derrotados. Plínio Salgado exila-se em Portugal.

1939
Os republicanos são derrotados na Espanha. Muitos membros das Brigadas Internacionais se refugiam na França, onde permanecem em campos de concentração. Em 1º de setembro, a Alemanha invade a Polônia. Início da Segunda Guerra

1938
Floriano e Mandy se separam. Ela vai para os Estados Unidos.

1939
Arão Stein refugia-se na França. O personagem Vasco, de *Saga*, faz o mesmo.

1940
Em abril, Arão Stein volta a Santa Fé. Antes, repatriado ao Brasil, fora preso e torturado no Rio como comunista.

1938
Erico publica *Olhai os lírios do campo*, seu primeiro grande sucesso nacional.

1940
Erico faz sua primeira sessão de autógrafos em São Paulo. Publica *Saga*, romance sobre a Guerra Civil

Mundial. Em 17 de setembro, a União Soviética também invade a Polônia. Partilhando esse país, alemães e soviéticos celebram um pacto de não agressão.
De 28 de maio a 3 de junho, a França é derrotada. Soldados ingleses e franceses que não aceitam a derrota são evacuados para a Inglaterra na Retirada de Dunquerque, um dos episódios mais dramáticos da Segunda Guerra. Os alemães começam o bombardeio da Inglaterra pelo ar.

1941
Em junho, a Alemanha invade a União Soviética, pondo fim ao pacto de não agressão. Em dezembro, os alemães são derrotados em Moscou, mas continuam lutando em Stalingrado, numa batalha que dura um ano e quatro meses. Em 7 de dezembro, os japoneses atacam de surpresa a base norte-americana de Pearl Harbor. Desenham-se definitivamente as grandes formações da Segunda Guerra: de um lado, os Aliados

Espanhola, parcialmente inspirado no diário de um combatente brasileiro nas Brigadas Internacionais.

1941
Em 24 de setembro, Sílvia começa a redigir um diário, no qual reflete sobre o fracasso amoroso de seu casamento. Registra também como o grupo do Sobrado vive os acontecimentos da Segunda Guerra.
Em 26 de novembro, Floriano passa alguns dias no Sobrado, antes de seguir para os Estados Unidos como professor convidado na Universidade da Califórnia.

1941
Erico visita os Estados Unidos pela primeira vez, a convite do Departamento de Estado norte-americano. Publica *Gato preto em campo de neve*, sobre essa viagem.
Em maio, Erico presencia o suicídio de uma mulher que se joga de um edifício no centro de Porto Alegre. O infeliz episódio o inspira a escrever o romance *O resto é silêncio*, algum tempo depois.

e a União Soviética;
do outro, o Eixo, com
Alemanha, Itália e Japão.

1942
Em 23 de agosto,
diante do
torpedeamento de
navios brasileiros, o
governo declara guerra
ao Eixo.

1942
Em julho, Floriano
publica o romance
O beijo no espelho.
Em Santa Fé, como em
cidades brasileiras reais,
há quebra-quebra em
lojas e empresas cujos
proprietários são
alemães ou seus
descendentes.
Em 14 de setembro, o
pintor Pepe García
retorna a Santa Fé.

1943
Os alemães são
derrotados em
Stalingrado, na União
Soviética, em janeiro.
Em 13 de maio, os
alemães e italianos são
derrotados no Norte
da África.
Em 11 de junho, os
Aliados iniciam a
invasão da Itália.
Em 26 de novembro,
Roosevelt, Churchill
e Stálin reúnem-se em
Teerã.

1943
Nos Estados Unidos,
Floriano reencontra
Mandy.
Arão Stein é expulso do
Partido Comunista sob
acusação de ser
trotskista.

1943
Erico publica o
romance *O resto é
silêncio*, no qual
registrou o primeiro
projeto de *O tempo e o
vento* sob a forma de
uma visão do escritor
Tônio Santiago.
Vai para os Estados
Unidos para dar aulas
na Universidade da
Califórnia, em
Berkeley.

1944
Em 6 de junho, os
Aliados desembarcam
na França. Em 16 de
julho, chega a Nápoles,
na Itália, a Força
Expedicionária

1944
Em Monte Castelo o
cabo Lauro Caré morre
ao enfrentar sozinho
uma patrulha alemã.
Torna-se herói de
guerra.

1944
Depois de encerrar o
ano letivo em Berkeley,
Erico permanece na
Califórnia e dá aulas no
Mills College, em
Oakland.

Brasileira para lutar ao lado dos Aliados. Em setembro a FEB entra em ação, seguindo para o Norte da Itália. De 29 de novembro de 1944 a 20 de fevereiro de 1945, Batalha de Monte Castelo, entre tropas brasileiras e alemãs. Vitória dos brasileiros.		
Reunião de família e Caderno de pauta simples 1945 Em 8 de maio, a Alemanha se rende aos Exércitos Aliados e à União Soviética, e põe fim à guerra na Europa. As tropas brasileiras que estão na Itália retornam ao Brasil. Em 6 de agosto, os Estados Unidos lançam uma bomba atômica sobre Hiroshima, no Japão. Em 9 de agosto, lançam uma bomba atômica sobre Nagasaki. O Japão se rende incondicionalmente. Fim da Segunda Guerra Mundial. Em 29 de outubro, no Rio de Janeiro, golpe	1945 Floriano Cambará, que está na Universidade da Califórnia como professor convidado, prepara-se para voltar ao Brasil.	1945 Em setembro, Erico Verissimo, que estava nos Estados Unidos, volta ao Brasil e vai morar na rua Felipe de

militar para derrubar o presidente Getulio Vargas. Vargas renuncia em 30 de outubro e segue para o Rio Grande do Sul. No começo de dezembro, o gen. Eurico Gaspar Dutra é eleito para a presidência da República e Getulio Vargas para o Senado.	Doente, com problemas cardíacos, Rodrigo volta para o Sobrado com a família. Sônia Fraga, jovem amante de Rodrigo, também o acompanha. Rodrigo sofre um edema agudo de pulmão.	Oliveira, em Porto Alegre. Já tem planos para escrever um romance sobre a história do Rio Grande do Sul. Inicialmente, o título desse romance seria *Encruzilhada*.
Encruzilhada	1945 Em 1º de dezembro, inauguração de um busto em homenagem ao cabo Lauro Caré na praça da Matriz. Floriano comparece, representando o pai. Em 18 de dezembro, Arão Stein se enforca diante do Sobrado. Em 22 de dezembro, durante a madrugada, Rodrigo sofre novo infarto e morre como não queria: na cama. É enterrado no mesmo dia. Na noite de Ano-Bom, Floriano começa a escrever o romance da saga de uma família gaúcha através da história: *O tempo e o vento*.	

Crônica biográfica

Erico Verissimo escreve *O arquipélago*, terceira parte de *O tempo e o vento*, entre janeiro de 1958 e março de 1962. Foram mais de 1600 páginas datilografadas, num processo extremamente difícil de criação, segundo depoimento do escritor no segundo volume de *Solo de clarineta*, seu livro de memórias. *O arquipélago* foi publicado em três volumes: os dois primeiros no final de 1961 e o terceiro no ano seguinte.

O Retrato, a segunda parte da trilogia, fora lançado em 1951. Há um longo período entre a publicação da segunda e da terceira parte de *O tempo e o vento*. Durante esse intervalo, em 1953, Erico escreve *Noite*, novela que lembra o conto "O homem da multidão", de Edgar Allan Poe. No mesmo ano muda-se com a família para os Estados Unidos, onde permanecerá até 1956, como diretor do Departamento de Assuntos Culturais da União Pan-Americana, secretaria da Organização dos Estados Americanos (OEA). Em 1955 viaja em férias ao México e em seguida publica uma narrativa de viagem intitulada *México*. Em 1959, quando já começara a escrever *O arquipélago*, vai à Europa pela primeira vez, fazendo uma longa visita a Portugal e também a Espanha, Itália, França, Alemanha, Holanda e Inglaterra.

Erico enfrentava a última parte de *O tempo e o vento* com temor. A magnitude da obra o assustava um pouco. Em *O Continente* acompanhara um século e meio da formação guerreira do Rio Grande do Sul. A quase ausência de documentação facilitara sua liberdade de imaginar. Em *O Retrato* começara a desenhar o processo de modernização do estado e o embaralhamento dos laços tradicionais na fictícia Santa Fé. Mas agora a complexidade crescente da matéria o assustava, por convergir vertiginosamente para o presente. As sucessivas viagens e os outros livros lhe ofereciam caminhos de fuga.

Várias vezes, diz Erico em suas anotações, sentou-se diante da máquina de escrever para encarar o romance... e nada vinha à tona, ou ao papel. Numa dessas oportunidades, por exemplo, distrai-se e, sem dar-se conta, desenha rostos de índios mexicanos — nasce daí mais um livro de viagens. Erico atribui a *México*, escrito em 1956, o mérito de começar o "descongelamento da cidade de Santa Fé e dos personagens de *O arquipélago*". Mas não é de todo improvável que a decisão de começar a escrever essa última parte e de prosseguir até o fim com pressa crescente também lhe tenha ocorrido aos poucos, mas dramaticamente, devido a sua condição de saúde.

Segundo suas memórias, em abril de 1957 Erico teve um primeiro aviso: uma angustiante taquicardia durante uma conferência. E no verão de 1958, quando já começara *O arquipélago*, testemunha a morte de um jovem turista na praia de Torres. Tenta ajudá-lo, mas sem sucesso. O acontecimento o faz refletir sobre a vida e a morte e desperta no escritor alguma urgência no sentido de terminar a trilogia. Em 1959, porém, decide realizar uma protelada viagem à Europa — e os personagens de *O arquipélago* são mais uma vez postos de lado...

Em 1960, de volta a Porto Alegre, continua a trabalhar intensamente no livro, várias horas por dia, até o entardecer. Tem duas máquinas de escrever. Uma tradicional, negra — e reservada para os momentos de dúvida e impasse. Outra nova, de fabricação chinesa e de cor vermelha, abriga os momentos inspirados, quando escreve páginas e páginas sem parar.

No entanto, na noite de um domingo de março de 1961, Erico sofre a primeira crise cardíaca grave. Medicado com urgência por médicos amigos, acha que vai se recuperar logo. Mas na noite de segunda para terça sobrevém-lhe a segunda crise, já anunciando um infarto. O escritor só se levanta da cama dois meses mais tarde, para retomar o romance a todo o vapor. Diz ele que destruiu o primeiro capítulo do livro — em que o dr. Rodrigo Cambará sofre um ataque de insuficiência cardíaca que lhe provoca um edema pulmonar — e o reescreveu. Agora tem conhecimento direto da matéria.

Erico termina *O arquipélago* no ano seguinte, nos Estados Unidos, quando faz uma viagem para visitar a filha, o genro e os dois netos. Há um terceiro a caminho. Clarissa, a filha mais velha, casara-se em 1956 com David Jaffe, físico norte-americano. Seu primeiro filho, Mike, nasceu em 1958. O segundo, Paul, em 1960.

Muitos já disseram que o escritor Floriano Cambará, filho do dr. Rodrigo, é uma espécie de espelho da alma de Erico Verissimo. É verdade. Mas, sem querer reduzir a ficção a mero espelho da vida do romancista, é possível perceber, com esta breve crônica biográfica, que o próprio dr. Rodrigo também é, em parte, um espelho do olhar de Erico. Tolhido pela convalescença, ameaçado pela ideia de ser o primeiro Cambará a morrer numa cama, o personagem de Erico quer pôr em dia sua vida, acertar as contas com o filho, com a nora, com o passado, com o mundo.

Em *Solo de clarineta*, Erico lastima o destino de seu personagem: "Eu sabia que o pai de Floriano ia morrer no último capítulo do livro, e isso me dava uma certa pena. Aquele homem sensível e sensual adorava a vida". Nos últimos momentos, o dr. Rodrigo tem uma conversa definitiva com o filho. É uma conversa sincera, que não recua nos momentos difíceis. No fim, ao despedir-se, Floriano diz ao pai que espera que o diálogo não lhe tenha feito mal. O pai responde: "Mal? Pelo contrário. Eu andava louco por conversar contigo. Tu é que me fugias".

A frase pode se estender ao escritor real, fora do livro. Criador e criatura se encontraram e seus destinos se confundiram por um momento. O espírito de Erico, como o de Floriano, estava pronto para novas partidas.

Erico Verissimo nasceu em Cruz Alta (RS), em 1905, e faleceu em Porto Alegre, em 1975. Na juventude, foi bancário e sócio de uma farmácia. Em 1931 casou-se com Mafalda Halfen von Volpe, com quem teve os filhos Clarissa e Luis Fernando. Sua estreia literária foi na *Revista do Globo*, com o conto "Ladrão de gado". A partir de 1930, já radicado em Porto Alegre, tornou-se redator da revista. Depois, foi secretário do Departamento Editorial da Livraria do Globo e também conselheiro editorial, até o fim da vida.

A década de 30 marca a ascensão literária do escritor. Em 1932 ele publica o primeiro livro de contos, *Fantoches*, e em 1933 o primeiro romance, *Clarissa*, inaugurando um grupo de personagens que acompanharia boa parte de sua obra. Em 1938, tem seu primeiro grande sucesso: *Olhai os lírios do campo*. O livro marca o reconhecimento de Erico no país inteiro e em seguida internacionalmente, com a edição de seus romances em vários países: Estados Unidos, Inglaterra, França, Itália, Argentina, Espanha, México, Alemanha, Holanda, Noruega, Japão, Hungria, Indonésia, Polônia, Romênia, Rússia, Suécia, Tchecoslováquia e Finlândia. Erico escreve também livros infantis, como *Os três porquinhos pobres*, *O urso com música na barriga*, *As aventuras do avião vermelho* e *A vida do elefante Basílio*.

Em 1941 faz uma viagem de três meses aos Estados Unidos a convite do Departamento de Estado norte-americano. A estada resulta na obra *Gato preto em campo de neve*, o primeiro de uma série de livros de viagens. Em 1943, dá aulas na Universidade de Berkeley. Volta ao Brasil em 1945, no fim da Segunda Guerra Mundial e do Estado Novo. Em 1953 vai mais uma vez aos Estados Unidos, como diretor do Departamento de Assuntos Culturais da União Pan-Americana, secretaria da Organização dos Estados Americanos (OEA).

Em 1947 Erico Verissimo começa a escrever a trilogia *O tempo e o vento*, cuja publicação só termina em 1962. Recebe vários prêmios, como o Jabuti e o Pen Club. Em 1965 publica *O senhor embaixador*, ambientado num hipotético país do Caribe que lembra Cuba. Em 1967 é a vez de *O prisioneiro*, parábola sobre a intervenção dos Estados Unidos no Vietnã. Em plena ditadura, lança *Incidente em Antares* (1971), crítica ao regime militar. Em 1973 sai o primeiro volume de *Solo de clarineta*, seu livro de memórias. Morre em 1975, quando terminava o segundo volume, publicado postumamente.

Obras de Erico Verissimo

Fantoches [1932]
Clarissa [1933]
Música ao longe [1935]
Caminhos cruzados [1935]
Um lugar ao sol [1936]
Olhai os lírios do campo [1938]
Saga [1940]
Gato preto em campo de neve [narrativa de viagem, 1941]
O resto é silêncio [1943]
Breve história da literatura brasileira [ensaio, 1944]
A volta do gato preto [narrativa de viagem, 1946]
As mãos de meu filho [1948]
Noite [1954]
México [narrativa de viagem, 1957]
O senhor embaixador [1965]
O prisioneiro [1967]
Israel em abril [narrativa de viagem, 1969]
Um certo capitão Rodrigo [1970]
Incidente em Antares [1971]
Ana Terra [1971]
Um certo Henrique Bertaso [biografia, 1972]
Solo de clarineta [memórias, 2 volumes, 1973, 1976]

O TEMPO E O VENTO

Parte I: *O Continente* [2 volumes, 1949]
Parte II: *O Retrato* [2 volumes, 1951]
Parte III: *O arquipélago* [3 volumes, 1961-1962]

OBRA INFANTOJUVENIL

A vida de Joana D'Arc [1935]
Meu ABC [1936]
Rosa Maria no castelo encantado [1936]
Os três porquinhos pobres [1936]
As aventuras do avião vermelho [1936]
As aventuras de Tibicuera [1937]
O urso com música na barriga [1938]
Outra vez os três porquinhos [1939]
Aventuras no mundo da higiene [1939]
A vida do elefante Basílio [1939]
Viagem à aurora do mundo [1939]
Gente e bichos [1956]

Copyright © 2004 by Herdeiros de Erico Verissimo
*Texto fixado pelo Acervo Literário de Erico Verissimo (PUC-RS) com base
na edição* princeps, *sob coordenação de Maria da Glória Bordini.*

*Grafia atualizada segundo o Acordo Ortográfico da Língua Portuguesa de 1990,
que entrou em vigor no Brasil em 2009.*

CAPA E PROJETO GRÁFICO Raul Loureiro

FOTO DE CAPA Leonid Streliaev

FOTO DE ERICO VERISSIMO Leonid Streliaev, 1974

SUPERVISÃO EDITORIAL Flávio Aguiar

CRÔNICA BIOGRÁFICA E CRONOLOGIA Flávio Aguiar

PESQUISA Anita de Moraes

PREPARAÇÃO Maria Cecília Caropreso

REVISÃO Otacílio Nunes e Isabel Jorge Cury

ATUALIZAÇÃO ORTOGRÁFICA Página Viva

*Os personagens e as situações desta obra são reais apenas no universo da ficção;
não se referem a pessoas e fatos concretos, e sobre eles não emitem opinião.*

1ª edição, 1963 (20 reimpressões, 1998)
2ª edição, 2003
3ª edição, 2004 (10 reimpressões)

Dados Internacionais de Catalogação na Publicação (CIP)
(Câmara Brasileira do Livro, SP, Brasil)

Verissimo, Erico, 1905-1975.
  O tempo e o vento, parte III : O arquipélago, vol. 1 /
Erico Verissimo ; ilustrações Paulo von Poser ; prefácio Luiz Ruffato.
— 3ª ed. — São Paulo : Companhia das Letras, 2004.

  ISBN 978-85-359-1585-3 (COLEÇÃO)
  ISBN 978-85-359-0565-6

  1. Romance brasileiro I. Poser, Paulo von. II. Ruffato, Luiz. III. Título.
O arquipélago, vol. 1.

04-7304   CDD-869.93

Índice para catálogo sistemático:
  1. Romances : Literatura brasileira 869.93

Todos os direitos desta edição reservados à
EDITORA SCHWARCZ S.A.
Rua Bandeira Paulista 702 cj. 32
04532-002 – São Paulo – SP
Telefone: (11) 3707-3500
www.companhiadasletras.com.br
www.blogdacompanhia.com.br
facebook.com/companhiadasletras
instagram.com/companhiadasletras
twitter.com/cialetras

Esta obra foi composta em
Janson por Osmane Garcia Filho
e impressa em ofsete pela Gráfica Paym
sobre papel Pólen da Suzano S.A.
para a Editora Schwarcz em maio de 2025

A marca FSC® é a garantia de que a madeira utilizada na fabricação do papel deste livro provém de florestas que foram gerenciadas de maneira ambientalmente correta, socialmente justa e economicamente viável, além de outras fontes de origem controlada.